Sam Feuerbach & Thariot
Band 1: Instabil

Sam Feuerbach & Thariot

Band 1: Instabil

Die Vergangenheit ist noch nicht geschehen

ROCKET BOOKS

Mit zwölf Jahren begann **Sam Feuerbach** bereits, erste Kurzgeschichten zu schreiben. Seit der sechsbändigen Krosann-Saga gilt er als einer der erfolgreichsten Selfpublisher im Bereich Fantasy. In Zusammenarbeit mit Thariot entstand die vielbeachtete Thriller-Trilogie *EchtzeiT*. Mit ihrem neuesten Werk *Instabil* erschufen die beiden Autoren ein beängstigend realistisches Zeitreise-Szenario.
SamFeuerbach.de

In seinem letzten Leben war **Thariot** IT-Manager von Beruf. Als Bildermensch besitzt er die Fähigkeit, Bilder in Geschichten zu übersetzen. Und er kann es nicht lassen, darüber zu schreiben.
Thariot.de

Kein Buch entsteht ohne Hilfe.
Unser Dank geht an Nici, Bene und Jasmin.

Lektorat:
Simone Kurilla
Dagmar Lüdtke

Beta Leser:
Antje Adamson
Julia Matos
Pia
Carsten Schulze

Titelbild: Mark Freier
Umschlaggestaltung: Mark Freier
Satz: Harald Gehlen
Druck: Bookpress

www.BLITZ-Verlag.de
www.fanpro.de
ISBN 978-3-946502-51-7

BLITZ

Fanpro

Rocket Books ist ein Imprint der BLITZ-Verlag e. K. und der Fanpro, Fuchs & Fuchs GbR

I. Der Film

Sein Bett vibrierte. Ein Erdbeben! Mit einem ohrenbetäubenden Knall zerbarst das Holz der Wohnungstür. Zwei fingerlange Splitter landeten vor ihm auf der Bettdecke. Riesige randalierende Schatten stürmten auf ihn ein. Nein, das war schlimmer als ein Erdbeben.

Brüllen, Bellen, Bollern von allen Seiten!

„POLIZEI! AUF DEN BODEN!“

„AN DIE WAND! AN DIE WAND!“

„ICH WILL DIE HÄNDE SEHEN! DIE HÄNDE!“

Er lag in seinem Bett, in seinem Schlafzimmer, in seiner Wohnung, als das Inferno über ihn hereinbrach. Sein Adrenalinpegel brach alle Rekorde, das Herz klopfte vom Hals bis zu den Kniekehlen. Sofort wusste er, das war kein Traum. Diese Intensität war unträumbar. Eben noch Tiefschlafphase und nun hellwach! In den höchsten Alarmzustand versetzt, fand er sich auf der Matratze stehend wieder. Hilflos streckte er die schweißnassen Hände nach oben, sodass sie die Zimmerdecke berührten.

Das Gebrüll um ihn herum schwoll noch weiter an.

„POLIZEI!“

„SIE SIND VERHAFTET! HÄNDE ZEIGEN!“

„NICHT BEWEGEN! NICHT BEWEGEN!“

„FLACH AUF DEN BODEN!“

„POLIZEI!“

Seine Blase drückte, er widerstand dem Drang, es laufen zu lassen. Spielte es eine Rolle?

„SICHERN!“, brüllte es.

Der Schockzustand erlaubte ihm keinen klaren Gedanken. Ein Raubüberfall! Verbrecher wollten ihn ermorden! Ein Impuls durchzuckte ihn, mehr Instinkt als Gedanke. Er musste die Polizei rufen. HILFE! An dieser Eingebung erschien ihm etwas unlogisch. Weitere Gedanken musste er sich nicht machen. Starke Arme rissen ihn nieder, drehten ihn in Windeseile auf den Bauch und pressten ihn auf den Boden. Das Knie in seinem Kreuz drohte, ihm die Wirbelsäule zu zerbrechen, seine

Hände wurden hinter seinem Rücken gefesselt. Womit konnte er nicht sehen, um Handschellen handelte es sich jedenfalls nicht. Viel zu fest, viel zu schmerzhaft. Ein einschneidendes Erlebnis.

Nun wusste er es mit allerletzter Sicherheit, aufwachen würde er nicht mehr. Er war wach und dies die Realität.

Im gleichen Moment ging das Licht an. Die gemütliche Schlafzimmerlampe von IKEA hatte er selbst an der Decke befestigt und angeschlossen, obgleich er nicht als der geborene Handwerker galt. Wieso dachte er jetzt an so einen belanglosen Scheiß? Übersprungverhalten? Flucht aus der Panik? Während der Montage hatte es zweimal die Sicherung rausgehauen. Den Männern war das egal. Unzählige schwere Schnürstiefel mit stahlverstärkten Sohlen standen um ihn herum, hinterließen Schrammen auf dem Laminat. Mühsam linste er einige Zentimeter nach oben. Er sah Kampfuniformen mit schusssicheren Westen, breiten Gürteln mit Pistolen und anderem Gerät daran, jeder hielt eine Maschinenpistole im Anschlag. Sie waren zu fünft. Ein Stück höher wurde es noch gruseliger. Riesige Köpfe starrten auf ihn herunter wie gigantische Kriegerameisen auf zwei Beinen, mit schwerem Geschütz auf ihn zielend. Dunkle Helme mit dunklen Windschutzscheiben entmenschlichten die Eindringlinge. Kampfroboter mit modernster Funktionalität und höchstmöglicher Einschüchterung. Es funktionierte – er war höchstmöglich eingeschüchtert.

Fassungslos beglotzte er das Szenario, nach wie vor unfähig, sich zu bewegen. Alle Männer trugen Körperkameras. Sie zeichneten alles auf. Ein Film aus vielen Perspektiven. Einer schwenkte sogar eine Wärmebildkamera hin und her; er kannte das aus Actionfilmen. Nur spielte er heute die schlecht bezahlte Hauptrolle in diesem Horrorstreifen.

Der Regisseur meldete sich zu Wort. „Name?“

Er überlegte. Wäre jetzt der richtige Zeitpunkt, sich endlich in die Hose zu machen?

„NAME!“

Das war keine Frage, sondern ein Befehl.

Mühsam öffnete er den Mund – heraus kam nur ein hilfloses Schluchzen.

„Sonst keiner in der Wohnung", meldete einer der Männer von hinten aus dem Badezimmer. Irgendwie klang die Stimme seltsam elektronisch, dann realisierte er, dass die Besucher über Funk kommunizierten, selbst wenn sie nebeneinanderstanden.

„Er ist es! Wir haben ihn."

„Ich will es von ihm hören!", knurrte der Regisseur. „NAME!"

Vielleicht war das die Lösung, die Rettung. Sie suchten gar nicht ihn. Eine Verwechslung, ganz klar – ein Irrtum. Kann passieren, haha. Gleich würde sich alles aufklären. Genau diese Aussicht mobilisierte seine Kräfte und seine Stimmbänder.

„Ri… Rich… Richter", röchelte er. „Pat… rick Richter."

Eine neue Erkenntnis, vorher war es ihm nie aufgefallen: In solch extremen Stresssituationen entpuppte sich sein Name als ein echter Zungenbrecher. Krächzende, harte Laute, irgendwie unsympathisch.

Der Mann vor ihm sprach ins Helmmikrofon: „Kommandeur – alles bestens. Die anderen können reinkommen."

Alles bestens? Na ja, eine Sache des Blickwinkels.

Weitere gebellte Anweisungen. Zwei Männer griffen Patrick unter die Achseln und schleiften seinen Körper wie einen Leichnam in den kleinen Flur der Zweizimmerwohnung.

Ich lebe noch, protestierte es in ihm. Nur ganz leise, er wollte nicht, dass die daran etwas änderten.

An der Wand hing eine Digitaluhr.

02:46 Uhr. 15,4 Grad.

Freitag, 13.10.2017.

In seiner Aufregung ergaben diese Zahlen und Zeichen keinen Sinn.

Der Spiegel neben der Eingangstür war zersplittert. Eine einzige Scherbe in Dolchform hing noch im Rahmen. Das Kunstwerk könnte auch in einem Guggenheim-Museum hängen.

Der Regisseur folgte seinem Blick und tröstete ihn: „Mach dir keine Sorgen. Den Spiegel brauchst du nicht mehr." Er wandte sich an seine Männer. „Genug jetzt. Bringt ihn zum Jürgen."

Noch mehr fremde Menschen stürmten durch die Lücke, in der früher seine Eingangstür gehangen hatte. Sie hatten es eilig, vermutlich wollten sie endlich ins Bett. Die Ersten fingen an, die Schubladen des Garderobenschrankes herauszureißen und auszukippen. Das machte nichts, der Flur sah ohnehin aus wie nach einem Sprengstoffattentat, alles voller Holz- und Lacksplitter. Eine klobige Metallramme, groß wie eine mittelalterliche Kanone, lag quer auf den Fliesen. Mit dem Ding und ein wenig Anlauf könnten die den Fernsehturm fällen.

Unfähig etwas Vernünftiges zu sagen, schloss Patrick die Augen. Er kniff sie mit aller Kraft zu. Jemand jammerte. Mist, das war er. Nun presste er die Lippen zusammen. Das konnte alles nicht wahr sein. Wieder wurde er von groben Händen gepackt und weggetragen. Nur mit einer Hose und T-Shirt am Leib. Die hatten ihm noch nicht einmal Zeit gelassen, seine Schuhe anzuziehen.

*

In einem Kleinbus ging es von Düsseldorf Gerresheim in Richtung Stadtmitte. Der Polizeikonvoi bestand aus sechs Wagen mit Blaulicht; sie fuhren an dritter Stelle. Verkehr gab es zu diesem frühen Zeitpunkt in Düsseldorf noch keinen, brave Bürger schliefen nachts. Zwischen den schwerbewaffneten Spezialeinsatzkräften fühlte sich Patrick nackt, und dies lag nicht nur an seiner spärlichen Bekleidung. Schüchterten die ihn mit System so ein? Was für eine Erniedrigung. Die Ungerechtigkeit belebte seine Widerstandskräfte. Ihm gegenüber saß der Regisseur – der Anführer der Truppe. Patrick versuchte, durch das Visier des Helms in ein Gesicht zu schauen. Vergeblich.

„Was … was…“ Er räusperte sich. „Was wollen Sie von mir? Ich bin unschuldig. Ich habe nichts getan.“ Patrick bemerkte es selbst: Wie konnte die Wahrheit nur so kläglich klingen?

Stummes Schweigen.

Offensichtlich war es ihnen nicht gestattet, mit ihm zu sprechen. Durften sie überhaupt reden? Bisher hatte während der gesamten Fahrt niemand auch nur einen einzigen Ton von sich gegeben.

„Ich bin unschuldig. Ich habe nichts getan“, wiederholte Patrick verzweifelt.

Gelangweilt antwortete sein Gegenüber: „Es gibt drei Sätze, die ich bei jedem Einsatz höre. ‚Ich bin unschuldig‘ und ‚ich habe nichts getan‘ gehören dazu.“

„Ich … ich habe Rechte.“

„Genau, das ist der dritte.“ Er nickte zufrieden. Der Delinquent hielt sich ans Drehbuch.

„Aber … aber ich …“

„KLAPPE!“, sagte der Regisseur. Was auch sonst. „Deine Rechte hast du verspielt. Wofür verspielt, lautet die Frage. Und das werden wir herausbekommen, Herr Richter.“ Dabei rollte er das ‚R‘, als würde er mit einer Mundspülung gurgeln. Die rüden Worte passten kaum zum Blick des Mannes. Wache, intelligente Augen musterten ihn prüfend.

„Wer … wer sind Sie?“

„Bundespolizei, Einsatzleiter der BFE Plus.“

Es dauerte etwas. Bundespolizei? Wofür stand BFE Plus? Wo war er nur hineingeraten?

Aus irgendwelchen Fernsehkrimis gelangten einige Floskeln über das Bewusstsein ins Sprachzentrum: „Haben … haben Sie überhaupt einen Haftbefehl? Und … und einen Durchsuchungsbefehl?“

Es klang so, als würde er einen Löwen nach seinem Jagdschein fragen.

Mit langsamen Bewegungen nahm der Riese den Helm ab. Seine Schultern waren breiter als das Bett, in dem Patrick eben noch gelegen hatte. Der Mann besaß frappierende Ähnlichkeit mit Ivan Drago aus *Rocky IV.* Er beugte sich über ihn. Kalte Augen glotzen von oben auf ihn herab wie auf einen Haufen Hundekacke. „Niemand befiehlt mir etwas. Du meinst einen Haftbeschluss. Ja, den habe ich. Und einen Durchsuchungsbeschluss. Ja, den habe ich auch.“

Das wirkte eine Weile. Tränen der Wut und der Hilflosigkeit stiegen in ihm hoch. Bevor sie seine Augen erreichten, musste ein trotziger Allgemeinplatz heraus. „Ich will meinen Anwalt sprechen“, hörte er sich sagen. Diese Forderung tat seiner Menschenwürde gut. Zwar hatte er keinen Anwalt und kannte auch keinen, aber das konnte Ivan Drago nicht wissen.

„Du hast keinen Anwalt. Und du kennst keinen. Jedenfalls hast du noch nie einen konsultiert. Wir wissen alles über dich“, kam es ungerührt zurück.

„Wohin bringen Sie mich? Wer ist Jürgen? Was wird mir vorgeworfen? Ich habe nichts getan.“

Keine Antwort.

*

Am Jürgensplatz vor dem Polizeipräsidium hielt der Konvoi an. Haha, das war wohl mit ‚Jürgen‘ gemeint. Ein riesiger, verwinkelter, kasernenartiger Bau, potthässlich, mit dunkler Vergangenheit. Patrick interessierte sich für die Geschichte seiner Heimatstadt Düsseldorf, somit wusste er einiges über diesen Ort. In diesem Moment wünschte er sich, das wäre nicht der Fall. Zum ersten Mal in seinem Leben spürte er am eigenen Leib, wie sehr Wissen belasten konnte.

Zwei Männer rechts, zwei Männer links, zwei Männer in seinem Rücken geleiteten ihn in den Zellentrakt des Polizeipräsidiums Düsseldorf. Dabei durchquerten sie drei videoüberwachte Sicherheitsschleusen.

Es ging einen langen Flur entlang, Leuchtröhren spendeten bleiches Licht. An einer Bürotür hing ein provisorisches Schild:

Ruben Karlov

BFE+ BPOL

Das sollte wohl wichtig klingen.

Es klingt wichtig, gestand er sich ein.

„Die Kripo kann jetzt ihren Job machen“, sagte Regisseur Drago, bevor er hinter der Tür verschwand.

Ein paar Schritte weiter wurde er unsanft in eine Zelle gestoßen. Stolpernd fing er sich mit der Schulter an der Wand ab, die Hände waren nach wie vor auf seinen Rücken gebunden. Zwei Polizisten blieben mit vorgehaltener Maschinenpistole vor der Zelle stehen und zielten durch die armdicken Gitterstäbe auf ihn.

Eine karge Holzpritsche, gemütlich wie eine Kirchenbank, zierte die Zelle. Rundum war alles weiß gekachelt. Antiseptisch, antifarblich, antifreundlich. Ein Klosett, komplett aus Edelstahl, versprühte den Charme einer ICE-Toilette. Eigentlich musste er nach wie vor pinkeln. Sein Blick fiel auf die beiden Polizisten mit den Maschinenpistolen. Er traute sich nicht.

*

Sein Zeitgefühl war abhandengekommen. Hatte er zehn Minuten oder zehn Stunden in der Zelle verbracht?

Eine weibliche Stimme sagte: „Da ist ja unser Ehrengast."

Mit Tränen in den Augen sah er die Dame jenseits des Gitters zunächst nur verschwommen. Dunkelbraune Locken, hübsches Gesicht. Sie wirkte um so vieles netter als die Umgebung, was nicht sonderlich schwer war. „Ich komme sofort zu Ihnen, Herr Richter." Sie klang wie eine Krankenschwester, die gleich den Blutdruck messen würde.

Auf den Zehenspitzen drehte sich die Frau zu einem typisch blau uniformierten Beamten um. „Nehmt ihm die Handfesseln ab. Führt ihn zur Vernehmung drei." Dann raschelte sie mit einigen Blättern in ihrer Mappe herum.

Der Polizist öffnete die Gittertür elektronisch. Sofort hoben sich die Maschinengewehre der beiden Wachen. Der Beamte trat mit einer Spezialschere hinter ihn, es zwickte und klackte, dann flogen die Kabelbinder auf den Boden. Erleichtert nahm Patrick seine Arme nach vorn und rieb sich die Handgelenke. Ein wenig Hoffnung machte sich in ihm breit. Vielleicht würde ihm diese Dame helfen, das große Missverständnis aufzuklären.

Sie schoben ihn in ein Zimmer – *Vernehmung III* stand auf dem Schild an der Tür.

Drei graue Mauern umgaben ihn, die Stirnseite des Raumes bestand aus einem Spiegel. Patrick traute sich nicht hineinzublicken, sein Zustand musste fürchterlich sein. Die Deckenlampen sahen nach siebziger Jahre aus, sie lieferten klinisches Licht. Ein zweiter Blick genügte – es waren moderne LED-Birnen. In drei Ecken hing eine Kamera, auf dem Tisch stand ein Mikrofon.

„Setzen Sie sich“, forderte ihn die Dame auf.

Ein Tisch, drei Stühle. Patrick ließ sich nieder. Die Frau setzte sich ihm gegenüber und erklärte: „Mein Name ist Marion Fischer. Polizeihauptkommissarin. Politisch motivierte Ausländerkriminalität und islamistischer Terrorismus. Ich leite den Staatsschutz. Nur ein paar Formalitäten.“

Ihm blieben Luft, Sprache und Spucke weg. Das klang gar nicht gut.

„Sie haben ein Aussage- und Zeugnisverweigerungsrecht. Die Kamera nimmt bereits auf, das Mikrofon ist eingeschaltet“, leierte sie herunter.

„Muss … muss ich da nicht zustimmen?“ So hatte er es mal gehört.

„In Ihrem Fall nicht.“

„Was soll das heißen?“

„Langsam, langsam, Herr Richter. Ich gebe die Agenda vor.“ Sie lächelte wie eine schlecht animierte Computergrafik. „Wie lautet Ihr Name?“

Mit vor der Brust verschränkten Armen starrte Patrick die Frau an. „Sie haben mich eben mit Herr Richter angesprochen.“

„Ich weise Sie darauf hin, dass Sie verpflichtet sind, sich zu Ihrer Person zu äußern.“ In einem Tonfall gelangweilter als ein Notar bei der Vertragslesung fuhr sie fort: „Also, wie lautet Ihr Name?“

Wollte sie ihm zeigen, dass sie knallhart war und dies Prozedere schon einige Tausend Male gemacht hatte? Die anfängliche Hoffnung und Sympathie begannen zu verfliegen.

„Richter“, antwortete er.

„Wie der Richter?“

„Das wissen Sie doch. Sie wissen doch alles über mich.“

„Sie müssen nicht bockig werden. Fangen wir noch einmal an. Name?“

„Immer noch Richter. Patrick Richter.“

„Geburtsdatum?“ Ihre Stimme kiekste leicht.

„15. Mai 1985.“

„Geht doch. Sie machen das gut, Herr Richter.“

Ganz toll.

„Beantworten Sie mir auch eine Frage." Patrick musste mehr erfahren. „Was heißt BFE+?"

Sie sah ihn verwundert an, wie konnte jemand so etwas Triviales nicht wissen? „Eine neue Spezialeinheit der Bundespolizei. Beweissicherungs- und Festnahmeeinheit Plus."

„Was wird mir vorgeworfen?"

Ihr Blick senkte sich auf die Mappe. „Mitgliedschaft in einer terroristischen Vereinigung", flötete sie, als lese sie den Speiseplan der Kantine vor.

„Waaas?"

„Es ist Ihr Recht, zu erfahren, was Ihnen vorgeworfen wird. Mehr muss und werde ich Ihnen nicht sagen. Damit das klar ist: Ab jetzt frage nur noch ich, und Sie antworten. Geburtsort?"

Fassungslosigkeit spülte alle Grundsätze fort, die er jemals über Kommunikation gelernt hatte. Nun sah er wieder klarer, und sie wurde hässlicher.

„Geburtsort?"

Ihr überheblicher Tonfall provozierte ihn. „Im Krankenhaus – ich will hier raus. Ich habe nichts verbrochen."

„Wie bitte? Haben Sie mir nicht zugehört? Jetzt werden Sie erneut unartig. Zeigen Sie mir Ihren Personalausweis."

Wollte die ihn verarschen? Die zerrten ihn um drei Uhr nachts aus dem Bett, um ihn in T-Shirt und Hose hier einzusperren, und dann so was.

Mit einem Mal empfand er diese Frau als unerträglich – eine aalglatte Schlange. Sie wollte nicht den Blutdruck messen, sondern Blut abnehmen, ihn aussaugen wie ein Vampir. Ihn weiter verunsichern, ihn verwirren, so bange machen, dass sie leichtes Spiel mit ihm hatten. Geschulter Psychoterror. Patrick sehnte sich beinahe nach Regisseur Ivan Drago zurück. Bei dem wusste er wenigstens, woran er war.

„Der Personalausweis liegt zuhause, doch warten Sie, ich müsste die Geburtsurkunde und den Reisepass in meiner Hosentasche haben. Geht das auch?", erkundigte er sich.

Sie legte den Kopf schräg. „Ihnen werden die Flausen noch vergehen." Lackierte Fingernägel blätterten in der Akte. „Geburtsdatum?"

Ach, erneut die Frage nach dem dämlichen Datum. In dem Moment beschloss Patrick, dieser Frau nichts mehr zu sagen. Kein Wort. Er schaltete nach innen. Was wollten die von ihm an diesem grässlichen Ort? Der Geist der Geschichte spukte plötzlich in seinem Kopf herum.

Durch dichten Nebel von weit her, wie aus einer anderen Dimension, ertönte eine Stimme: „Sie sind verpflichtet, Angaben zu Ihrer Person zu machen."

Dieser Ort war in der Zeit des Nationalsozialismus Schauplatz von Misshandlungen, Deportationen, brutalsten Verhören und Massenverhaftungen gewesen.

Patrick schluckte. Was für ein Blödsinn wanderte ihm da durch den Kopf. Der Nationalsozialismus ist lange, lange vorüber, Deportationen gibt es nicht mehr, und das andere heißt heute Vernehmung und Gewahrsam.

Die Tür öffnete sich. Die erste Vernehmung war beendet.

II. Quantico

Carsten liebte es, Fahrrad zu fahren. Er liebte Düsseldorf und er liebte seinen Job. Genau in dieser Reihenfolge. Es war noch dunkel. Erst sieben Uhr früh. Die Sonne würde in knapp einer Stunde aufgehen. Für Oktober fühlte sich der Tag ausgesprochen mild an. Es würde heute sonnig werden. Das Leben war zu wertvoll, um sich der wenigen schönen Momente nicht bewusst zu sein.

Es klingelte. Natürlich, er war es in seinem Job nicht anders gewohnt. Er bremste auf dem Radweg ab und zog das Handy aus der Jeans. Ohne auf den Anrufer zu sehen, nahm er das Gespräch an.

„Grünfeld."

„Guten Morgen Chef."

„Nicht du schon wieder ..." Ruben Karlov, mit dem er während der letzten Wochen mehr Zeit verbracht hatte als mit seiner Frau. Ruben war Einsatzleiter der BFE+ und Carsten damit sein fachlicher Vorgesetzter. Disziplinarisch gehörte die BFE+ zur Bundespolizei und entlastete die

GSG 9, die Spezialeinheit der Bundespolizei gegen Terror und Geiselnahmen, sowie die Sondereinsatzkommandos der Länder.

„Ich hatte heute Morgen einen Kunden."

„Alles gut gegangen?" In ihrem Job kam es hauptsächlich darauf an, am Tagesende gesund zur Familie zurückzukehren.

„Wirkte wie ein Frischling, 32, unauffällig ... er hat keinen Widerstand geleistet."

„Aber du hast dich in ihn verliebt und brauchst einen Trauzeugen?" Carsten spürte natürlich, dass es Ruben um etwas anderes ging. Um nicht auf dem Weg zur Arbeit zu viel Zeit zu verlieren, schob er das Rad und ging langsam weiter.

„Tatbestand: Mitgliedschaft in einer terroristischen Vereinigung ... aber das ist es nicht. Die Fischer hat die Erstvernehmung durchgeführt ... was für eine schräge Show."

„KK ST 1?", fragte Carsten dazwischen. Kriminalhauptkommissarin Marion Fischer war ihm gut bekannt. Von ihr und ihren Kollegen gab es öfter Zugriffs- und Sicherungsaufträge. Kriminalinspektion Polizeilicher Staatsschutz, politisch motivierte Ausländerkriminalität und islamistischer Terrorismus.

„Oh ja, Sweet Marion persönlich ... Carsten, ich stand hinter dem Spiegel. Das war nicht gerade eine Bilderbuch-Vernehmung ... die Fischer hat die arme Wurst in drei Minuten abgefertigt. Sie hat es darauf angelegt, dass er zumacht. Kannst du dir die Sache mal ansehen?"

„Nicht unsere Baustelle. Ruben, ich koordiniere die Spezialeinheiten ... KK ST 1 führt die Ermittlungen." Carsten kannte den Rahmen seiner Befugnisse nur zu gut. Er war zuständig für das mobile Einsatzkommando, die technische Einsatzgruppe, die Spezialeinheiten, SEK, BFE+ und die Verhandlungsgruppe. 35 Jahre Diensterfahrung hatte er gesammelt. Mit 58 musste er nicht mehr lange auf die Pensionierung warten.

Ruben ließ nicht locker. *„Du brauchst doch nur drei Sekunden, um zu merken, ob einer Scheiße erzählt ... sieh es dir doch einfach kurz an."*

„Ich guck, was ich machen kann." Das war Carstens Image bei der Düsseldorfer Polizei; er galt als Mann, den man angeblich nicht belügen konnte. Er wäre froh gewesen, wenn es wirklich so wäre. Ruben besaß einen guten Instinkt – Carsten vertraute diesem Mann. Und er mochte ihn. Folglich beschloss Polizeioberrat Grünfeld, den neuen Häftling genauer unter die Lupe zu nehmen.

*

Im Präsidium am Jürgensplatz angekommen, zog er sich mit einer Tasse Kaffee bewaffnet die digitale Akte von Patrick Richter. Sehr viel stand nicht darin. Der Mann war Jahrgang 1985, ledig, kinderlos und hatte in Köln Germanistik und Literaturwissenschaften studiert. In Köln also. Dass Richter mit einundzwanzig völlig bekifft mit dem Streifenwagen zur Wache gefahren worden war, konnte Carsten ihm leichter verzeihen.

Patrick Richter wurde die Mitgliedschaft in einer terroristischen Vereinigung vorgeworfen. Merkwürdig erschien es ihm schon, dass nicht zumindest aufgeführt wurde, welcher radikalen Gruppierung sich Herr Richter angeschlossen hatte.

Er blätterte weiter in dem digitalen Formular.

Hoppla, was haben wir denn hier, dachte er. Ein ‚Request for Extradition', einen Auslieferungsantrag der USA – säuberlich ausgefüllt. Höchste Dringlichkeitsstufe. Doch auch hier keine Hinweise, was Patrick Richter im Detail vorgeworfen wurde.

„Na ja ..." Carsten strich sich mit der Zunge über die Oberlippe und überflog erneut den Lebenslauf. Der typische Werdegang eines islamistisch motivierten Terroristen sah meist anders aus. Er startete das Video der Vernehmung. Sehr lang war es nicht. Fischer zeigte wenig Interesse, mit Richter wirklich zu kommunizieren. Sie provozierte ihn regelrecht, nichts zu sagen.

Carsten benötigte mehr Informationen. Als Erstes tippte Carsten Patricks Namen in eine Gefährder-Datenbank des Bundes ein. Kein Treffer.

Dann benutzte er eine bebrillte Suchmaschine. Es gab einen Fußballspieler aus Berlin, einen Fitnesstrainer aus Hamburg und zahlreiche andere Namensvettern. Bei keinem bot sich augenscheinlich ein Bezug zu diesem Tatbestand. So kam er nicht weiter.

„Einen habe ich noch“, sagte Carsten zu sich selbst und rief die Verkehrssünderdatei aus Flensburg auf, hier konnte er als Polizist online Daten abfragen. Mit Namen und Geburtsdatum gab es eine eindeutige Antwort. Patrick Richter hatte 2003, drei Wochen nachdem er volljährig geworden war, seinen Klasse B Führerschein gemacht. In den letzten vierzehn Jahren gab es über die Jahre verteilt vier Einträge. Mit neunzehn hatte er sich den ersten Punkt eingehandelt, weil bei seinem Fahrzeug die Hauptuntersuchung überfällig geworden war. Mit dreiundzwanzig gab es wieder einen Punkt, da hatten Kollegen ihn im Winter mit Sommerreifen erwischt. Als er siebenundzwanzig war, hatte er einen Punkt für 52 km/h in einer Tempo-30-Zone kassiert und vergangenes Jahr gab es den letzten Punkt, weil er einem Streifenwagen die Vorfahrt genommen hatte.

Carsten konnte anhand dieser Daten zwei Dinge erkennen: Patrick Richter war kein Verkehrs-Rowdy und hatte sich in den letzten vierzehn Jahren nicht durchgängig im Ausland aufgehalten.

Er wählte die Nummer von Ramon. Dr. Ramon Vesorez, der leitende Staatsanwalt, der partout nicht kegeln konnte, es aber nicht bleiben ließ, es immer wieder zu versuchen.

Zwei Freizeichen ertönten. *„Keine Kegelwitze!“*, schnaubte Ramon in die Leitung, dessen spanischer Name für einen Ur-Düsseldorfer eine Mogelpackung war. Er spielte auf seinen Titel des amtierenden Pudelkönigs an. Na ja, die Ehre wurde ihm jeden Monat zuteil, wenn sich eine Auswahl der Kripo mit der Elite der Staatsanwaltschaft duellierte. Dummerweise hatten die Juristen trotzdem gewonnen. Die betrachteten Ramon als kampfgeiststiftendes Maskottchen, die gewannen nicht wegen, sondern trotz seines Talents.

„Ich habe bis zum letzten Wurf an dich geglaubt.“

„Du hast gelacht!“

„Höchstens geschmunzelt.“ Natürlich hatte Carsten gelacht, wie alle anderen auch.

„Was willst du?“

„Patrick Richter."

„Wurde der nicht heute Morgen einkassiert?"

„Die BFE+ hat ihn verhaftet."

„Ruben Karlov arbeitet zuverlässig."

„Das tut er." Carsten war auch davon überzeugt, dass Ruben ihn nicht ohne Grund involviert hatte.

„Ich habe den Antrag gestern an meinem Schreibtisch vorbeifliegen sehen. Warum interessiert er dich?"

„KK ST 1 ermittelt. Die Fischer hat mit ihm gesprochen ... der Typ hat ihr noch nicht einmal die Uhrzeit gesagt. Lass mich helfen. Ich bekomme mehr aus ihm heraus."

„Karlsruhe führt den Fall ... du kennst die Regeln bei Terroristen. Das macht die Generalbundesanwaltschaft selbst."

„Ich brauche nur eine Stunde." Carsten spürte, dass er sich weit aus dem Fenster lehnte. Hoffentlich ließ ihn sein Instinkt nicht im Stich.

„Warum?" Ramon konnte nicht kegeln, er sprach noch nicht einmal spanisch, war aber ein grandioser Staatsanwalt. Carsten kannte ihn bereits über zwanzig Jahre.

„Richter soll ruckzuck an die USA ausgeliefert werden. Da klingelt bei mir ein Alarm."

„Carsten, was meinst du genau?"

„Karlsruhe scheißt dir in deinen Vorgarten und lässt den Haufen liegen. Die Presse wird früher oder später versuchen, dir dafür den Sack auf links zu drehen!"

Mit Ramon konnte er Klartext reden. Doch an dieser Stelle Karlsruhe einen Deal zu unterstellen war gewagt, aber bei der aktuellen politischen Großwetterlage nicht ausgeschlossen. Warum sonst war Fischer nicht an einer vernünftigen Vernehmung interessiert gewesen?

„Eine halbe Stunde!"

„Du bekommst meinen Bericht!" Carsten konnte es sich nicht erklären, aber jetzt wollte er genauer wissen, wen Ruben mit seinen Mannen heute Morgen aus dem Bett geworfen hatte.

*

„Guten Tag." Carsten betrat den Vernehmungsraum.

Jedes Wort wurde aufgezeichnet. Die Düsseldorfer Polizei hatte Patrick Richter bereits ein neues Outfit spendiert. Ein blaues Hemd aus Baumwolle, das vermutlich bereits eine Million Umdrehungen in der Waschmaschine hinter sich hatte.

Carsten Grünfeld betrachtete Patrick Richter. Ein junger Mann mit kurzen dunklen Haaren und grünen Augen. In der Akte stand 1,85 Meter groß und 80 Kilogramm schwer. Konnte hinkommen.

Herr Richter erwiderte den Gruß nicht.

„Mein Name ist Carsten Grünfeld. Ich bin Polizeioberrat und würde gerne mit Ihnen sprechen."

Richter ließ die angebotene Hand ohne Reaktion in der Luft verharren. Carsten spürte Wut. Das gefiel ihm, Wut war gut. Er betrachtete sich als Wutexperte. William Shakespeare hatte so schön gesagt: Nimmer hat die Wut sich gut verteidigt.

„Patrick Richter, richtig?" Carsten setzte sich. Er hatte schon andere Typen zum Reden gebracht. Jeder Mensch hatte einen Schalter. Man musste ihn nur finden und behutsam darauf drücken.

Sein Gegenüber schwieg.

„Polizeihauptkommissarin Fischer hat Sie bereits über den Tatvorwurf informiert", stellte Carsten fest und kippelte nach hinten. Er wollte die angespannte Situation beruhigen. Richter saß auf seinem Stuhl, als ob er einen ganzen Schrank mit langstieligen Reinigungsgeräten verschluckt hätte. Die Augen starr auf die Wand gerichtet, sah er an Carsten vorbei. Fischers spröder Charme hatte deutliche Spuren hinterlassen. „Mitgliedschaft in einer terroristischen Vereinigung."

Sein Gegenüber schwieg. Das war in Ordnung, die Unterhaltung verlief bisher zwar einseitig, dafür war die Kommunikation in vollem Gange. Sobald zwei Menschen aufeinandertrafen gab es immer Kommunikation, selbst wenn sie sich nicht ansahen und kein Wort wechselten.

„Das ist keine harmlose Geschichte ..." Carsten sah auf Patricks Hände, die sich nicht bewegten. Die Fingernägel waren gepflegt, aber nicht manikürt. Der letzte Haarschnitt war kaum länger als eine Woche her, die letzte Rasur einen Tag.

„Herr Richter, Sie sollten die Chance, mit mir zu reden, nutzen ... viele Gelegenheiten, sich zu erklären, werden Sie nicht mehr bekommen." Carsten glaubte, auf dem richtigen Weg zu sein. Aus Wut entstanden Motive wie Hass, Eifersucht und Verzweiflung. Welche Wut trieb Patrick Richter um?

Sein Gegenüber sah ihn an. Ein Anfang.

„Mögen Sie Autos?" In Deutschland eine rein rhetorische Frage.

„Was wollen Sie von mir?"

Die ersten Worte. Pampig zwar, aber immerhin.

„Was war Ihr erster Wagen?" Carsten ahnte, dass diese Kiste Richter den ersten Punkt in Flensburg eingebracht hatte.

Ein wenig Leben schlich sich in die Pupillen. „Ein Golf ..."

„Baujahr?"

„1976 oder so ... ich weiß es nicht mehr genau."

„Freude dran gehabt?"

„Nein!" Richter fletschte die Zähne. „Was soll das dämliche Spielchen mit meinem Auto? Ich will hier raus!"

„Das ganze Leben ist ein Spiel. Ein Spiel, in dem Sie ein echt mieses Blatt auf der Hand haben!"

„Sie sind fast lustig!"

„Das sagte meine Ex-Frau auch immer." Und andere Dinge, die Carsten nicht erwähnen wollte. Richters Wut war echt. Authentisch. Aber war das die zynische, menschenverachtende Wut, die Terroristen zu ihren Taten motivierte?

„Ich lache später." Richter verschränkte die Arme vor der Brust. „Ich möchte mit einem Anwalt sprechen!"

„Das kann ich verstehen."

„Und warum rede ich dann nur mit Ihnen?"

„Weil ich mich für Sie interessiere."

„Oh ... Sie gehören also zu den Guten und wollen nur helfen?"

„Ja. Die besten Freunde kommen ungebeten." Carsten lachte. So sah er sich. Er gehörte zu den Guten. Deswegen war er Polizist geworden und jagte die Bösen. „Gehören Sie auch zu den Guten? Spielen wir im selben Team?“

„Das ist ...“ Richter zögerte.

Carsten hatte ihn aus der Reserve gelockt. Zwar zuckte oder blinzelte er nicht, doch er hatte ein kurzes Leuchten in den Augen. Kaum ein Mensch hatte sämtliche Signale seiner Körpersprache im Griff. Jeder kannte den Unterschied zwischen Gut und Böse. Weswegen auch jeder genau wusste, wann er log. Die Gründe dafür waren so vielfältig wie das Leben.

„Wollen Sie auf diese dämliche Frage wirklich eine Antwort?“

„Nein.“ Carsten schüttelte den Kopf. Deutlicher hätte Richter nicht antworten können. Seine Wut entstand aus dem Gefühl, zu Unrecht verhaftet worden zu sein. Der Polizeioberrat hatte es häufig genug erlebt: Gefühlte Ungerechtigkeit schürte ebenfalls Wut. Das sagte noch nicht, dass er unschuldig war. Leider begingen Menschen auch unwissentlich schwere Straftaten oder hatten einen moralischen Kompass, der in keiner Weise mit dem westeuropäischen Wertesystem kompatibel war.

„Sie haben sich bei der Verhaftung gut geschlagen.“

„Wie meinen Sie das?“

„Die meisten Kriminellen nässen sich ein, wenn Ruben mit seiner Crew frühmorgens vorbeischaut.“

„Woher wollen Sie wissen, dass ich es nicht getan habe. Sie waren nicht dabei.“

„Ich habe mir die Videos der Verhaftung angesehen. Auf den Wärmebildern hätte ihre Hose gebrannt. Hat sie aber nicht“, sagte Carsten sachlich.

Richter sah ihn schräg an. „Vielleicht lag es daran, dass ich unschuldig bin. Sie haben mich einkassiert wie einen Schwerverbrecher. Ohne Fragen, ohne Rücksicht, ohne Skrupel.“

„Es liegt ein begründeter Verdacht vor. Waren Sie schon einmal in den Vereinigten Staaten?“

„Ist das eine Straftat?“

„Noch nicht ... Wo waren Sie?“

Etwas unwillig sagte Richter: „Florida ... ich bin mit dem Motorrad von Orlando nach Key West gefahren.“

„Wann war das?“

„2012.“

„Hat es Ihnen gefallen?“

„Ja.“ Richters Mimik entspannte sich. Eine Geste, die darauf hinwies, dass er keinen Groll mit dem Land der unbegrenzten Möglichkeiten verband. Über den US-Auslieferungsantrag wusste er noch nichts. „Ist Polizeioberrat ein hoher Rang?“ Jetzt taute er auf.

„Durchaus.“

„Führen Sie solche Gespräche jeden Tag?“

„Nicht mehr ...“ Wer fragt, der führt, Carsten ließ sich gerne führen, um Richter Raum zu geben. Ihn interessierte, welche Richtung der Tatverdächtige einschlagen würde.

„Warum reden Sie dann mit mir?“

„Ich gehöre zu den Guten, vergessen? Ich möchte Ihnen eine Chance geben.“

„Wozu?“

„Sich zu äußern ... wie gesagt, es ist eine Chance ... ich kann Sie nicht zwingen, sie zu nutzen.“ Carsten spürte, dass er Richter gleich an der Angel hatte.

Die Tür des Vernehmungszimmers öffnete sich. Carsten sah auf die Uhr. Was sollte das? Er hatte noch zehn Minuten. Marion Fischer schritt voran.

Ein ehrgeiziges Miststück, daran konnte auch ihre ansprechende Figur nichts ändern. Sie trug einen engen grauen Rock, eine weiße Bluse und flache Schuhe.

„Aufhören! Sofort aufhören!“, rief sie schrill, ohne ein Wort der Begrüßung zu verschwenden.

„Das Verhör ist genehmigt!“ Carsten stand auf.

Richter sah zuerst sie und dann ihn an. Dann verschloss sich seine Mimik.

„Reden Sie mit Dr. Ramon Vesorez, der Staatsanwalt hat ...“

„Grünfeld, das können Sie selbst tun!“ Fischer zeigte auf die Tür. Ramon betrat die Zelle. Ein Mann mit schmalen Händen und scharfen Gesichtszügen.

Er rückte sich die Brille zurecht. „Herr Grünfeld, ich bitte Sie, die Vernehmung zu beenden."

Carsten fühlte sich, als müsse er bei einem Wurf von Ramon seinen Kopf in die Pudelrinne halten. Der Staatsanwalt nahm Anlauf, der Treffer saß. Fischer machte mit ihm kurzen Prozess. Richter sagte keinen Ton. Gegen diesen Aufmarsch war Carsten machtlos. Ihm klingelten die Ohren.

„Natürlich ..." Carsten schnappte nach Luft. Er konnte sich nicht erinnern, jemals von einem Kollegen so vorgeführt worden zu sein. „Herr Richter, an dieser Stelle muss ich mich von Ihnen verabschieden."

„Ich möchte nicht, dass Herr Grünfeld weiterhin mit dem dringend Tatverdächtigen spricht", erklärte eine männliche Stimme, die Carsten sehr wohl kannte. „Herr Richter gefährdet die freiheitlich demokratische Grundordnung der Bundesrepublik Deutschland ... wir tun das hier auch im Interesse des deutschen Volkes."

Richter sah den groß gewachsenen Mann mit dem amerikanischen Akzent an, als ob Special Agent Stan Wilson ihm gerade die Höllenpforte persönlich geöffnet hätte. Kein unpassender Vergleich. Carsten kannte Wilson vom US-Generalkonsulat auf der Willi-Becker-Allee. Er war FBI-Verbindungsoffizier und zuständig für Auslieferungen. Ein harter Hund. Vor sieben Jahren hatten beide eine elfwöchige Fortbildung an der National Academy des FBI in Quantico, Virginia absolviert.

„Herr Richter, ich bin Special Agent des FBI, ich werde Ihre Auslieferung überwachen. Sie werden morgen früh in das Camp Delta nach GTMO verlegt."

„Guantanamo, das ist doch ein Witz, oder?", fragte Carsten. GTMO stand für Guantanamo Bay Naval Base. Dieser kleine Dienstweg war illegal. Ohne eine richterliche Entscheidung durfte niemand abgeschoben werden. Hier wurde das Internationale Strafrecht kräftig mit Füßen getreten.

„Herr Grünfeld, Sie sollten jetzt einfach die Klappe halten!" Ramon konnte auch anders.

Carsten schwieg. Nach der Ergreifung wurde die Akte Richter in Rekordzeit geschlossen.

„Special Agent Wilson, ich werde persönlich dafür sorgen, dass der ungesetzliche Kombattant morgen früh am Flughafen pünktlich an Sie übergeben wird“, prostituierte Fischer sich lächelnd.

III. Beziehungen

Sie hatten Patrick wieder eingesperrt. In eine Zelle in einem anderen Trakt. Sein neues Domizil überzeugte mit dem gleichen Ambiente. Eng, trist, funktional. Immerhin hatte er endlich in das brillenlose Edelstahlklosett pinkeln können. Ein Tablett mit einer undefinierbaren Reispampe, schwarzem Tee und einer Flasche Wasser hatten sie ihm vor einer halben Stunde hereingereicht. Für einen Hungerstreik war es noch zu früh, hastig verschlang Patrick den Fraß. Stets patrouillierten zwei schwer bewaffnete Polizisten in seiner Nähe.

Das leere Tablett stellte er auf den Boden neben ein Paar weiße Turnschuhe mit Klettverschluss, die er dort vorgefunden hatte. Dann nahm er einen Schluck Wasser aus der Kunststoffflasche. Das Wasser schmeckte nach Plastik – irgendwie beruhigend. Schön, wenn die kleinen Dinge auf dieser Welt noch in Ordnung waren. Völlig erschlagen legte er sich auf das Bett. Oder hieß das Ding Pritsche? Er verschränkte die Arme hinter dem Kopf. Bisher hatten sie ihm keine Zeit gelassen, sich zu fürchten. Das war nun anders. Die Angst kam auf leisen Sohlen und dennoch mit voller Wucht. Sein Magen rotierte und gab laute Blubbergeräusche von sich. Die hatten ihn am Arsch.

Straftatbestand: Mitgliedschaft in einer terroristischen Vereinigung! Erst jetzt begriff er, was ihm widerfahren war. Mit allen Konsequenzen. Seine Gedanken entwickelten sich nur langsam. Die verdächtigten ihn tatsächlich, ein Terrorist zu sein. Den ganzen Tag über hatte ihn eine innere Stimme beruhigt. Alles wird sich aufklären, du hast ja faktisch nichts Unrechtes getan, du bist viel zu langweilig und verdienst diese Aufregung um deine Person überhaupt nicht. Terroristische Vereinigung, so ein Blödsinn. Außer im ADAC bist du in keiner Vereinigung.

Nun kam er zur Ruhe. Wollte oder konnte er das überhaupt? Denn ein Wort spukte schon seit geraumer Zeit in seinem Kopf herum. Guantanamo! Hatte er das richtig verstanden? Und dann der Special Agent Stan Wilson. Ein Typ wie aus einem amerikanischen B-Movie. Ach was, das konnte nicht sein. Die machten Spaß. Das Ganze war ein Rollenspiel. Beinahe wäre er auf den Oberstudienrat Grünfeld hereingefallen. Guantanamo. Das klang in exotischer Weise höchst bedrohlich und ziemlich grässlich. Viel zu grässlich, um wahr zu sein. Patrick würgte ein Kichern heraus. Nein, die plumpen Mistsäcke hatten guter Bulle, böser Bulle mit ihm gespielt. Das kaufte er denen nicht ab. Niemand in Deutschland konnte laut der zitierten freiheitlichen demokratischen Grundordnung aus seinem Bett gerissen und einen Tag später als Schwerverbrecher nach Guantanamo verfrachtet werden wie eine Schweinehälfte. Hihi, glaubten die wirklich, er falle auf diesen Schwachsinn herein? Die wollten ihn mit ihren perfiden, perversen Methoden weichkochen, ihn brechen, ihn dazu bringen, irgendetwas zu gestehen, wo es nichts zu gestehen gab. Gott und er wussten: Er war unschuldig wie Neuschnee.

Allmählich beruhigten sich Magen und Kreislauf. Na ja, zuerst der Kreislauf, sein Magen nahm ihm noch die mit Steuergeldern finanzierte Reispampe übel.

Doch die Angst ließ nicht locker, so leicht wie eine Träne konnte er sie nicht wegwischen. Es war keine situative Panik, wie er sie unmittelbar nach dem nächtlichen Überfall gespürt hatte. Nein, die jetzige Angst ging an die Substanz, zermürbte ihn auf subtile Art und Weise, griff seine Seele an, brach Stücke aus ihm heraus. Wie eine Epidemie breitete sich tiefe Furcht in seinem Körper aus. Genau dies produzierte Adrenalin, er war wieder hellwach. Sein Leben kenterte, doch weit und breit gab es kein Rettungsboot. Teile seiner selbst trieben bereits davon. Er konnte strampeln, wie er wollte, früher oder später würde er jämmerlich ertrinken.

„Hilfe“, flüsterte Patrick ins Dunkel. „Ich bin unschuldig.“

Die Männer mit den Maschinenpistolen kannten das. Jeder, der hier landete, war unschuldig.

*

Eine Ewigkeit später wollte die körperliche Erschöpfung ihn endlich mit Schlaf erlösen, doch sein Geist war noch nicht so weit. Auf einmal spulten sich Bilder aus der Tagesschau hinter seinen geschlossenen Augen ab. Kniende Männer mit gesenkten Köpfen in orangefarbenen Overalls. Gesichter wie Totenschädel.

Verdammt!

In Zukunft würde er weniger Dokumentarfilme und Berichte im Fernsehen gucken. Vor wenigen Monaten hatte er einen Film über einen Briten gesehen, der vierzehn Jahre lang unschuldig im Gefangenenlager von Guantanamo gesessen haben soll. Dort besaßen die Menschen keinerlei Rechte, die Gefangenen wurden in Käfige gesperrt und Hitze und Kälte ausgesetzt. Wie Tiere vegetierten sie dahin. Ein rechtsfreier Raum. Alles, was die Häftlinge besaßen, war Zeit. Sie wurden nicht angeklagt, folglich gab es auch keine Verhandlung, auf die sie warten konnten.

Der Brite hatte in dem Interview von den Folter- und Verhörmethoden der Wächter erzählt. Beispielsweise wurde er neun Tage wachgehalten, mit Eiswasser übergossen und mit Stacheldraht gefesselt. Die britische Regierung hatte das vierzehn Jahre lang einen Scheiß interessiert.

Die Medien berichteten immer wieder mal halbherzig von Selbstmorden und Selbstmordversuchen. Patrick erinnerte sich, mit welcher Häme das US-Militär im Jahr 2006 reagiert hatte, nachdem sich drei Insassen in ihren Zellen erhängt hatten. Lagerkommandant Admiral Harry Harris erläuterte damals: ‚Sie achten das Leben nicht, weder unseres noch ihr eigenes. Das war kein Akt der Verzweiflung, sondern asymmetrische Kriegsführung gegen uns.'

Dass die Amis mit diesen Methoden seit fünfzehn Jahren durchkamen, war ihm ein Rätsel. Wollte Obama das Teil nicht schließen? Zu spät, denn Trump hatte angekündigt, Guantanamo weiter auszubauen.

Nicht in Panik hineinsteigern, nahm sich Patrick vor. Wie sagte seine Freundin Luna immer? ‚Du musst das Ganze positiv sehen.' Auweia, richtig – Luna gab es auch noch. Vor lauter Angst und Problemen hatte er die ganze Zeit nicht an sie denken können. Oder wollen? Zurzeit durchlebten sie eine handfeste Beziehungskrise. Nein, er sollte das positiv sehen. Tiefen in einer Beziehung gab es nur, damit die Höhen umso schöner wurden. Jetzt steckte sein gesamtes Leben in einem Tief, daher musste es in Kürze grandios werden.

*

Die Zeit lief weiter. Er sollte positiv denken. Also, was konnte er den letzten Stunden Gutes abgewinnen? Zweifelsohne hatte er eine Menge neuer Leute kennengelernt. Den zuvorkommenden Herrn von der BWE+, Ruben Karlov. Ein kerniger Bursche. Dann die Polizeihauptkommissarin Marion Fischer. Eine echte Kapazität auf ihrem Gebiet. Unfassbar formalistisch, unglaublich unsympathisch. Und Carsten Grünfeld. Der schien ganz in Ordnung zu sein, wenn er nicht ausgerechnet Bulle geworden wäre.

Instinktiv setzten bei Patrick die Beruhigungs- und Selbsterhaltungsmechanismen wieder ein. Er brauchte Hoffnung. Seine Gedanken drehten sich im Kreis, er weigerte sich erneut, an seine Auslieferung zu glauben. Es musste einfach ein Fake gewesen sein. Und Grünfeld spielte dabei mit.

Unangemeldet kamen auch die Zweifel wieder. Ganz so perfekt, wie er es gerne wollte, passten die Puzzleteile des Guantanamo-Fakes nicht zusammen. Dafür hatte sich Carsten Grünfeld zu sehr bemüht, in ihn hineinzuhorchen. Der Kerl hatte den Vorwürfen wahrhaftig auf den Grund gehen wollen. Unter anderen Umständen hätte Patrick für den alten Kerl durchaus so etwas wie Sympathie entwickeln können. Doch letztlich bezichtigte ihn dieses Kollektiv, Dinge getan zu haben, die er nicht getan hatte. Wobei er immer noch nicht wusste, was sie ihm konkret vorwarfen. Was lief verkehrt im Rechtsstaat Deutschland? Nach den zahlreichen Anschlägen des IS vor allem in Frankreich, Belgien und England war die Nervosität empfindlich gestiegen, die Nerven lagen blank. Auch in Deutschland hatte es die ersten Vorkommnisse gegeben, sofort fiel ihm der Anschlag auf den Berliner Weihnachtsmarkt an der Gedächtniskirche ein.

„Du sollst das Positive sehen, Patrick“, ermahnte er sich. Erneut. Es funktionierte nicht.

Luna, du fehlst mir. Seine Sehnsucht hatte etwas Positives. Worüber hatten sie sich eigentlich gestritten? So sehr gezofft, dass sie sich seitdem nicht mehr gesehen hatten. Nun gut, sie wohnten nicht zusammen, Luna besaß ihre eigenen vier Wände in Neuss. Selten hatte er sie so wütend erlebt. Jetzt fiel ihm der Grund wieder ein. Geld, Karriere, Lebensplanung. Nicht, dass ihm diese Themen unwichtig gewesen wären, doch Luna beschäftigte sich vorwiegend damit. Sie hatte ihm ein Vorstellungsgespräch für die Stelle des stellvertretenden Lektoratsleiters bei einem kleinen Verlag besorgt. Patrick hatte in Köln seinen Bachelor in der Regelstudienzeit mit einem Schnitt von 1,5 hinbekommen. Er liebte Belletristik und hatte nach dem Studium unzählige Bewerbungen als Lektor losgeschickt. Die erste Absage hatte besonders wehgetan, danach wurde es mehr und mehr zur Routine. Vor allen Dingen gab es gar nicht so viele große Verlage, letztlich teilten sie sich auf zwei Großkonzerne auf. Aus der Not heraus hatte er sich als freier Lektor selbstständig gemacht und ein Auge auf die sich rasant entwickelnde Selfpublisher-Szene geworfen. Autoren ohne Verlag, die ihre Werke in die entsprechenden Portale hochluden. Leider stand die Mehrzahl der Selbstverleger naturgemäß am Anfang ihrer Autorenkarriere und hatte wenig Geld für Lektoren übrig. Leben konnte er von den Einnahmen nicht. Also mussten Minijobs her, um sich über Wasser zu halten, wie es so schön hieß. Am liebsten arbeitete Patrick als Fahrradkurier. Schneller und zuverlässiger konnten wichtige Dokumente nicht durch Düsseldorf transportiert werden. Patrick Richter auf einem Rennrad. Nur eine Email war in der Stadt schneller, aber nicht viel. Dass er bei seinen Rennfahrten die Straßenverkehrsordnung völlig neu interpretierte, verstand sich von allein. Einmal hatten die Bullen ihn beinahe erwischt, als er mehrere rote Ampeln und ein Einbahnstraßenschild geflissentlich ignoriert hatte – frühmorgens, der Berufsverkehr war noch nicht unterwegs gewesen. Spektakulär hatte er entkommen können und sich gefühlt wie Bonnie und Clyde in einer Person. In einem Mördertempo war er vom Konrad-Adenauer-Platz durch den gesamten Hauptbahnhof unter den achtzehn Gleisen entlang zum Bertha-von-Suttner-Platz gerast. Im Auftrag des Herrn unterwegs, wie die Blues Brothers. Das war das kriminellste, das er sich bisher in seinem Leben geleistet hatte. Wegen einer solchen Lappalie brachten die ihn aber nicht nach Guantanamo. Verdammt! Da war es wieder, dieses böse G-Wort, das böse Gedanken auslöste.

Die Auflage war dünn, und das Bett erschien ihm hart wie ein Amboss. Ein Hammer mit dem G-Wort raste auf ihn zu. Er drehte sich auf die andere Seite.

Patrick, du musst schlafen. Du wirst nicht in Kuba landen. Du bist unschuldig, und die deutsche Justiz ist gründlich und gerecht. Alles wird sich aufklären.

Die schafften ihn, einen deutschen Staatsbürger, nicht einfach mal über Nacht nach Guantanamo. Auch wenn Trump Amerika unbedingt wieder great again machen wollte, ging das zu weit.

Die Sache wird sich als großer Irrtum herausstellen. Vielleicht kommst du dann mit dieser hanebüchenen Geschichte ins Fernsehen. *Kölner Treff* bei Bettina Böttinger oder so. Wie kam er jetzt auf diese schwachsinnigen Gedanken? Bisher war sein Leben unspektakulär verlaufen. Durchschnittlich, könnten Neider und Kritiker gleichermaßen über ihn sagen. Er war durchschnittlich groß, durchschnittlich erfolglos, durchschnittlich gekleidet und vertrug durchschnittlich viel Bier. Daran war nichts verkehrt.

Dafür sehe ich überdurchschnittlich gut aus und bin unterdurchschnittlich bescheiden, machte er sich Mut.

Luna schien dies in letzter Zeit zu wenig zu sein. Erneut fiel ihm der Streit am letzten Wochenende ein. Irgendwie hatte er es geschafft, ihr Zusammensein gehörig zu vergeigen.

Sie hatte ihn angeschrien. „Du hast das Bewerbungsgespräch versaut. Die Stelle war eine einmalige Chance – eine Managementposition als Berufseinsteiger. Der jetzige Chef geht in vier Jahren in Pension, dann hättest du die Leitung der Abteilung übernehmen können."

Ja, ja – er war zum Verlag hingefahren und hatte sich fast zwei Stunden mit den Herrschaften unterhalten. Die Wahrheit lautete, dass sich neben ihm noch ein Dutzend andere auf diese Stelle beworben hatten, und mindestens einer davon war offensichtlich besser gewesen als er.

So sah Patrick es, Luna hingegen hatte das nicht gelten lassen wollen. „Du weißt, der Personalchef ist ein alter Bekannter von mir – gestern habe ich mit ihm telefoniert. Sie hätten dich genommen, wenn du etwas zielstrebiger aufgetreten wärst."

„Was soll das denn heißen?" Die Empörung hatte er nicht spielen müssen.

„Er meinte, du hättest den Eindruck vermittelt, den Job nicht haben zu wollen."

„Kein Wunder. Der Idiot hat mich gefragt: ‚Herr Richter, wie wichtig ist Ihnen Geld?' Und nachdem er mich damit auf die Palmenspitze gebracht hatte, sollte ich ihm zehn meiner Schwächen aufzählen." Mit solchen Dialogen konnte er weder in Büchern noch im realen Leben etwas anfangen.

„Und du bist darauf reingefallen und pampig geworden, anstatt auf so eine offensichtliche Provokation eloquent zu reagieren."

Patrick hatte es nicht fassen können. Eloquent hatte er gefragt: „Auf welcher Seite stehst du eigentlich, Luna?" Seine Reaktion war idiotisch gewesen. Das Leben war ein Spiel, und auf die rhetorische Frage nach dem Geld hätte er ohne Not eine rhetorische Antwort geben können. So wie: ‚Wissen Sie, Geld ist nicht das Maß aller Dinge, es ist aber wichtig. Verantwortung, die richtige Einstellung und eine adäquate Bezahlung gehören zusammen. Lassen Sie uns über die Ziele sprechen, die wir gemeinsam erreichen können.' Kotz!

Ohne eine Antwort war sie abgerauscht wie eine Silvesterrakete. Und passend dazu hatte sie die Wohnungstür hinter sich zugeböllert. Genau die Tür, die Ruben ‚Drago' Karlov knapp eine Woche später mit seiner Metallramme zu Konfetti verarbeitet hatte. Das hatte Luna nun davon.

Oh, nein. Die Brücke zu dem Einsatzkommando hätte er besser nicht geschlagen. Sofort fühlte sich Patrick wieder mittendrin. Bis zur Nase im braunen Warmen. Was die ihn wohl in Guantanamo fragen würden? Er schluckte bitter.

IV. Immer online

‚Ich will Blut riechen können', diesen Satz bekam Susanna von ihrem Chef Carlo häufiger zu hören. Dabei war er kein böser Mensch. Ein herzensguter sogar, mit dem sie sich seit Jahren gut verstand. Er hatte nur den Riecher, hatte das Geschäft begriffen. Wer nicht gerade bei den öffentlich-rechtlichen Medienanstalten nach dem Studium das Privileg einer mit Zwangsabgaben subventionierten Frühpensionierung genießen durfte, musste Inhalte schaffen, die auch wahrgenommen wurden. Emotionen verkauften sich nach wie vor immer noch am besten. Das zelebrierte Leid anderer blieb für die moderne Medienindustrie der heilige Gral, der die Werbekunden anlockte.

Susanna trug ihr Headset, huschte mit der Maus über das Display ihres Notebooks, positionierte vier Fenster nebeneinander und wählte über ein zweites Notebook die Nummer von Carlo. Sie war bereit, ihre Arbeit unter die Leute zu bringen.

Carlo brauchte keine Sekunde, um das Videogespräch anzunehmen. *„Hallo mein Engel."* So nannte er sie, wenn er gute Laune hatte. Das kam vor, wenn auch nicht oft. Carlo Ancillotti war Italiener mit Herz und Seele, auch wenn er seine Heimat nur aus dem Urlaub kannte. Aufgewachsen war er in Düsseldorf Bilk. Das, was die deutsche Industrie mit Fertigpizza und Dosenravioli aus seiner kulinarischen Heimat gemacht hatte, hielt er für die schlimmste Katastrophe seit dem Zerfall des römischen Imperiums.

„Ich habe dir meine neue Arbeit geschickt." Susanna arbeitete als freie Journalistin und war daher auf seinen guten Willen als Chefredakteur angewiesen. Sein Magazin war nicht ihr einziger Kunde, aber ihr bester. Und er hatte nie für die Veröffentlichung ihrer Artikel mit ihr schlafen wollen. Wobei sie nicht sicher war, ob sie nein gesagt hätte. Nicht wegen des Geldes. Carlo besaß Humor, war scharfsinnig und sah nicht schlecht aus, und er war Single. So wie sie. Dunkle lange Haare, Hipster-Bart und gebräunte Haut – nein, es gab definitiv Männer in Düsseldorf, die schlechter aussahen als er.

„Ich habe ihn gelesen ...“

Das hörte sich nicht gut an. Sie hatte viel recherchiert und zwei Tage an dem Artikel gearbeitet. Die Nacht dazwischen hatte deswegen auch nur drei Stunden gehabt. Ein Beitrag über die beruflichen Chancen junger Ausländer in Deutschland, so lautete der Auftrag. Carlo war Italiener, sie US-Amerikanerin mit deutscher Staatsangehörigkeit, beide kamen also aus europäisch geprägten Ländern, bei denen Berufseinsteigern in Düsseldorf eher keine großen Probleme in den Weg gelegt wurden.

„Und?“

„Er ist gut.“ Carlo war so ein mieser Schauspieler.

„Aber du wirst ihn nicht kaufen ...“

„Nein.“ Er sah sie aus ihrem Notebook an. *„Susanna Monroe ... ich leite kein politisches Magazin. Ich produziere Unterhaltung. Das ist eigentlich einfach zu verstehen ... oder?“*

„Ich könnte ihn ändern.“ Susanna brauchte den Auftrag. Ihr magerer Kontostand erlaubte keine Diskussionen über Inhalte – das konnte sie sich nicht leisten.

„Wieso kannst du nicht einfach eine Erfolgsstory bringen? Vom Ziegenhirten im Sudan bis zu einer schicken Boutique für authentische Mode an der Kö?“

„Mit einem Stock-Foto eines gut aussehenden dunkelhäutigen Models?“ Sie sollte die Klappe halten, aber Carlos Vorschlag war an Flachheit kaum noch zu überbieten.

„Genau!“

„Du bekommst die Überarbeitung morgen, okay?“ Susanna würde den Beitrag im Prinzip neu schreiben müssen. Sie hatte sich zu deutlicher Kritik am Jugendwahn deutscher Personaler hinreißen lassen. Besonders ausländische Berufseinsteiger sollten im Idealfall fünf Sprachen sprechen, aussehen wie die kleine Schwester von Naomi Campbell, zehn Jahre Erfahrung haben, international vernetzt sein und mit zweiundzwanzig bereits einen deutschen Master mit einer eins vor dem Komma in der Tasche haben.

„Du kanntest den Termin. Wir haben Freitagabend, wie immer war der Redaktionsschluss vor über einer Stunde. Jetzt ist es sieben. Ich habe den Platz in der Ausgabe anders belegen müssen ... sorry.“

„Verstanden ...“ Susanna hatte diesen Artikel in den Sand gesetzt. Zweitausend Euro hätte er ihr eingebracht. Jetzt konnte sie ihn höchstens noch in ihrem privaten Blog bringen, der ihr über die geschaltete Werbung vielleicht zwanzig Euro einbrachte, die sie erst nach mehreren Monaten Wartezeit ausgezahlt bekommen würde. Keine gute Option, um die nächste Miete zu bezahlen.

Carlo beendete die Videoverbindung.

Susanna sah auf die Uhr, kurz nach sieben, dann auf den Fernseher, der stumm einen CNN-Bericht anzeigte. Bilder aus der Heimat. Sie stammte aus Baltimore. Der Präsident sprach. Nein, in die Staaten zurückzukehren war keine Option. Das war nicht mehr ihr Land. Ihre Mutter war Düsseldorferin. Aufgewachsen war Susanna in den USA. Zweisprachig, ansonsten hätte sie nie freiwillig Germanistik studiert. Deutsch verfügte über eine Grammatik, die einen normalen Menschen in den Wahnsinn trieb, selbst zahlreiche Deutsche, was ihre Fallstudien im Netz deutlich gezeigt hatten.

„Mama?“, rief ihre Tochter lautstark aus der Küche der Zweizimmerwohnung. Ihre Kleine war vierzehn, ein Alter, das auch ohne ihre finanziellen Probleme schwierig gewesen wäre.

„Ja?“

„Haben wir keine Milch mehr?“ Sie stand barfuß mit Jogginghose und T-Shirt vor dem offenen Kühlschrank.

„Wenn keine mehr da ist ... offensichtlich nicht.“ Susanna trank ihren Kaffee schwarz.

„Warum warst du nicht einkaufen?“ Ihre Tochter war erst während des Gespräches mit Carlo heimgekommen. Susanna hatte keine Ahnung, wo sie gewesen war. Sonst ging sie freitags doch immer zum Sport, oder nicht?

„Ich habe an einem wichtigen Artikel gearbeitet.“

„Aber du warst doch zuhause!“

„Ich habe trotzdem gearbeitet.“ Schließlich hatte Susanna den Artikel geschrieben, den sie Carlo nicht verkaufen konnte und daher gerade auf ihren Blog online schaltete.

„Aber du hättest doch kurz einkaufen gehen können, oder?“ Ihre Tochter zeigte dafür wenig Verständnis und raschelte demonstrativ mit dem Karton der Frühstücksflocken.

„Du hättest auch Milch kaufen können.“

„Das mache ich, seit ich neun Jahre alt bin. Aber es war abgemacht, dass du heute einkaufen gehst.“

„Arbeit geht vor!“ Susanna wollte sich weder ein schlechtes Gewissen machen lassen noch sich rechtfertigen, warum sie nicht jeden Tag in ein Büro fuhr und um siebzehn Uhr mit gefüllten Einkaufstüten heimkehrte.

„Hast du etwas geschrieben?“

„Ja. Einen langen Artikel.“

„Hast du ihn verkauft?“

„Leider nein ... Carlo wollte den Artikel nicht.“

„Das ist doch alles Blödsinn ...“ Die Kleine warf ihre blonde Mähne herum und stellte den Karton ab. Die Enttäuschung über Susannas Misserfolg war ihr deutlich anzusehen.

Susanna verspürte keine Lust, sich neben Carlo auch noch vor ihrer halbwüchsigen Tochter verantworten zu müssen. „Junge Dame! Du bist unverschämt! Du weißt genau, wie mein Job funktioniert!“ Erklärt hatte sie es ihrer Tochter bereits mehrfach. „Wo warst du überhaupt? Die Schule geht doch nicht bis sieben!“

„Wo ich war?“

„Ja, genau! Wo warst du?“

„Es ist Freitag!“

„Und?“

„Ich gebe am Freitagnachmittag Nachhilfe ... etwa vergessen? Das tue ich jetzt bereits seit Ende der Sommerferien!“ Sie schnaubte empört. „Ich glaube es nicht ... du hast es wirklich vergessen! Das ist auch der Grund, warum du nicht einkaufen warst, sondern dich auf mich verlassen hast.“

„Ähm ...“ Susanna hatte tatsächlich nicht daran gedacht. Der Tag hatte seinen Tiefpunkt noch nicht erreicht. „Entschuldige.“

„Entschuldige?“ Ihre Kleine war auf hundertachtzig. „Entschuldige, natürlich ... einfach mal kurz entschuldigen, und alles ist wieder gut!“

Eine Blondine mit blauen Augen – ihre Tochter war nicht nur bildhübsch, sondern auch sehr gut in der Schule. Susanna wäre froh gewesen, ihr mehr bieten zu können.

„Verzeih mir. Ich weiß nicht, wo mir der Kopf steht.“ Der Tag heute würde in dieser Woche keinen Preis gewinnen. Ach, die ganze Woche lief bereits mies. Eine unerwartete Stromnachzahlung, bei ihrem parkenden Auto hatte ihr jemand den Scheinwerfer kaputt gefahren und war abgehauen, zwei Artikel, die sie nicht verkaufen konnte, und jetzt auch noch ein Streit mit ihrer Tochter.

„Bin ich dir etwa lästig?“

„Hör auf damit!“ Das war nicht fair. Susanna hatte gerade viel um die Ohren und für lange Diskussionen keine Zeit.

„Das kommt immer, wenn dir eine Frage nicht passt. ‚Hör auf damit!‘ Funktioniert das? Hören alle auf, die dich nerven, wenn du es sagst?“

„Nein.“ Dann müsste die halbe Stadt die Klappe halten, und sie könnte im Zirkus auftreten.

„Aber ich soll es tun?“

„Ich habe mich doch schon entschuldigt!“ Was sollte Susanna sonst noch tun.

„Ach ... hör doch auf damit!“ Mit diesen Worten verschwand der kleine Sonnenschein in seinem Zimmer. Viel Platz, um sich aus dem Weg zu gehen, hatten sie nicht. Susanna schlief üblicherweise auf dem Klappsofa im Wohnzimmer.

*

Zwei Stunden später hatte sich an der Situation wenig geändert. Draußen war es inzwischen dunkel geworden. In der Flimmerkiste lief der Nachrichtenkanal. Ihre Tochter schmollte in ihrem Zimmer und

Susanna flog mit zwei Notebooks parallel durch die Weiten des World Wide Web. Gute Geschichten entdeckte heute kein Journalist mehr mit Block, Kamera und Bleistift auf der Straße, er entdeckte sie im Netz. Das Internet war Susannas Spielwiese. Ihr Heim, ihr Ziel, ihr Zweck. Die ganze Welt stand ihr dafür zu Verfügung: Foren, Streams, Bildportale, Video-Plattformen, Mediendienste, Webseiten der Polizei und andere News-Ticker. Leider durfte sie diese Vielfalt nicht exklusiv verwerten. Millionen anderer Journalisten taten es ihr gleich. Es ging also um eine gute Spürnase, um Geschick bei der Verknüpfung vermeintlich unzusammenhängender Informationen, um Geschwindigkeit und kräftige Ellenbogen. All das hatte sie. Dachte sie zumindest.

Vor ein paar Jahren hatte sie noch regelmäßig einige recht passable Geschichten verkaufen können. Leider waren die letzten Monate eher dünn gewesen, weswegen sie für Carlos Klatschblatt Beiträge schrieb, die eigentlich unter ihrer Würde waren. Was blieb war der Traum, einmal im Leben die ganz große Geschichte zu schreiben. Die Titelblattstory, von der eine ganze Generation sprechen würde. Ganz sicher die Hoffnung vieler Journalisten. Daher musste sie sich hervortun, bereit sein, hart dafür zu arbeiten. Solange blieb ihr nichts anderes übrig, als sich mit trivialen Storys über Wasser zu halten.

Durch Carlo kannte Susanna sich bestens in der deutschen Star- und Sternchenszene aus und konnte auf Knopfdruck sagen, welcher B- bis F-Prominente mit einem anderen B- bis F-Prominenten in der Kiste gelegen hatte. Irgendwie scheute sie sich, dieses Wissen zu vergolden. Die Gefahr, nach ihrem Tod in der Hölle zu landen und den ganzen Tag Telenovelas oder Casting-Formate ansehen zu müssen, schreckte sie ab.

Bei der Suche im Netz fand sie auch Dinge, die sie lieber nicht gefunden hätte. Vielleicht sollte sie einen Beitrag über *Anal bleaching* schreiben – nein, besser doch nicht.

Auf dem Presseportal der Düsseldorfer Polizei sah es auch nicht besser aus. Im Fall eines Exhibitionisten in Eller suchte die Polizei Zeugen. Der Spinner hatte sich einer jungen Frau im Schlosspark mit heraushängendem Penis genähert. Zu ihrem Glück hatte sie mit Hose oben schneller flüchten können als er mit Hose unten. Susanna kopierte sich dazu einige Details, um einen Artikel für die Tageszeitung zu schreiben. Solche kurzen Beiträge brachten nicht viel Geld, wurden aber gerne genommen. Sie konnte sie sogar mehrfach an kleine Redaktionen verkaufen.

Was gab es sonst noch? Die Polizei informierte darüber hinaus über wichtige bundesweite Änderungen im Waffengesetz. Das interessierte kaum jemanden. In Oberbilk hatte es ein Straßenraub mit einem leicht verletzten Opfer gegeben. Dazu würde sie gleich nach Bildern suchen. Auch bei dem Flitzer im Schlosspark würde sich ein Foto gut machen, die Redaktionen zahlten dann das Doppelte. Parallel zu dem Newsroom der Polizei hatte sie auch eine Bilder- und Videosuche offen. In der Kombination von Daten und Fakten lag die Würze. Oft ergaben zwei an sich eher unspektakuläre Informationen miteinander kombiniert eine völlig neue Geschichte.

In Lohhausen waren bei einer Verkehrskontrolle zwei Dealer aufgeflogen. Drogengeschichten verkauften sich eher schlecht. Daher überflog sie den Beitrag ohne wirkliches Interesse. Auch ein Motorradunfall in Benrath war zwar tragisch, brachte aber nur wenige Leser ein. Leider war, oh Wunder, mit Sex und Gewalt am meisten Geld zu verdienen.

„Treffer!“ Susanna freute sich. Sie hatte ein privates Video auf YouTube gefunden. Der Flitzer im Schlosspark war gefilmt worden. Sie wunderte sich immer wieder, wie gut die Handyvideos inzwischen waren. Man konnte alle Details erkennen, wobei dem Typen eine kräftige Verpixelung gut zu Gesicht gestanden hätte. Der hatte Haare an Stellen, die sie nie für möglich gehalten hätte. Gruselig. Wäre der Mann ihr begegnet, hätte sie später einen Therapeuten benötigt.

„Der Typ ist eklig!“, stellte ihre Tochter fest, die mit verschränkten Armen hinter ihr stand. Susanna hatte sie nicht kommen hören.

„Ähm ... ja.“ Da konnte sie nicht widersprechen.

„Über den schreibst du?“

„Ähm ... ja!“ Natürlich tat sie das. Der Typ sah so scheiße aus, dass eine Verbreitung des Videos peinlicher war, als jede Strafe, die ihm ein Richter dafür geben würde.

„Wer liest denn so etwas?“

„Da gibt es einige ..." Als Journalistin sollte man nicht über seine Leser herziehen, aber solche Beiträge wurden gerne gelesen. Und angeklickt. Mit Video und Polizeibeitrag würde sie den Artikel noch heute Abend mindestens fünfmal verkaufen können.

„Und was schreibst du über den?" Ihre Kleine schüttelte nur angeekelt den Kopf.

„Das, was die Polizei gemeldet hat. Dass eine junge Frau im Schlosspark Eller unterwegs war, als sie plötzlich ein lautes Pfeifen hörte. Darauf sah sie sich um und entdeckte einen Kerl, der mit der Hose unter den Knien aus dem Gebüsch kam.

„Warum machen Männer so etwas?"

„Eine sehr gute Frage ..." Susanna würde noch sein Alter, seine Körpergröße und seine bräunliche, zerzauste Behaarung erwähnen. Sie überlegte kurz, ob sie für einen ihrer Kunden die Überschrift: *Big Foot im Schlosspark gesichtet,* ergänzen sollte. „Was würdest du tun, wenn dieser Typ dir über den Weg läuft?"

„Weglaufen natürlich!"

„Richtige Antwort." Das hatte sie ihrer Tochter eingebläut, die durch ihre Heimarbeit Dinge mitbekam, die vermutlich anderen Vierzehnjährigen erspart blieben.

„Entschuldigung, Mama." Ihre Kleine ruderte zurück. „Ich wollte dich vorhin nicht so anblaffen."

„Ist schon gut." Susanna stand auf und nahm sie in die Arme. Ihre ‚Kleine' war bereits einige Zentimeter größer als sie. Kinder blieben nie, was sie waren. „Sollen wir zusammen einkaufen gehen?"

„Ja."

„Prima ... zieh dich an. Wir können sofort los. Der Supermarkt hat noch bis zehn offen." Sie würden für die kurze Strecke nur ein paar Minuten benötigen.

V. Abflug

„Aufwachen! Herr Richter, es ist soweit."

Die Stimme klang fröhlich, so als dürfte Patrick nun endlich seine vierzehntägige Kreuzfahrt auf einem Luxusdampfer in die Karibik antreten. Karibik kam der Sache schon nahe, Urlaub würde es trotzdem keiner werden.

Keine dreißig Minuten vorher war er endlich mühsam eingeschlafen.

„Wie spät ist es?" Er konnte keinen klaren Gedanken fassen.

„Punkt vier."

Patrick stöhnte. Die Augen brannten, der Magen drückte und das Herz hämmerte. Seinen körperlichen, geistigen und seelischen Zustand konnte er mit gutem Gewissen als durchwachsen bezeichnen. Wurde das Schwein nun zur Schlachtbank geführt?

„Machen Sie sich frisch, und ziehen Sie das an." Der Beamte reichte ihm eine Weste durch das Gitter. Erstaunt wog er das Kleidungsstück in der Hand – es war überraschend schwer.

„Kugelsicher", erklärte der Polizist, und es schwang ein wenig Stolz mit, was die Staatsdiener doch für schöne Sachen in ihrem Alltag verwendeten.

„Und was macht die?"

„Was wohl. Kugeln aufhalten."

„Noch nie hat jemand auf mich geschossen. Was soll das also?", fragte Patrick verbissen.

Der Beamte zuckte die Schultern. „Ich habe meine Anweisungen. Sie werden gleich in Empfang genommen, und wir wollen doch alle nicht, dass Ihnen auf dem Weg zum Flughafen etwas geschieht. Sie dürfen die Weste dann auch wieder ausziehen. Nach der Übergabe."

Genau, gleich musste er sich übergeben.

„Aha! Und was geschieht dort mit mir?"

„Nicht mehr unser Altbier." Der Beamte lächelte fröhlich. „Ich meine es nicht persönlich."

Patrick konnte nicht mitlächeln. Sollte er sich weigern? Widerstand leisten? Schreien? Den Polizisten beschimpfen? Fluchen? Toben? Alles gleichzeitig?

Nein, das brachte ihn auch nicht weiter. In brutaler Gemütsruhe schlüpfte er mit den Armen in die Weste. Das Ganze erschien ihm viel zu grotesk, um wahr zu sein. Die frühmorgendliche Frohnatur verschwand.

*

Mit vor der Brust verschränkten Armen wartete Patrick etwa eine Viertelstunde, bis eine Gruppe Männer durch den Gang stiefelte. Mindestens zehn Uniformierte, natürlich waren wieder die obligatorischen Maschinengewehrträger dabei, standen nun vor seiner Zelle.

Inmitten der Männer plauderte Polizeihauptkommissarin Marion Fischer mit charmantem Dauerlächeln reihum mit den Kerlen. Die Henne im Korb.

Der erste Beamte öffnete die Zellentür. „Raustreten!“, befahl er wie ein Schließer, der zehn Jahre auf Alcatraz gedient hatte.

„Ich will einen Anwalt!“, sagte Patrick mit fester Stimme. Von Beginn an wollte er diesen Leuten zeigen, dass jetzt Schluss mit lustig war. Er wollte für sein Recht kämpfen.

Die Fischer sagte: „Herr Richter, dafür ist es jetzt zu spät, es ist alles besprochen.“

„Wie? Nichts ist besprochen!“ Die Schnelligkeit, mit der die Wut heranrauschte, überraschte ihn selbst: „ICH WILL SOFORT MIT EINEM ANWALT REDEN! Und wenn es der Pflichtverteidiger ist.“

Einer der Polizisten fragte einfühlsam: „Sollen wir ihn knebeln?“

„Sie haben es gehört, Herr Richter“, meinte die Fischer in einem Du-unartiger-Junge-Ton. „Halten Sie jetzt lieber den Mund.“

„Packt ihn ein!“, befahl einer der Uniformierten mit besonders vielen Abzeichen auf der Brust.

Drei Polizisten stürzten in die Zelle und stellten ihn auf seine Beine wie eine Schaufensterpuppe. Einer von ihnen legte ihm Handschellen an. Richtige Handschellen, und die Hände durfte er sogar vorn behalten. Ein anderer kniete sich hin und verpasste ihm Fußfesseln. Völlig konsterniert verließ er mit niedlichen Trippelschritten die Zelle. Ein klingelndes, rasselndes Paket per Luftpost nach Guantanamo, Kuba. Ohne Rückporto.

*

Auf dem Hof des Polizeipräsidiums sah sich Patrick beeindruckt um. Zu einer solch beachtlichen Wagenkolonne brachte es nicht einmal Ursula von der Leyen auf einer Spritztour durch Nordafghanistan. Vier schwarze Limousinen mit dem Stern, zusätzlich vorn und hinten eines der typischen blausilbernen Polizeiautos und mittendrin ein Gefangenentransporter in Kleinbusform. Blinkendes Blau- und Rotlicht allerorten verpasste der Szenerie ein zusätzliches Horrorambiente.

Mit festem Griff führten sie Patrick an seinem rechten Arm zum Heck des Transporters. Beide Flügeltüren standen in Erwartung ihres Ehrengastes bereits weit offen. Die Ladefläche bestand aus einem Käfig mit vier Sitzplätzen.

„Setzen Sie sich dort hin“, sagte ein Beamter und deutete auf den Platz rechts vor der Zwischenwand zur Fahrerkabine. Drei Schwerbewaffnete ließen sich neben und gegenüber von ihm nieder. Ein Beamter schloss die Flügeltüren, der Motor wurde angelassen, und der Kleinbus setzte sich in Bewegung. Niemand sah aus den kleinen kugelfesten Fenstern, sie guckten auch ihn nicht an, nein, sie glotzten mit hoher Konzentration stur ins Nirgendwo. Kein Wort wurde gewechselt. Fuhren sie ihn jetzt wirklich zum Düsseldorfer Flughafen? Das konnte doch nicht sein.

*

Nach ewigen zwanzig Minuten tauchte das lange Gebäude mit den Terminals A bis C auf. Der Konvoi ließ es links liegen und bog vorher rechts zu den Parkplätzen und weiteren Verwaltungsgebäuden ab. Über ihnen kreuzte der SkyTrain, der die Fluggäste von den weiter entfernt gelegenen Parkplätzen zu den Terminals brachte. Einige Kurven später hielt der Konvoi mit dem schmucken Kleinbus vor einer schweren Schranke in einer schwer bewachten Zufahrt an. Marion Fischer und der Abzeichensammler stiegen aus dem ersten schwarzen Mercedes und wechselten ein paar Sätze mit dem Wachpersonal. Die Schranke öffnete sich, und bevor Patrick ‚das glaube ich alles nicht' denken konnte, fuhren sie schon über das Rollfeld.

Du musst das positiv sehen, Patrick: Immerhin – kein Anstehen, kein Ausweisvorzeigen, kein Ticketscannen, keine Security-Kontrolle – so bequem hast du noch nie eingecheckt. An seinem stillen Lachen verschluckte er sich fast.

Irgendwie funktionierte Lunas Optimismus-Trick heute nicht. Hatte er überhaupt schon einmal funktioniert? In diesem Moment fühlte Patrick sich unendlich elend. Wie in einem unsichtbaren Labyrinth kurvten sie über die Flughafenebene zu einem Trakt unter Terminal A, den gewöhnliche Passagiere sicherlich niemals zu Gesicht bekamen. Davor stand eine Militärmaschine mit jeder Menge Stars und richtig vielen Stripes drauf. Und zur weiteren Erklärung durfte die *U.S. Air Force*-Aufschrift nicht fehlen. Es war rührend, stolz auf sein Land sein zu dürfen. Der Flieger wurde gerade betankt. War die Maschine etwa nur hier, um ihn nach Kuba zu bringen?

Nachdem der Gefangenentransporter angehalten hatte, dauerte es zehn Minuten, bis die Hecktüren von einem Polizisten geöffnet wurden. Offensichtlich ging das nur von außen. Ganz schön clever.

„Welcome!" Der großgewachsene Amerikaner, Special Agent Stan Wilson, empfing ihn mit einem grimmigen Grinsen. Die Augen blieben kalt. Er wandte sich an die Uniformierten: „Das Service-Team braucht noch etwa eine halbe Stunde. Wir bringen ihn solange in den Block."

Der Kerl sprach einwandfreies Deutsch, zelebrierte jedoch seinen amerikanischen Akzent bis zum Erbrechen. Vielleicht sollte er beim Sprechen den drei Nummern zu großen Mundschutz herausnehmen.

Hauptkommissarin Fischer war inzwischen auch ausgestiegen und schüttelte ihre braunen Locken, als hätte sie einen Helm aufgehabt. Fein, nun sah ihre Frisur wieder schön fluffig aus. Sie griff ins Auto und klemmte sich eine Ledertasche unter den Arm.

„Hier bekommen sie den hübschen Burschen. Übergabe", meinte sie gemütlich.

Als hätten sie nur auf dieses Stichwort gewartet, richteten zwei US-Marshals ihre Sturmgewehre auf ihn. Vier andere rückten mit erhöhter Aufmerksamkeit näher. Waren es Polizisten oder Soldaten? Machten die da überhaupt noch einen Unterschied? Würden die ihn wirklich erschießen, wenn er sich zu hektisch in der Nase popelte?

Seine innere Stimme quälte ihn: Mach dich nur lustig, Patrick. Was ist los mit dir? Hast du die Ernsthaftigkeit deiner Lage immer noch nicht kapiert?

Das tat weh.

Die hatten ihn am Arsch.

„Wir haben unsere Schuldigkeit getan." Marion Fischer holte eine Mappe aus der braunen Ledertasche. „Unterzeichnen Sie hier, Special Agent Wilson", sagte sie wie ein Paketbote in der Eingangstür.

Genau. Patrick Richter war ein Paket per Einschreiben. Ohne Retoure. Bringt es nach GTMO, Camp Delta. Sorgt dafür, dass es keinen Ärger macht. Notfalls knebelt es.

Lässig griff der Amerikaner in eine seiner unzähligen Taschen und zog einen Kuli hervor. Kaugummi kauend unterschrieb er ein Formular, das von Weitem so aussah wie die Anlage N der Einkommenssteuererklärung.

„So, Herr Richter, an dieser Stelle verabschiede ich mich." Sie nickte ihm zu wie einem ungeliebten Nachbarn, drehte sich im nächsten Moment um und stieg wieder in den Mercedes ein. Nicht dass er Wert daraufgelegt hätte, sie wiederzusehen, doch ihr letzter Satz klang erschreckend endgültig.

Sprachlos sah ihr Patrick nach. Bislang kam er sich vor wie ein Beobachter, doch nun wurde er wider Willen vom Komparsen zum Hauptdarsteller. Sie zerrten ihn ins grelle Scheinwerferlicht, in diesem Fall durch zwei Sicherheitsschleusen in den Security-Block des Düsseldorfer Flughafens in den Tiefen von Terminal A. Erst jetzt fiel ihm auf, dass ein Großteil seiner Bewacher nun ausgetauscht war. Bis auf einen Polizisten trugen alle anderen die US-amerikanische Flagge auf dem Oberarm. Sie brachten ihn erneut in eine Zelle. Seine dritte in den letzten vierundzwanzig Stunden – er kam ganz schön rum. Die riesige Kamera an der Decke richtete ihr gläsernes Auge auf ihn. Einer der US-Marshals nahm ihm die Handschellen und die Fußfesseln ab, der andere half ihm aus der Weste. Danach verließen beide die Zelle, schlossen die Tür und kontrollierten alles auf seine Richtigkeit.

Konsterniert lehnte Patrick sich an die geflieste Wand rechts von ihm. Gegen das Licht sah er, wie jemand mit einem spitzen Gegenstand ‚Bullenschweine' auf die Oberfläche einer Fliese gekratzt hatte.

Breitbeinig baute sich der Special Agent vor seinem Gefängnis auf. „So, Richter. Nun gehörst du mir!"

Der Typ schaffte es auf Anhieb, sich als Arschloch zu präsentieren. „Was wollen Sie? Wieso duzen Sie mich?"

„Hey, you. Wir Amerikaner duzen die ganze Welt. Selbst Abschaum wie dich, also nimm es als Kompliment."

Hatte der Special Agent eben wirklich Abschaum gesagt? Es wurde immer schlimmer.

„Ich habe noch etwas für dich." Seine Stimmlage deutete auf eine besondere Überraschung hin. Er drückte Patrick eine schwarze Plastiktüte durch die Gitterstäbe in die Hand. Stumm linste er hinein. Nein! Die Knie verwandelten sich in Quark, die Beine in Pudding. Er musste sich anlehnen. Unendlich langsam zog er den Overall heraus. Leuchtend orange, prima Stoff, die Nähte waren gut verarbeitet.

Die Luftröhre war zu eng, es kam kaum Sauerstoff hindurch, das Atmen fiel so unendlich schwer. Die wollten ihn verarschen, quälen, trieben den Psychoterror mit unerbittlichem Sadismus auf die Spitze.

„Zieh das an, sonst helfen wir nach, und glaube mir, das willst du nicht. Ich bin gleich wieder da." Wilson drehte sich um und verschwand. Er ließ ihn in diesem Zustand allein in der Zelle zurück. Die Türen schlossen sich. Sein bisheriges Leben verabschiedete sich von ihm. Die Freundin, die Hoffnungen, die Zukunft – nichts davon spielte jetzt noch eine Rolle. Alles, was blieb, war ein Häufchen seiner selbst, das nicht wusste, ob es den nächsten Tag überleben würde.

*

Nun stand er allein in der kleinen Zelle und hielt immer noch restlos verstört den Overall in der Hand. Alles war egal. Ohne es zu merken, schlüpfte Patrick mit den Beinen zuerst hinein. Er war nur noch ein Wrack. Ein Wrack tief auf dem Meeresgrund, dort gab es auch keine Luft. Es wurde Wirklichkeit. Guantanamo. Er hatte das Flugzeug gesehen, gleich ging es los. Sein Leben war verwirkt. Der Schwindel kam. Jetzt fing die Zelle an, sich zu drehen. Die Angst fraß ihn auf. Patrick spürte, wie seine Beine nachgaben, er konnte den Kopf nicht mehr gerade halten. Sein Kreislauf klappte zusammen wie eine Faltbox. Aus und vorbei. Er konnte nicht mehr.

Die Umgebung verschwamm, die Knie schmerzten, na klar, er war gerade darauf gefallen, sein Oberkörper kippte auf den Boden. Mit der Hand fasste er sich an die Brust. Ein Herzinfarkt, die letzten Stunden waren einfach zu viel für ihn gewesen. Herzstillstand. Er spürte es nicht mehr. Kein Klopfen! Sein Geist, sein Körper und vielleicht auch seine Seele verabschiedeten sich aus dieser Welt. So also fühlte sich das Sterben an. Ein einmaliges Erlebnis, das letzte in seinem Leben. Längst hatte er die Augen geschlossen. Grelles Licht leuchtete durch seine Lider. Die Schmerzen in der Brust wurden unerträglich. Alle Bilder in seinem Kopf erloschen, ein tiefes Schwarz umfing ihn. Immerhin müssten mit dem Tod auch die schlimmen Schmerzen aufhören. Das war sein letzter Gedanke.

VI. Coffee to go

Carsten hatte heute frei. Es war Samstag. Auch Polizisten brauchten einen freien Tag. Vor allem nach der Vorstellung von gestern. Sein Diensthandy klingelte trotzdem. Er drehte sich zum Nachttisch und verwünschte dieses Höllengerät. Früher war es zumindest noch möglich gewesen, für ein paar Stunden nicht erreichbar zu sein.

Jetzt geh schon ran, knurrte er sich selbst in Gedanken an. Ein Dilemma – würde er abheben, drohte ihm eine Sonderschicht, ließ er das Telefon klingeln, würde er nicht weiterschlafen können. Früher, vor der Scheidung, hätte seine Frau längst abgenommen, das Gesicht verzogen, ihm den Hörer hingehalten und ‚für dich‘ gegrollt.

Er gab auf. „Grünfeld.“

„Guten Morgen.“

„Das bezweifele ich ...“ Es war Ramon. Sein Kegelfreund hatte ihn bei der Vernehmung vorgeführt wie einen Auszubildenden. Alles, was jetzt kam, würde kaum besser werden.

„Entschuldige für gestern.“

Carsten blickte auf die Leuchtbuchstaben des Weckers und schüttelte den Kopf. „Wir haben 5:37 Uhr ... hat dich dein schlechtes Gewissen nicht schlafen lassen?“

„Du hast keine Ahnung, was für Wellen die Geschichte schlägt.“

„Richter?“

„Ja.“

„Was ist passiert? Hat er etwa einem FBI-Spacken in die Hand gebissen?“ Grund dazu hätte er gehabt. Juristisch war gestern ein ziemlich übles Trauerspiel über die Bühne gegangen. Carsten hätte noch ganz andere Dinge getan, um nicht nach Guantanamo gebracht zu werden.

„Wenn es das nur wäre ... er ist abgehauen.“

„Quatsch. Das schafft niemand. Schon gar nicht dieser Richter. Du vergisst, ich habe ihn mir angesehen.“

„Ich habe mich bereits entschuldigt. Es ist ernst. Richter ist verschwunden.“

Carsten verbot sich zu lachen und hoffte, dass Ramon sein Grinsen nicht hörte. „Hat Fischer die Auslieferung überwacht?“ Gefangene zu verlieren, galt bei der Kripo als maximale Demonstration persönlicher Inkompetenz.

„Das hat sie.“

„Und?“

„Sie hat ihren Job gemacht.“

„Offensichtlich nicht.“ Manchmal, wenn auch selten, traf das Schicksal die Richtigen.

„Doch, doch, sie hat Patrick Richter ordnungsgemäß abgeliefert. Handschellen und Fußfesseln, Weste, das volle Programm. Bei der

Überführung zum Flughafen gab es keine Probleme. Die Amis haben ihn mit allen Ehren in Empfang genommen und die Übergabe quittiert.“

„War Special Agent Wilson dabei?“

„Selbstverständlich. Er hat persönlich unterschrieben.“

„Jetzt lass dir nicht alles aus der Nase ziehen!“ Carsten fehlte gerade die Fantasie, sich Richters feenhafte Flucht vorzustellen. Er stand auf und verließ das Schlafzimmer. Der Tag begann früh.

„Der US-Botschafter hat den Generalbundesanwalt aus dem Bett geklingelt, der wiederum mich angerufen hat. Richter ist flüchtig und das FBI möchte dich sehen. Jetzt. Also ... spring in deine Hose und fahr zum Flughafen.“

Carsten würde sich nicht wie ein Laufbursche behandeln lassen. Er hatte gestern helfen wollen und war auf üble Weise abgewürgt worden.

„Die können mich am ... ich habe heute frei.“

„Jetzt nicht mehr.“

„Sagt wer?“

„Ich habe vorher mit deinem Chef gesprochen und mit dem Innenminister. Auch von denen schläft keiner mehr. Ich erspare dir die Worte deines Vorgesetzten. Glaub mir, wenn du morgen nicht zwischen Gleis 1 und 5 am Hauptbahnhof patrouillieren möchtest, solltest du zum Flughafen fahren! Du wirst nett sein und kooperieren!“

Zwei Sekunden durchatmen. Hatte Ramon eben wirklich den Innenminister erwähnt?

„Was hat Richter getan?“

„Wieso telefonierst du immer noch und sitzt nicht in deinem Auto? Schwing deinen Arsch.“

Ramons Charme war unwiderstehlich.

*

Als Carsten den Flughafen betrat, waren bereits zahlreiche Kollegen vor Ort. Bundespolizisten sicherten die Zugänge zum A-Terminal. An den Anzeigetafeln waren sämtliche Flüge der Lufthansa gestrichen. Auf der Abflugebene bildeten sich bereits große Gruppen unzufriedener Fluggäste. 6:40 Uhr, der Tag war noch jung, das Chaos hatte noch Potenzial, sich zu entwickeln.

„Der Bereich ist gesperrt“, erklärte ein Flughafenpolizist.

„Ich werde erwartet.“ Carsten zeigte seinen Dienstausweis und passierte den Eingang.

Special Agent Wilson war mit seinem grauen Anzug nicht schwer zu finden. Er sprach mit zwei US-Marshals, die Richter auf dem Flug begleiten sollten. Sie trugen dunkelblaue Windjacken mit gelbem Aufdruck. Der US-Marshals-Service war für alle Gefangenentransporte der US-Justiz zuständig.

„Du hast mich rufen lassen.“ Carsten sah Wilson an. Auf dem Lehrgang in Quantico hatten sie sich gut verstanden. Der Amerikaner war sicherlich kein Samariter, aber diese würden den Geheimdienst-Alltag auch nicht lange durchstehen.

„Ja.“ Als FBI-Verbindungsoffizier in der Düsseldorfer US-Botschaft sprach Wilson hervorragend deutsch.

„Macht der Gefangene Probleme?“, fragte Carsten unschuldig. Die kleine Spitze musste sein.

„Oh ja ... komm mit.“ Wilson erwartete keine Antwort und gebot Carsten vorzugehen. Die beiden US-Marshals folgten ihnen bis zu einem Besprechungsraum.

„Gibt es hier auch einen Kaffee?“ Carsten setzte sich.

„Später.“ Wilson saß ihm gegenüber. Die beiden bewaffneten US-Marshals blieben stehen. Was sollte diese Drohgebärde unter kooperierenden Polizeieinheiten?

„Was gibt das hier?“

Wilson antwortete nicht, sondern nahm das Pad in die Hand, das auf dem Tisch lag.

„Waren Sie schon einmal in den Vereinigten Staaten?“, „Ist das eine Straftat?“, „Noch nicht ...“, „Wo waren Sie?“, „Florida ... ich bin mit dem Motorrad von Orlando nach Key West gefahren“, „Wann war das?“, „2012“, „Hat es Ihnen gefallen?“

Hier stoppte Wilson die Aufzeichnung des Verhörs von Patrick Richter und sah Carsten an. Dass dem FBI diese Aufnahme vorlag, verwunderte ihn nicht.

Der Amerikaner war noch nicht fertig – er spulte zurück. „Das hier ist mein Lieblingssatz."

„Die besten Freunde kommen ungebeten."

„Und?" Carsten wartete auf die Pointe.

„Kanntest du Richter vorher schon?"

„Nein."

„Ihr klingt … vertraut."

„Ich habe ihn vernommen, nicht mehr, nicht weniger!" Carsten gefiel der vorwurfsvolle Unterton des Amerikaners überhaupt nicht.

„Ja, ja ... du hast interessante Fragen gestellt."

„Der Tatverdächtige war zuvor nicht gesprächsbereit. Später fing er an zu reden!" Carsten hatte Richter auf den richtigen Weg gebracht. Mit mehr Zeit hätte er geredet.

„Das kommt bei Terroristen öfter vor."

„Seine Schuld war noch nicht bewiesen – oder habe ich etwas verpasst?", fragte Carsten. Diese Vorverurteilung ging ihm gegen den Strich. „Mitgliedschaft in einer terroristischen Vereinigung kann vieles bedeuten. Was hat er eigentlich konkret getan?"

„Genug, um ihn zu verhaften und für den Rest seines Lebens wegzusperren."

„Hey!" Carsten stand auf und hob die Hände. „Ich war gestern dabei, um zu helfen, um zu ermitteln. Und heute tue ich es wieder! Wie soll ich etwas beitragen, ohne den Tatvorwurf zu kennen?"

„Setz dich!"

Carsten setzte sich.

„Wir kennen uns bereits eine Weile ... glaub mir, jeden anderen Kraut in deiner Situation würde ich weniger freundlich behandeln."

Wilson benahm sich nicht nur wie ein Arsch, er war ein Arsch. „In meiner Situation?"

Für Carsten ging die Sonne gerade im Westen auf. Wagte dieser Special Agent etwa, ihn einer Straftat zu verdächtigen?

„Das war nicht deine Ermittlung. Du hast mit KK ST 1 nichts zu tun. Trotzdem hast du deine Nase in den Fall gesteckt. Du wolltest unbedingt, daher hat der Staatsanwalt dir sogar erlaubt, mit Richter zu sprechen. Und der Verdächtige hat mit dir geplaudert wie mit einem ‚besten' Freund. Über Autos und Urlaub in Florida ..."

„Komm auf den Punkt!"

„War das ein Code?"

„Ein was?"

„Dein Gequatsche über Belanglosigkeiten. Was hast du Richter dadurch mitgeteilt? Dass er Hilfe bekommen würde?"

„Hilfe, wobei?"

„Hilfe, mich zu verarschen!"

„Wenn du solche Schlüsse ziehst, ist das offensichtlich nicht sonderlich schwer."

„DON'T MESS WITH ME!", keifte Wilson.

„Ich gehe jetzt!" Das musste Carsten sich als verdienter Polizist nicht bieten lassen.

„DU BLEIBST SITZEN!" Wilson war noch nicht fertig. „Ich werde es dich wissen lassen, wenn du gehen darfst!"

Die beiden US-Marshals rückten einen Schritt näher an den Tisch heran.

„DU BIST HIER NICHT IN VIRGINIA!", schrie Carsten zurück. „Also hör auf, mir ans Bein zu pissen! Ich habe keinen Code benutzt! Ich kannte Richter nicht! Und auch wenn du ein Arschloch bist, habe ich keinen Grund, deine Landsleute dafür bestrafen zu wollen! Du bist Polizist! Ich bin Polizist! Du hast deine Gefangenenüberführung offenkundig gehörig vermasselt. Das ist ärgerlich, aber nicht der Weltuntergang! Wenn ich helfen kann, werde ich das selbst nach deinem jetzigen Auftritt noch tun, aber suche nicht einen Idioten, dem du diesen Scheiß in die Schuhe kippen kannst! Also, du kannst jetzt erzählen, was passiert ist – konstruktiv und ohne Vorwürfe – oder ich werde gehen!"

Wilsons Gesichtszüge ähnelten der Rinde einer hundertjährigen Eiche. Er sah zur Seite und dann wieder zu Carsten. Der Ami war nur zwei Jahre jünger als er und ein begeisterter Angler. Die Geduld, die er dafür benötigte, würde ihm jetzt gut zu Gesicht stehen. Mit einer Kopfbewegung schickte er die beiden US-Marshals raus.

Seufzend holte er tief Luft. „Sorry“, knirschte er dann. „Der Fall ist bereits im Weißen Haus publik. *The real Donald Trump* braucht dringend Erfolgserlebnisse. Hast du eine Ahnung, was passiert, wenn ich mit leeren Händen heimkehre?“

„Guantanamo?“

„Das ist kein Witz!“

„Siehst du mich lachen?“ Carsten war sich sehr wohl des immensen Drucks bewusst, den Wilson schultern musste. Bei derlei Vorfällen würden auch in Deutschland politisch Köpfe rollen.

*

Gleich war es sieben. Carsten hatte jetzt doch noch einen Kaffee bekommen. Wilson stand neben ihm. Das Steinzeit-Polizisten-Gehabe hatte er mittlerweile hinter sich gelassen. Sie konnten jetzt mit der Arbeit beginnen. Beide blickten in die gleiche Richtung. In eine leere Zelle der Flughafenpolizei. Dort gab es nicht mehr als eine Holzbank, ein Edelstahlklo und ein Handwaschbecken in Vogelnestgröße zu sehen. Spuren eines Ausbruchs waren nicht zu erkennen.

„In diese Zelle hatten wir ihn kurz vor dem Flug eingesperrt. Das Flugzeug wurde noch betankt ... vielleicht fünfzehn Minuten später hätten wir ihn an Bord gebracht“, erklärte Wilson.

Neben den beiden US-Marshals war noch eine Frau dabei, in der Zelle Fingerabdrücke und andere Spuren zu sichern.

„Nothing“, sagte sie und klappte ihren Koffer zusammen. „You‘ll get the report in 30 minutes.“

Wilson nickte ihr zu.

„War er allein?“, fragte Carsten.

„Ja.“ Wilson stemmte die Hände in die Hüften.

„Handschellen?“

„Nein ... auch die Fußfesseln haben wir ihm abgenommen, genau wie die Weste. Er trug nur den orangefarbenen Overall“, erklärte der FBI-Agent.

„Was? Habt ihr die noch? Ich dachte, die sind inzwischen schneeweiß."

Dazu schwieg Wilson.

„Ah, verstehe. In psychologischer Kriegsführung wart ihr Amis ja schon immer gut."

„Ich dachte, du wolltest helfen und nicht Vorträge halten?"

„Und die Tür war verschlossen?", fragte Carsten.

„Ja ... und bewacht."

Carsten sah sich das Schloss an, an dem keine Spuren eines Aufbruchs zu erkennen waren. Er staunte nicht schlecht. Patrick Richter war anscheinend Houdinis legitimer Nachfolger.

„Ist das hier die richtige Zelle?"

„Oh ja." Wilson lächelte gequält. Er schien sich ein ‚für-wie-blöd-hältst-du-mich' zu verkneifen. „Wir haben bereits den gesamten Zellenblock auseinandergenommen. Nichts. Es gibt keine Spuren."

„Also ist Patrick Richter durch eine verschlossene Tür gewandelt, hat sich an zwei Wachen vorbeigeschlichen und ist dann wie ein Engel in die Freiheit geschwebt."

„Das ist immer noch nicht lustig."

„Nein ... das ist es wirklich nicht." Carsten dachte an die gestrige Vernehmung. Hatte er den Biedermann falsch eingeschätzt? Wenn es sich so, wie Wilson berichtete, zugetragen hatte, musste Patrick Richter professionelle Hilfe gehabt haben. War Patrick Richter ein gefährlicher Mann, ein Wolf im Schafspelz? „Stan, das kann nicht sein. Das geht nicht."

„Das weiß ich auch."

„Wenn du diese Geschichte so in deinen Bericht schreibst, wirst du den Rest deines Lebens Büroklammern sortieren, nachdem eine Handvoll psychologische Gutachten über deinen Geisteszustand erstellt wurden, natürlich."

„Du darfst mir gerne etwas sagen, was ich noch nicht weiß." Der Amerikaner schlug mit der flachen Hand gegen die Wand.

Es klang wie massiver Beton. Gute Idee. Carsten nutzte die Gelegenheit, die ganze Zelle abzuklopfen. Ohne Ergebnis. Durch die Wand hätte niemand verschwinden können.

„Wir haben die Etage darunter und darüber untersucht. Nichts. Wir haben die Wände gecheckt. Dreißig Zentimeter Stahlbeton. Da ist nichts zu holen. Die Tür ist zehn Zentimeter stark. Eine doppelte Stahlplatte. Das Schloss ist unbeschädigt. Es gibt eine Videoüberwachung im Flur. Die Wachen waren die gesamte Zeit auf ihren Posten, und die Zellentür wurde nach seinem Einschluss nicht geöffnet."

„Wann ist sein Verschwinden aufgefallen?" Carsten arbeitete eine Liste in seinem Kopf ab.

„5:27 Uhr ... auch die Zelle ist videoüberwacht. Suizidprävention. Um 5:28 Uhr haben wir die Tür geöffnet. Es gibt keine Hinweise auf Werkzeuge. Keine Fingerabdrücke. Keine Faserspuren. Nichts. Er hat auch nicht ins Klo gepinkelt."

„Kann ich die Videos sehen?", fragte Carsten.

„Komm mit."

*

In einem Überwachungsraum der Flughafenpolizei spielte ein Kollege die Aufzeichnungen ein. Zuerst die Flurperspektive. Carsten achtete auf den Zeitstempel. Rechts oben in der Ecke lief eine Sekundenanzeige mit. Um 5:22 Uhr wurde Richter eingeschlossen. Die pure Verzweiflung war tief in sein Gesicht geschnitten. Sah so jemand aus, der erwartete, gleich durch Wunderhand befreit zu werden? Die Tür schloss sich. Die beiden Wachen nahmen ihre Positionen ein.

„Haben sie etwas gehört?", fragte Carsten.

„Keinen Ton." Wilson stand mit verschränkten Armen hinter ihm.

„Er war also nur drei Minuten in der Zelle?" In dieser Zeit hätte auch Houdini diesen Trick nicht hinbekommen. Carsten hatte keine Ahnung, wie Patrick Richter aus der Zelle entkommen konnte. Bestand die Chance, dass die Amis ihn an der Nase herumführten? Grundsätzlich ja, aber bei dieser obskuren Geschichte waren sie selbst die Idioten. Und so zerknirscht hatte er den Special Agent noch nie erlebt. Warum hätten sie jemanden auf dem Weg nach Guantanamo mit solch einer Inszenierung verschwinden lassen sollen? Auf Kuba wäre das wesentlich einfacher gewesen, vor allem, ohne sich vor der deutschen Polizei zu blamieren und peinliche Fragen stellen lassen zu müssen.

„Drei Minuten", bestätigte Wilson.

*

Carsten ließ das Flurvideo bis zu dem Moment laufen, als die Zellentür geöffnet wurde. Das Geschrei, das dann folgte, klang authentisch. Die Wachen wirkten echt. Die Flughafen-Kollegen passten ins Bild. Alles stimmte offenkundig. Auch das Video brachte keine neuen Erkenntnisse. Ein Komplott der Bundespolizei mit dem FBI erschien in dieser Situation völlig abwegig. Nein, der ganze Vorfall war kein Fake. Patrick Richter war verschwunden und niemand im Überwachungsraum wusste, wie er das gemacht hatte.

„Jetzt bitte das Video aus der Zelle", sagte Carsten und nippte an seinem inzwischen kalten Kaffee.

„Kommt sofort", antwortete der Bundespolizist.

Das Video startete. Der Übergang passte. Richter ging in beiden Videos zuerst mit dem rechten Bein in die Zelle. Der Kopf war gebeugt. Die Körpersprache war eindeutig.

Dann wurden ihm die Handschellen und Fußfesseln abgenommen. Der zweite Marshal half ihm aus der Weste. Die Zelle wurde geschlossen. 5:22 Uhr.

Special Agent Wilson tauchte vor der Zelle auf. *„So, Richter. Nun gehörst du mir!"*

„Was wollen Sie? Wieso duzen Sie mich?", fragte der Gefangene. Seine Stimme zitterte. Nicht vor Wut, nicht vor Empörung, sondern vor purer Angst, war sich Carsten sicher.

„Hey, you. Wir Amerikaner duzen die ganze Welt. Selbst Abschaum wie dich, also nimm es als Kompliment."

Richter blieb still. Die Lippen bebten.

„Ich habe noch etwas für dich."

Es klang hämisch. Carsten warf Wilson einen schrägen Blick zu, doch der starrte nur verbissen auf den Monitor.

Der Wilson auf dem Video drückte Patrick Richter gerade eine schwarze Plastiktüte durch die Gitterstäbe in die Hand. Stumm nahm der Gefangene sie entgegen und schaute hinein. Das Gesicht wurde noch blasser. Richter wankte, mühsam hielt er sich auf den Beinen. Zentimeter für Zentimeter zog er einen orangefarbenen Overall heraus. Wie ein geprügelter Hund starrte er auf den leuchtenden Stoff.

Carsten drückte die Stopptaste, er suchte Wilsons Blick. „Musstest du so vorgehen?"

Der Amerikaner breitete die Arme aus und zog die Schultern hoch. „Du glaubst nicht, welche Wirkung dieser Guantanamo-Overall auf frisch gefangene Terroristen hat. Schließlich sind davon genug Bilder um die Welt gegangen. Die meisten reden nach dem Anblick wie die Niagara Falls. Und gestehen. Ich wollte mit meinem Bericht glänzen."

Das ist dir ja prima gelungen, dachte Carsten. Er verzichtete darauf, die Augen zu verdrehen. Wilson hatte verstanden, was er von dieser Vorgehensweise hielt. Vermutlich war es dem Ami egal. Er klickte auf Play.

„Zieh das an, sonst helfen wir nach und glaube mir, das willst du nicht. Ich bin gleich wieder da." Nach diesen Worten drehte Wilson sich um und verschwand aus dem Video.

Wiederum drückte Carsten die virtuelle Pausetaste.

„Warum hast du ihn allein gelassen, nachdem ihr auf gutem Weg wart, Freunde zu werden." Der Sarkasmus musste sein, Grünfeld brauchte ein Ventil.

„Ich musste mal pinkeln."

„Das ist ein Argument."

Weiter ging es mit der Filmvorstellung.

Richter stand in der Zellenmitte und bewegte sich nicht. Schultern und Kopf hingen lustlos an dem Rest seines Körpers. Dann schlüpfte er in den Overall. Und erstarrte wieder.

5:25 Uhr. Keine Veränderung. Der Gefangene stand in der Zelle und rührte sich nicht von der Stelle. Stand etwa das Bild? Carsten schielte auf die Zeitanzeige. Nein, die Sekunden zählten rauf. Für ihn wurde dieser Fall immer absonderlicher. Was er sah, war plausibel, der Ausgang war es nicht.

5:26 Uhr. Patrick Richter bewegte den Kopf auf die Seite. Er stöhnte und atmete schneller. Hatte er Schmerzen? Er sackte auf den Boden, zuckte unkontrolliert mit den Beinen. Die Lippen aufeinandergepresst wie eine Kneifzange. Was war mit ihm?

5:27 Uhr. Die Körperspannung ließ nach. War er ohnmächtig? Das Bild blendete kurz auf. Alles war weiß, wie dichter Nebel. Die Kameraautomatik korrigierte den Lichtdurchlass, das Bild normalisierte sich. Eine gewöhnliche Gefängniszelle tauchte auf. Mit geschlossener Gittertür.

Carsten lehnte sich mit großen Augen vor. Er hatte doch gewusst, was kam. Die Zelle war leer wie ein Kuckucksnest. Patrick Richter hatte sich in Luft aufgelöst.

„Siehst du, er ist verschwunden", jammerte Wilson.

Dem konnte Carsten nichts hinzufügen, er sah auf den Zeitstempel. Die Anzeige in der Ecke lief immer noch.

5:28 Uhr. Die Tür öffnete sich. Die beiden US-Marshals betraten den Raum.

VII. Wieder eine Zelle

Ein erneutes Erdbeben! Es schüttelte und rüttelte Patrick von den Haarspitzen bis zu den Zehen, wodurch er herunterrutschte. Von was eigentlich? Mühsam blinzelte er durch seine Wimpern. Seinen Sitzplatz hatte er unfreiwillig verlassen. Unter sich spürte er zerkratztes Metall. Nun war er vollständig aufgewacht. Wo auch immer. Oder worin auch immer. Es bewegte sich, laut und vibrierend, quietschend und ächzend. Fragmente der letzten Stunden zuckten durch seinen Schädel. Verhaftung, Terrorist, Flughafen. Tod? War er gestorben?

Das Klappern und Rattern hatte etwas Rhythmisches, etwas beunruhigend Beruhigendes. Zugfahrgeräusche? Mit dem Ohr auf dem Boden stellte er verwundert fest, dass diese nicht von unten, sondern von irgendwo weit über ihm kamen. Dieser Umstand verwirrte ihn völlig. Seine Desorientiertheit erschwerte jedes weitere Denken, doch von einer Sache war er überzeugt: Er befand sich nicht in einem Militärflugzeug nach Guantanamo.

*

Wie festgenietet lag er eine Weile auf dem Rücken und blickte nach oben. Über ihm hingen kleine Galgen an langen Querstangen. Sein erbärmliches Stöhnen konnte er aufgrund des Lärms nicht hören.

Sein Verstand erklärte: Patrick, das sind Halteschlaufen aus Kunststoff für Passagiere.

Aha, er lag in einer Straßenbahn. Wie konnte das sein? Mühsam rekapitulierte er: Festnahme, Zelle, Düsseldorfer Flughafen, Flug nach Guantanamo, Special Agent Wilson. Und Patrick Richter völlig am Arsch, das war er selbst. War er nun gestorben?

Er hob den Kopf und betrachtete seinen Körper. Kein Traum. Sein orangefarbener Overall war Beweis genug. Hastig setzte sich Patrick auf und blickte umher – er war allein.

Langsam rappelte er sich hoch und krallte sich mit beiden Händen an der Stange unterhalb der Decke des Gefährts fest wie an einem Reck. Wo waren die fiesen amerikanischen Marshals? Wo der Flughafen? Der Blick aus dem Fenster ließ ihn erneut an seinem Verstand zweifeln. Er flog. Doch ein Flugzeug? Etwa zehn Meter unter ihm wand sich ein Fluss wie ein Fragezeichen. Das passte – seine Situation, sein Gemütszustand und sein Leben formten ein einziges Fragezeichen.

Nein, niemals saß er in einem Flugzeug, dies hier war eine verdammte klappernde Straßenbahn. Eine verdammte klappernde, fliegende Straßenbahn.

Schicksalsergeben schloss Patrick die Augen. Alles klar, es gab eine einfache, einleuchtende Antwort für all das. Drogen! Die Schweine hatten ihn schlicht und einfach unter Drogen gesetzt. Psychopharmaka, Halluzinogene, Opiate, was auch immer. Jedenfalls kein Shit aus Venlo, wie er ihn in Jugendjahren ab und zu geraucht hatte, denn der wäre nicht stark genug, derlei Wahnbilder hervorzurufen. Vielleicht blaues Crystal Meth, das Gute, das Blaue von Heisenberg.

Verschwitzt hielt er sich weiterhin mit einer Hand an der Stange über seinem Kopf fest, mit der anderen rieb er sich den kalten Schweiß von der Stirn. Mit Argusaugen betrachtete er seine Unterarme, suchte nach Einstichen. Vergeblich. Dann hatten sie ihm also Tabletten reingestopft wie einem Stück Mastvieh.

Über den Fenstern hing ein Streckenplan. Plan klang irgendwie tröstlich, nach Ordnung, System und Stabilität. Inhalte, die sein Gemütszustand, eigentlich sein ganzes Leben, dringend brauchten. ‚Hundert Jahre Wuppertaler Schwebebahn' stand fett oben drüber.

Er schwebte. Na gut, Schwebebahn ließ er als Erklärung für dieses merkwürdige Gefährt durchgehen. Seit über fünfundzwanzig Jahren war er nicht mehr in solch einem Teil gefahren. Die Lust dazu hatte ihm ein gruseliges Kindheitserlebnis genommen. Mit seiner Mutter war er damals in einen Wagon eingestiegen. Sie hatte ihn in keiner Weise auf das Kommende vorbereitet, um ihn zu überraschen. Als er dann im Halbdunkel plötzlich wackelnd über der Wupper schwebte, die Stützen der Trägerschienen wie gigantische Spinnenbeine an ihm vorbeihuschten, und Mutter dann auch noch die wahre Geschichte vom Elefantenweibchen Tuffi zum Besten gab, war es um den kleinen Patrick geschehen. Nachdem Tuffi nach nicht einmal zwei Minuten Fahrt die Wand des Schwebebahnwagens durchbrach und zehn Meter tief in die Wupper fiel, schrie der kleine Patrick nur noch hysterisch und hielt sich die Augen zu, sodass sie beim nächsten Halt schnell ausgestiegen waren.

*

So war das damals gewesen, und nun fand er sich ausgerechnet hier wieder. Patrick schüttelte sich wie ein nasser Hund. Das änderte nichts, weder die Umgebung noch die Situation. Zweifelsohne fuhr er in der Schwebebahn. Allein. Ohne Polizei, ohne andere Passagiere, kein Flug ins Foltercamp, sondern ein gemütliches Schaukeln im beliebten Nahverkehrsmittel der Wuppertaler. Quietschend hielt das Gefährt an. Patrick stockte der Atem. Er ballte eine Faust. Jeden Moment würde

Ivan Drago mit seinen soldatischen Riesenameisen hereinstürmen und ihn mit grässlichen, kneifenden Kabelbindern dingfest machen, um ihn später an den Special Agent auszuliefern.

Das Gefährt nahm wieder Fahrt auf. Der Grund für den kurzen Aufenthalt nannte sich Station. An solchen hielten Züge, Busse und auch Schwebebahnen. Ein Bahnsteig mit dem Schild ‚Varresbecker Straße' ratterte an ihm vorbei.

Die Welt außerhalb seines Wagens flutschte durch seine glasigen Augen. Beim nächsten Halt würde er einfach aussteigen, nahm er sich vor. Wenige Minuten später war es soweit. ‚Zoo/Stadion' stand dort geschrieben. Patrick erschrak, auf dem Bahnsteig warteten zwei Menschen auf ihn. Feinde, die ihn wieder einsperren und quälen wollten. Zitternd kam die Bahn zum Stehen, seelenruhig stieg das Pärchen ein, sie beachteten ihn gar nicht. Das könnte sich ändern, also noch ein Grund auszusteigen, dachte Patrick und schlüpfte im letzten Moment durch die sich automatisch schließenden Türen.

Ein riesiges Banner mit ‚100 Jahre Schwebebahn' beurkundete erneut den Stolz der Wuppertaler. Für das Rumoren in seinem Hinterkopf hatte Patrick keinen Sinn, keine Zeit, keine Geduld. Er kannte es, wenn ihn sein Verstand auf etwas hinweisen wollte, das ihm augenblicklich nicht half, sondern nur zusätzlich verwirrte. Das konnte er jetzt nicht gebrauchen. Mechanisch stapfte er eine dunkle Treppe hinunter. Stadion und Zoo. Fußballer und Tiere. Das klang gut, hatte er beides gern.

Was sollte er nun tun? Kopflos sah er sich um. Kein Geld, kein Handy, keinen Plan. Dafür umgaben ihn Dunkelheit und Kälte, nichts Ungewöhnliches an einem frühen Oktobermorgen in Wuppertal.

Du solltest das positiv sehen. Wenigstens regnete es nicht.

Mit hochgezogenem Mantelkragen und der Aktentasche unter dem Arm hastete ein Geschäftsmann an ihm vorbei. Patrick folgte der Straße brav auf dem Bürgersteig. Eine Brücke führte ihn über die Wupper. Sehen konnte er den Fluss nicht, es war noch zu dunkel, doch er hörte das Wasser gluckern. Mit schnellem Schritt ging es weiter an einer alten Telefonzelle vorbei. Die gab es heutzutage nur noch äußerst selten, außerdem war sie nicht in Magenta, sondern noch gelb. Ein Relikt aus dem letzten Jahrtausend, als die Post noch Post hieß. Diese Wuppertaler – 100 Jahre Telefonzelle.

Mit verbissenem Gesicht marschierte Patrick weiter. Ohne Ziel, ohne Sinn. Kurz darauf näherte er sich einer älteren Frau, die auf einen Stehtisch gestützt ein dampfendes Getränk schlürfte. Angeklebt mit einem Stück Tesa hing hinter der Frontscheibe des Kiosks ein aus einem Pommesschälchen fachmännisch gebasteltes Schild. Dort stand mit krakeliger Schrift: *Der stärkste Kaffe in WTal.* Durchaus überzeugend. Wenn er etwas Geld gehabt hätte, würde er nun zuschlagen. Einen Kaffe bitte, ohne Milch, ohne Zucker, ohne e.

Den Blick stoisch geradeaus gerichtet, versuchte er an dem Kiosk vorbeizuschlendern.

„He, was bist du denn für einer?“, ertönte es krächzend. Die Kaffe-Dame sprach ihn an.

Das Herz klopfte in seiner Brust, er fühlte sich gesucht und schuldig, dabei hatte er nichts verbrochen. Die Ereignisse der letzten Stunden hatten Narben hinterlassen.

„Was … was meinen Sie?“ Patrick blieb stehen.

„So ein schönes Orange habe ich lange nicht gesehen. Schick!“ Sie deutete auf den Overall. „Bist du Holländer?“

„Nee, Straßenbau, ich arbeite für die Stadt“, erklärte Patrick. Obwohl er schwindeln musste, tat es tatsächlich gut, mit jemandem zu reden, ohne dass es gegen ihn verwendet werden konnte.

Aus dem Augenwinkel sah er, wie die Kioskbesitzerin, eine Frau mit grauen, langen Haaren und einem Zentner Übergewicht, aus ihrem Kasten herausschlurfte und einige Tagesblätter in den außenstehenden Zeitungsständer stopfte. Die Kundin am Stehtisch schlürfte einen weiteren Schluck Kaffee. Eine Schlagzeile der FAZ fiel ihm ins Auge. *Telekom-Aktie sinkt auf Rekordtief von 14,16 Euro.* Im Boulevardblättchen daneben stand: *Rudolf Scharping nennt seine Liebesflüge vorschriftsmäßig.*

Scharping? Wer interessierte sich denn noch für den? Und die Telekom-Aktie hatte Patrick für 12 Euro und ein paar Verschwendete gekauft. War ein todsicherer Tipp von einem Bekannten gewesen.

Profis kaufen zum Tiefstkurs, hatte der gestrunzt. Nicht viel später kackte dieses Superinvestment auf 7 Euro ab. An der Börse hatte er noch nie Glück gehabt. Hatte er überhaupt schon einmal Glück gehabt? Jetzt bloß kein Selbstmitleid, Geld und Besitz werden überbewertet. Er sollte es positiv sehen, immerhin war er steinreich an Sorgen.

Unschlüssig stand er auf dem Bürgersteig und schaute zum Kiosk. Hunger und Durst meldeten sich, es roch nach Bockwurst. Natürlich hatte er kein Geld. Die dicke Frau zwängte sich wieder in ihren Kiosk und schaltete das kleine Radio auf dem Regalbrett an der Rückwand ein. Es dudelte so einen alten Song von den *No Angels. Must be talking to an Angel. Must be talking to an Angel.*

„Was ist mit dir? Stehst so verloren rum. Findste deine Baustelle nicht?“ fragte die Kaffe-Dame und gluckste.

Sie meinte es nicht böse, merkte Patrick sofort. Wie sollte er antworten?

Liebe Zuhörer, nach der aktuellen Nummer 1 in Deutschland glauben wir alle wieder an Engel, sagte der Radiosprecher mit öliger Stimme und schickte ein Frank-Elstner-Lachen hinterher. *Kommen wir nun zu unserem lokalen Wetterbericht.*

„Wo baut ihr denn?“, fragte die Dame im Kiosk.

„Äh, zwei Straßen weiter. Ich … bin mit der Schwebebahn gekommen.“ Was sollte er auch sonst erzählen.

„Hoffentlich bauste was Wichtiges. Der Stadtsäckel ist leer. Alle Städte jammern, dass sie kein Geld mehr haben. Bis auf diese Scheiß Düsseldorfer, keine Ahnung, wo die immer so viel Kohle hernehmen.“

Von rechts schaltete sich die andere Dame ein. „Trotz ständig neuer Steuern pusten wir aus dem letzten Loch, woll.“ Vermutlich zur Veranschaulichung pustete sie in den Pappbecher. „Der Schröder kriegt den Hals nicht voll. Nicht nur beim Geld, die Doris ist schon seine vierte Frau.“

„Welcher Schröder?“, fragte er, dankbar von seiner Baustelle ablenken zu können.

Die Kaffeetrinkerin sah ihn an wie eine Giraffe vom Zoo nebenan auf Freigang. „Unser Bundeskanzler natürlich. Wer sonst?“

Klar, Altbundeskanzler Gerhard Schröder meinte sie. Jetzt wurde es Patrick zu politisch. Oder zu dämlich. Er diskutierte höchst ungern über Politik. Und schon gar nicht über Scharping oder Schröder – unwichtige Figuren von vorgestern.

„Irmgard, der kennt noch nicht mal unseren Kanzler", trompetete sie direkt ins Büdchen.

Das stichelte. „Und was ist mit Angela Merkel?", fragte er trotzig.

„Ist das nicht die CDU-Vorsitzende?", fragte Irmgard und streckte den Kopf vor, sodass er aus dem Kiosk-Fenster ragte.

„Und nebenberuflich die Bundeskanzlerin!", meinte Patrick lässig.

„Die Merkel? Aus der Zone? Bundeskanzler… rinnn? Ne Frau?" Die Kaffe-Dame wieherte los. „Der war gut, Junge."

Seit mindestens zehn Jahren hatte ihn niemand mehr Junge genannt. Ein Kribbeln kroch ihm über den Rücken. Er verstand es selbst nicht ganz. Wie ein gigantischer Elektro-Magnet eine Zementmischmaschine zog der Kiosk Patrick nun näher an sich heran. Zwei verrückte Frauen am frühen Morgen. Was taten die sich in den Kaffee? Nun stand er zwischen Zeitungsständer und Stehtisch und warf einen misstrauischen Blick in den Pappbecher. Sah aus wie Kaffee, roch wie Kaffee. Irgendetwas stimmte am Layout der Zeitungen nicht, doch er kam nicht drauf, was ihn irritierte. Erst jetzt fiel sein Blick ganz oben auf das Datum der Bildzeitung: 11.09.2001. Einige Sekunden vergingen. Die Reihenfolge an Zahlen und Punkten musste zunächst ihren tieferen Sinn offenbaren. Patrick erstarrte, bewegte nur noch die Pupillen. Ungläubig schielte er zur FAZ zwei Fächer darunter. 11.09.2001. Scheiße, die war noch verrückter als dick. Völlig durchgeknallt. Warum legte sie sonst uralte Zeitungen in den Ständer? Eine Sportgazette brachte etwas über den amtierenden Meister FC Bayern München. Ein Fakt, der Patrick erleichterte. Wenigstens diese schien aktuell zu sein. Er sah genauer hin. Halt! Wieso war Giovane Elber bester Torschütze der Münchener in der abgelaufenen Saison? Satzfragmente des Artikels darunter provozierten gleichermaßen sein Begriffsvermögen. Es ging um die Formel-1: Michael Schumacher führt die Fahrerwertung nach dem Großen Preis von Belgien uneinholbar mit 47 Punkten vor David Coulthard und 56 Punkten vor Rubens Barrichello an. Jetzt reichte es ihm.

„Wieso legst du uralte Zeitungen aus?“ Seine Stimme klang vorwurfsvoller, als er wollte.

Die Kioskdame klimperte mit den Wimpern. „Was? Die sind ganz aktuell, quasi druckfrisch. Was hast du denn für ein Problem? Musst du nicht auf deine Baustelle?“

Die Kaffe-Dame nahm sich eine Westdeutsche Zeitung. „Kann ich bestätigen.“

Mit einer Hand musste er sich am Stehtisch festhalten. Leider war das Ding noch wackliger als er und fiel beinahe um. Die Kaffe-Dame schüttete vor Schreck etwas von ihrem Getränk auf seinen linken Ärmel.

„He, pass doch auf“, meinte sie.

Diese Zeitungen! Fieberhaft suchte sein Verstand nach plausiblen Erklärungen. Entweder die beiden waren von dem überzeugt, was sie von sich gaben oder es handelte sich um begnadete Schauspielerinnen. Aha! Versteckte Kamera! Ganz klar. Ein selten dämlicher Streich. Ausgerechnet er mit seinem modischen Guantanamo-Anzug lief in seiner doch recht angespannten Situation so einem debil-lustigen Fernsehteam von ‚Verstehen Sie Spaß‘ in die Arme.

Seine Wut stieg wie die Spannung im Dampfdrucktopf. Im Grunde war es völlig egal, er hatte Narrenfreiheit: Als gesuchter Terrorist auf dem Weg nach Guantanamo konnte es nicht schlimmer kommen – sodass er gleich quasi straffrei dem ewig grinsenden Guido Cantz so richtig in die Fresse hauen konnte. Die Fäuste ballten sich bereits. Künstlich lachend drehte sich Patrick im Kreis und spähte in alle Richtungen. „Kommt raus! Kommt raus!“, rief er.

Irmgard sah ihn mitleidig an, die Kaffe-Dame verzog keine Miene. Dann tauschten die beiden vielsagende Blicke aus.

Es kam keiner raus. Kein Spaßmacher, keine Kamera, kein Guido. Patrick konnte nichts Verdächtiges entdecken.

Auf der anderen Seite fuhr ein Fahrradfahrer auf dem Bürgersteig und hatte beinahe seine Höhe erreicht. Patrick spurtete über die Straße, stellte sich ihm in den Weg und schrie: „VERZEIHUNG! Was für ein Datum haben wir heute?“

Der Mann bremste verblüfft und setzte die Füße auf den Boden. „Wohl verruckt! Geh aus Weg, Mann.“ Eine Hand hielt den Lenker, mit der anderen fuchtelte er wild in der Luft herum. Ein Glitzern fiel Patrick auf. Der Kerl trug eine silberne Digitaluhr am Handgelenk. Mit einem Knurren stürzte Patrick vor und ergriff den Arm des Fahrradfahrers. 6:42 Uhr. Datum: 11.09.2001.

Scheiße! Wie Guido Cantz sah der Typ auch nicht aus.

Empört riss sich der Mann los und fuhr weiter. „Großes Idiot!“, schimpfte er.

Versteckte Kamera wäre zu einfach, zu albern, zu trivial gewesen. Jetzt rückte das in sein Bewusstsein, was er die ganze Zeit verdrängt hatte. Die Wuppertaler Schwebebahn gab es deutlich länger als hundert Jahre. Die Feier dazu war etliche Zeit her, sogar in Düsseldorf hatten Plakate zu den Festivitäten gehangen. Das musste so um … 2001 gewesen sein.

Was ging hier vor? Mit größter Selbstbeherrschung zwang er sich zur Ruhe. So ein Schwachsinn. Völlig unmöglich, dass er sich auf einmal im Jahr 2001 befand. Er war nicht ‚verruckt‘. Er war Realist. Zeitreisen gab es nicht. So einen Scheiß dachten sich höchstens durchgeknallte Autoren oder Drehbuchschreiber aus. Ein solches Exposé würde er als Lektor sofort ablehnen. Ha! Vielleicht hatte die Dicke in ihrem Büdchen zwischen den Fanta-Dosen einen Fluxkompensator stehen.

Patricks wütendes Schnauben über das Unerklärliche quittierte die Kaffe-Dame, indem sie mit dem Zeigefinger an ihren Schädel tippte und ihn dabei abschätzig angaffte.

Also – Zeitreiseblödsinn ausgeschlossen. Was konnte noch geschehen sein? Tatsächlich manifestierte sich langsam eine andere Erklärung in seinem Kopf. Wieso kam er erst jetzt darauf? Ganz klar, die hatten sein Gehirn manipuliert. Vielleicht lag er irgendwo in einem Labor, so wie der Typ bei ‚Avatar‘ und stapfte nicht durch so einen Pusteblumenurwald, sondern durch die virtuelle Realität von 2001 in Wuppertal. Vermutlich klopfte sich gerade ein Rudel Wissenschaftler vor einem

Monitor über seine Erlebnisse vor Lachen die Schenkel wund. Das musste es sein. Mit beiden Händen zog er an seinen Haaren und dann an den Ohren, als wollte er so einen 3D-Helm ablegen. Er kniff sich in die Unterarme. Autsch! Die Damen am Büdchen gegenüber beobachteten ihn weiterhin interessiert. Nun spendete ihm Irmgard einen mustergültigen Scheibenwischer, die Kaffe-Dame nickte bekräftigend.

Verflucht, eine andere Erklärung gab es nicht. Wer weiß, was die Amis schon alles mit ihren Gefangenen anstellen konnten. Der technische Fortschritt hatte sicherlich jenseits vom Waterboarding einiges mehr zu bieten.

Mit mächtig Wut im Bauch ging Patrick in Richtung Schwebebahnstation zurück. Den Mann auf dem Fahrrad hatte er fest packen können, die vorgegaukelte Welt war demnach wahrhaftig und gegenständlich. Brutal gute Kollisionsabfrage im dreidimensionalen Raum, Respekt. Sollte er ihnen einen Strich durch die Rechnung machen und sich vor ein Auto werfen? Sicherlich würde ihn das sofort aus der virtuellen Realität hinauskatapultieren. Schluss mit der Truman Show. Passend zu diesem Gedanken kam ihm ein Lastwagen mit Anhänger entgegen. Der hatte sicherlich einen Bremsweg bis zum Zoo und zurück. Mit röhrendem Motor kam der LKW näher. Verzweifelt holte Patrick tief Luft, seine Beine zuckten. Jetzt! Etwas kleines, niedliches nagte an ihm wie die Zwergmaus am Käse. Zweifel. Der geringste Zweifel konnte riesiges bewirken. Und dann war da noch etwas, das ihm ausgerechnet in dem Moment einfiel, als er sich unter den LKW schmeißen wollte. Das Datum. 11.09.2001. Elfter September. Nine Eleven.

Der Lastwagen brummte vorbei.

Vielleicht auch besser so – die Amis standen nicht so auf asymmetrische Kriegsführung.

Heute Nachmittag geschah es. Zumindest in diesem Szenario. Er schluckte bitter. Dann kam ein süßer Gedanke. Ha! Ein weiterer Beweis für seine virtuelle Realitätstheorie. Wieso schickten die ihn in seinem Kopf ausgerechnet an dieses Datum zurück? Warum wohl? Die NSA wollte ihn testen. Seine Gesinnung prüfen. Hektik erfasste ihn.

Patrick erinnerte sich an die Vernehmung mit Carsten Grünfeld. Wie hatte der noch gefragt? „Gehören Sie auch zu den Guten? Spielen wir im selben Team?“

Nun erst verstand er. Grünfeld hatte ihm den entscheidenden Hinweis gegeben. Nun konnte er beweisen, dass er zu den Guten gehörte, dass er kein Terrorist war. In dieser Welt konnte er der Al-Kaida einen gehörigen Strich durch die Rechnung machen und, was noch viel mehr wog, 3.000 unschuldige Menschenleben retten. Es war noch nicht zu spät, er konnte es verhindern. Er konnte ihnen zeigen, dass er helfen wollte.

„Ja, wir sind ein Team“, presste er durch die Lippen.

Wie sollte er vorgehen? Schräg gegenüber leuchtete die gelbe Telefonzelle. Informieren, alarmieren. Wen könnte er anrufen? Mist, er hatte kein Geld. Ob die am Kiosk ihm ein paar Münzen geben würden? Die stummen Gesichter der beiden Damen sahen nach seinen Eskapaden alles andere als bereitwillig aus.

‚Notruf – 110 kostenfrei‘ schoss es ihm aus alten Jugendzeiten durch den Kopf. Als noch nicht jeder Dackel ein Handy besessen hatte.

Mit langen Schritten lief er zur Telefonzelle und stürzte hinein. Der spezielle, eigentümliche Geruch empfing ihn wie einen alten Bekannten. Tatsächlich – für den Notruf 110 brauchte er kein Münzgeld. Seine Finger drückten nervös auf die Metalltasten.

„Polizei Notrufzentrale.“ Eine Dame meldete sich.

„Ich … ich will Sie warnen.“

„Wie können wir helfen? Wer spricht dort?“

„Gleich, heute Morgen, ein fürchterlicher Anschlag. Um …“, er musste nur kurz in seinem Gedächtnis kramen, „… um kurz vor neun kracht ein Passagierflugzeug in den Nordturm des World Trade Center.“

„Wie bitte? Können Sie das wiederholen? Wo kracht es?“

„In New York. Zwillingstürme. Es kommt noch schlimmer. Zwanzig Minuten später schlägt ein zweites Flugzeug im Südturm ein. Bitte, Sie müssen mir glauben. Es geschieht in weniger als zwei Stunden.“

Die Stille in der Leitung hörte sich nicht gut an.

Dann: *„Stehen Sie unter Medikamenteneinfluss? Vielleicht in Verbindung mit Alkohol?“*

„WAS SOLL ICH IHNEN NOCH SAGEN?" Patrick zwang sich zur Ruhe. „Der Flug …, ich weiß sogar die Nummer des ersten Fliegers. Flug AA11 aus Boston."

Seine Hand klatschte laut gegen die Stirn. Kurz vor neun war die amerikanische Ortszeit gewesen.

„Hören Sie, ich habe mich mit der Zeit vertan. Es geschieht um kurz vor drei, also fünfzehn Uhr unserer Zeit. Tun Sie etwas, es wird sonst jede Menge Tote geben."

„Sie wissen, dass es verboten ist, den Notruf mit solchen Hirngespinsten zu blockieren? Andere Menschen benötigen vielleicht wirklich Hilfe."

Der kleine Fauxpas mit der Zeitverschiebung hatte seine Glaubwürdigkeit nicht wirklich erhöht. „Hören Sie mir zu, und glauben Sie mir. Sie müssen den Anschlag verhindern, beide Wolkenkratzer stürzen ein, und … Tausende Menschen sterben. Und … auch im Pentagon kracht es."

„Wie bitte? Ein drittes Flugzeug, verstehe."

Wieso glaubte Patrick, dass die Dame ihm nicht glaubte?

„Ich sage die Wahrheit. Al-Kaida steckt dahinter."

„Wie ist Ihr Name?"

„Was? Wie?" Patrick wurde misstrauisch. „Mein Name spielt keine Rolle. Los, warnen Sie die Amerikaner!"

„Wir tun, was wir können. Nennen Sie mir Ihren Namen."

Er schwieg.

„Sie … Sie brauchen Hilfe. Ich sehe, Sie rufen aus der Telefonzelle in der Hubertusallee an. Warten Sie dort, wir schicken eine Streife vorbei. Bleiben Sie an Ort und Stelle!"

Es klickte, dann Tuten, dann Rauschen. Die Dame hatte aufgelegt.

Konsterniert sah Patrick zur Scheibe des Telefonhäuschens. Dort spiegelte sich das Gesicht eines armen Irren mit tiefen Schatten unter den Augen, der einen völlig absurden Anruf bei der Polizei getätigt hatte.

So richtig überzeugend war das nicht gewesen. Selbst wenn die Dame in der Notrufzentrale ihm geglaubt hätte, den armen Zivilisten in

New York hätte es nicht in Wirklichkeit geholfen. Was nun? Wenn die Bullen ihn hier erwischten, ist dann *Game Over?* Oder würden die ihn einsperren? Sicherlich besser als Guantanamo. Entschlossen schüttelte er den Kopf. Noch fühlte er sich frei. Zwar müde und verwirrt, aber frei. Er würde nicht einfach aufgeben. Lief der Test der NSA einfach weiter? War er durchgefallen? Wie auch immer, er musste schnell fort von hier.

Patrick verließ die Telefonzelle, ging auf die andere Straßenseite und winkte von dort den beiden Damen vom Büdchen freundlich zu.

„Angela Merkel", rief die Dicke zum Abschied kichernd hinter ihm und streckte den Daumen hoch.

*

Der Wind wehte exotische Tiergeräusche herüber. Der Zoo erwachte. Die Tiere von 2001 sahen bestimmt nicht anders aus als die von 2017. Wohin nun? Ob die Bullen wirklich einen Streifenwagen schickten, um ihn einzusammeln? Zwei Straßen weiter setzte er sich hin, lehnte sich mit dem Rücken an eine Hauswand und beobachtete den erwachenden Berufsverkehr. Mal sehen, ob er einen Fehler im System entdeckte. Schließlich verstand er ein bisschen was von Autos. Es sollte doch mit dem Teufel zugehen, wenn er nicht einen Wagen mit einem neueren Baujahr als 2001 entdeckte. Da, ein BMW X5. War der nicht neueren Datums? Er überlegte. Doch, 2001 könnte hinkommen. Egal, was vorbeibrummte, er konnte kein Modell entdecken, das jünger als sechzehn Jahre war. Krass gute Arbeit der virtuellen Weltenbauer. In Wuppertal kannte er sich einfach zu wenig aus. In Düsseldorf wäre er der Sache bestimmt längst auf die Schliche gekommen.

Er gähnte. Seit wieviel Stunden hatte er nicht geschlafen? Auf die Erschöpfung war Verlass – egal ob in 2001 oder 2017. Um den Zoo herum gab es einige Wiesen – sollte er dort hingehen und sich ausruhen? Oder im Zoo die Nachfahren der Elefantendame Tuffi besuchen? Dafür müsste er irgendwo über den Zaun klettern. Mit viel Mühe stand Patrick auf und ging weiter. Immer weiter, möglichst nach Westen, möglichst geradeaus. Im Westen lag Düsseldorf. Keine Ahnung, wohin er dort wollte, in seiner Wohnung warteten die bestimmt schon auf ihn. Dennoch – Düsseldorf klang gut und vertraut und nach Heimat.

Er stolperte an zwei parkenden Autos vorbei. Halt! Er ging zum Heck eines Ford Fiesta und bückte sich. Kopfschüttelnd schleppte er sich weiter. Immer wieder inspizierte er die Nummernschilder der am Straßenrand stehenden Fahrzeuge. Er grinste. Die Bullen konnten hier ein Vermögen verdienen. Egal, wo er geguckt hatte, bei allen Kisten war seit vierzehn oder fünfzehn Jahren der TÜV abgelaufen. Nur Schwerstkriminelle hier. Die Wuppertaler hatten Nerven aus Solinger Stahl. Mit neunzehn war er mal mit seinem Golf sieben Monate mit der Hauptuntersuchung überfällig gewesen. Was hatten die Bullen damals für ein Theater gemacht. Sogar Punkte in Flensburg hatten sie ihm dafür verpasst. Vielleicht war das der Grund, warum sie ihn nach Guantanamo bringen wollten. Er kicherte, es hörte sich fremd an.

Mit zusammengepressten Lippen hatte Patrick nur noch einen Gedanken. Niemals würde er akzeptieren, dass er durch das reale 2001 spazierte. Völlig ausgeschlossen. So leicht konnte ihn niemand verarschen. Tapfer setzte er weiterhin einen Fuß vor den anderen.

Schleppte er sich jetzt seit Minuten, Stunden oder Tagen durch die Gegend? Ob der schreckliche Anschlag in New York inzwischen passiert war? Gab es das schreckliche Ereignis in der virtuellen Parallelwelt überhaupt? Die vielen, vielen Fragen machten so müde. Rechts führte ein schmaler Weg zu einem kleinen Park. Dort standen zwei Bänke, die unwiderstehlich einladend aussahen. Er legte sich in voller Länge auf die erste und schloss die Augen. Ein orangefarbener Penner auf der Parkbank. Warum nicht. Hinter den Lidern brannten seine Augen vor Erschöpfung. Patrick schlief ein.

VIII. Nicht verifiziert

Der Morgen startete wie der Abend geendet hatte, Susanna befand sich in bester Gesellschaft ihrer beiden Notebooks in den Untiefen des Internets. Das Leben drehte sich weiter. Im Morgenmantel und mit einer großen Tasse Kaffee bewaffnet saß sie in der Wohnküche am Tisch. Je nach dem, was darauf stand, diente er als Schreib-, Telefonier- oder Esstisch.

„Wie spät haben wir?“, fragte ihre Tochter, die mit verwuselten Haaren an den Kühlschrank ging. Ansonsten kam sie am Wochenende nicht vor zehn aus ihrem Zimmer.

„Kurz nach acht.“ Susanna erntete gerade frische Nachrichten, sortierte sie und suchte sich zwei aus, zu denen sie einen Beitrag schreiben wollte. Belangloses, in dieser Nacht war nicht viel passiert. Sie prüfte auf dem zweiten Rechner die Mails und freute sich über 80 Euro, die ihr gestern der Flitzer vom Schlosspark eingebracht hatte. Bilder machten den Unterschied, ohne das Nacktbild hätte sie für die Aufbereitung der Polizei-Nachrichten deutlich weniger Geld bekommen.

„Hast du überhaupt geschlafen?“

„Ja.“ Überraschend gut sogar. Susanna klickte weitere Videos an. Spinner gab es reichlich in der Stadt. Man musste sie nur finden, ans Licht zerren und dem gemeinen Pöbel die Möglichkeit geben, sich darüber zu echauffieren. Keine sonderlich ehrenvolle Aufgabe, sie brachte aber Geld ein.

„Es ist Wochenende!“

„Stimmt.“ Samstags gab es oft die besten Geschichten. Susanna sah keinen Grund, nicht zu arbeiten. Wenn ihr Konto einen beruhigenden Puffer hatte, würde sie sich auch wieder einen Tag freinehmen.

„Wir könnten mal zusammen in die Stadt gehen.“ Erwartungsfroh sah ihre Tochter sie an.

„Das würde ich gerne ...“ Sehr gerne sogar, aber die Arbeit ging vor. Vor einer halben Stunde hatte sie eine diebische Rentnerin und eine Serie äußerst niedlicher Katzenbilder aus der Düsseldorfer Altstadt aufgetan. Sie musste noch Texte schreiben, Bilder zuordnen und die passenden Redaktionen aussuchen, die für den Artikel infrage kamen.

„Katzenbilder, ist das dein Ernst?“

„Das ist mein Beruf!“

„Das ist dämlich!“

„Menschen mögen Katzen!" Susanna hätte auch lieber eine weltweit beachtete Enthüllungsstory über die Manipulation der Bundestagswahl letzten Monat geschrieben. Leider gab es diese Story nicht, es schien alles mit einigermaßen rechten Dingen zugegangen zu sein. Mutti hatte es wieder ‚geschafft'.

„Ich fasse es nicht!" Ihre Tochter stellte das Glas Milch neben die Spüle und schüttelte den Kopf.

Die Kleine hatte im Moment eine schwierige Phase. „Geh doch einfach alleine in die Stadt", erklärte Susanna, ohne die Augen von den Bildschirmen zu nehmen. Die Rentnerin hatte sich als Polizistin ausgegeben – okay, sie ging noch für Ende fünfzig durch – bei anderen Pensionären geklingelt, und, nachdem sie über Sicherheit vor Einbrüchen berichtet hatte, die Geldbörsen aus den Handtaschen ihrer Opfer mitgehen lassen.

„Hallo?"

„Was ist denn?" Susanna verstand nicht, was ihre Tochter gerade von ihr wollte.

„Siehst du mich überhaupt?"

„Natürlich!"

„Du hast doch nur deine Katzenbilder im Sinn!", rief ihre Tochter und verließ wütend den Raum.

Susanna wollte noch etwas sagen, ließ es dann aber.

Ihre Tochter würde sich schon wieder beruhigen. Sie beendete die Katzenbilder-Story und verschickte sie. Zur diebischen Rentnerin schrieb sie gerade die letzten Zeilen. Einen Journalisten-Preis würde sie dafür nicht bekommen, aber das spielte keine Rolle.

Auf einem ihrer Notebooks war sie unter anderem mit einem Szene-Forum verbunden. Ein sehr schräges Publikum informierte dort über Dinge, die in der Stadt passierten, über die die Leitmedien eher selten berichteten. Susanna nutzte diese Untergrundquelle als Anregung für neue Artikel; über die Forenteilnehmer selbst berichtete sie nicht. Das hätte die Etikette verletzt und die Quelle schnell versiegen lassen.

„Hi, Sana", wurde sie im Chat begrüßt. Sana war ihr Chat-Name. Texel wusste, dass sie Journalistin war.

„Hi." Was Texel machte, wusste Susanna nicht genau, er war gut informiert und schrieb meist politisch motiviert. Und er war kein großer Freund der Bundesregierung.

„Kennst du die BFE+?"

„Die neue Einheit der Bundespolizei?" Susanna hatte darüber gelesen. Diese Einheit war erst 2015 aufgestellt worden, um gezielt Terrorismus zu bekämpfen.

„Genau die!"

„Hast du dich bei ihnen beworben?"

„Im nächsten Leben vielleicht."

„Was hast du?"

„Weltschmerz."

Den hatte er immer. Susanna wartete ab.

„Schreib doch mal etwas über diese neue Art von Bullen!"

„Kannst du mir etwas anbieten?" Jetzt wurde es interessanter. Texel würde ein solches Vorspiel nicht ohne Grund zelebrieren. Er hatte eine Geschichte.

„Hab ein nettes Handyvideo einer mordsmäßigen Verhaftung ... möchtest du es haben?"

„Ja."

„Das kostet dich etwas!"

Nichts im Leben gab es umsonst. „Erst mehr Infos."

„Das war in Düsseldorf. Meine Quelle kennt den Typen, der verhaftet wurde. Der kann keiner Fliege etwas zuleide tun. Ich möchte, dass die Bullen, die dem armen Schwein die Tür eingetreten haben, dafür bezahlen!"

„Wenn dein Material es hergibt." Susanna wusste, dass es mehr bedurfte als eines verwackelten Handyvideos, um die Polizeiführung in Bedrängnis zu bringen.

„Es ist gut!" Texel stellte ihr die Datei zur Verfügung. *„Zeig, was du kannst!"*

„Ist dein besonderer Freund bereits bei YouTube online?", fragte sie, das würde den Wert des Clips schmälern.

„Du hast ihn exklusiv!"

„Okay."

„Patrick Richter."

„Wer ist das?"

„Der Mann, der verhaftet wurde. Mich wundert, dass niemand darüber berichtet. Ich will seinen Namen in den Nachrichten sehen! Bis später – bei Fragen kannst du mich noch eine Weile erreichen."

*

Susanna speicherte zuerst das Video und öffnete es dann auf ihrem Notebook mit gezogenem Netzwerkstecker. Sicherheit ging vor. Sie war keine IT-Spezialistin, aber sie wollte auch keinen Skript-Virus in Gang setzen, der den Inhalt ihrer Festplatte großzügig in der ganzen Welt verteilte.

Wie Texel angekündigt hatte, war das Video mit einem Handy aufgenommen worden. Natürlich, womit auch sonst. Jemand hatte aus einem Fenster heraus zuerst die BFE+ Einheit gefilmt, während sie das Haus betrat. Alle Ereignisse spielten sich nachts ab. Die Polizisten bewegten sich sehr schnell. Es wurde nicht gesprochen. Sie waren zu fünft, die schwerbewaffnet die Treppen hinaufgingen. Auch im Flur blieb das Licht ausgeschaltet.

Die Nachtfilmfunktion des Handys hatte es trotzdem geschafft, das Szenario einzufangen. Dem Filmer war es von seiner erhöhten Position im Haus gegenüber gelungen, unentdeckt zu bleiben. Der Typ hatte Eier in der Hose.

Susanna fühlte sich bestens unterhalten. Durch das Fenster im Treppenhaus konnte sie alles sehen. Der Clip war der Hammer. Ein Polizist holte mit einer Türramme Schwung. Seine Kameraden sicherten ihn. Holz zersplitterte. Jetzt war die Ruhe vorbei. Dumpf hörte sie das Gebrüll.

„POLIZEI! AUF DEN BODEN!"

„AN DIE WAND! AN DIE WAND!"

„ICH WILL DIE HÄNDE SEHEN! DIE HÄNDE!"

Die ersten Polizisten verschwanden in der Wohnung. Das Licht wurde eingeschaltet. Egal, wer sich in der Wohnung befand, geschlafen hatte er danach nicht mehr. Die Polizei setzte auf maximale Einschüchterung, das war Susanna bekannt. Trotzdem bekam sie die Arbeit ihrer Ordnungshüter selten so unmittelbar vorgeführt. Die waren noch lange nicht fertig. Das ging noch weiter.

„POLIZEI!“

„SIE SIND VERHAFTET! HÄNDE ZEIGEN!“

„NICHT BEWEGEN! NICHT BEWEGEN!“

„FLACH AUF DEN BODEN!“

Die Vorgänge in der Wohnung konnte Susanna nur als Schattenspiel beobachten. Sie schüttelte den Kopf. Wenn sie gleichzeitig die Hände zeigen, sich nicht bewegen und dabei flach auf dem Boden liegen könnte, würde sie für eine stolze Gage im Zirkus auftreten. Blödsinn, Zirkus war von gestern. Heute trat man bei YouTube auf. Das würde Klicks bis zum Abwinken geben.

„SICHERN!“

Sicherheit war wichtig. Noch hatte Susanna nicht sehen können, wer einkassiert worden war. Verständlicherweise bewegte sich der Kameramann nicht einen Zentimeter von seiner Position. Sie ließ das Video weiterlaufen. Es dauerte keine Minute, da wurde ein junger Mann im T-Shirt, ohne Schuhe und mit Kabelbindern am Rücken fixiert durch die zerstörte Wohnungstür getragen. Ein Polizist links, einer rechts, die Füße des Verhafteten schwebten engelsgleich über den Boden. Jetzt brannte auch im Flur Licht.

Hervorragende Aufnahmen, hochauflösend und in bester Tonqualität. „Yeah!“ Susanna lächelte, auch die Treppe hinunter berührten seine Füße nicht die Stufen. Das war besser als eine Marienerscheinung. Ihr gingen bereits Textelemente durch den Kopf. Engel von der Polizei verhaftet oder Erzengel in Handschellen, Texel hatte nicht zu viel versprochen, die Story war richtig gut. Wie ein kurzer Spielfilm. Es gab eine Einleitung, einen actionhaltigen Höhepunkt und ein Finale wie nicht von dieser Welt. Die gebrochene Körpersprache des Verhafteten hätte ein Schauspieler nicht besser hinbekommen. Nur sein Gesicht war nicht zu erkennen gewesen.

Dann endete der Videoclip. Bei voller Beleuchtung im Flur hatte sie auch die BFE+ Abzeichen erkennen können. Sah schick aus.

Beweissicherungs- und Festnahmeeinheit der Bundespolizei, wobei das Plus vermutlich für sonst was stand.

„Wunderbar!“ Der Untergrund-Clip war einiges wert. Sie hatte auch einen Namen, und es gab einen Zeitstempel. Freitag 2:41 bis 2:47. Die ganze Aktion hatte nur sechs Minuten gedauert. Sie sah auf das Datum. Erst einen Tag her. Das Video war noch warm!

„Seltsam.“ Warum war gestern dazu nichts im Newsroom der Düsseldorfer Polizei zu finden gewesen? Über spektakuläre Zugriffe gab es ansonsten immer einen Beitrag.

„Was läuft da aus der Spur?“ Susanna kontrollierte erneut die Webseite der Polizei. Nichts. Sie blätterte zurück. Gestern gab es auch nichts. Texel hatte recht gehabt, da stimmte etwas nicht.

„Patrick Richter!“ Auf dem zweiten Notebook checkte sie seinen Namen. Die ersten Treffer waren ein Fußballspieler aus Berlin und ein Fitnesstrainer aus Hamburg.

„Ihr beide seid es bestimmt nicht ...“ Es gab keine Schlagzeilen, keine auffälligen Persönlichkeiten und auch ansonsten nichts, was sich ausschlachten ließ. Texel konnte ihr einen falschen Namen gegeben haben. Nein, eher nicht. Der Mann war ein Pedant, der machte keine Fehler.

„Lieber Patrick, warum hat dich die Polizei von der Bildfläche verschwinden lassen?“ Susanna glaubte für einen Moment, an einer großen Story dran zu sein. Gewünscht hätte sie es sich. Jeden Tag tat sie das. Leider gab es zu diesem Zeitpunkt noch unzählige mögliche und vermutlich sehr langweilige Antworten, die die Situation erklären konnten.

Susanna kam an dieser Stelle nicht weiter. Carlo würde ihr diese halbgare Geschichte nicht abkaufen. Der Unterhaltungswert ohne belastbare Hintergrundstory war mager. Sein Magazin bot ohnehin nicht die richtige Plattform. Sollte sie eines der großen politischen Magazine ansprechen? Das ergäbe erst Sinn, wenn sie die Geschichte komplettieren könnte. Ohne eine verifizierte Verhaftung war das Video nicht viel wert. Die Polizei würde vermutlich mühelos alles abstreiten.

*

Ihre Gedanken kreisten. Sie musste mehr über Patrick Richter herausfinden. Er war der Schlüssel. Jeder Mensch hatte ein Leben, hatte Freunde und eine Arbeit. Sie musste in Erfahrung bringen, wer er war, wofür er stand und vor allem, welchen Grund es für seine Verhaftung gab. Sonderlich zimperlich waren die nicht mit ihm umgegangen. Man konnte von der Polizei halten, was man wollte, aber Eierdiebe bekamen in der Regel kein nächtliches BFE+ Team spendiert. Nein, dafür musste es einen Grund geben.

Sie ging wieder online und aktivierte den Chat erneut: „Was hat Patrick getan?"

Texel antwortete sofort. *„Nichts."*

„Ein Polizeiirrtum?"

„Finde es heraus."

„Ich brauche mehr Daten." Seine Antwort war dünn. Die meisten Gauner hatten nie etwas getan.

„Das ist dein Teil der Geschichte."

„Es gibt nichts über ihn."

„Genau."

„Ich brauche seine Adresse!"

„Bin jetzt offline. Du schuldest mir was." Und weg war er.

„Mistkerl!", rief Susanna und schlug mit der flachen Hand auf den Tisch. Sie musste andere Quellen ausfindig machen. Okay, jetzt würde die Suche erst richtig losgehen. Sie würde alles über Patrick Richter in Erfahrungen bringen. Egal, was der Typ getan oder nicht getan hatte, sie würde es herausfinden.

IX. Liebe und Hiebe

Seine Finger ertasteten etwas Warmes, Weiches und doch Festes. Ein angenehmes Gefühl durchströmte ihn. Eine Assoziation mit den schönen Dingen dieser Welt befriedete seine Seele. Geistig wie körperlich befand er sich in einem Zustand besinnlichen Schlummerns. Träumte er? Ganz in der Ferne, im hintersten Winkel seines Bewusstseins meldete sich ein Störenfried und erzeugte ein verschwommenes Bild von einer harten Parkbank.

Hart? Völliger Blödsinn, er lag auf einer gemütlichen Matratze, unter einer weichen Decke, die er bis zu den Ohren hochgezogen hatte. Kuschelige Körperwärme liebkoste ihn, er fühlte sich geschützt und behütet wie im Mutterleib.

Seine Fingerkuppen folgten einer sanften, verheißungsvollen Rundung und … mitten in dieser Seligkeit traf etwas Hartes seine Wange. Das passte nun absolut nicht zur perfekten Harmonie des Moments.

Es kam noch schlimmer. Etwas Lautes brüllte ihn an: „Nimm deine Flossen von meinem Hintern, du Vollidiot."

Patricks Arme zuckten erschrocken vor seine Brust. Weit riss er die Augen auf. Der Schatten eines Kopfes erschien über ihm. Wer war das? Es dauerte ein wenig, bis genügend Lichtstrahlen durch seine Pupillen fielen, sich in der Augenlinse bündelten und dann auf die Netzhaut gelangten. Nun musste die visuelle Information als Nächstes über den Sehnerv das Gehirn erreichen.

Verflixt, das hatte er schon schneller hinbekommen.

Endlich. Aufmerksam betrachtete er den Kopf über sich. Eigentlich hatte dieser ein hübsches, vertrautes Gesicht. Wenn dessen Züge bloß nicht derart zornig rot und wutentbrannt verzerrt wären.

Die visuelle Information war nun bereitgestellt, das hieß, bei den Folgeschritten konnten seine Augen nicht mehr helfen. Umständlich kramte er in seinen Synapsen. Es dauerte nicht lange, bis er die richtige Schublade aufzog und dem wütenden Gesicht einen Namen geben konnte.

„Luna", brachte er nicht ohne Stolz hervor.

„PATRICK! Du bist ein verdammter Mistkerl. Was bildest du dir ein? Über eine Stunde habe ich gewartet. Gib mir sofort meinen Wohnungsschlüssel. Wie siehst du überhaupt aus? Und du schleichst dich mitten in der Nacht in meine Wohnung. Wie unverschämt. Wieso hast du die Schuhe im Bett an? Hau ab, hau ab, ich will dich nie mehr wiedersehen."

Verblüfft sah er seine Freundin an. Eine schöne Frau. Ihr wallendes Haar hing ihr ins Gesicht, ohne die großen Augen mit den langen Wimpern zu verdecken. Ihre Lippen glänzten feucht – leider nur, weil ihr vor Wut ein wenig Spucke aus dem Mund lief. Patrick konzentrierte sich. So viele Synapsen, um diese auf ihn einprasselnde Informationsdichte parallel zu verarbeiten, besaß er nicht. Er war schließlich ein Mann.

„Du wirst es nicht glauben. Ich … ich hatte einen Albtraum, einen ganz fiesen Albtraum. Du kannst dir nicht vorstellen, was mir passiert ist, was ich durchgemacht habe. Sie haben mich gequält, in jede Menge Zellen gesteckt und bedroht und ausgeliefert."

Luna hingegen hatte keine Schwierigkeiten, die vielen Neuigkeiten blitzschnell zu verwerten. Pragmatisch fasste sie zusammen: „Das ist mir scheißegal. Erzähl das einer Parkuhr! Hau ab! Raus! Es reicht mir völlig, was mir passiert ist."

Zutiefst erschrocken über den emotionalen Ausbruch seiner Freundin setzte er sich im Bett auf und zog die Beine an. Dabei kam ein orangefarbener Overall zum Vorschein.

„Ist das dein neuer Schlafanzug, du Perversling?", giftete ihn Luna an.

Fassungslos starrte Patrick auf das leuchtende Kleidungsstück.

„Bitte, Luna, du musst mir glauben, ich verstehe das selbst nicht. Dieses Ding ist wie ein Fluch."

Ihre Lippen wurden schmal. „Das machst du nie wieder mit mir. Ich habe den ganzen Abend im Jägerhof gesessen und auf dich gewartet."

Eine Erinnerung aus einer fernen Galaxie, Millionen Lichtjahre entfernt, holte ihn ein. Doch immer noch nicht weit genug, um ihm nicht sofort ein schlechtes Gewissen einzuflößen. Verflucht, sie hatte recht. Sie waren in einem Steakhaus, nur wenige Kilometer von seiner Wohnung in Gerresheim, verabredet gewesen. Am Freitagabend um 19:00 Uhr. Sie wollten sich dort bei einem leckeren Essen versöhnen und dann das Wochenende bei ihm verbringen. Das hatte er bei dem ganzen Stress völlig vergessen.

Hilflos hörte er sich sagen: „Ich … ich habe doch im Knast gesessen. Die wollten mich nach Guantanamo bringen. Ich schwör."

Lunas Augen wurden schmal. Auch Patrick kniff die Augen zusammen. Gratulation. Auweia, hörte sich das dämlich an. Und als Sahnehäubchen hatte er noch ein grenzdebiles ‚ich schwör' serviert. Er hätte sich selbst kein Wort geglaubt.

Schön, dass sie sich in diesem Punkt sofort einig waren. Luna zischte ihn an: „Du bist verrückt, völlig durchgedreht. Ist das der Restalkohol oder hast du Drogen genommen?"

„Nein, nein – ich habe nichts getrunken." Er überlegte, wie er ihr seine Erlebnisse glaubhaft machen konnte. Wie sollte er das Unfassbare in Worte kleiden?

Luna interessierte sich mehr für sich. Mit hoher Stimme legte sie los: „Ich habe im Restaurant gesessen und vor Wut nicht einmal den Tagessalat runterbekommen. Der Kellner hat mich ständig mitleidig angesehen. ‚Mein Freund kommt noch', habe ich gesagt. Dreimal. Oh, war das peinlich. Und fünfzehn Mal habe ich dich angerufen und auf deine verfluchte Mailbox gequatscht."

„Es … es tut mir leid. Aber … wirklich … ich wurde verhaftet. Von so einem Sonderkommando. Und eingesperrt. Und dann verhört, von so einer widerlichen Kommissartussi. Und danach von so einem Carsten Grünfeld."

„Respekt! Was für eine miese Ausrede!"

„Es ist die Wahrheit!"

„Den ganzen Samstag habe ich bei dir zu Hause angerufen. Nichts! Heutzutage ist es kein Problem, sich mal kurz zu melden. Eine WhatsApp hätte gereicht." Sie rümpfte die Nase, machte eine Kunstpause. „So einer wie du hat mich nicht verdient."

Treffer! Das saß! Patrick holte tief Luft. „So glaub mir doch. Die haben mir alles abgenommen. Ich durfte nicht telefonieren. Nicht mal mit einem Anwalt."

„Ach, den hättest du angerufen!", keifte sie. „Dann geh doch mit deinem Anwalt ins Bett."

Darauf musste Patrick nicht eingehen, das würde die Diskussion in die falsche Richtung führen. Noch falscher. Also breitete er die orangenen Arme aus, so als wollte er den Straßenverkehr am Jan-Wellem-

Platz regeln. „Glaubst du wirklich, ich würde mir freiwillig so ein hässliches Teil anziehen?"

Lunas Kinn mahlte. Sie glühte nach wie vor Wut, doch er sah, dass sie nachdachte, dass sie prüfte, ob an Patricks Lügengeschichten nicht ein wahres Körnchen dran sein könnte.

Er musste sensibel nachlegen, Stück für Stück seine Glaubwürdigkeit zurückerobern. „Vom Polizeipräsidium haben die mich dann zum Düsseldorfer Flughafen gebracht."

„Wer sind ‚die', verdammt?" Zum ersten Mal erreichte ihre Stimme den gewöhnlichen Frequenzbereich.

„Die BFE+."

„Ach was, erzähl doch nicht! Klingt wie ein Fernsehsender."

„Von wegen – das ist ein brutales Überfallkommando. Die haben mich um drei Uhr früh einkassiert und später den Amis ausgeliefert. Da stand schon eine Militärmaschine, und die sollte mich nach Guantanamo fliegen."

Luna verdrehte die Augen um 720 Grad. „Die haben dich gehörig verarscht. So etwas gibt es nicht."

„Dann musste ich den Overall anziehen."

Sie musterte das leuchtende Kleidungsstück mit einem Maximum an Missbilligung. „Aha! Dann bist du über Neuss aus dem Flieger gesprungen, hast mit meinem Zweitschlüssel die Wohnungstür aufgeschlossen und dich in voller Montur mitten in der Nacht in mein Bett gelegt." Sie sah an ihm herunter. „MIT SCHUHEN!"

Wahnwitz, er hatte tatsächlich noch seine Turnschuhe an. Für Luna ganz offenkundig die Krönung all seiner Vergehen. Erklären konnte er es nicht. In seiner Erinnerung war er in Wuppertal eingeschlafen.

„Nein, ich weiß nicht mehr, wie ich hierhergekommen bin. Dein Schlüssel … liegt bei mir zu Hause."

„Mann, musst du voll gewesen sein. Das ist ja ekelhaft." Ihre Nase kräuselte sich, während sie über seine letzten Worte nachdachte. Luna schnaubte tief durch. „Merkst du nicht selbst, wie deine Lügengebilde einstürzen? Blamier dich ruhig weiter." Sie verschränkte die Arme vor der Brust. „Also – wir waren am Düsseldorfer Flughafen stehengeblieben. In der Obhut von diesem Fernsehsender.“

„Nein, zwischenzeitlich hatten mich die Ami-Marshals am Arsch. So Typen, die aussahen wie Chuck Norris.“

„Aha! Jetzt verrate mir nur noch, wie du aus der Sache wieder herausgekommen bist. Ich bin sowas von neugierig.“ Sie schaffte es tatsächlich, rhythmisch mit dem rechten, nackten Fuß auf die Fliesen zu klatschen. Klasse!

Verflucht! Die nächste Erinnerung und das damit verbundene Adrenalin ließen Patrick hochschnellen. Kerzengerade stand er nun neben dem Bett. Durch seine plötzliche Hektik zuckte Luna erschrocken zusammen und glotzte ihn an.

„Luna, Luna. Was für ein Datum haben wir heute?“ Ohne eine Antwort abzuwarten, nahm er den kleinen Wecker von ihrem Nachttisch. Sonntag, 15.10.17, 8:49 Uhr.

Das beruhigte ihn. Nun sah er ihr tief in die Augen. „Ich wachte dann plötzlich in Wuppertal auf. In der Schwebebahn.“ Er nickte bekräftigend, als könnte er es damit hieb- und stichfest beweisen.

Es klappte nicht, er sah es ihr an, er verlor sie. Mit aller Überzeugungskraft stemmte sich Patrick dagegen: „In der Nähe des Zoos. Und da war eine Telefonzelle. Und …“ Er zögerte.

Sie schwieg.

„Und … äh.“ Er stockte erneut.

Sie schwieg erneut. Brutal und erbarmungslos schwieg sie ihn mit erschütterter Miene und geballten Fäusten an.

Nun gab es kein Zurück mehr, er musste es versuchen. „Und wir hatten das Jahr 2001. 11. September. Nine Eleven. Verstehst du?“

Es handelte sich um eine rhetorische Frage. Wie sollte Luna verstehen, was er selbst nicht verstand. Kein Wort glaubte sie ihm. Eher würde sie ihm abnehmen, dass er fliegen könnte und eine Mordsangst vor Kryptonit hätte.

So kam es, wie es kommen musste. Sie schrie nicht herum, sondern blieb ganz ruhig, und das war viel schlimmer. Lediglich ihre Nasenflügel bebten, als sie endlich den Mund öffnete. „Ach so, dann ist mein

Freund Patrick …“, zickig korrigierte sie, „… mein Exfreund Patrick also doch nicht in einer Militärmaschine geflogen, sondern in einer Zeitmaschine. Warum hast du das nicht gleich gesagt? Dafür habe ich natürlich vollstes Verständnis.“

Bei ihr klang die Geschichte irgendwie … nicht authentisch. Pah, diesmal glaubte er ihr kein Wort.

Schon brach es aus ihr heraus, immerhin schrie sie wieder: „IST JEMAND ZU HAUSE, MCFLY?“

Verzweifelt rang er nach weiteren erklärenden Worten. Alles klang so absurd, so grotesk, so … schwachsinnig.

„Natürlich keine echte Zeitreise. Aber es kam mir so vor wie in 2001. Das war eine perfekte Simulation. Ich gebe dir mein Ehrenwort.“ Jetzt klang er wie Barschel. Da war ‚ich schwör‘ noch besser. Egal, was er sagte, es wurde nur noch schlimmer.

Luna begann sachlich: „Damit das klar ist. Du bist ein verdammter Lügner. Und ich weiß nicht, ob ich dir in Zukunft überhaupt noch etwas glauben kann. Es ist aus. Du verschwindest jetzt aus meiner Wohnung. Aus meinem Leben!“ Mit jedem Satz wurde ihre Stimme lauter, heller und gemeiner.

„Aber Luna, das ist nicht gerecht. Ich …“

„Du musst das positiv sehen. Nun musst du keine Lügengeschichten mehr erfinden“, fauchte sie. Sie ließ ihn stehen und rauschte mit energischen Schritten zum Sideboard ins Wohnzimmer. Dort nahm sie eine Schachtel in die Hand. „Dein blödes Handy kannst du mitnehmen, das will ich nicht mehr. Es würde mich nur jeden Tag an den Verrückten erinnern, mit dem ich fast zwei Jahre meines Lebens vergeudet habe.“

„Das war ein Geschenk!“

„Ich will es nicht mehr!“ Ihre Augen glänzten feucht. „Den Haustürschlüssel kannst du mir in den Briefkasten werfen. Am besten noch heute. Wage es nie wieder, in meine Wohnung einzubrechen. Beim nächsten Mal rufe ich die Polizei.“

Deutlicher ging es kaum. An der ganzen Misere schmerzte Patrick besonders, dass er seiner Freundin – er korrigierte – Exfreundin, nicht einmal einen Vorwurf machen konnte. Da kam ein bisschen viel auf einmal zusammen. Hätte er ihr geglaubt? Wohl kaum. Vermutlich war er wirklich verrückt geworden.

Bis auf zwei Schritte kam sie an ihn heran, drückte ihm mit ausgestrecktem Arm das Smartphone in die Hand, drehte sich um, rannte schluchzend ins Badezimmer und schloss die Tür ab. Auch Patrick schossen nun Tränen in die Augen. Mit der Situation vollends überfordert, starrte er mit verschwommenem Blick auf den Karton. Ein sauteures Smartphone, das er Luna kürzlich zu ihrem 30. Geburtstag geschenkt hatte. Vor einigen Tagen hatte er es bereits für sie telefonisch freigeschaltet, und an diesem Wochenende hatte er ihr helfen wollen, es endgültig einzurichten. Betreten öffnete er den Karton und nahm das Smartphone heraus. Ein *K11 Ultra XTLIV LTE2 ENC!* Das Display war um den Rand gebogen und wirkte somit größer als das Gehäuse. Die Bildschirmauflösung war ungefähr 3,8 Milliarden mal 2 Milliarden Pixel oder höher, das Teil besaß drei Kameras, den schnellsten verfügbaren Prozessor mit mehr Kernen als eine Wassermelone. Finger- und Irisscan sowie einen Einschub für die Speichererweiterung gab es obendrauf. Patrick hatte bereits eine 512 Gigabyte Micro-SD Karte eingelegt. Das reichte für 60 HD-Filme oder 100.000 Musikstücke. Damit kam der Durchschnittskonsument eine Weile aus. Er wog es in der Hand - ein wunderbares Stück Technik. Er überlegte, ob er es an die Wand schmettern sollte.

Patrick widerstand dem Reflex. Nicht nur, weil das teure Stück laut Karton stoßfest, nein sogar wasser- und staubdicht nach *IP68* sein sollte. Keine Ahnung, was IP68 besagte, wahrscheinlich, dass dies nur galt, wenn kein Wasser und kein Staub in der Nähe waren.

Ohne einen weiteren Gedanken daran zu verschwenden, steckte er es in die rechte Tasche des Overalls.

Was nun? Zu seiner Wohnung konnte er nicht zurück, dort wurde er bestimmt erwartet. Mutter wohnte in Münster, aber auch darauf würde die Polizei kommen und ihm auflauern. Schließlich hatten die Bullen sein ganzes Leben durchleuchtet.

„HAU ENDLICH AB!“, erinnerte ihn Luna durch die Badezimmertür.

Dann fiel es ihm ein. Oder er fiel ihm ein. Kumpel Harry. Das war die einzige verbliebene Option. Sein alter Jugendfreund Harald. Der hatte sich vor Kurzem von seiner Frau getrennt und wohnte nun alleine in der Düsseldorfer Stadtmitte in einer Vierzimmerwohnung. Der würde ihm sofort ein paar Tage Unterschlupf gewähren. Sie kannten sich seit der Grundschule. Kumpel Harry hatte es geschafft, in der ersten und in der dritten Klasse sitzenzubleiben. Beide waren sie in Erkrath aufgewachsen. Ein langweiliges Schlafnest, das keine Sau kannte. Nein, falsch, es gab dort eine weltberühmte Attraktion. Das Neandertal, nach dem der berühmte, gleichnamige Höhlenmensch benannt war, oder umgekehrt.

Kumpel Harry jedenfalls gehörte zu den Menschen, die alles besorgen konnten. Egal was. Klar, der Preis musste schon stimmen, spätestens drei Tage später fiel das Gewünschte vom Laster. Das Erste, was Kumpel Harry ihm besorgt hatte, war Thomas Doll vom Hamburger SV. Natürlich nicht in echt, sondern als Panini Sticker. Das einzige Bild, das Patrick damals in seiner Sammlung noch gefehlt hatte. Eigentlich unbezahlbar, doch irgendwie hatte es der Tausendsassa hinbekommen und es ihm zum achten Geburtstag geschenkt.

Das Beste und Lauteste, was Kumpel Harry ihm je besorgt hatte, war die legendäre Soundanlage für seinen Golf III. Die Kiste hatte nur 64 PS, dafür 400 Watt vorne wie hinten und an den Seiten. Die beiden Subwoofer wogen so viel wie ein Panzer, und sie mussten die Rückbank ausbauen, um genügend Platz für die Dinger zu schaffen. Beim ersten Soundcheck, nun gut, sie hatten direkt voll aufgedreht, war das vordere Nummernschild abgefallen. Patrick schluchzte. Mann, hatten sie gelacht. Ein Space Shuttle Start aus hundert Metern Entfernung kam auf knapp 200 dB. Ein Flüstern gegen seinen alten Golf. Bei *TNT* von *AC/DC* mit mittlerer Lautstärke hob und senkte sich die Kiste im Rhythmus. Oi, Oi, Oi. Volle Pulle hatte er sich nicht getraut – dann wären sämtliche Blechteile davongeflogen.

Na toll, sein Leben ging gerade den Bach runter, und er schwelgte in spätpubertären Erinnerungen – das brachte ihn nicht weiter.

Wie war er darauf gekommen? Ach ja – auf zu Kumpel Harry, denn eine echte Männerfreundschaft kann nichts erschüttern, dachte er erschüttert und warf der Badezimmertür einen vorwurfsvollen Blick zu.

Luna mochte Harald nicht. Aber er sollte das positiv sehen – darauf musste er keine Rücksicht mehr nehmen. Vielleicht konnte er ihm ein neues Leben besorgen. Oder eine Medizin, die ihm weiterhalf.

Von diesem Gedanken beseelt, schlug er Lunas Wohnungstür laut hinter sich zu. Er schluckte. Sie würde es hören und konnte dann wieder aus dem Badezimmer herauskommen. Mit langsamen Schritten stapfte er die blitzblanken Treppenstufen hinunter. Drei Stockwerke. Ob er dieses Haus jemals wieder betreten würde? Verdammt! Immer noch hatte er den widerwärtigen Overall an. Und er hatte Hunger, er hatte Durst. Und der letzte Hoffnungsschimmer in seinem Leben, Luna, war erloschen.

X. Gut gemeint

Der Freitag hatte wirklich nicht gut angefangen. Freitag, der dreizehnte Oktober 2017, der Tag wurde also seinem Ruf durchaus gerecht. Der Samstag hatte es allerdings locker geschafft, den Vortag in allen Belangen in den Schatten zu stellen. Die hatten Carstens Wochenende versaut und ihm einen Fall beschert, den er nicht haben wollte. Er hätte bloß seine Finger ruhig halten müssen. In seinem Alter sollte man auch einmal die Jungen machen lassen.

„Mr. Grünfeld ... please follow me.“ An diesem Ort sollte Carsten nicht sein. Ein Marineinfanterist brachte ihn in der US-Botschaft in einen Besprechungsraum. Seine Waffe hatte er an der Sicherheitsschleuse abgegeben.

„Danke.“ Carsten sah auf die Uhr. Fünfzehn nach acht. Der Sonntagmorgen drohte noch schlimmer zu werden als die beiden Tage zuvor. Verdammt, er war doch inzwischen nur noch ein Schreibtischhengst und verwaltete die Einsätze der Spezialeinheiten.

Was hatte er hier verloren? Nichts! Und zu gewinnen? Absolut nichts!

„Guten Morgen“, sagte Stan, lachte amerikanisch und gab ihm die Hand. Er neutraler Beobachter würde denken, dass Special Agent Stan Wilson und er die besten Freunde wären.

„Guten Morgen.“ Carsten formte seine Lippen zu einem Lächeln. Er spielte mit. Kriminalhauptkommissarin Marion Fischer saß bereits am Tisch. Auch sie strahlte. Mit der wallenden Mähne hätte sie Werbung für Haarspray machen können. Sie war die Pointe, Carsten durfte jetzt offiziell mit ihr zusammenarbeiten. Unerfahrene Polizisten im Präsidium hätten sich darüber gefreut. Er wusste es besser.

„Guten Morgen, Chef“, flötete Fischer mit allem Sarkasmus, den man höflich in drei Worte packen konnte. Chef! Sie hatte dieses Wort wirklich benutzt. Leider zurecht. Er war jetzt ihr Vorgesetzter. Irrsinn, aber Tatsache.

„Hallo Marion.“ Auf besonderen Wunsch des amerikanischen Außenministeriums, vorgetragen durch den Botschafter und mit einer Empfehlung des amerikanischen Justizministeriums, ebenfalls vorgetragen durch den Botschafter, hatte die Düsseldorfer Staatskanzlei der temporären Versetzung des Polizeioberrats Carsten Grünfeld an KK ST 1 zugestimmt. Der Botschafter hatte dabei eloquent ausgeführt, dass Carsten durch seinen Aufenthalt in Quantico und seinen tadellosen Ruf sowohl über die benötigte Sicherheitsfreigabe wie auch über das Vertrauen der amerikanischen Sicherheitsbehörden verfügte. Man zählte auf ihn.

Scheiße! Er hätte Wilson noch fester auf die Hühneraugen steigen sollen. Wilson war es gewesen, der ihn haben wollte. Der Cowboy war erfahren genug, um zu begreifen, dass die Fischer es allein nicht bringen würde. Zudem wollte er den Kreis der Eingeweihten kleinhalten. Das war bei der unglaublichen Geschichte auch besser so. Und damit Carsten handlungsfähig war, hatte man Ruben Karlov und sein BFE+ Team exklusiv für die Sonderermittlungen abgestellt. Fischer hatte noch acht erfahrene Kollegen aus ihrer Abteilung involviert.

„Wir sollten anfangen“, erklärte Wilson und setzte sich. „Carsten ... du hast das Wort.“

Carsten nickte. „Wir haben zwei Leute vor seiner Wohnung platziert.“ Er sah Marion an, das waren zwei ihrer Leute. Sie nickte ebenfalls. „Zwei weitere vor der Wohnung seiner Freundin.“ Er arbeitete seine Liste ab. „Wir lassen auch seine Mutter in Münster überwachen.“ Das übernahmen die Kollegen vor Ort. „Wir lassen alle europäischen Flughäfen überwachen. Alle deutschen Bahnhöfe wie auch Fernbusse, Grenzen und Schifffahrtslinien.“ Einen höheren Aufwand konnte man kaum betreiben, um einen Flüchtigen zu finden.

„Sehr gut.“ Wilson nickte ebenfalls. „Was ist mit dem Flughafen? Was haben die Verhöre ergeben?“

„Nichts“, antwortete Fischer. „Wir haben gestern jeden beteiligten Polizisten und zivilen Flughafenangestellten befragt. Niemand hat etwas gesehen. Richter ist spurlos verschwunden.“

„Das ist nicht möglich!“ Wilson wurde lauter.

„Die Einzigen, die wir nicht befragt haben, sind die beiden US-Marshals, die für Richter verantwortlich waren“, sagte Fischer mit einer höflich zelebrierten Anklage in der Stimme. Deine Männer haben es vergeigt, hörte Carsten heraus. Als Wadenbeißer konnte man sie mitnehmen.

„Die wissen nichts ...“ Wilson winkte ab.

„Stan ...“ An dieser Stelle hakte Carsten ein. Da er nicht an Schwarze Löcher in Gefängniszellen glaubte und auch keine religiösen Erklärungen bemühen wollte, bildeten die beiden Marshals die Sollbruchstelle. Sie waren die Einzigen, die dicht an Patrick Richter dran gewesen waren. Die Einzigen, die etwas hätten drehen können.

„Was soll das heißen?“ Wilson wusste es genau.

„Lass mich mit ihnen reden.“ Mehr wollte Carsten nicht. Nur reden. Er wollte ihre Version hören.

„Das geht nicht.“

„Warum?“ Carsten blieb dran. Fischer hielt die Klappe, sie hatte das Spiel verstanden.

„Weil der US-Marshals-Service mir die Hölle heißmacht, wenn ich ihre Leute von der deutschen Polizei vernehmen lasse.“

„Keine Vernehmung ... ein Gespräch unter Kollegen. Keine Aufzeichnung ... du kannst dabei sein. Du hast mich doch nicht ohne Grund haben wollen.“

„Ja, ja ..." Wilson stand mit dem Rücken an der Wand.

„Sie sind in der Botschaft?"

„Ja. Wo sonst."

„Bitte sie dazu ... ich beiße nicht." Carsten wollte nicht mehr, als ihnen in die Augen sehen. Die beiden US-Marshals hatten eng mit den zuständigen Bundespolizisten am Flughafen zusammengearbeitet. Von einem Komplott auszugehen, war verrückt, aber was war an diesem Fall schon normal.

„Was ist mit der Flughafenpolizei?"

„Mit denen habe ich gesprochen ..." Mehrere Stunden sogar hatte Carsten gestern mit zwei technischen Spezialisten aus dem Präsidium die Überwachungsanlage auf den Kopf gestellt. Der Video-Forensiker hatte jedes Bit der Aufzeichnung unter die Lupe genommen, die Protokolle überprüft, Wartungselemente gecheckt und sogar das gesamte Netzwerk durchgemessen.

„Und?"

„Nichts. Der Bundespolizist an der Konsole wird weiter befragt. Wir durchleuchten sein gesamtes Privatleben. Die Anlage zeigt nicht den geringsten Hinweis einer Fehlfunktion. Es gibt auch keine Hinweise auf Manipulationen. Meine Techniker haben mir versichert, dass ein solch abgefahrener Hacker-Angriff nicht möglich ist. Von außen kommt niemand ran, da das Kernsystem nicht öffentlich zugänglich ist. Eine *Man-in-the-middle*-Attacke wäre, ohne Spuren zu hinterlassen, ebenfalls nicht möglich gewesen."

„Die Videobilder waren also definitiv echt?", fragte Wilson. Er konnte seine Verunsicherung nicht mehr verbergen. Mit der Geschichte würde seine Karriere beim FBI ein jähes Ende finden. Höchststrafe: Entlassung aufgrund von Unfähigkeit.

„Ja", antwortete Carsten, obwohl er selbst nicht glaubte, was er gesehen hatte. Patrick Richter war offensichtlich mit einer kurzzeitigen Überblendung des Überwachungssystems verschwunden. „Wir haben nichts, was diese Videobilder widerlegt."

„Damit brauche ich meinem Chef nicht zu kommen! Nein! Wir müssen etwas übersehen haben! Deine Techniker müssen etwas übersehen haben!" Wilsons Augenbrauen zogen sich zusammen.

„Nicht meine Techniker standen vor Richters Tür!“ Den Schuh würde Carsten sich nicht anziehen. Er wollte nach wie vor mit den Marshals sprechen. Im Zweifelsfall war es immer ein Mensch, der ein noch so ausgeklügeltes Sicherheitssystem kollabieren ließ.

„Scheiß auf deine Techniker! Fuck!“ Wilson stand auf und warf den Stuhl um. Er ging zum Fenster und ballte die Fäuste. Seine Unterschrift stand auf dem Auslieferungsbefehl. Carsten wollte sich nicht ausmalen, was passiert wäre, wenn Richter bereits früher abgehauen wäre. KK ST 1 wäre dann auf jeden Fall um eine wohlproportionierte Kriminalhauptkommissarin ärmer gewesen. Fachlich ein verschmerzbarer Verlust.

„Stan, gib mir nur zehn Minuten mit den Marshals!“ Carsten war nach wie vor motiviert zu helfen. Er wollte selbst zu gerne herausfinden, wie man das FBI, den US-Marshals-Service und die deutsche Bundespolizei gleichzeitig derart verladen konnte.

„Es geht nicht ...“ Es klang kläglich. Wilsons Maske als harter FBI-Agent lag zerbröselt auf dem Tisch. Ihm fehlte für eine Vernehmung der Marshals die Weisungskompetenz.

„Okay ... dann ein anderer Weg.“ Carsten musste umdenken.

„Bitte?“ Wilson stutzte.

„Mitgliedschaft in einer terroristischen Vereinigung ... was hat Patrick Richter getan, um sich deine volle Aufmerksamkeit zu sichern?“

„Das ist Verschlusssache!“ Natürlich musste Wilson es ihm nicht sagen, nur, wie sollte Carsten ermitteln, wenn er weiterhin dumm gehalten wurde. Ihm wurde es zu blöd, sich auf der Stelle zu drehen.

„Hey ... von uns beiden wirst du dich zu Hause rechtfertigen müssen.“ Der Druck lag nicht auf Carstens Schultern. Sogar Fischer war fein raus, sie hielt eine von Wilson unterschriebene Ich-bin-hier-nicht-der-Idiot-Freikarte in Händen.

„Du hast keine Ahnung, um was es hier geht!“

„Du hast einen Magier verhaftet, der sich ohne US-Lizenz aus seiner Zelle gezaubert hat ... nein, du hast recht. Ich weiß wirklich nicht, was ihr von Richter wollt.“

Wilson zögerte. In seiner Situation konnte er sogar zwei deutschen Polizisten eher vertrauen als seinen eigenen Leuten. Die Vorgesetzten in Quantico würden ihm diese Geschichte niemals abkaufen.

„Und?", drängte Carsten. Er überlegte kurz. Wollte er wirklich Wilson helfen? Eigentlich nicht, es ging ihm eher um Patrick Richter. Ja, wenn er ehrlich war, ging es ihm sogar nur um den unscheinbaren Golffahrer. Carsten wollte zu gerne wissen, was er getan hatte, und wie er sie alle zusammen verarschen konnte.

Wilson ließ den Kopf hängen. „Wir haben am elften September 2001 einen Notruf aus einer Telefonzelle aufgezeichnet. Mehrere Stunden vor dem Anschlag. Nein, genauer gesagt, die Notrufzentrale der Wuppertaler Polizei hat es getan und ihn unseren Diensten zur Verfügung gestellt."

„An Nine Eleven? Vor sechzehn Jahren?" Carsten setzte sich auf, jetzt wurde es interessant.

„Stimmt. Und seit sechzehn Jahren rätseln wir über folgende Aufnahme." Wilson schnappte sich die Tastatur, die auf dem Besprechungstisch lag, aktivierte den Beamer und loggte sich in das FBI-System ein. Er öffnete die gesicherte Dateiablage und klickte eine Sprachdatei an.

„Polizei Notrufzentrale", sagte eine weibliche Stimme.

„Ich ... ich will Sie warnen", erklärte eine aufgeregte männliche Stimme, die Carsten inzwischen gut kannte. Patrick Richter.

„Wie können wir helfen? Wer spricht dort?"

„Gleich, heute Morgen, ein fürchterlicher Anschlag. Um ... um kurz vor neun kracht ein Passagierflugzeug in den Nordturm des World Trade Center."

„Wie bitte? Können Sie das wiederholen? Wo kracht es?" Die Kollegin glaubte ihm verständlicherweise kein Wort.

„In New York. Zwillingstürme. Es kommt noch schlimmer. Zwanzig Minuten später schlägt ein zweites Flugzeug im Südturm ein. Bitte, Sie müssen mir glauben. Es geschieht in weniger als zwei Stunden." Richter klang fahrig.

„Stehen Sie unter Medikamenteneinfluss? Vielleicht in Verbindung mit Alkohol?"

„WAS SOLL ICH IHNEN NOCH SAGEN? Der Flug ... ich weiß sogar die Nummer des ersten Fliegers. Flug AA11 aus Boston ... hören Sie, ich habe mich mit der Zeit vertan. Es geschieht um kurz vor drei, also fünfzehn Uhr unserer Zeit. Tun Sie etwas, es wird sonst jede Menge Tote geben."

„Sie wissen, dass es verboten ist, den Notruf mit solchen Hirngespinsten zu blockieren? Andere Menschen benötigen vielleicht wirklich Hilfe."

„Hören Sie mir zu, und glauben Sie mir. Sie müssen den Anschlag verhindern, beide Wolkenkratzer stürzen ein, und ... Tausende Menschen sterben. Und ... auch im Pentagon kracht es."

Wie gelähmt traute Carsten seinen Ohren nicht. Wie konnte Richter mehrere Stunden vor dem Anschlag an diese Informationen gekommen sein? Darauf gab es nur eine sinnvolle Antwort, er war in den Terroranschlag verwickelt. Hatte ihn mit vorbereitet und im letzten Moment kalte Füße bekommen.

„Wie bitte? Ein drittes Flugzeug, verstehe."

„Ich sage die Wahrheit. Al-Kaida steckt dahinter." Er klang verzweifelt, die Kollegin glaubte ihm immer noch nicht. Daraus konnte man ihr vor dem Anschlag keinen Vorwurf machen.

„Wie ist Ihr Name?"

„Was? Wie? Mein Name spielt keine Rolle. Los, warnen Sie die Amerikaner!"

„Wir tun, was wir können. Nennen Sie mir ihren Namen. Sie ... Sie brauchen Hilfe. Ich sehe, Sie rufen aus der Telefonzelle in der Hubertusallee an. Warten Sie dort, wir schicken eine Streife vorbei. Bleiben Sie an Ort und Stelle!"

Die Sprachdatei endete an dieser Stelle.

„Und die Aufzeichnung ist definitiv von 2001, vor dem Anschlag?"

„Ja, vom 11.09.2001, 7:02 MEZ. Wir haben sie mit verifiziertem Zeitstempel zwei Tage später bekommen. Ziemlich kleinlaut. Ihr Deutschen konntet es nicht erklären."

„Ihr in sechzehn Jahren auch nicht. Wo befand sich diese Telefonzelle?", fragte Carsten.

„In Wuppertal. Eure Kollegen sind sofort hingefahren, konnten ihn aber nicht auffinden“, antwortete Wilson.

„Warum habt ihr so lange gebraucht?“, wollte Marion Fischer wissen. Eine gute Frage, gestand Carsten sich etwas unwillig ein.

„Wir wussten nicht, um wen es sich handelt ... trotz monatelanger Suche gab es keine Übereinstimmung mit seiner Stimme. Die Spur wurde mit den Jahren kalt.“

„Und wie ist die Spur jetzt wieder warm geworden?“, fragte Carsten.

„Vor elf Tagen hat Patrick Richter ein neues Handy gekauft. Den Vertrag hat er telefonisch abgeschlossen. Die NSA hat diese Daten beim Provider abgegriffen. Eine englische Firma, die haben dort Vollzugriff.“

„Und Match und Bingo. Die Stimme bekam plötzlich ein Gesicht“, sagte Fischer. Sie pustete durch, als müsste sie eine Wehe wegatmen.

Auch Carsten fehlte die Luft. „Und die Inquisition nahm ihren Lauf“, brachte er hervor. Natürlich wollte das FBI diesen Mann zu fassen kriegen. Hatte er sich in Patrick Richter so täuschen können? Der vermutlich beste Lügner aller Zeiten? In über dreißig langen Dienstjahren hatte ihm niemand solch einen Unschulds-Bären aufbinden können.

„Ja ... und er ist noch viel gefährlicher, als wir zuerst angenommen hatten.“

Carsten nickte. Etwas in seinem Kopf schaltete gerade eine rote Lampe ein.

„Richter war damals erst sechzehn!“ Carsten wunderte sich, da die Stimme genauso geklungen hatte wie während der Vernehmung. Sechzehn Jahre lagen dazwischen, hätte man das nicht hören müssen?

„Der Stimmanalyst schätzte sein Alter zwischen achtzehn und dreißig. Das klang erst einmal plausibel ... jetzt bist du dran. Ich habe meine Hose in den Kniekehlen hängen!“ Wilson versuchte zu lächeln. Es gelang ihm nicht wirklich.

Carstens Handy klingelte. 8:51 Uhr. Er sah auf die Nummer. Das waren Fischers Leute, die vor der Wohnung von Richters Freundin warteten. Er hob die Hand, das Gespräch musste er annehmen.

„Grünfeld.“

„Richter kommt aus dem Haus."

Carsten stellte den Lautsprecher seines Handys aktiv.

„Sie meinen, er geht rein?"

„Nein, nein ... er kommt raus. Er steht seelenruhig auf dem Bürgersteig, als ob nichts wäre."

„Sind Sie absolut sicher, dass er es ist?" Wilson machte eine Faust. Fischer stand sofort auf. Wie konnte er aus dem Haus herauskommen, wenn ihn niemand hineingehen gesehen hatte?

„Er trägt einen orangefarbenen Overall. Reicht Ihnen das?", fragte Fischers Kollege. *„Wir haben bereits Verstärkung gerufen."*

Wilson schüttelte den Kopf. „Die sollen ihn sofort aufgreifen! Zur Not kampfunfähig schießen, aber auf keinen Fall töten!"

Carsten presste die Lippen zusammen. „Zugriff! Sie werden Patrick Richter sofort stellen! Bestätigen Sie meinen Befehl!"

„Zugriff! Wir sind zwanzig Meter hinter ihm!"

„Ich will ihn in einem Stück!" Carsten wollte mit ihm reden. Egal, was Richter getan hatte, die Kollegen würden keinen Schießbefehl von ihm bekommen.

„Verstanden. Ich melde mich, wenn wir ihn haben!" Der Polizist beendete das Gespräch.

XI. Damenfahrrad

Nun stand Patrick im Erdgeschoss. Es roch nach Reinigungsmittel und frischer Farbe. Kein Wunder, er befand sich im saubersten und bestgepflegten Treppenhaus in Nordrhein-Westfalen. Alle zwei Wochen war Luna mit Putzen dran, darüber hatte sie alle zwei Wochen gemeckert. Ach, warum machte er sich solche Gedanken? Mit einem erbarmungswürdigen Seufzen ließ sich Patrick auf den Treppenstufen vor der Eingangstür nieder. Die Ellenbogen auf den Knien und das Gesicht in die Hände gestützt saß er bewegungslos da, bis er den kalten Stein durch seinen Overall spürte. Versunken in sein Schicksal und seine Gedanken störte diese Kleinigkeit nicht weiter. Er begriff es nur Schritt für Schritt.

Luna hatte Schluss gemacht und ihn rausgeworfen. Die Tristesse setzte sich fort, eine Katastrophe jagte die nächste, ohne Gnade, ohne System. Kein Stein seines Lebens blieb auf dem anderen. Alles instabil wie ein Kartenhaus. Nur auf eine Regelmäßigkeit konnte er sich getrost verlassen: Am Schluss war er immer der Arsch. Da würde manch einer seine gute Laune verlieren.

Verzweifelt rieb sich Patrick mit beiden Händen das Gesicht. Je länger er über seine Lage nachdachte, desto verwirrter wurde er. Wie passte das Erlebte überhaupt zusammen? Vor allem Wuppertal. Wenn die Amis gestern sein Gehirn mit einer Wuppertaler Welt aus 2001 manipuliert hatten, warum hatten sie ihn danach gehen lassen? Oder wie sonst war er ihrem Gesinnungs-Test entkommen. Hatten sein Anruf und der Versuch, den schlimmen Anschlag in New York zu verhindern, ihm einen Bonus eingebracht? Der laute Verdacht beschlich ihn, dass er kläglich versagt hatte.

Und dann dieser Morgen. Wie kam er überhaupt in Lunas Bett? Wie schön war der Moment gewesen. Und wie kurz. Sie war mindestens genauso überrascht gewesen wie er.

Nun saß er hier. Was genau geschah in diesem Augenblick? Manipulierte ihn die NSA oder wer auch immer nach wie vor? Wandelte er in der Matrix? Mit dem Ellenbogen klopfte er an die Flurwand. Autsch! Die war hart und amtlich.

Wahrscheinlich habe ich zu viele abgedrehte Filme gesehen, versuchte er sich zu beruhigen.

Der Flur war keine Fiktion. Und Luna hatte er eben im Original in 2017 erlebt. Live und exklusiv. Die konnten sie nicht erfinden und ihm einsuggerieren. Die Welt, in der er langsam einen kalten Hintern bekam, bedeutete die Realität. So trüb, so trist, so traurig – die konnte nur echt sein. Also – welche Fakten waren bisher unumstößlich? Die Bullen hatten ihn geholt und an die Amis ausgeliefert. Er konnte entkommen, wie auch immer, nur bestimmt nicht durch einen Absprung über Neuss. Luna hatte ihn rausgeschmissen. Für Wuppertal gab es außer in seinem Kopf keinen Beweis. Er musste es geträumt haben, wie auch immer. Ein Traum!? Eine Erklärung, fade und trivial, doch die einzige, die blieb. Sein Gehirn hatte ihm einen üblen Streich gespielt, er musste es sich eingebildet haben. Dabei hatte sich alles so echt angefühlt.

Nein, gestehe es dir ein. Du bist überhaupt nicht in Wuppertal gewesen. Alles Imagination.

Einerseits beruhigte ihn der Gedanke, andererseits ließ er ihn an seinem Verstand zweifeln. Im nächsten Moment huschte ihm die nächste Frage in den Sinn. Wie hatte er Wuppertal 2001 derart authentisch hinbekommen? Waren die *No Angels* zu dieser Zeit mit dem Engel-Song wirklich Platz 1 in Deutschland gewesen? So einen Scheiß hatte er gar nicht gewusst. Nicht bewusst gewusst. Sein Unterbewusstsein musste es gespeichert haben, anders hätte er es nicht träumen können.

Mein armer Kopf, dachte Patrick. Ich muss mich untersuchen lassen, in psychiatrische Behandlung begeben. Erneut rieb er sein Gesicht. In den letzten Tagen war er sicherlich um mehrere Jahre gealtert.

WIE? Ruckartig riss er sich selbst aus seiner Lethargie. Mit runden Augen besah er seinen linken Ärmel. Der orangefarbene Stoff leuchtete an einigen Stellen etwas dunkler. Flecken! Kaffe-Flecken. Die Dame in Wuppertal hatte ihn versehentlich bespritzt, als er sich an dem wackligen Stehtisch festhalten musste. Reale Flecken, die ganz und gar nicht zu seiner Verrücktheitstheorie passten. Gerade, wo er glaubte, Ordnung in das Chaos gebracht zu haben, haute ihm die nächste Erkenntnis wieder alles um. Es musste passiert sein. Was hatte er übersehen? Vielleicht sollte er sich mit dem Gedanken anfreunden, dass er nichts übersehen hatte. Es fehlten ihm einfach ein oder zwei Puzzleteile. Wie gebannt starrte er auf die Flecken.

Verflucht, Patrick. Zieh keine voreiligen Schlüsse und höre vor allem auf, an dir zu zweifeln. Finde die fehlenden Puzzleteile. Oder warte ab, bis sie dich finden. So lange versuchst du, dich durchzuschlagen und weitere Informationen zu sammeln. Er ballte die Fäuste – die Wut über die Ungerechtigkeit half ihm dabei. Die Bullen hatten sein Leben zerstört. Er nahm ihnen ab, dass sie dachten, er sei schuldig, doch es blieb der Vorwurf, dass sie ihren Job nicht vernünftig machten. Fakt war, dass er keiner kriminellen Vereinigung angehörte. Fakt war, dass er nichts Unrechtes getan hatte. Ein klassisches Motiv im Thriller-

Drehbuch. Der Held wird unschuldig verdächtigt und macht sich daran, den wahren Bösewicht zu finden, um seine Unschuld zu beweisen. Patrick kratzte sich am Hinterkopf. Nun beschäftigte ihn noch ein weiteres Problem, denn er hatte es tatsächlich geschafft, immer noch keinen blassen Schimmer davon zu haben, was sie ihm eigentlich vorwarfen. Und selbst wenn er es wüsste, wie sollte er sich wehren? Er war kein ausgebildeter Nahkämpfer, weder mit noch ohne Waffen, dafür aber nicht auf den Kopf gefallen. Und spätestens seit den letzten zwei Tagen hatte er seinen Nimbus Durchschnittsmensch überzeugend abgelegt. Nicht viele Deutsche kriegten es hin, von jetzt auf gleich nach Guantanamo verfrachtet zu werden. Respekt. Hier zu sitzen und zu hoffen, dass sich der Irrtum bald aufklären würde, brachte wenig.

Kumpel Harry, ich komme.

Entschlossen stand Patrick auf, klopfte den Hosenboden seines ‚schicken' Overalls ab, drückte die Klinke der Eingangstür runter und trat hinaus. Für einen Oktobermorgen wehte ein lauer Wind in Neuss im Stadtteil Grimlinghausen. In der Ferne sah er Wasser glitzern. Auf der anderen Seite des Rheins lag Düsseldorf. Sollte er schwarz mit der Bahn fahren? Einen Moment verharrte Patrick auf dem Bürgersteig. Schräg gegenüber stand ein dunkelblauer Passat Kombi. Eine langweilige Vertreterkiste, doch was würden da für Woofer reinpassen. Die Musik richtig aufdrehen, und die Kiste würde von allein losfahren. Schade, dass er keine achtzehn mehr war.

Etwas bewegte sich im Passat, ein Kopf lehnte sich vor, als sei sein Besitzer bass erstaunt. Das Gleiche geschah auf dem Beifahrersitz. Früh am Sonntagmorgen saßen zwei Männer in dieser fast ländlichen Gegend in ihrem Auto und staunten Bauklötze, als er auftauchte. Litt er an Verfolgungswahn? Oder hatte er in seiner Naivität bisher nicht daran gedacht, dass die Bullen auch seine Freundin Luna Mittmann überwachen könnten? Vermutlich hatte es nur Sekunden gebraucht, bis der Staatsapparat herausgefunden hatte, mit wem er liiert war. Lunas Facebook-Bilder vom letzten Urlaub in Griechenland fielen ihm ein.

Der Fahrer des Passat stieg aus. Der andere blieb im Auto sitzen und redete hektisch. Mit wem wohl?

Worauf wartete Patrick? Verbissen weigerte er sich, das Offensichtliche zu akzeptieren. Nun öffnete sich auch die Beifahrertür und der andere Kerl stieg aus. Beide trugen keine Uniformen. Zivilbullen.

„Stehen bleiben!“, rief der linke und fingerte an dem Halfter an seinem Gürtel herum. „Patrick Richter, bleiben Sie stehen! Sie haben keine Chance zu entkommen!“

Nein, ihr kriegt mich nicht und bringt mich auch nicht nach Guantanamo. Das würde er nicht zulassen. Patrick fuhr herum und spurtete in die entgegengesetzte Richtung. Er hörte die Schuhe hinter sich auf den Boden klatschen, eine Stimme hackte aufgeregt etwas in ein Handy, die Worte konnte er nicht verstehen. Vermutlich holten sie Verstärkung. Sie konnten holen, wen sie wollten!

„Stehen bleiben oder ich schieße!“, brüllte es hinter ihm.

Die Angst, gleich eine Kugel in den Rücken zu bekommen, durchzuckte Patrick. Sollte er anhalten und aufgeben? Im nächsten Moment kurvte er um eine Häuserecke. Zehn Meter weiter befand sich ein Kinderspielplatz auf seiner Straßenseite. Im Sandkasten saß ein kleines Mädchen und stopfte sich mit einer gelben Plastikschaufel Sand in den Mund. Die Mutter saß etwas weiter hinten auf einer Bank und las in einem Buch. Direkt neben dem Bürgersteig stand ihr Fahrrad. Lange musste Patrick nicht überlegen. Er stürzte sich darauf und trat in die Pedale. Er hatte keine andere Wahl.

Das Kleinkind sah erstaunt auf und sagte: „Mama Fafa.“

„Nicht sauer sein, ich leihe mir Mamis Fafa nur aus“, murmelte er.

Schon kamen die Bullen um die Ecke, doch Patrick hatte auf dem Fahrrad seinen Vorsprung deutlich vergrößern können. Und was für einen Drahtesel hatte er sich da geangelt – ein klassisches Damenfahrrad. Vorn am Lenker hing ein Einkaufskorb mit einem Paket Windeln darin, hinten auf dem Gepäckträger war ein Kindersitz befestigt. Mittels der Torpedo-Gangschaltung legte er den höchsten Gang ein, den dritten, und zischte davon. Fahrradkurier Richter auf der Flucht. Immer schneller wurde er. Erst einmal weg von der Polizei. Ein Plan formte sich in seinem Kopf. Er kannte sich in dieser Gegend gut aus, über die Fleher Brücke konnte er den Rhein in Richtung Düsseldorf überqueren.

Vor einigen Jahren waren hier jede Menge wunderbare Radwege angelegt worden. Vor zwei Jahren war er eine eintägige Schlössertour geradelt: Schloss Reuschenberg, Schloss Hülchrath, Schloss Dyck. Für diese Sehenswürdigkeiten hatte er jetzt keinen Kopf, seine Verfolger gewiss auch nicht, doch er wusste, wo entlang er fahren musste. Die Gegend wurde noch ländlicher. Am Reckberg hieß die Landstraße, die von Grimlinghausen zur Fleher Brücke führte. Links und rechts gab es eine Menge Felder und Wiesen, erstaunlich viel Natur zwischen zwei Großstädten.

Mit zusammengepressten Lippen sah er über die Schulter – ein blauer Passat tauchte hinter ihm auf, noch weit weg. Nur leider war er schneller, trotz drittem Torpedo-Gang. Nach etwa fünfhundert Metern bog Patrick links in einen Feldweg ab. Im Westen sah er bereits die riesigen Halteseile der Fleher Brücke – eine eindrucksvolle Autobahnbrücke. Die A46 führte darüber.

Es knirschte unter ihm, die Windeln hüpften im Korb, so schnell war sicherlich noch nie einer mit Mamis Fafa gefahren.

Der Wind trug das Röhren des Passatmotors zu ihm herüber. Die Bullen würden gleich den Feldweg erreichen. Der war eng und uneben, ab dort konnten sie nur noch unwesentlich schneller fahren als er. Aus der Ferne hörte er Martinshörner. Galten die etwa ihm?

Mit hoher Konzentration raste er den Feldweg entlang, meistens in der rechten Fahrspur, die vornehmlich Trecker hinterlassen hatten. Der Passat bremste quietschend und schoss in den Feldweg. Krachend setzte er auf der Grasnarbe in der Fahrspurmitte auf. Wie die mit Staatseigentum umgingen. Der Fahrradlenker ruckelte und wackelte, mit weißen Fingerknöcheln hielt sich Patrick fest. Längst stand er nur noch in den Pedalen, seine Beine federten die Stöße ab. Ein weißes Paket flog an ihm vorbei - die Windeln waren in hohem Bogen aus dem Einkaufskorb gehüpft. Das beschämte Patrick irgendwie.

Tut mir leid, dachte er laut. Wenn ich es kann, mache ich es wieder gut.

Ein schmaler Fahrradweg tauchte in der Ferne auf, der helle Asphalt leuchtete wie ein Bach in der Sonne. Wieder ein hektischer Blick über die Schulter, einer der Verfolger hing halb aus dem Fenster und schien mit der Waffe auf ihn zu zielen.

Der will mich nur einschüchtern, dachte Patrick. Selbst wenn er schießt, wie soll er mich in einer derart holprigen Fahrt treffen? Sein Blut wurde eiskalt. Außerdem – besser tot als Guantanamo.

Nun hatte sein Damenfahrrad den Radweg erreicht, sofort wurde die Fahrt ruhiger. Links über ihm rauschte der Autobahnverkehr der A46 vorbei, der Krach wurde immer lauter. Für Lastwagen gab es doch das Sonntagsfahrverbot! Die Erklärung folgte prompt. Von wegen Lastwagen. Ein Polizei-Hubschrauber tauchte über ihm auf. Der Wind des Hauptrotors fuhr ihm in die Haare. Das konnte doch nicht wahr sein! Sie machten wirklich ernst. Die Verfolger im Passat hatten nun den Fahrradweg erreicht. Eigentlich war er zu schmal für das Auto. Was für ein Scheißwort war eigentlich ‚eigentlich'? Den Wagen oder besser seinen Fahrer schien das nicht zu stören. Der Passat schepperte über den engen Weg und riss links und rechts die Büsche weg. Es ging etwas bergauf, Patrick wurde langsamer. Zudem brannten seine Lungen vor Anstrengung und die Beine drohten ihm vor Muskelschmerzen abzufallen. Etwa zehn Meter vor ihm machte der Fahrradweg eine Kehre um 170 Grad und führte auf die Fleher Brücke. Er bediente den Bremshebel am Lenker, es gab nur einen. Ohne jede Wirkung.

Die Mama fährt mit ihrem Kleinkind mit einer ausgenudelten, nicht funktionierenden Klotzbremse? Wo gibt es denn so was?, schoss es ihm in den Kopf.

Mit hohem Tempo würde er gleich über die Lenkstange fliegen. Erst jetzt fiel es ihm ein. Rücktritt! Fafa hatte eine Rücktrittbremse. Und was für eine! Das Hinterrad blockierte, das Fahrrad brach nach rechts aus. Mit dem linken Bein konnte er gerade noch einen Sturz abfangen. Der Powerslide um die Kurve war vom Feinsten. Der Kindersitz hinten geriet in gefährliche Schräglage, kurz vorm Kentern. Egal, dafür hatte er nun wirklich keine Zeit.

Ab hier ging es geradeaus über die Brücke. Rechts rasten ihm die Autos entgegen. 80.000 Kraftfahrzeuge fuhren hier jeden Tag entlang. Und ein Fafa. Die riesigen roten Halteseile rechts von ihm wirkten bedrohlich, hielten jedoch offenbar den Hubschrauber davon ab, näher an ihn heranzufliegen. Wie ein riesiger Mäusebussard wartete er schräg über der Brücke auf Anweisungen.

Die Stütze für die Seile in der Mitte war mit 145 Metern die höchste in Deutschland, genau wie die Spannweite der Schrägseile. Die Fleher Brücke überquerte den Rhein nicht im rechten Winkel, um das Wassergewinnungsgebiet des alten Wasserwerkes zu schonen. An der Einzigartigkeit des Bauwerkes konnte sich Patrick kaum erfreuen. Seine Beine konnten nicht mehr. Vor wenigen Wochen war die *Tour de France* in Düsseldorf gewesen. Die Etappe hätte er locker gewonnen. Ein Blick zurück, kein Passat mehr in Sicht. Hier war es nicht nur ‚eigentlich' zu eng. Die frohe Kunde gab ihm neuen Mut und neue Kraft. Er musste sich beeilen, so schnell wie möglich über die Brücke zu kommen, bevor sie den Fahrradweg sperren konnten.

Durch den Herbstregen war der Rhein über die Ufer getreten, der Fluss wirkte noch mächtiger als sonst. In der Ferne tauchte ein Licht auf. Bei zwei Scheinwerfern nebeneinander handelte es sich um ein Auto, das auf seiner engen Spur nicht fahren konnte. Doch dieser Scheinwerfer war ziemlich einsam. Ein Motorrad! Schräg über ihm stand der Hubschrauber in der Luft. Was war das? Am Ausläufer der Brücke in Richtung Düsseldorf seilten sich zwei Männer ab. BFE+ Krieger. Seitlich über dem Wasser befand sich noch ein zweiter Hubschrauber von irgendeinem TV-Sender.

Übertrieben die nicht? Was sollte er nun tun? Aufgeben? Kam nicht infrage. Aufgeben hieß Guantanamo. Und das hieß Hölle. Kämpfe mit deinen bescheidenen Mitteln, dann musst du dir hinterher nichts vorwerfen, ermahnte er sich selbst. Wenn es ein Hinterher gab. Ein hehres Unterfangen gegen zig Bullen und eines der besten Einsatzkommandos in Deutschland. Er verlangsamte seine Fahrt. Er könnte absteigen, zu Fuß weiterfliehen, quer über die Autobahn rennen. Doch was sollte er auf der anderen Seite tun? Den Motorrad-Bullen wäre er los. Oder er versuchte sich das Motorrad zu schnappen. Auf was für bekloppte Gedanken er kam, wie sollte er denn das anstellen? Tom Cruise würde das hinkriegen, aber doch nicht Patrick Richter. Der

Bulle würde nicht freiwillig absteigen und ihm gute Fahrt wünschen. Nein, bei aller Entschlossenheit, das war Blödsinn. Die Bullen hinter ihm waren garantiert aus dem Passat ausgestiegen und hasteten auf die Brücke, also kam Umkehren auch nicht infrage.

In der Mitte der Brücke war links vom Fahrradweg eine kleine Baustelle. Was dort repariert wurde, konnte Patrick nicht genau erkennen. Ein schmaler Bretterverschlag stand ganz am Rand. Der Motorradbulle kam näher. Ein etwa dreißig Zentimeter breites Brett führte sanft nach oben, zu einer der Geländerstützen, wo etwas montiert wurde. Es sah aus wie eine Rampe für eine Schubkarre. Nun konnte er das Klopfen des Boxermotors hören. Der Polizist auf der BMW hatte ihn fast erreicht.

Nein, dachte Patrick. Sie dürfen mich nicht kriegen.

In wenigen Sekunden würden sie zusammenstoßen. Der Motorradbulle bremste, verringerte seine Geschwindigkeit jedoch nur etwas. Gut geschützt mit Helm und Lederkleidung nahm er einen Zusammenstoß offenbar billigend in Kauf.

Noch zwei Meter, dann krachte es. Verzweifelt wich Patrick nach links aus, indem er das schmale Brett hochfuhr. Das Damenfahrrad ächzte, er schoss über das Podest. Auf der anderen Seite ging es steil runter, über einen Meter. Würde Fafa das aushalten?

Die Frage blieb unbeantwortet. Ein brutaler Schlag, etwas riss ihm abrupt das Fahrrad unter dem Hintern weg. Patrick flog nach links. In Superzeitlupe, so kam es ihm vor, denn er hatte genügend Zeit darüber nachzudenken, was geschehen war. Es zerschmetterte die Lehne des seitwärts abstehenden Kindersitzes. Dessen Schräglage hatte er völlig vergessen und war deshalb damit an einem Pfeiler hängengeblieben. Der Bulle fuhr an ihm vorbei ins Leere. Patrick flog immer noch, sein Fuß stieß gegen den Lenker. Das Brückengeländer kam näher, er würde mit voller Wucht darauf knallen. Was für ein Ende. Jeden Moment war es mit der Superzeitlupe vorbei. Und mit seinem Leben? Zumindest würde er sich mindestens fünfundzwanzig Knochen brechen.

Es kam nicht dazu, dass er auf das Geländer krachte. Es kam schlimmer. Der Schwung in Verbindung mit den Kräften des furchtbaren

Rucks war so groß, dass er über die Brückenbegrenzung hinwegflog. Das Fahrrad schepperte auf das Geländer und kippte dann in die Tiefe. Patrick stürzte im freien Fall hinterher in Richtung Rhein.

Sein Schrei übertönte den Autobahnverkehr und die Rotorgeräusche des Hubschraubers. Die Umgebung verschwamm. Ein Gefühl, schlimmer als in einem tausend Meter hohen Freefalltower. Sein Magen kippte weg, die Luft wurde ihm aus den Lungen gesaugt. Ein Herzinfarkt!? Er spürte es nicht mehr. Gleich würde er ins kalte Wasser krachen. Oder auf dem Wasser aufschlagen wie auf Beton. Längst hatte er die Augen geschlossen. Er schrie immer noch. Grelles Licht leuchtete durch seine Lider. Sämtliche Muskeln waren zum Zerreißen gespannt, die Schmerzen wurden unerträglich. Alle Bilder in seinem Kopf erloschen, tiefes Schwarz umfing ihn.

XII. Bauchlandung

Manche Geschichten schrieb das Leben, und einige davon wurden mit der Zeit immer besser. Inzwischen war es kurz nach neun Uhr vormittags. Die Nacht zum Sonntag war wieder einmal kurz gewesen. Susanna hatte den gesamten Samstag dafür verwendet, Patrick Richter mit allen ihr zur Verfügung stehenden Mitteln zu durchleuchten. Eine Aufgabe, die sich als schwieriger herausstellte, als sie zunächst angenommen hatte. Ein gewisser Hang zu sozialen Medien, den Patrick offensichtlich nicht hatte, wäre enorm hilfreich gewesen, um auf einfache Weise Hintergründe über ihn in Erfahrung zu bringen.

Inzwischen hatte sie sogar ein Bild von ihm. Mehrere sogar. Er sah nicht schlecht aus, wenn auch für ihren Geschmack etwas zu jung. Oder sie zu alt, aber das spielte keine Rolle. Ihr Bedarf nach männlicher Gesellschaft hielt sich in Grenzen. Der Ärger mit dem Vater ihrer Tochter, dem Arsch, der nicht freiwillig zahlte, was er gemäß Gerichtsbeschluss zu zahlen hatte, reichte ihr völlig.

Patrick Richter war Jahrgang 1985 und brachte bei 1,85 Meter geschätzte 80 Kilogramm auf die Waage. Seine dunklen Haare trug er auf allen Bildern kurz, und seine grünen Augen vermittelten, wenn man sie lange genug ansah, etwas Geheimnisvolles. Er hatte in Köln einen Bachelor in Literaturwissenschaften gemacht und lebte in Düsseldorf Gerresheim. Auf einem Bild, das sie bei der Kurierfirma auf der Webpage gefunden hatte, war er als Fahrradkurier zu sehen.

Aufgewachsen war er in Erkrath. Sein Schulfreund Harald Renissen hatte im Gegensatz zu ihm über 800 Bilder auf Facebook und Instagram hochgeladen. Nachdem Susanna diese Verbindung einmal herausgefunden hatte, war Haralds exhibitionistisches Wesen eine wahre Fundgrube. Die Bilder dokumentierten eine Männerfreundschaft über einen Zeitraum von über zwanzig Jahren. Im Zweifelsfall brachte es also nichts, wenig von sich selbst in den sozialen Netzwerken preiszugeben, wenn es der beste Freund für einen tat.

Susanna hatte auch Bilder von Patricks Freundin Luna gefunden. Namen, Adressen, Schullaufbahnen, Studienabschlüsse – inzwischen wusste sie beinahe alles über dieses Trio. Niemand konnte sich im Jahr 2017 völlig unsichtbar machen.

„Patrick ... eigentlich bist du ein Langweiler ...“, murmelte Susanna, die sich die ganze Zeit fragte, warum die Polizei ihn verhaftet hatte. Seine Vergangenheit gab keinerlei Hinweise auf kriminelle Machenschaften. Seine Facebookseite verfügte über sieben Freundschaftsverbindungen. Haralds und Lunas jeweils über mehr als dreihundert.

Susanna hatte alle Freunde durchgeklickt, um eine weitere interessante Person zu finden. Die gab es aber nicht. Niemand hatte Kontakte in die linke, die rechte oder die religiöse Spinnerecke.

Irgendwie glaubte sie, dieses Gesicht schon einmal gesehen zu haben. Sie wusste nicht, woher sie ihn kannte, es könnte auch schon länger her gewesen sein.

„Wer ist das?“, fragte ihre Tochter, die wie aus dem Nichts hinter ihr stand. Anschleichen konnte sich die Kleine wie ein Raubtier.

„Dieser Mann wurde am Freitagmorgen von der Polizei verhaftet.“ Susanna zeigte ihr die letzten Sekunden des Flurvideos, auf dem Patrick wie ein Engel die Treppe hinunterschwebte.

„Warum?“

„Das weiß ich nicht ...“ Auf diese Frage hatte das Netz keine Antwort geliefert.

„Auf dem Polizeivideo kann man sein Gesicht nicht erkennen. Warum denkst du, dass er es ist?“

„Ich habe seinen Namen und über Umwege auch Bilder von ihm gefunden.“

„Kannst du nicht die Polizei fragen, was er getan hat?“

„Das habe ich bereits gemacht ...“ Susanna hatte gestern eine Mail an die Pressestelle geschrieben, bisher aber keine Antwort erhalten.

„Und?“

„Keine Antwort.“

„Er sieht nett aus“, stellte ihre Tochter zufrieden fest.

„Er ist zu alt für dich.“

„Wie alt ist er denn?“

„32.“

„Sieht aus wie 25.“

„Ähm ja ...“ Was sollte man als Mutter darauf antworten.

„Hältst du ihn für schuldig?“ Ihre Tochter strich sich eine Strähne aus dem Gesicht und ging näher an das Notebook heran.

„Ich bin mir nicht sicher.“ Das war Susanna wirklich nicht. Bei Patrick Richter passte nichts zusammen. Sie wusste noch nicht einmal, was ihm überhaupt vorgeworfen wurde.

„Nein.“

„Was nein?“

„Er ist unschuldig“, erklärte ihre Tochter wie eine Gutachterin, die vor Gericht über Patrick Richters Motivation zu befinden hatte.

„Und das weißt du woher?“

„Ich weiß es einfach.“

„Aha.“ Da blieb Susanna nur zu hoffen, dass sie sich ihre späteren Männer mit mehr Sorgfalt aussuchen würde. „Ich hab noch mehr über ihn. Das ist gestern früh am Düsseldorfer Flughafen aufgezeichnet worden.“

„Lass sehen!“ So viel Neugierde hatte ihre Tochter noch nie bei ihren Recherchen gezeigt.

Susanna spielte zwei Handyvideos ab. Beide waren von wartenden Fluggästen am frühen Samstagmorgen durch Glasscheiben hindurch auf dem beleuchteten Rollfeld vor dem A-Terminal aufgenommen worden. Eine zivile Polizistin mit braunen Haaren ging vor mehreren bewaffneten Kollegen in dunklen Kampfanzügen her. In der Mitte befand sich Patrick, der eine beschusshemmende Weste sowie Fußfesseln und Handschellen trug. Sie konnte ihn gut erkennen. Das war eine Auslieferung. Ein älterer Mann im Anzug und zwei US-Marshals nahmen ihn in Empfang. Das Flugzeug der Air Force stand dahinter und wurde gerade betankt. Einen Tatverdächtigen bereits einen Tag nach der Festnahme auszuliefern, war ungewöhnlich.

„Wo bringen die ihn hin?", fragte ihre Tochter, die mittlerweile regelrecht besorgt klang.

„Gute Frage."

„Das sieht gefährlich aus!"

In der Tat. Susanna stoppte die Aufnahme und rief eine andere auf, die kurze Zeit später in der großen Halle gemacht worden war. „Anscheinend gab es Ärger."

Sie sahen, wie plötzlich alle Flüge aus dem A-Terminal ausgesetzt wurden. Bundespolizisten schlossen das Gate und ließen keine weiteren Passagiere durch. Der Unmut der Fluggäste wurde binnen Sekunden sehr laut.

„Was ist dort passiert?", fragte ihre Tochter.

„Die Polizei sperrt Teile des Flughafens üblicherweise nur bei Sicherheitsproblemen."

„Ist denn etwas vorgefallen?"

„Nichts, das wir sehen können. Es gab keinen Brand, keinen Überfall und auch kein anderes offensichtliches Problem." Jedenfalls hatte sie nichts davon mitbekommen.

In den ihr zugänglichen Nachrichtenkanälen, dem Newsroom der Düsseldorfer Polizei und auf der Internetseite des Flughafens fand sich nichts dazu. Patrick Richter, seine Verhaftung, die Auslieferung und der Security-Shut-Down am Flughafen fanden unverständlicherweise in der medialen Öffentlichkeit nicht statt.

„Veranstalten die diesen Aufwand wegen Patrick?“ Susannas Tochter stellte die richtigen Fragen.

„Genau dies sagt mir mein Instinkt. Nur fehlen mir Informationen, um heute bereits Schlüsse ziehen zu können.“

Ihre Tochter huschte mit flinken Fingern auf ihrem Mobiltelefon umher. „Die Amerikaner wollten Patrick doch mit dem Flugzeug mitnehmen, oder?“

„Das nehme ich an.“ Dieser Frage war Susanna nicht nachgegangen. Das Verhaftungsvideo von Freitag, Patricks harmloser Hintergrund und eine Auslieferung an den US-Marshals-Service waren bereits eine starke Kombination.

„Das Flugzeug steht immer noch da ...“ Ihre Tochter zeigte ihr eine Webcam am Düsseldorfer Flughafen, die Live-Bilder des Vorfelds übertrug. Die Air Force Maschine hatte sich keinen Zentimeter bewegt. Susanna lachte und küsste ihre Kleine auf die Stirn! Das war genial! Bei der Auslieferung von Patrick Richter musste etwas schiefgelaufen sein. Egal, was dort vorgefallen war, der junge Mann, der die Aufmerksamkeit ihrer Tochter gewinnen konnte, befand sich noch in der Stadt.

Susanna bekam von Texel eine *WhatsApp: „Er ist live! Stell den Fernseher an!“*

„Bitte mach den Fernseher an!“ Susanna reagierte sofort. Ihre Tochter saß näher dran.

„Welchen Sender?“ Als Erstes gab es einen Werbespot für Kinderspielzeug.

„Nachrichten!“

Drei Klicks weiter sahen beide gespannt einen Live-Bericht aus einem Hubschrauber. Die Kamera wackelte. Es war ein Radfahrer zu sehen, der gerade auf eine Rheinbrücke fuhr. Am unteren Bildrand stand etwas von einem geflüchteten Terroristen, der von der Polizei durch Düsseldorf verfolgt wurde.

„Wer ist das?“, fragte Susannas Tochter.

„Ich kann ihn nicht erkennen ...“ Dafür flog der Hubschrauber zu hoch. Sie ahnte aber bereits, wer das war. Patrick Richter, warum sonst hätte Texel ihr den Tipp geben sollen. Ein Polizeihubschrauber tauchte auf.

„Wir berichten hier live von der Fleher Brücke, wo sich eine dramatische Verfolgungsjagd entwickelt. Die Polizei versucht, einen unbekannten Radfahrer zu stellen, der sich auf der Neusser Seite seiner Verhaftung entzogen hat.“

„Ist das Patrick?“ Ihre Tochter ging näher an den Bildschirm heran und verdeckte dabei den relevanten Ausschnitt.

„Kannst du ihn erkennen?“

„Er könnte es sein ... aber wie soll er dort hingekommen sein?“

„Keine Ahnung ...“ Susanna hätte vermutlich Teile ihrer Seele verkauft, wenn sie diese Frage hätte beantworten können.

Der Flüchtige benutzte ein Damenrad, auf dem Gepäckträger hing sogar noch ein Kindersitz, allerdings mit deutlicher Schlagseite.

„Wir wissen noch nicht, wer dieser Mann ist. Die Polizei fordert uns auf, uns nicht direkt über ihn zu begeben. Es kann nicht ausgeschlossen werden, dass der Mann bewaffnet und gefährlich ist.“

Der Reporter machte aus dem Fahrradfahrer einen Schwerverbrecher. Zu Recht? Von beiden Seiten fuhren mehrere Polizeifahrzeuge auf die Brücke. Der Verkehr Richtung Düsseldorf wurde gesperrt, es würde aber noch Minuten dauern, bis sich die Brücke leerte.

„Er ist es!“, rief Susannas Kleine und begann zu jubeln.

„Sicher?“

„Ja, ja ... ich habe ihn erkannt!“ Sie begann zu hüpfen wie bei der letzten Fußballweltmeisterschaft.

„Er ist vermutlich ein Straftäter!“ Susanna ging diese Begeisterung zu weit. Was ging nur in ihrer Tochter vor?

„Nein!“, rief sie zurück.

„Das weißt du doch gar nicht!“

„Doch! Bitte! Er wird es schaffen! Die Bullen werden ihn nicht bekommen!“

Susanna schüttelte den Kopf. Patrick hatte keine Chance. Er trat zwar wie ein Wahnsinniger in die Pedale, aber die Polizei würde ihn zur Strecke bringen.

Er benutzte den linken Seitenstreifen, auf dem ihm kein Polizeiwagen folgen konnte. Wohl aber ein Polizeimotorrad, das mit hoher

Geschwindigkeit frontal auf ihn zuhielt. Bei einem Zusammenstoß würde er sich alle Knochen brechen.

„Die Situation spitzt sich zu. Der Zugriff der Polizei steht unmittelbar bevor. Der Flüchtige auf dem Seitenstreifen sieht sich jetzt mit einem Motorradpolizisten konfrontiert. Keiner von beiden wird langsamer. Es droht ein Zusammenstoß.“

Das TV-Team schwebte mittlerweile nördlich der Brücke über dem Rhein. Der Luftdruck der Rotoren trieb das Wasser kreisförmig nach außen. Auf der Brücke waren in der Zwischenzeit sechs Streifenwagen und zwei Polizeimotorräder zu sehen. Die hatten ihn eingeschlossen. Der Weg zurück war versperrt. Die Motorräder rasten von beiden Seiten auf ihn zu.

„Warum?“, flüsterte Susanna, sie verstand es nicht. Warum tat er das? Aus welchen Motiven raste Patrick Richter in sein Verderben?

„Was sagst du?“, fragte ihre Tochter, ohne den Blick abzuwenden.

„Warum tut er das?“

„Weil er nicht aufgibt!“

Das war doch keine Antwort. „Da ist eine Baustelle! Die werden zusammenstoßen!“

Beide schrien auf. Zentimeter vor der Karambolage wich Patrick aus. Mitten in die Baustelle. Das war eine ganz schlechte Alternative. Anscheinend lag dort ein Brett auf den Boden, das wie eine Schanze funktionierte. Im nächsten Moment blieb er mit dem Kindersitz, der immer noch schräg am Gepäckträger hing, an einer Strebe hängen. Eine folgenschwere Berührung, die das Damenrad wie auch Patrick nach links riss. Nach links über das Geländer.

„Nein!“, schrie Susanna. Patrick stürzte über die Brüstung. Mit ihm das Fahrrad. Der Polizist auf dem Motorrad bremste scharf, konnte aber nicht mehr eingreifen. Da kam jede Hilfe zu spät.

Der Hubschrauber des TV-Teams musste seine Position korrigieren. Die Kamera verlor den Fokus. Der Pilot konnte ausgleichen, und die Kamera stellte sich eine Sekunde später wieder scharf. Nur eine Sekunde. Patrick war nicht mehr zu sehen. Wo war er? Das Damenrad klatschte in den Rhein. Er tat es nicht. Befand er sich bereits im Wasser? Wo war er? Lebte er noch?

„Mama!“ Ihre Tochter erschrak. Das hatten beide nicht erwartet.

„Wir erleben hier Unglaubliches! Der flüchtige Fahrradfahrer ist in den Rhein gestürzt! Die Polizei steht an der Brüstung. Niemand hatte den Fall verhindern können. Bevor der Motorradpolizist den Fahrradfahrer stellen konnte, nutzte dieser eine Baustelle, um in den Rhein zu springen. Ich habe keine Ahnung, ob ein Mensch solch einen Sturz überleben kann. Der Rhein führt im Moment sehr viel Wasser, hat eine hohe Fließgeschwindigkeit und bereits eine niedrige Temperatur!“

„Das ist ...“ Susanna dachte über das Gesehene nach. Patrick war über die Brüstung gestürzt. Daran gab es keinen Zweifel. Das Damenrad mit ihm.

War das ein Unfall? Der Kindersitz hatte im letzten Moment für einen Richtungswechsel gesorgt. Oder hatte er das absichtlich getan? Wollte er sterben? Das machte doch alles keinen Sinn. In ihrer journalistischen Karriere hatte sie es leider häufiger mit Selbstmördern zu tun gehabt. Nicht nur einmal hatte sie danach das Leben der Verstorbenen aufgerollt. Dabei waren die Motive für den Freitod so verschieden wie die Menschen selbst. Eine Sache allerdings hatten alle Tragödien gemeinsam – es gab immer deutliche Vorzeichen, dass etwas im Leben der Betroffenen nicht stimmte. Jedes Mal wieder. Es lag entweder am Geld, einer unglücklichen Liebe, Krankheiten, Depressionen oder anderen schwerwiegenden Problemen. Probleme, die sie in dieser Art in Patricks Leben nicht hatte finden können. Er hatte eher keinen Grund, sich umzubringen! Nein! Es war sicherlich ein Unfall!

„Mama, was ist da passiert?“, fragte ihre Tochter betroffen.

„Ich weiß es nicht.“ Susanna musste etwas übersehen haben. Sie hatte nicht gut genug recherchiert. Richtig, sie musste genauer hinsehen, nachbohren, bissig bleiben und nicht aufgeben, bis sie alle Hintergründe verstanden hatte. Sie fühlte sich Patrick verpflichtet. Warum eigentlich? Auch das wusste sie nicht. Sie würde weiter an diesem Fall arbeiten. Ganz sicher. Sie würde weitermachen und alle Puzzleteile zusammentragen. „Aber ich werde es herausfinden.“

XIII. Exzellenz

„He, wachen Sie auf. Schlafen können Sie zuhause, aber nicht während der Arbeit. Seien Sie froh, dass ich nicht Ihre Chefin bin."

Es dauerte, bis Patrick verstand, dass die Stimme auf ihn einredete. Mühsam zwang er die Augenlider auf. Das helle Licht verursachte Kopfschmerzen. Er lag auf dem Boden, kalte, wabenförmige weiße Fliesen unter sich. Rechts von ihm standen Tonnen von Papierhandtüchern für diese Spender in öffentlichen Toiletten. Links an der Wand stapelten sich Kanister mit blauer Seife.

Eine ältere Frau in hellgrüner Putzkleidung und mit einem hellgrünen Schiffchen auf dem Kopf sah auf ihn herunter.

Aufwachen? Er fühlte sich nicht so, als ob er geschlafen hätte. Die Erinnerung ließ seinen Puls schlagartig ansteigen. Sein Stunt von der Brücke, der furchtbare, tiefe Sturz direkt in den Rhein. Ein Gefühl, als würde sein Magen durch die Speiseröhre nach außen gesogen – allein bei dem Gedanken brach ihm der Schweiß aus. An den Einschlag ins Wasser konnte er sich nicht erinnern. Hatten sie ihn aus dem Wasser gefischt und in ein Krankenhaus gebracht? Er sah an sich herunter. Nass war er jedenfalls nicht.

Sein entsetztes Gesicht musste ihr Mitleid erregt haben. „Schon gut, ich bin auch schon einmal während der Schicht eingeschlafen." Sie hob den Zeigefinger. „Sie sollten es aber nicht übertreiben. Müssen Sie denn gar keine Flugzeuge einweisen?"

Wie meinte sie das? Inmitten der klinischen Helltöne leuchtete sein orangefarbener Overall besonders schick. Langsam verstand Patrick – sie hielt ihn für einen Einwinker, einen Boden-Lotsen. War er auf einem Flughafen gelandet?

Geistesgegenwärtig, obwohl er keinen Schimmer hatte, wo sich sein Geist und sein Körper gerade befanden, antwortete er: „Sie haben recht, danke, dass Sie mich geweckt haben." Nur langsam kam er auf die Beine. Die Decke strahlte wie ein Sternenfirmament – moderne LED-Beleuchtung. Alles wirkte hell und weiß und sauber, doch im Himmel war er nicht, zumal die Dame vom Reinigungsservice nicht gerade wie ein Engel aussah.

Er taumelte und stützte sich an der Wand rechts von ihm ab. Sein Blick fiel auf die Wandfliesen, eine war zerkratzt. Verblüfft blinzelte er – jemand hatte dort mit einem spitzen Gegenstand ‚Bullenschweine' eingeritzt.

Hektisch sah sich Patrick in der kleinen Kammer mit den Putz- und Toilettenutensilien um. Sie hatte die Größe einer Zelle. Zufall, es musste Zufall sein. Oben an der Decke entdeckte er eine Verteilerdose. Kameras benötigen Strom, pulsierte es in seinen Schläfen. Genau dort hatte sie gehangen. Er stürzte durch die Tür und drehte sich um. Raum 1.14.7 stand außen auf dem Schild neben dem Eingang. Die Frau folgte ihm und hob einen Kanister Handseife auf einen kleinen Putzwagen, der quer im Flur stand.

„Wo bin ich hier?" Seine Stimme klang angsterfüllt, als könnte jeden Moment Stan Wilson um die Ecke kommen. Als er die Miene der Frau sah, bereute er die Frage sofort.

„Geht es Ihnen nicht gut?"

Er zwang sich zur Ruhe. „Ich habe was Falsches gegessen, es wird schon besser."

„Sind Sie sicher, dass Sie nicht was Falsches getrunken haben?" Sie beugte sich vor und schnüffelte nach einer Fahne.

„Nein, nein – ich bin nicht betrunken. Ich habe nur furchtbare Kopfschmerzen und kann nicht richtig denken."

„Hm. Ebene 0. Administration."

„Wie? Was meinen Sie?"

„Sie haben mich doch gefragt, wo Sie sind."

Mit zusammengekniffenen Augen betrachtete Patrick die Frau. „Ich … ich meine …", er konnte nur noch flüstern, während ihm ein Schauer über den Rücken lief. „Bin ich … auf dem Düsseldorfer Flughafen?"

„Ja, klar. Wo sonst?" Sie sah ihn streng an. „Ich bin mir nicht sicher, ob ich Sie nicht melden sollte."

„Schon gut, schon gut. Ich bin harmlos", beruhigte er die Frau. „Ich mache nur gerade eine schwere Zeit durch." Er deutete auf den Vorratsraum. „Sah das hier früher mal anders aus?"

„Na klar. Es ist doch alles umgebaut worden. Vor meiner Zeit. Früher war das hier mal der Sicherheitsblock vom Flughafen."

Patrick fühlte sich, als ob nur noch blaue Handseife durch seine Adern flösse. „Äh, was … was soll das heißen? Vor Ihrer Zeit, meine ich."

„Vor fünf Jahren. Oder noch länger – nageln Sie mich nicht fest."

Was bedeutete das nun wieder? Wie kam er ausgerechnet hierher? „Wie komme ich bitte zu einer Apotheke? Ich brauche was für meinen Magen", stöhnte Patrick. Er musste hier raus.

„Das ist einfach. Auf der Abflugebene ist eine zwischen Terminal A und B. Die haben bestimmt was für Sie. Kommen Sie mit." Sie quetschte sich am Reinigungswagen vorbei und folgte dem Flur. Und Patrick folgte ihr. Rechts, links, links und eine Treppe hoch. Er hielt sich dicht hinter ihr und traute kaum, sich umzusehen. Beinahe wäre er auf die Dame aufgelaufen, als sie abrupt stehen blieb.

„Gehen Sie hinter der Anzeigetafel rechts und dann wieder links. Dann sehen Sie die Apotheke schon. Ich muss jetzt weitermachen, sonst werde ich nicht pünktlich mit meinen Quadratmetern fertig. Dann gibt's Mecker von meiner Chefin."

„Vielen Dank", sagte Patrick. „Und auch dafür, dass Sie mich nicht verpetzt haben."

„Wir Arbeiter müssen doch zusammenhalten", grinste sie zum Abschied und ging die Treppe wieder hinab.

Patrick befand sich auf der Abflugebene des Düsseldorfer Flughafens. Die Spitze eines bunten Weihnachtsbaumes ragte stolz aus dem Untergeschoss hoch. Lugte hier sonst nicht immer die gigantische Giraffe als Werbeträger der Autovermietung heraus? Mitte Oktober und schon fing das Weihnachtsgeschäft an. Erstaunt drehte er sich einmal um die eigene Achse. Alles kam ihm unbekannt und doch gleichermaßen vertraut vor. Für einen Montagmorgen war wenig los. Erstaunlich, hier müssten sich die Fluggäste doch um die Zeit dicht an dicht in Richtung Security-Kontrolle drängen.

Vor der Tafel mit den Fluginformationen blieb er stehen. Ein gigantisches Display, so groß wie ein Handballfeld, nur senkrecht, baute sich vor ihm auf. Das war neu. Doch nur kurz gönnte er sich einen Blick auf die typischen Informationen: Flug-Nummer, Flugziel, geplante Uhrzeit, erwartete Uhrzeit, Gate, Check-in, Bemerkung. Bis auf einen würden in den nächsten drei Stunden alle Flüge pünktlich losfliegen, alles in bester Ordnung.

Mit einem Mal veränderte sich das Bild. Patrick erstarrte. Die Zahlen und Buchstaben wurden wie durch einen Strudel nach innen gesogen. Ein elektronisches Geräusch untermalte und verstärkte die Wirkung akustisch. Die optische Wirkung war so eindrucksvoll, dass Patrick beinahe das Gleichgewicht verlor.

„Fahren Sie den neuen Exzellenz. Modernste Computertechnologie verschafft Ihnen ein einzigartiges Fahrvergnügen."

Werbung, dachte er. Der Flugplan verschwindet und die bringen tatsächlich Werbung. Doch noch aus einem anderen Grund klappte ihm der Mund auf und ließ ihn auf diese unglaubliche LED Videowand glotzen. Die Brillanz des Bildes, die Schärfe, die Farben hypnotisierten ihn. Wie in einem Surround-Kino fühlte er sich mittendrin. Er saß im Auto, er fuhr das Auto. Dieses unglaubliche Cockpit, bunt und doch übersichtlich, und dann diese Windschutzscheibe. Ein *Curved Display* der Extra-Klasse mit transparenten Einblendungen und Zusatzinformationen über Zustand und Standort des Wagens.

„Machen Sie die Nacht zum Tag."

Die Scheinwerfer stachen in die Dunkelheit wie der Lötkolben in die Butter. Auf einmal veränderte sich die Windschutzscheibe. Sie wurde zu einem Infotainment Display mit Staumeldungen, Gefahrenstellen und Sehenswürdigkeiten in der Nähe. Zusätzlich hellte sich mit der Nachtsichtfunktionalität der Blick nach draußen auf. Fassungslos stierte Patrick auf die unglaubliche Wand. Er sah sich um, wollte wissen, wie die anderen Menschen darauf reagierten. Einige Fluggäste gingen gelangweilt vorbei. Wieso hatte denn niemand Augen für das grandiose Spektakel? Ungläubig starrte er erneut auf die Darbietung.

In diesem Moment tauchte der nüchterne Flugplan auf, als wäre nichts gewesen.

Überfordert ob dieser visuellen Eindrücke ging Patrick ein paar Schritte rückwärts und ließ sich auf einer Bank nieder. Lehne und Sitzfläche sahen aus wie Hartplastik, gaben zu seinem Erstaunen jedoch nach und passten sich sanft seinem Körper an. Gemütlich sitzend verbrachte er seine Zeit mit Staunen. Alles um ihn herum wirkte hell und freundlich. Sobald das Sonnenlicht durch Oberlichter und Fenster hereinbrach, dimmten sich die LEDs der Deckenbeleuchtung automatisch herunter. Ein kleiner Tusch ertönte, wieder veränderte sich die Fluginformationstafel.

„Wir bringen Sie zur Fußballweltmeisterschaft nach London. Die Endrunde mit 48 Mannschaften wird ein unvergessliches Erlebnis." Das UEFA-Symbol zoomte lebensecht aufs Display und zischte aus dem Bild. Nun kam das der Fluggesellschaft. *„WM 2030 in England. Wir erwarten Sie!"*

Das Display wechselte wieder zum Flugplan.

WM 2030. Aha! Sollte der Spaß nicht erst einmal nächstes Jahr in Russland über die Bühne gehen? Das hier kam ihm noch einiges durchgeknallter vor als das in Wuppertal. Ohne nachzudenken, begannen seine Augen zu suchen. Dadurch fiel sein Blick auf die Zahlen und Buchstaben ganz oben rechts. Sa 28.11.29.

Sa wie Samstag, 11 wie November und 29 für … 2029.

Er sprang auf. Verflucht, er befand sich im Jahr 2029. Entweder ein ganz mieser Streich mit Halluzinogenen oder …

Völlig erschlagen sank er wieder in sich zusammen und plumpste auf seinen Sitzplatz zurück. Diese Bänke, dieses Ambiente, diese Technik …

Eindringlich redete er auf sich selbst ein: Patrick, spring über deinen ungläubigen Schatten und fang an, das Unbegreifliche zu begreifen und das Unglaubliche zu glauben. Tu einfach mal so, als wärst du in der Zeit … äh, hm … gesprungen. Das ist zwar Schwachsinn, weil es so etwas nicht gibt, doch nimm es spaßeshalber mal hin, denn es würde einiges erklären. Sein Gesicht vergrub er tief in den Händen. Die merkwürdigen Erlebnisse in Wuppertal würde es erklären. Von 2017 war er zurück nach 2001 in die Schwebebahn gehüpft, wie oder warum auch immer.

Dann in 2017 in Lunas Bett aufgewacht. Warum ausgerechnet dort? Als Nächstes warf es ihn von 2017 ins Jahr 2029 auf diesen vermaledeiten Flughafen. Verdammt, er war nun fast Mitte vierzig und hatte 12 Geburtstage verpasst. Wie sehe ich mit 44 Jahren aus, war das Einzige, was er denken konnte. Bin ich entsprechend gealtert? Weiter vorn in der Einkaufspassage war alles verspiegelt, dort konnte er nachschauen. Wie eine Mumie bewegte er sich in diese Richtung. Sein Spiegelbild begrüßte ihn mit einem müden, schmalen Mund. Ein erleichtertes klitzekleines Lächeln gelang ihm – er sah nicht anders aus als vorher. Aber alle anderen Menschen müssten nun zwölf Jahre älter sein. Luna 42 und Kumpel Harry 46 Jahre alt. Von diesen grotesken Gedanken überwältigt, setzte er sich auf den polierten Marmor direkt vor den Spiegel. Was die Leute über ihn dachten, war ihm egal.

Was nun? Sollte er zu den Bullen gehen? Sich der Bundespolizei stellen? Nein, keine vernünftige Option. Die würden ihm nicht glauben. Und den Glauben an die Staatsgewalt hatte er verloren. Wer weiß – vielleicht war in Deutschland zwischenzeitlich die Todesstrafe wiedereingeführt worden. Am besten er tat das, was er in 2017 schon hatte tun wollen: Kumpel Harry besuchen. Der würde zwar mächtig meckern, weil er so lange nichts von sich hatte hören lassen, dann jedoch mächtig über seine Anti-Aging-Creme staunen. An seiner Brust fühlte Patrick einen harten Gegenstand. Mit zwei Fingern zog er das Handy heraus. Das Ex-Handy seiner Ex-Freundin. Das Smartphone hatte er völlig vergessen. Gut, viel Zeit zu telefonieren hatte er bei seiner wilden Flucht auf Mamis Fafa nicht gehabt. Wie es Luna wohl ging? Ob sie ihm inzwischen verziehen hatte? Hoffentlich hatte sie weinen müssen, als er plötzlich für zwölf Jahre verschwand. Entrückt begutachtete er sein Handy – in der Regel ein nützlicher Gegenstand. Er schaltete es ein. Vielleicht würde Kumpel Harry ihn sogar hier abholen, die Telefonnummer kannte er auswendig.

Wollen Sie Ihr K11 nun aktivieren?, fragte ihn das Display.

Mit der Zeigefingerkuppe drückte er den sympathisch grünen Ja-Button.

Legen Sie erst die eIDSIM-Karte ein.

Gemeint war sicherlich die ganz normale SIM-Karte. Mist, die hatte er natürlich nicht dabei. Die lag in seiner Wohnung, und zwar seit er telefonisch mittels Sprachcomputer den Handy-Vertrag vor knapp zwei Wochen für Luna abgeschlossen hatte. Somit war sein wunderbares Telefon zunächst einmal nicht zu gebrauchen. Wie einen Fremdkörper streckte er es von sich.

Eine Mutter zog ihren Sohn an der Hand hinter sich her. Ein strammer Bursche, so etwa zehn Jahre alt. Neugierig guckte der Kleine auf den orangefarbenen Penner vor dem Spiegel.

„Mama, sieh mal. Der muss aber arm sein. Der hat noch ein K11."

Hastig kramte er in seiner Tasche und holte stolz sein Smartphone heraus. „Ich hab ein K17! Schanananana naa!", triumphierte er.

Drecksbengel!

„Komm von dem Kerl weg", rümpfte Mutter die Nase und schob den Angeber mit beiden Armen energisch weiter.

Patrick ließ sein hoffnungslos veraltetes K11 wieder in die Brusttasche gleiten. Der Junge bog mit seiner Mutter nach rechts zu den Check-in-Schaltern ab. Beide verschwanden aus seinem Sichtfeld.

Mit einer Lücke von zwölf Jahren konnte er nicht so tun, als sei nichts geschehen und ein normales Leben führen. Ein Stich fuhr ihm ins Herz. Ob Mutter noch lebte? Wie kam er nur wieder in seine Zeit zurück? Einerseits wünschte er sich genau das, andererseits warteten in 2017 Sondereinsatzkommandos, Hubschrauber und Guantanamo auf ihn. Keiner und niemand würde ihm glauben.

Die Verzweiflung überwältigte ihn. Was hatte er falsch gemacht, dass er durch derart unmögliche Ereignisse gequält wurde?

Jetzt bloß kein Selbstmitleid, dachte er selbstmitleidig. Das bringt dich nicht weiter.

Eine junge Dame stand vor einem Ladengeschäft für Luxustaschen, sie sah zu ihm herüber. Aus der Entfernung wirkte sie äußerst attraktiv. Kurze blonde Haare, mittelgroß, schlank, eine tolle Frau. Sie schaute ihn einen Augenblick zu lange an, bevor sie dann ihre Aufmerksamkeit wieder der ausgelegten Ware widmete. Fasziniert blieb Patricks Blick an ihr kleben. Schon drehte sie den Kopf und guckte erneut zu ihm. Ihre Blicke trafen aufeinander, sanft und freundlich vereinten sie sich. Die Augen der Frau leuchteten hell, vermutlich waren sie blau, das konnte er aus der Entfernung nicht mit Sicherheit sagen. Sein Herz klopfte, ausnahmsweise einmal nicht vor Angst, wie so häufig seit dem morgendlichen Überfall der BFE+, sondern aus … ja, was denn? Aus Liebe sicherlich nicht. An Liebe auf den ersten Blick glaubte er genauso wenig wie an … äh … Zeitreisen. Blödes Beispiel. Warum war er plötzlich so aufgeregt? Nein, die Dame hatte etwas Besonderes, und damit meinte er nicht ihr bildhübsches Aussehen. Hatte sie auf ihn gewartet? Wie von allein stand er auf.

Sie sah ihn nach wie vor an. Distanziert, aber freundlich. Reserviert, aber neugierig. Und wissend. Verflucht, was wusste sie? Er musste mit ihr reden!

Seine Finger wurden feucht. Er ging auf sie zu. Sie drehte sich um und entfernte sich. Die Enttäuschung ließ ihn beinahe stehenbleiben, doch er folgte ihr, er würde sich nicht so einfach abschütteln lassen. Sie sah über die Schulter. Es schien ihr nichts auszumachen, dass er ihr nachging, sie beschleunigte ihre Schritte nicht. Wollte sie das etwa?

Aufgeregt rief Patrick: „Hallo! Entschuldigen Sie, können Sie mir bitte helfen. Mir ist etwas Unglaubliches passiert.“

Sie sah wieder über ihre Schulter. Ihr Gesichtsausdruck wirkte gespannt und dennoch merkwürdigerweise wenig erstaunt. So, als ob sie mehr wusste.

Das bilde ich mir nur ein, dachte Patrick. *Warum bleibt sie nicht stehen und redet mit mir?*

Stattdessen stieg die Frau die Treppe zum Parkhaus 1 hinunter. Für Patrick war dies immer das Teurer-als-Gold-Parkhaus gewesen. Er hatte mal Luna und ihre Freundin von einer Urlaubsreise abgeholt und ein Vermögen an Parkgebühren bezahlt. Das wird sich in 2029 kaum geändert haben, vermutlich musste man mittlerweile seinen Wagen vor dem Parken in Zahlung geben.

„Bitte, nur eine Minute! Ich habe eine Frage“, rief er hinter ihr her.

Sie reagierte nicht, sondern verschwand hinter einer Mauer. Die nächsten Meter sprintete Patrick regelrecht. Um die Ecke stand ein

Parkautomat. Sonst nichts. Sackgasse. Geradeaus führte die gelb gestrichene Tür zum Parkhaus. Doch die Dame hatte die Tür nicht berührt, geschweige denn geöffnet, sondern war lediglich um die Ecke gegangen. Und nun verschwunden, einfach in Luft aufgelöst. Es sei denn, sie hätte sich in den Parkautomaten verwandelt. Obwohl er instinktiv wusste, dass es völlig zwecklos war, klopfte er die Wände ab. Alles massiv, keine geheime Tür. Er kannte noch jemanden, der einfach von einem Ort zum nächsten springt. Und von einer Zeit zur nächsten.

*

Mit gemischten Gefühlen verließ er den Flughafen. Nein, eigentlich verließ er ihn nicht, sondern fuhr lediglich eine Rolltreppe hinunter zur S-Bahn Richtung Innenstadt. Keine zehn Minuten später tauchte ein Zug auf. Für eine S-Bahn wirkte er ziemlich schnittig, fast wie ein ICE. Patrick stieg ein. Ticket hatte er keins, dafür das Motto: War der Ruf erst ruiniert, fuhr er schwarz ganz ungeniert.

Viele Fahrgäste folgten nicht. Er setzte sich auf eine Zweierbank. Erst zum Hauptbahnhof und dann umsteigen.

Kumpel Harry – die Story wirst du mir nicht glauben, dachte Patrick. So etwas Schräges fällt von keinem Laster, selbst bei dir nicht.

Das gleichmäßige Rattern war in 2029 genauso einschläfernd wie in 2017. Die Müdigkeit kroch in seine Glieder und dann auch in sein Gemüt. Die letzten 12 Jahre waren aber auch anstrengend gewesen, und er hatte überhaupt nicht geschlafen. Über 4200 Nächte nicht geruht, das sollte ihm mal einer nachmachen. Ein wahnwitziges Kichern entfuhr ihm. Er dachte an die hübsche, junge Frau. Noch nie hatte ihn jemand aus der Entfernung so tief berührt.

Zeitreise, flüsterte eine müde Stimme in seinem Kopf, ist der größte Schwachsinn, der dir jemals eingefallen ist. So etwas kannst nur du dir ausdenken.

Zeitreise – die einzig plausible Erklärung, hielt eine andere, genauso erschöpfte Stimme dagegen. Beide Stimmen schliefen ein. Patrick lehnte seinen Kopf an die Scheibe, schloss die Augen und tat es ihnen gleich.

XIV. Das ist nie passiert

„Wir erleben hier Unglaubliches! Der flüchtige Fahrradfahrer ist in den Rhein gestürzt! Die Polizei steht an der Brüstung. Niemand hatte den Fall verhindern können. Bevor der Motorradpolizist den Fahrradfahrer stellen konnte, nutzte dieser eine Baustelle, um in den Rhein zu springen. Ich habe keine Ahnung, ob ein Mensch solch einen Sturz überleben kann. Der Rhein führt im Moment sehr viel Wasser, hat eine hohe Fließgeschwindigkeit und bereits eine niedrige Temperatur!"

Carsten hatte während seiner langen Dienstzeit schon einiges erlebt. Ein flüchtiger Tatverdächtiger, der auf einem Damenfahrrad, mit der Polizei im Nacken, von der Fleher Brücke in den Rhein sprang, war trotzdem eine Besonderheit.

Wilson, Fischer und er hatten das Schauspiel live aus dem Besprechungsraum der US-Botschaft an der Willi-Becker-Allee verfolgt. Der Beamer warf sowohl die Bilder aus dem Polizei- wie auch aus dem Pressehubschrauber an die Wand.

Patrick Richter war dem Kollegen auf dem Motorrad Sekundenbruchteile vor einem Zusammenstoß ausgewichen und wie ein Stuntman bei einer Filmproduktion über eine Bohle an einer Baustelle entkommen. Dabei hatte sich der Kindersitz auf dem Gepäckträger an einer Strebe verfangen und ihn regelrecht über das Geländer katapultiert.

„What a fucking idiot!", tönte Wilson und schüttelte den Kopf.

Carsten wollte dem nicht widersprechen.

„Können wir uns eine Wiederholung ansehen?", fragte Fischer. „Ich habe die Perspektive des Polizeihubschraubers im Blick gehabt. Leider befand der sich beim Sprung in keinem günstigen Winkel."

„Und?", fragte Wilson.

„Ich habe Richter nicht ins Wasser fallen sehen!"

„Wo soll er denn sonst gelandet sein?"

„Ich möchte es sehen!" Fischer blieb hartnäckig.

„Wir werden es klären ..." Carsten wählte Rubens Nummer, der mit seinem BFE+ Team in dem betreffenden Hubschrauber saß. Sie landeten gerade auf der inzwischen in beiden Fahrtrichtungen gesperrten Fleher

Brücke. Bei der Seilkonstruktion war das kein einfaches Manöver. Der Airbus H145 Hubschrauber war so neu, dass der Lack noch nicht trocken war.

„Karlov."

„Hier ist Carsten. Ich folge eurem Videostream und auch dem der Presse. Kannst du bestätigten, dass Patrick Richter in den Rhein gefallen ist?"

„Definitiv. Wir haben alles aufgezeichnet."

„Siehst du ihn im Wasser?"

„Nein... keine Spur. Ich habe die Kollegen von der Wasserschutzpolizei angefordert. Die schicken uns ein Boot und mehrere Taucher. Bei einem Sturz aus der Höhe hat Richter mit hoher Wahrscheinlichkeit das Bewusstsein verloren und ist sofort untergegangen."

„Gib mir eine Meldung, wenn du seine Leiche gefunden hast."

„Klar."

Carsten beendete das Gespräch. Wilson hatte in der Zwischenzeit die Aufzeichnung der Presse zu dem Zeitpunkt zurückgespielt, als Richter über die Begrenzung flog. Das Damenrad und er fielen. Der Pilot des Presse-Hubschraubers musste eine Böe ausgleichen. Die Kamera verlor Richter kurz aus dem Blickfeld. Nachdem der Pilot korrigiert und die Maschine wieder stabilisiert hatte, sah er das Fahrrad gemächlich in den Rhein stürzen. Und den Kindersitz, der sich beim Kontakt mit einer Baustellenstrebe gelöst hatte. Der freie Fall schien in diesem Moment ewig zu dauern. Das konnte nicht sein. Richter war nicht zu sehen. Weder in der Luft noch im Wasser.

„Wo ist er?", fragte Wilson.

„Jedenfalls nicht im Wasser ... Richter wird nicht schneller gefallen sein als das Fahrrad", erklärte Fischer.

„Jemand muss ihm geholfen haben!" Menschen lösten sich nicht einfach in Luft auf! Erst recht nicht direkt vor seiner Nase! Carsten wählte wieder Rubens Nummer.

„Ja."

„Kannst du in der Nähe der Sprungstelle Boote ausmachen?"

„Nein."

„Etwas anderes in der Art?"

„Nein!“

„Ist da irgendwo ein Fallnetz zu sehen? Oder ist da jemand an den Hohlkästen, der ihm geholfen hat?“

„Nein ... hey, was ist los?“

„Wir haben Richter nicht im Wasser landen sehen!“

„Das kann nicht sein!“

„Ach was ...“

„Der hat doch keine Flügel! Er ist in den Rhein gestürzt“, erklärte Ruben eindringlich.

„Das Fahrrad ja ... er nicht.“ Carsten glaubte es selbst nicht, aber so hatte es ausgesehen.

„Die Taucher werden ihn aus dem Wasser ziehen!“

„Ich warte auf deinen Anruf!“ Carsten legte auf. Auch Fischer hatte telefoniert.

„Okay ... danke für die Unterstützung.“ Sie beendete ebenfalls das Gespräch. „Das war der Sender. Wir bekommen das gesamte Material. Der Hubschrauber wird auf der Brücke landen. Ich habe schon Kollegen zu ihnen geschickt, um die Besatzung zu vernehmen. Die haben aber vermutlich auch nicht mehr gesehen als wir.“

„What the fuck ... der kleine Pisser ist im Rhein abgesoffen!“, keifte Wilson.

Carsten versuchte, seine Gedanken zu sortieren. Was hatte er? Einen Flüchtigen, der sie nun zum zweiten Mal wie Idioten aussehen ließ. Bei der Geschichte am Flughafen hatte es Carsten noch auf zwei unfähige oder korrupte US-Marshals schieben können. Die Möglichkeit hatte er heute nicht mehr. Seine Leute waren an ihm dran, er musste in den Rhein gefallen sein!

Richter hatte es geschafft, unzähligen Polizisten, einem erfahrenen BFE+ Team, zwei Hubschraubern mit Kameras und dem Rhein den Stinkefinger zu zeigen. In Echtzeit, am helllichten Tag und ohne Hilfe. Da war niemand gewesen. Ruben hatte recht gehabt. Niemand hätte ihm, ohne aufzufallen, helfen können.

Vielleicht doch kleine Schwarze Löcher? Nein, das konnte nicht sein. Für alles gab es eine Erklärung. Eine Erklärung, die vielleicht etwas komplizierter ausfiel, aber es gab sie. Carsten ging weiterhin davon aus, dass Richter im Rhein gelandet war, und die Kamera ihn dabei aus dem Blickfeld verloren hatte.

„Mehr sagst du nicht dazu?“, fragte Wilson.

„Im Moment nicht. Polizeitaucher werden den Rhein absuchen. Wenn er im Wasser gelandet ist und dabei ums Leben kam, werden wir ihn finden.“

„Und wenn er noch lebt?“ Die Augen des Amerikaners wurden schmaler.

„Dann ...“ Für Carsten war dieses Szenario kaum zu greifen. Wenn er noch lebte? Wie sollte er das gemacht haben? Nein, Richter war mit hoher Wahrscheinlichkeit ertrunken.

„Dann was?“

„Dann werden wir ihn weiter jagen!“ Was hätten sie auch sonst tun können. Das war Polizeiarbeit. Es gab leider auch schlechte Tage. Sie würden die Ärmel hochkrempeln und weitermachen. Patrick Richter war kein Geist – früher oder später würden sie ihn fassen. War dieser Mann unschuldig? Hatte er es verdient, in Guantanamo inhaftiert zu werden? Darüber sollten andere befinden, Carstens Aufgabe war es nur, ihn in die Finger zu bekommen.

„Deine Leute haben es versaut!“

„Dann haben wir jetzt eine Sache gemeinsam!“ Carsten hatte keine Lust, sich für die missglückte Verhaftung anmachen zu lassen. So wie er es gesehen hatte, musste sich keiner der beteiligten Beamten einen Vorwurf machen. Fairerweise schloss er hierbei die beiden US-Marshals mit ein.

„Was?“

„Kollegen, denen Patrick Richter entkommen konnte!“ Wilson brauchte einen Dämpfer. „Und jetzt setz dich hin! Denk nach! Und gib als Nächstes etwas Hilfreiches von dir!“

„Bullshit!“, schimpfte Wilson.

Er setzte sich widerwillig und schrieb eine Mitteilung an seine Kollegen. Die Botschaft enthielt Informationen über den Status, ohne jemanden dafür verantwortlich zu machen.

„Und was machen wir jetzt?“, fragte Fischer.

„Arbeiten!“ Carsten sah dazu keine Alternative. „Du wirst die Situation am Rhein im Auge behalten. Ich werde mit Richters Freundin sprechen. Ist sie noch in ihrer Wohnung?“

Fischer nickte.

„Das muss alles unter Verschluss bleiben!“ Wilson wachte aus seinem kognitiven Kurzzeitkoma wieder auf.

„Dass du einen dreckigen Deal mit der Bundesanwaltschaft hast, um einen Deutschen nach Guantanamo zu verschiffen?“ Carsten lachte. Das hätten sich die Bundesanwaltschaft und die Cowboys früher überlegen sollen. „Dann hättest du Richter nicht in diesen dämlichen orangen Overall stecken dürfen. *Camp Delta* stand auf seinem Rücken. Ich habe es deutlich lesen können, die Presse wird nicht lange brauchen um anzufangen, blöde Fragen zu stellen. Als niederländischen Fahrradfahrer auf Speed oder fristlos gekündigten Mitarbeiter der Müllabfuhr werden wir Richter nicht verkaufen können.“

„Dann lass dir etwas einfallen!“

„Ich bin Polizist. Ich werde zu laufenden Ermittlungen vor einer Kamera gar nichts sagen. Dr. Ramon Vesorez hingegen wird dir bei der Öffentlichkeitsarbeit sicherlich behilflich sein.“

*

Carsten hatte sich von einer Streife zu Richters Freundin, Luna Mittmann, auf die andere Rheinseite fahren lassen. In der Straße vor ihrer Wohnung war es ruhig. Der Oktober gab an diesem Tag nicht viel Sonne her, zum Glück regnete es nicht.

Ein kleines, sauberes Treppenhaus, ein paar Stufen hoch, und er klopfte an ihre Tür. Einer von Fischers Kollegen öffnete, ein anderer stand im Flur. Sie wussten bereits, dass Carsten sie vernehmen wollte. Die junge Frau saß mit verheulten Augen an ihrem Küchentisch und klammerte sich an eine Tasse Kaffee.

„Guten Morgen, Frau Mittmann.“ Eine Antwort bekam er nicht. Drei fremde Männer, zwei davon uniformiert und bewaffnet, standen in der kleinen Küche und glotzten die junge Frau an. Mit einer Kopfbewegung schickte Carsten die beiden Kollegen vor die Tür. Menschen brauchen Luft – nicht nur zum Atmen. Er setzte sich an den Tisch.

„Mein Name ist Carsten Grünfeld. Ich bin von der Düsseldorfer Polizei und hoffe auf Ihre Hilfe.“ Noch gab es keinen Grund, sie einer Mittäterschaft zu verdächtigen.

„Warum? Wegen Patrick?“

„Ja.“

„Was hat er getan?“, fragte sie mit tränenerstickter Stimme.

Carsten gab ihr ein Papiertaschentuch. „Patrick Richter war heute Nacht bei Ihnen.“ Bewusst begann er mit einer einfachen Feststellung und nicht mit einer Frage.

„Keine Ahnung!“ Sie putzte sich die Nase.

„Ich mache Ihnen nichts vor, Frau Mittmann. Am Morgen, also heute Morgen, haben wir ihn aus diesem Haus kommen sehen.“

„Ich habe ihn aus der Wohnung geworfen!“, schäumte es spontan aus ihr hervor.

„Sagen Sie mir bitte, ob er hier geschlafen hat.“

„Ich habe keine Ahnung, wann er in meine Wohnung eingebrochen ist!“

Das wollte Carsten jetzt genauer verstehen. „Eingebrochen?“

„Na, gut ... er hat einen Schlüssel! Aber er hat sich trotzdem wie ein Dieb in meine Wohnung geschlichen, während ich geschlafen habe. Als ich aufgewacht bin, lag er neben mir! In dieser Müllmann-Kluft! Sogar seine Schuhe hatte er noch an.“

„Wie lange kennen Sie Patrick Richter bereits?“

„Zu lange! Viel zu lang! Ich habe Schluss gemacht, ihm sein dämliches Handy an den Kopf geworfen und ihn vor die Tür gesetzt! Mehr ist nicht passiert! Nun wissen Sie alles! Sie können jetzt gehen! Ich will meine Ruhe haben!“

Carsten ließ ihre Worte in der Küche verklingen. Noch hatte er nicht vor, sich zu verabschieden. „Oft kommt eins zum anderen. Herr Richter hat große Probleme, es ist sehr wichtig, dass Sie mit uns reden.“ Er wartete ab. Die kleine Küche war mit viel Geschmack eingerichtet, die Küchenplatte aus massivem Naturholz gefiel ihm.

„Probleme, was für Probleme? Hat er was Schlimmes getan? Patrick läuft doch noch nicht einmal nachts freiwillig bei Rot über eine menschenleere Straße!“

„Er ist einer ernsten Straftat verdächtigt, sonst würden wir nicht solch einen Aufwand betreiben und sie auch nicht stören.“ Er suchte ihren Blick. „Sie sprachen von einem Handy. Hatte er es bei sich, als er die Wohnung verließ?“

„Ich denke schon ... ich habe keine Ahnung, was er damit getan hat. Das Ding war schweineteuer! So ein ganz modernes aus der Werbung, das gerade erst auf den Markt gekommen ist. Weggeworfen hat er es bestimmt nicht!“

„Haben Sie die Nummer?“ Wilson hatte von der telefonischen Freischaltung eines Handys gesprochen. Bei dem Gespräch mit seinem Anbieter hatte Richter der NSA, ohne es zu wissen, den zweiten Treffer für den Stimmenabgleich geliefert.

„Wir waren Freitagabend verabredet ... und wer ist nicht gekommen? Er natürlich. Wir hatten Streit, wegen eines neuen Jobs, den ich ihm vermittelt habe. Patrick hat es versaut. Wieder einmal!“

Luna Mittmann redete viel und sagte wenig.

„Die Telefonnummer, Frau Mittmann?“

„Die wollte er mir am Freitag geben. Wie ein Idiot habe ich auf ihn gewartet! Nie mehr wieder! Hören Sie! Es ist mir völlig egal, was aus ihm wird! Ich bin fertig mit Patrick Richter! Dieser Kerl kann mir gestohlen bleiben!“

Carsten hob sanft die Hand, um sie zu bremsen. „Befindet sich die SIM-Karte noch bei ihm?“

Sie nickte.

Carsten sah auf seine Armbanduhr, 10:47 Uhr, dann zu einem der Polizisten an der Tür. „Richters Wohnung! Dort muss eine freigeschaltete SIM-Karte liegen! Die Kollegen, die vor seinem Haus stehen, sollen sie umgehend sichern!“

Der Polizist nickte ebenfalls und verschwand.

„Frau Mittmann, was hat Herr Richter Ihnen erzählt, als Sie ihn fragten, warum er nicht gekommen ist?“

„Blödsinn. Völligen Blödsinn hat er von sich gegeben! Ich dachte zuerst, er wäre betrunken!“

„War er es?“

„Nein! Aber es gibt heutzutage ja jede Menge anderer Drogen.“

„Was hat er Ihnen gesagt?“ Carsten lehnte sich zurück. Die Frau würde von allein reden. Und Carsten spürte, dass sie die Wahrheit sagte. Ihre Wahrheit, in der Terrorismus und Gewalt überhaupt keinen Platz hatten.

„Er sprach nur wirres Zeug. Er wäre angeblich am Düsseldorfer Flughafen von einem neuen amerikanischen TV-Sender interviewt worden. Chuck Norris soll auch dabei gewesen sein. Zumindest einer der so aussah. Dann wurde es noch wilder, er faselte etwas von der Schwebebahn! Glauben Sie mir, der war wie von Sinnen!“

„Sie meinen die Schwebebahn in Wuppertal?“

„Ja, ja ... die meinte er.“ Sie schnappte nach Luft. „Dann redete er von New York! Das ging alles so schnell, ich habe ihm nicht folgen können. Sie wissen doch, da war dieser schreckliche Terroranschlag. Als er dann auch noch ...“

Carsten runzelte die Stirn, um ihr zu zeigen, dass dieser Punkt sein besonderes Interesse weckte. „Sie meinen Nine Eleven?“

„Genau, davon sprach er.“

„Was hat er genau gesagt?“

„Nicht viel, er erwähnte 2001, mehr nicht ... ich habe ihm kein Wort geglaubt! Ich bin doch nicht gaga. Das war die schlechteste Ausrede aller Zeiten!“ Sie presste kurz die Lippen zusammen, bevor sie schluchzte: „Vermutlich hat er eine andere! Ich habe mir seine Lügen nicht länger bieten lassen und ihn vor die Tür gesetzt!“

„Was war mit 2001? Wie war das gemeint?“, fragte er.

„Das habe ich beim besten Willen nicht verstanden. Er war verwirrt und hatte ein Zeitproblem.“

Sein Handy klingelte, es war Ruben, da musste er rangehen. Mit einem Fingerzeig bat er den zweiten Kollegen, für einen Moment auf Luna Mittmann zu achten.

„Was hast du für mich?“

„Kein Patrick Richter ... noch nicht einmal einer der weißen Turnschuhe, die er von uns bekommen hat", antwortete Ruben Karlov, sein Mann am Rhein.

„Soll das jetzt eine Copperfield-Nummer gewesen sein?" Carsten weigerte sich, an so einen Schwachsinn zu glauben. Es musste eine andere Erklärung geben.

„Ich habe acht Taucher im Wasser. Wasserschutzpolizei und Feuerwehr suchen ständig den Rhein ab. Wir haben ihn nicht gefunden. Die Kollegen sind sich sicher, dass er tot ist. Kaum jemand überlebt einen Sturz aus dieser Höhe. Wir haben Hochwasser und der Rhein fließt schnell. Es gibt in der Nähe zudem Strudel, die lebensgefährlich sind."

„Uns bleiben also wieder nur leere Hände", fasste Carsten zusammen.

„Ich kann dir immerhin das Fahrrad bieten ... das haben wir gefunden – und den Kindersitz", erklärte Ruben.

„Frau Mittmann, vielen Dank für Ihre Kooperation. Wundern Sie sich nicht – wir werden Ihre Wohnung in den nächsten Tagen überwachen. Wenn Sie noch etwas loswerden wollen, rufen Sie mich an. Das meine ich nicht als Floskel, sondern als ernsthaftes Angebot."

Sie nickte.

XV. Heldenmut

Wieder lag Patrick mit Schuhen im Bett. Diesmal jedoch allein. Erschrocken richtete er seinen Oberkörper auf und sah sich um. Er befand sich definitiv nicht mehr in der Bahn im Jahr 2029 – wie sollte da auch sein Bett hineinkommen. Wie selbstverständlich und unzählige Male zuvor fiel sein Blick auf den kleinen Wecker auf dem Nachttisch. 10:42 Uhr. Er befand sich in seiner Wohnung in Düsseldorf Gerresheim.

Welcher Tag, welcher Monat? Patrick schluckte. Welches Jahr?

Was für eine Frage. Allein daran merkte er, in welch eklatante Schieflage sein Leben geraten war. Ein Mensch, der nach dem Erwachen zunächst herausfinden musste, in welchem Jahr er sich gerade tummelte, hatte definitiv ein Problem. Oder war psychisch krank. Oder …

Er spürte einen Holzsplitter der Eingangstür in seinem Rücken. Stöhnend stand er auf. Der Wohnungseingang war repariert worden. Fachmännisch waren vier Bretter mit Hammer und Nägeln von außen am Türrahmen befestigt worden. Oben und unten blieb ein zehn Zentimeter großer Spalt. Wenn er raus wollte, musste er mindestens zwei von den Brettern lösen. Im Flur an der Wand hing die Digitaluhr.

10:43 Uhr. 11,6 Grad.

Freitag, 15.10.2017.

War es erst zwei Tage her, seit die BFE+ ihn festgenommen hatte? Es kam ihm vor wie zwei Jahre.

Dieser Gedanke ließ ihn vollends aufwachen. Mit Sicherheit würde die Polizei seine Wohnung beobachten. Auf Zehenspitzen schlich er sich in die Küche, deren Fenster zur Straße zeigte. Er linste am heruntergezogenen Rollo vorbei. Tatsächlich stand dort ein Passat, diesmal in grau, mit zwei Männern auf den Vordersitzen. Zivilbullen. Beide schienen sich zu langweilen – kein Wunder, die Arbeit bestand im Grunde aus untätigem Herumsitzen und Warten.

Schlagartig wurde ihm klar, dass die ihn nicht hatten reingehen sehen. Wie auch, er hatte das Haus nicht durch die Tür betreten. Sie ahnten also nicht, dass er sich in der Wohnung befand. Schließlich wusste er selbst nicht, wie er hierhergekommen war. Dieses verrückte Wort Zeitsprung drehte sich wieder in seinem Kopf. Jedes zweite Mal landete er in 2017. In seiner zerstörerischen Gegenwart. Glauben wollte er diesen Irrsinn nicht. Er akzeptierte es widerwillig, bis er eine bessere Erklärung fand.

Schnell entfernte sich Patrick vom Fenster. Was nun? Hatte er sich nicht vorgenommen zu kämpfen? Leichter gesagt als getan. Als Erstes musste er an den Bullen vorbei. Der gleiche Mist wie bei Luna. Wo wollte er seit einer gefühlten Ewigkeit hin? Zu Kumpel Harry.

Doch vorher schalte dein Hirn ein, ermahnte er sich. Ein glücklicher Zufall hat dich in deine Wohnung geführt. Was kannst du in deinem Kampf gebrauchen?

Als Erstes fiel ihm Geld ein. Er öffnete die Schublade unter der Mikrowelle und nahm sein Portemonnaie heraus. Die Kreditkarte und die EC-Karte konnte er getrost vergessen. Hundertzehn Euro Bargeld zählte er. In einem Fach der Geldbörse entdeckte er die kleine Nano-SIM-Karte, die er bereits für Lunas Handy aus dem Plastik herausgebrochen hatte. Damit er sie nicht vergaß, wenn er zu Luna fuhr, hatte er sie dort hineingesteckt. Seufzend zog er das Smartphone aus der Brusttasche des Overalls, öffnete das Gehäuse, legte die SIM-Karte ein und schob es wieder zu. Das Display meldete sich mit einem ‚Bitte warten' Bildschirm. Inzwischen verbrachten die Menschen die Hälfte des Lebens wartend vor Ladebalken und Sanduhren. Warum dauerte das so lange?

In der Zwischenzeit entledige ich mich dieses ekelhaften Overalls, dachte Patrick auf dem Weg zu seinem Kleiderschrank im Schlafzimmer.

Jemand hämmerte am Wohnungseingang von außen an die Bretter. Vor Schreck ließ Patrick das T-Shirt fallen, das er gerade aus dem Schrank nehmen wollte.

„Bring das Brecheisen aus dem Kofferraum mit", sagte eine Stimme hinter der Holzwand.

Auch das noch. Bullen! Hatten die ihn am Küchenfenster stehen sehen? Nein, dann würden sie anders vorgehen. Ungern erinnerte er sich an den Überfall der BFE+ Sturmtruppen um drei Uhr morgens.

„Bring ich mit ... bin gleich fertig mit der Zigarette", erklang es in aller Gemütsruhe aus einem Funksprechgerät.

Viel Zeit blieb Patrick nicht. Hektisch stopfte er das Handy und das Geld in die Brusttasche. Sollte er vom Balkon springen? Nein, zu hoch, zu gefährlich. Vielleicht konnte er das Überraschungsmoment ausnutzen – schließlich erwarteten sie eine leere Wohnung.

Schritte auf den Treppenstufen im Hausflur. „Hier … das Brecheisen. Was … was sollen wir überhaupt finden?", keuchte es.

„Eine SIM-Karte."

„Wieso haben die Kollegen die nicht bei der Wohnungsdurchsuchung sichergestellt?"

„Die haben geschlampt."

„Wieso wundert mich das nicht?"

„Wieso, wieso?", echote der andere.

Die Bullen mussten mit Luna geredet haben, das war Patrick sofort klar. Sie zogen alle Register, doch erstaunlich war das nicht, schließlich hatten sie seine Exfreundin überwacht. Die Erkenntnis schmeckte bitter, damit war auch Kumpel Harry keine Option. Vermutlich wurde er ebenfalls oberserviert. Ihm fiel Harrys Facebook-Auftritt ein, wo regelmäßig auch ein gewisser Patrick Richter in Form von Text und Bild vorkam. Also, in 2017 konnte er Harry vergessen, die Polizei isolierte ihn. ‚In 2017', wie sich das anhörte. Als wäre dieser Zeitreiseblödsinn die normalste Sache der Welt.

Es knirschte, als das Brecheisen das oberste Brett loshebelte. Eine dieser Planken stand bei ihm in der Küche, die hatte der begnadete Schreinermeister offensichtlich nicht verbaut. Ohne lange darüber nachzudenken, nahm er das Brett in die Hand.

„Diese SIM-Dinger werden aber auch immer kleiner. Da suchen wir uns einen Wolf. Wieso will der Alte die haben?"

„Weiß nicht. Nur sollten wir sie finden. Für mich ist nicht Grünfeld das Problem, sondern die Fischer. Wenn wir mit leeren Händen zurückkommen, müssen wir ihr Gekeife ertragen."

„Wem sagst du das. Nur keift die immer, selbst wenn wir die Karte abliefern."

Das zweite Brett löste sich und fiel krachend in den Hausflur. Patrick stand nach wie vor in der Küche, die von der Wohnungstür nicht einsehbar war. Verzweifelt klammerte er sich an das Stück Holz.

„So, noch eins, dann kommen wir durch."

Wieder knarzte es laut, als die Nägel Zentimeter für Zentimeter aus dem Holzrahmen gehebelt wurden. Der Beamte in Zivil stieg über die unterste Planke und betrat die Wohnung.

Patrick stand schwitzend hinter der Küchentür und lugte durch den Spalt. Sollte er jetzt rausstürzen?

Noch nicht, redete er gedanklich auf sich ein. Warte noch einen Moment. Lass sie erst ins Wohnzimmer gehen, dann flüchte durch die Tür.

„Sieh du in der Küche nach, ich fange im Wohnzimmer an."

„Gute Idee. Vielleicht hat er ein Bier im Kühlschrank. Das muss ich dann unbedingt gründlich durchsuchen."

„Sehr witzig!"

Der Polizist betrat die Küche, Patrick sah nur den Hinterkopf, doch das reichte ihm. Er hob das Brett und schlug mit der flachen Seite zu. Der Aufprall des Holzes auf den Schädel war erstaunlich leise, doch der zusammenbrechende Körper und der damit verbundene Sturz auf den Küchenboden verursachte umso mehr Lärm.

„Was ist los? Bist du gestolpert?", fragte es aus dem Wohnzimmer. Schritte näherten sich. Es war zu spät, um aus der Wohnung zu flitzen. Was jetzt?

Die Jacke des Mannes am Boden war zur Seite gerutscht – und offenbarte eine Waffe. Patrick bückte sich und zog ihm die Pistole aus dem Gürtelholster. Er wollte das alles nicht. Die Polizei hatte sein Leben zerstört, obwohl er unschuldig war, damit hatte alles angefangen. Er würde sich nicht nach Guantanamo ausfliegen lassen. Vorher müssten sie ihn erschießen. Die Waffe wog schwerer in seiner Hand als er gedacht hatte. Es half nichts, sie durften ihn nicht erwischen. Mit Unbehagen sah er auf den kleinen Hebel an der Seite. Patrick drehte ihn mit dem Daumen nach unten. Entsichert – Kumpel Harry hatte ihm das mal an einer alten, defekten Bundeswehrpistole gezeigt. Harry hatte eine Menge erlaubter Waffen, von Macheten über Luftgewehre bis zu einem mittelalterlichen Morgenstern.

Der andere Polizist kam herein, sah den Kollegen auf dem Boden liegen. „Was hast du geraucht?"

Mit beiden Händen richtete Patrick die Pistole auf ihn, den Finger am Abzug. „Zurück! Hände über den Kopf!"

Der Beamte sah ihn verschreckt an und streckte die Arme zur Decke. Sein Blick wanderte von Patrick zu seinem ohnmächtigen Partner, dessen Brust sich sichtbar hob und senkte.

„Er … er lebt", stammelte er. Noch ist niemand ernsthaft zu Schaden gekommen. Das … das wollen Sie nicht wirklich."

„Seit wann fragt ihr, was ich will?", fauchte Patrick. „Ich bin doch der gesuchte Terrorist, weil ihr es so wollt. Und dann habt ihr mich über Nacht einfach an die Amis verkauft. Wer ist hier der Verbrecher?“

Klar, dass der Bulle auf seine Vorwurfstirade nicht einging. „Legen Sie die Waffe weg, bevor eine Katastrophe geschieht.“

„Soll mich das einschüchtern? Was ist denn schlimmer, als unschuldig in Guantanamo einzusitzen?“

„Wenn Sie unschuldig sind, wird sich das beweisen lassen.“

„Die Chance auf ein gerechtes Gerichtsverfahren habt ihr ja in Windeseile verstreichen lassen. Ich habe nichts mehr zu verlieren.“

„Geben Sie mir die Waffe, dann sehen wir, was wir tun können. Mein Partner braucht ärztliche Hilfe.“ Schweiß stand dem Beamten auf der Stirn. „Und Sie wollen doch nicht ernsthaft einen Polizistenmord begehen. Also, legen Sie die Waffe langsam auf die Anrichte.“

Das Wort Polizistenmord ließ Patrick aufhorchen. Es klang arg hässlich. Was war nur aus ihm geworden? Oder was hatten die aus ihm gemacht? Auch er schwitzte vor Aufregung und Wut. Sollte er aufgeben? Auf keinen Fall würde er den Mann erschießen, niemals, so viel war klar. Doch der Beamte konnte nicht wissen, wie weit er gehen würde.

„Zur Seite!“, forderte er den Bullen auf.

„Wollen Sie wieder fliehen? Das bringt Sie nicht weiter.“

Langsam nervte dieser Klugschwätzer. Doch Patrick gestand sich ein, dass der Typ mutig war.

Sofort erkannte der Beamte die Unsicherheit in Patricks Augen. „Sie sind kein Mörder. Geben Sie auf, und Grünfeld wird dafür sorgen, dass Sie gerecht behandelt werden.“

„Pah! Den habe ich bereits kennengelernt. Ein Pseudo-Good-Cop, der wider besseres Wissen den Schwanz einzieht, wenn es die Obrigkeit befiehlt. Und noch schlimmer ist diese Marion Fischer. Ein eiskaltes Miststück. Mein Vertrauen in die Polizei habt ihr verspielt.“

„Ich kann Ihre Gedanken nachvollziehen. Ich will offen zu Ihnen sein. Ich glaube Ihnen, dass Sie sich für unschuldig halten. Legen Sie endlich die Waffe weg, dann rollen wir Ihren Fall neu auf.“

„Dafür haben Sie nicht die Befugnisse. Da läuft ein ganz perfides Spiel weit über Ihrem Kopf.“

„Wir können sicherlich etwas für Sie tun. Ich habe Grünfeld sagen hören, dass er Sie für unschuldig hält."

„Das hat bisher aber niemanden interessiert – am allerwenigsten die Amis."

„Die Auslieferung an die Marshals habe ich selbst nicht verstanden. Das passiert nicht noch einmal!"

Patrick grunzte: „Sie erzählen doch nur Mist, um Ihre Haut zu retten. Wenn ich Ihnen die Waffe gebe, bin ich ruckzuck in Guantanamo."

Der Polizist überlegte. „Ich mache Ihnen einen Vorschlag. Wenn Sie aufgeben, können Sie Ihren Anwalt anrufen. Von hier, bevor wir Sie mitnehmen. Der kann sicherlich dafür sorgen, dass Sie nicht abgeschoben werden. Und wenn Sie wirklich unschuldig sind, ist das Ihre große Chance, es zu beweisen."

Es arbeitete fieberhaft in Patrick. Dieser Bulle argumentierte durchaus vernünftig. Die Pistole senkte sich ein kleines Stück, als die Zweifel kamen. Zweifel an dem, was er tat und Zweifel an dem, was er nicht tat. Der Polizist spürte diese Schwächephase und stürzte auf ihn zu. Er griff nach seinem rechten Handgelenk und wollte damit die Waffe unter Kontrolle bringen. Patrick bekam den Finger nicht vom Abzug. Ein lauter Knall – der Rückstoß war viel heftiger, als er erwartet hatte. Die Kugel fuhr dem Beamten in den Oberschenkel. Stöhnend brach er zusammen.

Mit offenem Mund, wie mit Zement angefüllt, stand Patrick in der Küche und sah auf den blutenden Polizisten hinunter. Die Pistole richtete er mit vorgestreckten Armen erneut auf ihn. Der Beamte blutete stark, mit schmerzverzerrtem Gesicht hielt er sich den Oberschenkel.

„Argh!", stöhnte der Verletzte nur.

Es kam, wie es kommen musste – er hatte einen Polizisten angeschossen. Und einen anderen niedergeschlagen. Voller Entsetzen stürmte er aus seiner Wohnung. Nie wieder wollte er dahin zurück. Im Hausflur hörte er, wie der Polizist mit erstickter Stimme in sein Funkgerät sprach.

Die Rettungssanitäter werden schnell kommen, beruhigte sich Patrick. Verstärkung und weitere Bullen, um ihn zu fangen, auch. Vermutlich rückte auch wieder die BFE+ an.

Panisch lief er auf die Straße. Er sollte sich beruhigen – so verhielt er sich viel zu auffällig. Mit schnellem Schritt irrte er durch Düsseldorf und wusste nicht wohin. In der rechten Hand hielt er immer noch die Dreckspistole. Er würde sie in die nächste Mülltonne entsorgen. Ein Streifenwagen tauchte auf und raste an ihm vorbei. Autoreifen quietschten, der Polizeiwagen drehte. Scheiße, noch immer trug er den beknackten, leuchtenden Overall. Es wäre weniger auffällig gewesen, völlig nackt herumzulaufen. Patrick rannte los und bog in eine Gasse ab, eine Einbahnstraße, das störte die Bullen wenig, sie folgten ihm. Seine Ergreifung war wichtiger als die Straßenverkehrsordnung. Wie hoch musste der Preis auf seinen Kopf sein?

Im Stil eines Hundertmeterläufers sprintete er den Bürgersteig entlang. Natürlich näherte sich der Polizeiwagen schnell.

Eine elektronisch verstärkte Stimme brüllte: „BLEIBEN SIE STEHEN! BLEIBEN SIE SOFORT STEHEN! POLIZEI! ERGEBEN SIE SICH!"

Die waren gut. Terrorist, Widerstand gegen die Staatsgewalt, schwere Körperverletzung – sein Strafregister wurde immer länger.

Langsam ging ihm die Puste aus. In seiner Verzweiflung wusste er sich nicht anders zu helfen. Er hob die Waffe über den Kopf und schoss zweimal in die Luft. Es riss ihm fast den Arm ab. Der Streifenwagen hielt an, Patrick lief weiter. Hatten die Beamten den Befehl, in solchen Fällen nichts zu unternehmen? Forderten sie erst Verstärkung an und warteten auf ein Einsatzkommando? Jedenfalls lief er bis ans Ende der Straße und hielt sich dann rechts. Auf der linken Seite befand sich eine umzäunte Großbaustelle. Hier wurde ein achtstöckiges Hochhaus gebaut, das bereits zu siebzig Prozent fertiggestellt war. Ein gigantisches Gerippe aus Stahl, Holz und Beton. Mit Anlauf sprang Patrick den Zaun hoch, hielt sich an der Oberkante fest, zog sich hinauf und ließ sich auf die andere Seite fallen. Und das alles mit der Pistole in der rechten Hand. Nicht schlecht für einen Schwerstkriminellen im ersten Lehrjahr. Mit dem Daumen sicherte er die Waffe, indem er den Hebel wieder umlegte. Nicht dass er sich selbst eine Kugel in die Beine verpasste. Vielleicht konnte er sich im Rohbau verstecken. Irgendwo tief im Keller. Der Plan könnte aufgehen, vorausgesetzt, keiner hatte gesehen, wie er auf das Gelände geklettert war.

Es platschte leise, als Patrick an zwei Kränen und einem Bagger vorbei in Richtung Hochhaus lief. Der Boden klebte vor lauter Schlamm. Seine weißen Turnschuhe mit dem Klettverschluss waren nun nass und braun. Bauarbeiter entdeckte er keine, die waren alle im Wochenende oder dem Bauträger war das Geld ausgegangen, sodass sie eine Zwangspause einlegten.

Im Rohbau roch es nach Zement und Feuchtigkeit. Zwei Kellertreppen war er hinuntergelaufen, bevor er sich völlig erschöpft mit dem Rücken an eine raue Betonwand lehnte. Der Polizist eben hatte ihn fast soweit gehabt. Tatsächlich hatte Patrick kurz daran gedacht, sich gefangen nehmen zu lassen, zumal es nicht die Amerikaner gewesen waren. Vielleicht hätte ihm Carsten Grünfeld wirklich helfen können. Warum musste der idiotische Zivilbulle auch den Helden spielen und ihn angreifen? Irgendwie lief alles gegen ihn. Kaum hatte er den Gedanken zu Ende gedacht, hörte er das dumpfe Knattern eines Hubschraubers. Zufall? Oder galt der wieder ihm? Nun saß er hier im Dreck, die Elite der deutschen und amerikanischen Polizei jagte ihn, im Grunde hatte er nicht den Hauch einer Chance. Wie sollte es nur weitergehen? Was hatte es mit diesen Zeitsprüngen auf sich? Nur langsam beruhigte sich sein Atem. Seine Hilflosigkeit machte ihn wütend.

Denk nach, Patrick! Denk nach!

XVI. Nicht zu fassen

Der Mann, der nicht zu fassen ist, tippte Susanna in ihren Blog. Das war die Überschrift. Darunter hatte sie alles aufgeführt, was sie über Patrick Richter zusammentragen konnte. Das Material hatte es in sich: ein Literaturwissenschaftler und ehemaliger Fahrradkurier mit einer Facebook-Allergie. Die Mischung machte den Unterschied. Bei dem langweiligen Lebenslauf wirkte der furiose Abgang auf der Fleher

Brücke wie der Höhepunkt eines Kino-Blockbusters. Showdown am Rhein. Was für eine Dramaturgie!

Dazu verlinkte sie ihr exklusives BFE+ Verhaftungsvideo vom Freitag, die hektischen Bilder aus der großen Besucherhalle vom Flughafen und die mitgeschnittenen Live-Bilder des Fahrrad-Stunts. Das war seit Langem ihre beste Arbeit. Der Typ war Gold wert. Zudem sah er noch gut aus. Ihre eigene Tochter fand ihn sexy. Attraktive Verbrecher verkauften sich immer besser!

Enter. Susannas Blog ging online. Sie musste auf seine Rechte keine Rücksicht mehr nehmen. Patrick Richter war nun eine Person des öffentlichen Interesses. Um 9:37 Uhr war er live im Fernsehen in den Rhein gesprungen. Sieben Minuten später hatte die Polizei einen Fahndungsaufruf auf ihrer Internetseite veröffentlicht. Mitgliedschaft in einer terroristischen Vereinigung wurde ihm vorgeworfen. Bingo! Zahltag! Jedes einzelne Wort, das sie geschrieben hatte, würde Geld einbringen. Das war der Höchstgewinn!

Natürlich war ihr klar, dass ein BFE+ Team üblicherweise keine Parksünder verhaftete, aber einen mutmaßlichen Terroristen hatte sie nicht erwartet. Ihre Tochter auch nicht, deren Gesicht in den letzten Minuten immer länger wurde.

Es war jetzt Viertel nach zehn, und die Kleine hatte seit einer halben Stunde kein Wort mehr gesagt. Stumm las sie mit, was Susanna schrieb.

Twitter, Facebook, WhatsApp, Snapchat, Instagram, Google+, Xing, Flickr, YouTube und noch ein paar mehr. Susanna pumpte ihren Blog in die Welt. Über 40.000 Menschen folgten direkt oder indirekt ihren Beiträgen. Über die Werbeschaltung würde sie an jedem Klick verdienen. Das große Geld würde sie aber erst dann bekommen, wenn die großen Medienanbieter anbissen. Sie erwartete deren Kontakt. Die Story war heiß. Das würde nicht lange dauern.

Die Zugriffszahlen auf ihrer Seite stiegen. Siebenhundert binnen dreißig Sekunden. Es ging los. Das Netz erwachte. Vermutlich jeder Zweite, der die Bilder im Fernsehen sah, wollte nun mehr über diesen Mann wissen. Wer war Patrick Richter? Susanna hatte einen Tag

Recherche und exklusives Material Vorsprung, sie war die Einzige, die zu diesem Zeitpunkt eine Antwort liefern konnte.

Das Telefon klingelte.

Es hatte nur vier Minuten gedauert, nachdem sie die Geschichte ins Netz gestellt hatte. Das Mediengeschäft war nichts für Leute mit langer Leitung.

„Monroe."

„Susanna ... du bist die Frau, die ich liebe." Es war Felicitas. Auch eine Bloggerin, aber keine Konkurrentin, denn sie schrieb am liebsten über prominente Düsseldorfer, die in der Altstadt betrunken vom Barhocker fielen. Susannas Blog war im Vergleich dazu viel politischer. Vermutlich der Grund, warum Texel ihr den Tipp gegeben hatte und nicht dieser Schickse.

„Felicitas ..."

„Ich würde gerne deine Story bringen ... gibt Geld für uns beide." Ohne Susannas Erlaubnis durfte sie das natürlich nicht. Jedem Blogger folgte das eigene Publikum, eine geteilte Story würde beiden etwas bringen. Mehr Klicks für alle.

„Sorry ... geht nicht." Susanna wollte nicht die Düsseldorfer-Hipster-Blogger einsammeln. Das war nicht die richtige Liga. Sie wollte in die nationalen Medien! Ihr Telefon klingelte erneut – es klopfte jemand an. Der war wichtiger. „Entschuldige, ich habe einen Anrufer in der Leitung ... wir machen ein anderes Mal etwas zusammen. Okay?"

Felicitas schwieg.

Susanna legte auf. Felicitas war weder ihre Freundin noch konnte sie die Dame besonders gut leiden. Wer in ihrer Branche auf Freundschaften aus war, bloggte über Straßenlaternen, Straßenhunde und Straßenfeste. Doch bezüglich Patrick Richter ging es knallhart ums Geschäft. Die Ware: Nachrichten.

„Susanna Monroe." Sie hätte mit ihrer Stimme auch in einer Erotik-Hotline arbeiten können.

„Frau Monroe?" Der Typ hörte sich offiziell an.

„Ja."

„Sie haben einen Blog über Patrick Richter veröffentlicht?"

„Ja." Ein Schnellmerker. „Gefällt er Ihnen?" Im Impressum ihre Telefonnummer zu finden, hatte er geschafft.

„Sehr gut sogar ... Frau Monroe, ich vertrete eine internationale Medienagentur und würde gerne mit Ihnen über die Vermarktung Ihres Blogs sprechen. Wir sehen Potenzial, Ihre Arbeit überregional zu promoten. Sind Sie Inhaber aller Rechte?"

Susanna machte eine Faust und lächelte ihre hilflos dreinschauende Tochter an, die ihr mit verschränkten Armen auf der Couch sitzend zuhörte.

„Selbstverständlich."

„Sehr gut. Frau Monroe, mein Name ist Leonard Halbstädter, ich bin zuständig für den Einkauf interessanter Inhalte aus dem Netz. Sie verfügen über anschauliches Videomaterial, das den mutmaßlichen Terroristen Patrick Richter zeigt."

„Das ist richtig."

„Ich bin bevollmächtigt, Ihnen für die weltweiten Nutzungsrechte inklusive aller Nebenrechte fünftausend Euro anzubieten." Halbstädter verlor nicht viel Zeit. *„Wenn Ihnen unsere Offerte zusagt, lasse ich Ihnen eine Vereinbarung zukommen."*

Jetzt war Susanna am Drücker. „Ich werde mir das durch den Kopf gehen lassen und mich bei Ihnen melden."

„Frau Monroe, Sie sind ein Profi, Sie wissen, wie schnell Informationen an Wert verlieren. Wir würden Ihr Material gerne binnen einer Stunde senden."

„Das kann ich verstehen ..." Susanna wollte mehr. Sie hatte so lange auf eine gute Story gewartet, dass sie sich heute nicht unter Preis verkaufen wollte.

„Achttausend." Halbstädter verstand zumindest die Richtung, die Susanna ihm vermittelte.

Ihre Tochter schüttelte den Kopf. Warum tat sie das? Das Geld war für sie beide.

„Herr Halbstädter, ich habe einen Anrufer in der Leitung, ich melde mich direkt wieder." Eine kleine Lüge, aber die war in dieser Situation erlaubt. TV-Sender waren keine Wohltätigkeitsvereine und sie keine gute Fee. Die Story war mehr wert.

„Warten Sie!“

„Ja.“

„Nennen Sie mir Ihren Preis!“

„Fünfundzwanzigtausend, keine Nebenrechte, und mein Name wird genannt.“ Damit wären Susannas Geldsorgen für die nächste Zeit vom Tisch gewesen.

„Das ist viel Geld!“

„Brauchen Sie Bedenkzeit?“

„Nein ... Sie bekommen den Betrag.“

„Senden Sie mir die entsprechende Vereinbarung.“ Der Deal war abgeschlossen, sie legte auf.

„Was war das?“, fragte ihre Tochter pikiert. Obwohl sie schon mehrere Telefonate dieser Art gehört hatte, reagierte sie heute völlig anders. Susanna konnte sich diese Betroffenheit nicht erklären. Es handelte sich doch nur um eine neue Geschichte.

„Ich bin Journalistin ... ich schreibe über Dinge, die in der Welt passieren. Manchmal sind die Geschichten nicht schön, das kennst du doch.“

„Dinge, die passieren? Da ist ein junger Mann in den Rhein gestürzt ... vermutlich ist er dabei gestorben!“

„Das ist tragisch ...“ Dieser Blick, sie wollte sich nicht wieder streiten.

„Tragisch?“

„Ja.“ Susanna wusste nicht mehr, was sie sagen sollte. Hinter vielen ihrer Artikel, Reportagen und Blogs verbargen sich Tragödien. Jede davon war bestürzend. Sie war nur eine Botin, sie war nicht für diese Taten verantwortlich. Und auch nicht für die Menschen, die nach dieser Art von Nachrichten gierten.

„Aber das Geld ist nicht tragisch, oder? Es ist praktisch, oder? Die Geschichte ist schließlich auch spannend, oder? Idiot springt in den Rhein! Er ertrinkt! Aus!“ Empört warf ihre Tochter die Hände in die Luft.

„Es ist passiert – ich kann es nicht ändern. Ob ich darüber schreibe oder nicht ...“ Susanna ging auf sie zu, ihre Tochter drückte ihren Arm zur Seite und ging an ihr vorbei.

„Selbstverständlich ... weil es andere wie dich gibt, ist es natürlich weniger verwerflich!“, rief sie auf dem Flur. Es gab leichtere Aufgaben, als alleine einen Teenager großzuziehen.

„Das ist mein Job!“

„Ein Scheißjob!“

„Junge Dame, du bist unverschämt!“ Susanna fühlte sich missverstanden. Sie hatte Patrick Richters Story für fünfundzwanzigtausend Euro an die mediale Inquisition verkauft. Mit ihrem politischen Blog hätte sie in den nächsten achtundvierzig Stunden vielleicht einige Tausend Leser erreicht. Das Fernsehen würde im selben Zeitraum Millionen Zuschauer ansprechen und sie mit dem Schicksal eines Menschen unterhalten, der auf die schiefe Bahn geraten war.

„Das bin ich vielleicht!“ Ihre Tochter hatte sich eine Jacke angezogen. „Entschuldige bitte ... aber an mir hängt kein Preisschild.“ Dann drehte sie sich um und verließ die Wohnung.

„Wo willst du hin?“

Eine Antwort gab es nicht mehr.

*

Sie haben Post, meldete ihr Computer. Halbstädter schickte ihr die Vereinbarung. Susanna öffnete die Email nicht sofort. Sie stand auf und schüttete sich eine Tasse Kaffee aus der Thermoskanne ein. Das Leben konnte einfach sein, wenn man nichts infrage stellte.

Ging sie dem richtigen Beruf nach? Als Studentin hatte sie ein seltsam verklärtes Bild von Journalisten gehabt. Die Wächter der Demokratie, freiheitlicher Grundrechte und die letzte Stimme der Wahrheit in einem Meer von Lügen.

Eigentlich gab es keine bösen Menschen. Es gab Idioten, und es gab welche, die ihre Interessen verfolgten. Wenn man alle Ideologien ausradierte, ging es immer nur um Geld. Großes und kleines Geld. Je größer die Summe, desto geringer die Hemmschwelle, andere Menschen dafür in Mitleidenschaft zu ziehen. Das Prinzip blieb dasselbe. Die meisten folgten ihrem Rollenbild. Jeder versuchte, am Tagesende seinen persönlichen Vorteil durchzusetzen. Der Vorstand eines Konzerns vermied Steuerzahlungen durch die Verschiebung von Unternehmensgewinnen in ein Steuerparadies, und der kaufmännische Angestellte tat es ihm gleich, indem er versuchte, den neuen 85 Zoll Flachbildschirm als benötigtes Arbeitsgerät bei den Werbungskosten geltend zu machen. Moralisch war da kein Unterschied auszumachen.

Der Vorwurf ihrer Tochter war nicht an den Haaren herbeigezogen. Susanna schlachtete das Schicksal eines Mannes aus, damit das Publikum mit dem Finger auf ihn zeigen konnte und sich dabei in unserer Leistungs- und Konsumgesellschaft besser fühlte.

Das ganze System war krank und sollte geändert werden. Nun sprach die Revoluzzerin in ihr. Dummerweise gab es keine Gesellschaft 2.0, die man bei Bedarf aus der Tasche ziehen konnte, in der alles gerechter und besser zuging. Naive Kritik an den Konzernen brachte da wenig. Auch dort agierten nur Menschen, die auf den Vorteil ihres Unternehmens bedacht waren. Niemand wurde automatisch zum Dämon, weil er für eine große Firma arbeitete. Wer sich mit etwas Abstand von der Sache in der Welt umsah, musste zugeben, dass es in vielen Ländern außerhalb Europas um einiges schlechter zuging.

*

Susanna sah auf die Uhr, gleich elf. Halbstädters Vereinbarung hatte sie zugestimmt, ihr Material war damit für den Sender freigegeben. Der Geldbetrag war zu groß, um heute damit anzufangen, ein Gewissen zu entwickeln und hehren moralischen Maßstäben zu folgen. Patrick Richter hatte auf sie sympathisch gewirkt, egal, was er getan hatte. Hoffentlich würde sich ihre Tochter bald wieder beruhigen. Warum ging ihr das Schicksal dieses Typen nur so nahe?

„Sind Sie bereit?“, fragte eine dunkelhäutige Regieassistentin beim Sender. Die Zeit war zu knapp, um in das Studio des Senders zu fahren. Susanna würde über eine Videokonferenz mit ihrer Reportage landesweit auf Sendung gehen. Der unbekannte Fahrradfahrer im

Guantanamo-Overall, der in den Rhein gesprungen war, zog ein breites öffentliches Interesse auf sich.

„Ja ... es kann losgehen." Susanna hatte kaum Zeit gehabt, sich die Haare zu machen und etwas Farbe ins Gesicht zu werfen. Für das Interview vor ihrem Notebook hatte sie sich eine weiße Bluse angezogen. Die Jogginghose und die Pantoffeln sah man zum Glück nicht.

„Der Mann, der nicht zu fassen ist ... oder warum springt jemand freiwillig von einer Brücke?" So moderierte der Sprecher im Studio die Sendung an. Die hatten auch Susannas Eröffnung von ihrem Blog übernommen.

„Es gehört zum Handwerkszeug von Moderatoren, sich auf eine Sendung vorzubereiten. Ehrlich, ich habe es getan ... und meinen Block eben in der Schublade verschwinden lassen. Es gibt Geschichten, auf die man sich nicht vorbereiten kann." Der Moderator lachte und ließ seine Worte einen Moment wirken.

Die Zuschauer bekamen einen kurzen Clip eingespielt, in dem Patrick mit dem Damenrad filmreif in den Rhein sprang.

„Nein, an der Fleher Brücke wurde heute Morgen nicht der neunte Teil von The Fast and the Furious gedreht. Leider ... ich hätte Vin Diesel gerne in unsere Sendung eingeladen."

Der sportliche Moderator mit stark gebräunter Haut und dunklen Haaren zeigte mit dem Finger auf eine Videowand im Studio. *„Sie haben den Clip in den Nachrichten gesehen ... die Polizisten sind keine Statisten und der Typ ist wirklich in den Rhein gesprungen."*

Der Zuschauer sah jetzt eine Vergrößerung von Patricks Rücken. *Camp Delta,* konnte Susanna lesen.

Der Moderator legte eine Betroffenheitsmiene auf, eine Furche erschien über der Nasenwurzel. Hatte die Maske ihm diese aufgemalt?

„Patrick Richter, so heißt der junge Mann, trägt einen der bekannten Overalls aus Guantanamo. Unsere amerikanischen Freunde verwahren dort den einen oder anderen Terroristen." Der Moderator schürzte die Lippen. *„Ich kenne seinen Namen, weil Patrick Richter*

von der Polizei zur Fahndung ausgeschrieben wurde. Mitgliedschaft in einer terroristischen Vereinigung. Passt zusammen, oder? Overall, Fahndung, Flucht und Sprung ... habe ich zumindest im ersten Moment gedacht. Wie bereits gesagt ... es kommt noch viel besser. Ich zeige Ihnen jetzt ein Video seiner Verhaftung."

Patrick wurde von den BFE+ Beamten wie ein Engel die Treppe hinuntergetragen. *„Dazu begrüße ich Susanna Monroe, der wir diese Informationen zu verdanken haben. Susanna, erklären Sie unseren Zuschauern, was wir hier sehen."*

Susanna war jetzt live zugeschaltet. Ihr Herz raste. „Diese Amateuraufnahmen sind Freitagnacht entstanden. Patrick Richter wurde von einer polizeilichen Sondereinheit, der BFE+, in Gerresheim verhaftet ... Sie sehen, wie er abgeführt wird."

„Werte Zuschauer, das war Freitag um drei Uhr früh. Der Düsseldorfer Polizei war das zu diesem Zeitpunkt noch keine Nachricht wert. Wir haben noch mehr."

Dann wurden die Aufnahmen vom Flughafen eingespielt. Patrick Richter in Handschellen und Fußfesseln auf dem Vorfeld. Parallel dazu die Bilder aus der Abflughalle.

„Hier sehen Sie ein Flugzeug der US Air Force und zwei Beamte des US-Marshals-Service, die Patrick Richter in Empfang nehmen. Die Unruhe, die kurze Zeit später am Flughafen entstand, wurde von der Bundespolizei später als routinemäßiger Sicherheitscheck deklariert. Auch die Düsseldorfer Polizei hatte die Verhaftung zu diesem Zeitpunkt noch nicht öffentlich kommentiert."

Der Moderator hob den Finger. *„Das hat sich inzwischen geändert. Sieben Minuten nach dem Sprung in den Rhein, bei dem ich mir den Hals gebrochen hätte, haben die Behörden eine europaweite Fahndung nach Patrick Richter eingeleitet. Jetzt wissen wir auch, warum er verhaftet wurde. Ihm wird die Mitgliedschaft in einer terroristischen Vereinigung vorgeworfen."*

Der Moderator zeigte mit beiden Händen auf Displays links und rechts von ihm. *„Wir versuchen immer noch vergeblich, eine Stellungnahme der Polizei oder der Staatsanwaltschaft zu erhalten."*

Er grinste schäbig. *„Ich möchte ehrlich sein, mir fehlt im Moment jegliche Fantasie, wie sich jemand am Flughafen aus den Fängen der US-Behörden befreien kann, um am nächsten Tag mit einem Damenrad mit Kindersitz in den Rhein zu springen."*

Dann wandte er sich wieder Susanna zu. *„Susanna, Sie haben über Patrick Richter bereits gestern recherchiert. Wer ist dieser ungewöhnliche junge Mann?"*

„Er ist 32 Jahre alt und hat in Köln ..."

„Susanna, einen Moment bitte ... ich bekomme gerade eine Regieanweisung. Ein aufmerksamer Zuschauer hat Patrick Richter mit seinem Handy gefilmt. Er ... er lebt!" Der Moderator schluckte. Die Leichtigkeit war verschwunden.

„Was wir Ihnen jetzt einspielen, ist gerade erst vor wenigen Minuten in Düsseldorf Gerresheim vor seiner Wohnung passiert. Es könnte Verletzte gegeben haben ... ich hoffe, den Polizisten vor Ort und den Anwohnern geht es gut."

Susanna sah, wie Patrick mit einer Pistole in der Hand wie ein Wahnsinniger durch eine Straße lief. Ein Streifenwagen folgte ihm. Aus dem Lautsprecher auf dem Wagen ertönte: *„BLEIBEN SIE STEHEN! BLEIBEN SIE SOFORT STEHEN! POLIZEI! ERGEBEN SIE SICH!"*

Richter hob die Waffe über den Kopf und schoss zweimal in die Luft. Der Streifenwagen hielt an, der Verfolgte hastete um eine Ecke. Das Bild schwenkte wieder zum Streifenwagen. Die Beamten riefen etwas. Dann brach das Video ab.

XVII. Das Ende

Der Keller des Hochhauses war ein dunkles, feuchtes Loch. Genauso roch es auch. Ein Rohbau, was hatte er erwartet? Patrick setzte sich auf einen Stapel aus Pressholzwänden, vermutlich wurden später damit die einzelnen Keller der Mieter separiert. Etliche Stahlträger stützten die Betondecke über ihm. In der Ecke lag ein geöffneter Zementsack. Seit zehn Minuten hörte er den Hubschrauber nicht mehr. War das ein gutes oder ein schlechtes Zeichen? Hatten sie aufgegeben und suchten ihn woanders, oder umzingelten sie gerade das Gelände mit allen verfügbaren Einheiten? Rückten Hunderte von Hundertschaften gerade an? Die Bundeswehr? Schwer zu sagen, vielleicht war es doch nicht so clever, sich hier unten zu verstecken wie ein Maulwurf.

Welche Optionen blieben ihm? Jetzt, nachdem er einen Polizisten verletzt hatte, konnte er sich nicht mehr stellen. Nun hatten sie tatsächlich etwas gegen ihn in der Hand. Mit einem schlechten Gewissen dachte er an den Polizisten. Was war, wenn er eine Arterie getroffen hatte und der Mann inzwischen verblutet war? Dann würden sie ihn als Mörder verurteilen. Keiner würde ihm abnehmen, dass es sich um einen Unfall gehandelt hatte. Polizistenmord – da war es wieder – das hässliche Wort. Das hätte nicht passieren dürfen.

Er war auf dem besten Weg, berühmt und berüchtigt zu werden. Mit skeptischem Blick betrachtete er die Pistole in seiner Hand. Ein mechanisches Gerät, nur dafür da, um andere Menschen zu töten. Zuverlässig und schnell. Schlimm! Natürlich könnte er sich auch selbst eine Kugel in den Kopf jagen. Klick, und sein Leben wäre vorbei. Nein, das würde er nicht tun. Er hatte schon bessere Ideen gehabt.

Als Nächstes musste er erst einmal hier raus. Er würde warten, bis es dunkel war. Um diese Jahreszeit würde es schon am frühen Abend soweit sein, die Winterzeitumstellung war erst in zwei Wochen.

Stichwort berühmt: Sollte er zur Presse gehen? Berichten, was ihm widerfahren war? Könnten die ihm helfen? Würden sie sich auf seine Seite schlagen? Vielleicht bevor er die Polizisten verletzt hatte, jetzt vermutlich nicht mehr. Er schüttelte den Kopf – nein, kein seriöses Blatt würde ihm glauben.

Was war nicht alles geschehen in den letzten drei Tagen? Im Kopf ging Patrick die Ereignisse durch. Vor allem die vermeintlichen Zeitsprünge machten ihm zu schaffen. Was er erlebt hatte, war absolut unmöglich. Dieses unerklärliche Phänomen blockierte jede weitere vernünftige Analyse.

Akzeptiere doch mal das Unerklärbare, redete er sich ein. Du bist aus der Zelle am Düsseldorfer Flughafen nach Wuppertal in die

Schwebebahn … gehüpft. Gehüpft war das richtige Wort. Sein Verstand war aus seinem Hirn gesprungen und hatte ihn hilflos wie einen Kölner mit einem Altbierglas in der Hand zurückgelassen.

Wie er es nannte, war gehupft wie gesprungen, verdammt, es war jedenfalls passiert. Und zwar im Moment höchster Verzweiflung, nahezu panisch, als ihn der Ami mit Guantanamo und dem Overall unter Druck gesetzt hatte. Und dasselbe war bei seinem Sturz von der Fleher Brücke in die Tiefe geschehen.

Was hatten die beiden Situationen gemeinsam? Ausschüttung von Stresshormonen wie Adrenalin und Cortisol, Schnappatmung, Herzrasen – das volle Programm. Löste das die Zeitsprünge in die Vergangenheit oder in die Zukunft aus? Und wie kam er wieder zurück ins vermaledeite 2017? In Wuppertal war er auf der Parkbank eingeschlafen und in Düsseldorf in der Straßenbahn. Aufgewacht war er in der Gegenwart bei Luna und bei sich zu Hause. Jeweils im Bett. Friedlich schlafend, als ob nichts geschehen wäre.

Konnte es sein, dass er seine … Zeitreise beendete, indem er schlicht und einfach einschlief? Das wäre vorstellbar. Höchste Aufregung löste die Sprünge aus und Ruhephasen brachten ihn wieder zurück. Damit bekam dieser Irrsinn zumindest ein bisschen Methode.

Doch dies war nur eine Seite der Medaille. Nach welcher Gesetzmäßigkeit wurden die Zielorte ausgesucht. Zufallsprinzip? Warum gerade Wuppertal? Und dann noch in der Schwebebahn. Seit dem Kindheitserlebnis mit seiner Mutter und der schrecklichen Elefantengeschichte hatte er Wuppertal generell gemieden. Der Gedanke daran schüttelte ihn.

„Angst?“, murmelte er. War das die Erklärung? Boten sich Orte, die ihn emotional stark berührt hatten, positiv wie negativ, als Landeplätze an? Das Trauma in der Schwebebahn, die Panik in der Zelle kurz vor dem Abflug nach Guantanamo, die Betten, in denen er mit Luna geschlafen hatte – zweifelsohne der schönste emotionale Höhepunkt. Mitten in diese Erinnerung platzte eine durchdringende Stimme: *„HIER SPRICHT DIE POLIZEI! KOMMMEN SIE MIT ERHOBENEN HÄNDEN HERAUS! DAS GEBÄUDE IST UMSTELLT!“*

Bei seinem Glück hätte er sich das gleich denken können. Hier im Keller saß er in der Falle. Eine Sackgasse – nur die eine Treppe führte nach oben ins Treppenhaus. Die konnten doch unmöglich wissen, wo er sich aufhielt. Oder hatten sie bereits Sondereinheiten mit Wärmebildkameras herbeigeschafft?

Geduckt lief er die Stufen hinauf. Sofort sah er, dass von Norden eine Sondereinheit der Polizei anrückte. Wieder diese Krieger der Neuzeit, gepanzert, mit modernstem Gerät am Gürtel, unter ihrem Helm schwarz vermummt. Die Läufe der schweren Maschinenpistolen hielten sie vor sich wie Bajonette. Noch hatten sie ihn nicht gesehen, was ihm nicht viel nützte, denn als einzige Fluchtmöglichkeit blieb ihm der Weg durch das Treppenhaus nach oben. Was wollte er dort? Egal, nur raus aus dem dunklen Kellerloch. Er lief los und nahm immer zwei Stufen auf einmal. Auf der Südseite hatte das Treppenhaus in jedem Stockwerk ein großes Fenster. Dort krabbelte er auf allen vieren darunter her. Sie würden ihn nicht kriegen!

„PATRICK RICHTER! WIR WISSEN, DASS SIE SICH IM GEBÄUDE AUFHALTEN! LEGEN SIE DIE WAFFE NIEDER UND ERGEBEN SIE SICH! WIDERSTAND IST ZWECKLOS!"

Diese Plattitüden nervten. Und noch mehr, da sie ihm galten. Er sollte das positiv sehen. Noch nie hatte er derart im Mittelpunkt gestanden. Keuchend erreichte er den fünften oder sechsten Stock und warf einen vorsichtigen Blick aus dem Fenster. Das hätte er sich besser verkniffen – welch deprimierende Aussicht. Wo er auch hinschaute, wuselten Bullen umher. Die Pistole hielt er fest umklammert. Er hätte sie schon längst wegwerfen sollen.

Fassungslos über die Aussichtslosigkeit seiner Lage blieb Patrick stehen. Sein Magen begann zu schmerzen. Eine ungeheuer sympathisch klingende Männerstimme meldete sich: *Hallo Herr Richter. Ihr Smartphone K11 ist nun einsatzbereit. Sie können Ihr erstes Gespräch führen oder Ihre erste App anwenden. Ich bin Siggi und unterstütze Sie gerne bei Ihren Aktivitäten. Rufen Sie mich, wenn ich etwas für Sie tun kann.*

Die Stimme kam aus der Brusttasche. Sein Handy hatte er völlig vergessen. Was nützte ihm das jetzt? Was für ein Hohn. Da quatschte ihn so ein Persönlicher Assistent namens Siggi ungefragt voll. In ruhigeren Zeiten ein Fall für den Verbraucherschutz. Patrick legte die Pistole auf den Boden und zog das Smartphone aus der Tasche. Ein im Comicstil gemalter blonder Schönling mit mehr Zähnen als Stefan Raab grinste ihn an. *Ich bin Siggi,* stand darunter.

Ich brauche eher einen verdammt guten Anwalt oder einen Seelsorger oder einen Elitekämpfer, der mich hier rausboxt, dachte er verzweifelt.

11:31 Uhr zeigte der Bildschirm oben rechts. Patrick betätigte den Ausschalter des Telefons. Anrufen konnte er jetzt ohnehin niemanden. Er widerstand dem Reflex, das Handy aus dem Fenster zu werfen, aber nur, weil ihn das verraten könnte. Also steckte er es wieder in die Brusttasche. Auch die Pistole hob er auf.

Ohne zu wissen warum, stieg er noch zwei weitere Stockwerke hinauf. Hier hörte die Treppe auf. Über ihm gab es nur noch die Decke des Treppenhauses und eine Öffnung für eine später einzubauende Sicherheitstür, die auf das Dach führte. Schräg gegenüber, etwa vier Meter entfernt, gähnte das Loch des Aufzugschachtes – in dieser Bauphase nur ein elendig tiefer, quadratischer Abgrund. Hinter ihm war ein Fenster. Vorsichtig schaute Patrick hinaus.

Was er sah, ähnelte einem ringförmig angeordneten Kriegsgelände. Im Zentrum stand das Hochhaus, dann saßen reihum Scharfschützen hinter allem, was Deckung bot. Bagger und Kräne, Steinhaufen, Dixie-Klos und Container. Als Nächstes umrandete der Bauzaun das Gelände wie ein Fort. Den letzten Ring bildeten unzählige Polizeiautos. Alle Straßen, die in die Nähe des Areals führten, waren abgesperrt. Teufel, waren die schnell. Verdammt, es wurde enger und enger.

Wenn ihn nun jemand hören könnte, würde er wimmern. Laut wimmern. Vor Angst und um Gnade. Er war aber allein und Zeit hatte er auch keine, daher sparte er sich das. Sollte er sich ergeben? Anders kam er nicht aus dieser Nummer heraus. Zumindest nicht lebendig.

Zitternd lehnte er sich mit dem Rücken an die Betonwand des Treppenhauses und sah die Pistole an.

„WIR WISSEN, DASS SIE AUF DEM DACH SIND“, erklang der Lautsprecher. *„ES HAT KEINEN ZWECK. LEGEN SIE DIE WAFFE AUF DEN BODEN UND ERGEBEN SIE SICH.“*

Alles, was er jetzt tun könnte, war verkehrt. Mit zusammengepressten Lippen stand Patrick wie einer der Stahlträger auf dem Dach des Hochhauses. Und wartete. Er wusste nicht, auf was. Irgendetwas musste er tun. Doch er sah keinen Ausweg!

„Hier spricht Carsten Grünfeld. Wir haben uns bereits kennengelernt, Herr Richter.“

Jetzt kamen sie auf die Tour und schickten den tollen Grünfeld vor. Auf die Idee hätten sie auch früher kommen können.

„Sie haben keine Chance. Sie können nicht entkommen. Alles ist umstellt. Die Straßen sind abgeriegelt.“

Ja, ja, erzähl mal was Neues.

„Eines Ihrer Probleme halten Sie in der Hand. Darum legen Sie die Waffe nieder und zeigen sich mit erhobenen Händen, Herr Richter. Sie laufen sonst Gefahr, getötet zu werden.“

Die sollten ihm auch so ein Megafon bringen, dann könnte er nett mit Grünfeld parlieren. Ihm fielen jede Menge Allgemeinplätze ein – der wichtigste lautete: Ich bin unschuldig!

„Seien Sie vernünftig. Hören Sie auf mich. Sie sind noch jung, das Leben liegt noch vor Ihnen.“

Na klar, er will nur mein Bestes, dachte Patrick verbittert. Alles, was vor ihm lag, war eine Einzelzelle in Guantanamo. Er erinnerte sich genau an seine Vernehmung. Gerade als er angefangen hatte, Grünfeld gegenüber ein wenig Vertrauen aufzubauen, war der Ami mit dem Staatsanwalt hereingeschneit. Und Grünfeld hatte nur noch genickt wie ein Specht. Warum sagte er keinen Ton von einem Anwalt, von einer fairen Behandlung oder von einem ordentlichen Gerichtsverfahren? Ganz einfach – die deutschen Bullen würden ihn genau wie beim ersten Mal, ohne mit der Wimper zu zucken, den Amerikanern ausliefern. Auf den Freiflug nach Kuba konnte er verzichten.

Wieso hatte er nur den einen Polizisten niedergeschlagen und den anderen angeschossen? Patrick haderte mit sich. Dabei war es nur ein

Versehen gewesen, der musste ihn ja unbedingt angreifen. Die Schweine hatten ihn derart in die Enge getrieben, dass er nun tatsächlich straffällig geworden war. Was sollte er ihnen sonst noch erzählen? Dass er ins Jahr 2001 nach Wuppertal gesprungen war? Und nach Düsseldorf ins fröhliche multimediale 2029, wo sich Frauen in Parkautomaten verwandeln konnten. Wenn nicht nach Guantanamo, dann für den Rest seines Lebens in die Klapsmühle. Niemand würde ihm glauben – er glaubte sich selbst nicht.

„Wenn Sie nicht aufgeben, werden Sie von einem der Scharfschützen erschossen. Hören Sie mich? Dann kann ich definitiv nichts mehr für Sie tun.“

Gut kombiniert. Auf so etwas kam einer nach über dreißig Dienstjahren. Die Wut in Patrick stieg höher und höher. Er biss die Zähne zusammen und spuckte auf den Boden.

„Wir erteilen den Schießbefehl, wenn Sie sich nicht stellen. Herr Richter, lassen Sie es nicht so weit kommen!“

Ein riesiger, lauter Schatten tauchte plötzlich über ihm auf. Der Hubschrauber. Vermutlich wieder voll mit BFE+ Super-Special-Super-Bullen.

Von unten hörte er schwere Stiefel poltern. Eine Einheit kam durchs Treppenhaus. Die waren schnell. Seine Zeit war abgelaufen. Respekt, die machten ganz schön Druck. Von allen Seiten rückten sie an. Das Finale war in Sicht!

Es blieben ihm keine hundert Sekunden mehr, dann würden sie ihn schnappen. Oder vermutlich abknallen. Was war besser? Er wusste es nicht.

Nein, ich werfe meine Waffe nicht weg, dachte er trotzig. Wenn sie schießen, habe ich es hinter mir. Ab einem gewissen Punkt hört die Angst auf – und diesen Punkt hatte er bereits weit überschritten.

Diese selbstmörderische Einstellung tat ihm gut, steigerte sein Selbstwertgefühl. Und sein Selbstvertrauen, denn was hatte er zu verlieren? Na klar – sein Leben! Und wenn er schon soweit war, das zu akzeptieren, hieß es dann nicht: Mein Leben steht auf dem Spiel. Ja, und? Er fühlte sich wie Sundance Kid und Butch Cassidy, kurz bevor sie am Filmende aus ihrem von den Mexikanern belagerten Versteck herausstürmten. Im Grunde planlos und ziellos wie er auch.

Ein Gedanke jenseits von Angst und Schrecken erreichte sein Gemüt. Die Zweifel an dieser Idee ließ er nicht zu. Viel zu gewagt? Er schüttelte den Kopf. In seiner Situation gab es kein ‚zu gewagt'. Die einzig valide Risikobetrachtung bestand aus – alles oder nichts. Sie würden ihn nicht bekommen, er würde es tun!

Der Hubschrauber zog seine Kreise über ihm. Die Männer hatten bereits das Stockwerk unter ihm erreicht. Noch konnten sie ihn nicht sehen, da er sich immer noch ganz oben im Treppenhaus an die Wand presste. Er atmete schnell.

„Herr Richter. Das ist Ihre letzte Chance zu kapitulieren. Mit hoher Wahrscheinlichkeit werden Sie bei unserem Zugriff erschossen. Verstehen Sie – Sie werden sterben! Ich kann Ihnen nicht mehr helfen. Ergeben Sie sich!"

Das hatte er schon beim ersten Mal kapiert, so schwer war es schließlich nicht zu verstehen. Der erste Helm tauchte unter ihm auf der Treppe auf. Der Mann hielt an, gab Handzeichen nach unten und duckte sich.

Patrick rückte zur Seite, die Herbstsonne warf einen langen Schatten durchs Fenster. Der Polizist hob sein Schnellfeuergewehr und drückte ohne zu zögern ab. Eine Kugelsalve schlug in seiner Nähe ein. Patrick wurde klar, dass der Bulle nicht genau wusste, wo er sich befand. Die schossen tatsächlich auf ihn. Mit tödlichen Kugeln. Es dauerte einen Moment, bis er sich die Tragweite dieser Tatsache bewusst machte. Doch dann wunderte er sich, dass er ruhig blieb. Und berechnend.

Ich bin auf jeden Fall überdurchschnittlich cool, machte er sich Mut.

Einige knappe Befehle ertönten. Der Sturm aufs Dach stand unmittelbar bevor. Schon tauchte der Helm wieder auf, durch das enge Treppenhaus passten nicht mehr als zwei Männer gleichzeitig. Er konnte nirgendwo mehr hin. Über ihm stand der Hubschrauber mit ohrenbetäubendem Knattern in der Luft – wahrscheinlich mit Scharfschützen an Bord. Mit Schießbefehl! Nicht einmal Batman oder Spiderman würden über das Dach entfliehen können. Zur Dachkante des Hochhauses waren es über zwanzig Meter, bis dahin würde er es auch nicht schaffen.

Instinktiv hob Patrick den Arm mit der Waffe und schoss in die Luft. Zweimal. Nicht um irgendetwas zu treffen, sondern um Zeit zu gewinnen. Manche Dinge brauchten Jahrzehnte, manche nur Minuten. Der BFE+ Krieger zog den Kopf ein. Das brachte Patrick keine Jahrzehnte, nicht mal eine Minute, aber doch die eine oder andere Sekunde.

Ein letztes Mal tief einatmen, ein letztes Mal Kraft sammeln. Dann stürzte Patrick durch die Türöffnung ins Freie. Es verblieben ihm nur wenige Sekunden. So schnell er konnte, lief er die vier Meter über das Dach in den sicheren Tod. Er stürzte sich in das tiefe, schwarze Loch des Aufzugschachtes.

XVIII. Holt ihn euch!

„PATRICK RICHTER! WIR WISSEN, DASS SIE SICH IM GEBÄUDE AUFHALTEN! LEGEN SIE DIE WAFFE NIEDER UND ERGEBEN SIE SICH! WIDERSTAND IST ZWECKLOS!“

Carsten kam gerade erst an der Baustelle an, als ein Kollege über ein Megafon zu dem Flüchtigen sprach. Ein Blick auf die Uhr. Es war 11:25 Uhr. Bei dem Einsatz waren in der Zwischenzeit über hundert Beamte aus dem gesamten Stadtgebiet zusammengezogen worden. Patrick Richter hatte einen Polizisten angeschossen, einen von Fischers Leuten. Diese rote Linie hätte er nicht übertreten dürfen, das änderte alles. Nun wollten ihn alle zur Strecke bringen.

Marion Fischer spazierte ihm entgegen, jede ihrer braunen Locken war bestens in Form. Diese Frau war sich mit jedem Schritt der Wirkung ihres Hüftschwungs bewusst. Sie gab ihm ein drahtloses Headset für den Polizeifunk. „Wir haben die gesamte Baustelle abgeriegelt. Hier kommt er nicht mehr weg.“ Sie untermalte ihre Zuversicht mit einem Siegerlächeln.

„Meinen Sie, nicht weg wie am Flughafen oder nicht weg wie auf der Fleher Brücke?“ Carsten konnte Fischers Überheblichkeit nicht leiden. Für Richter galten andere Regeln, und solange niemand wusste welche, hatte sich jeder zu konzentrieren.

„Ähm ... wir haben Scharfschützen in Stellung gebracht, die Baustelle umstellt und alle Zufahrtsstraßen gesperrt."

„Steht ein Krankenwagen bereit?" Carsten glaubte bereits, Blut in der Luft wittern zu können. Während er sprach, ging er zu dem Kollegen, der das Megafon in Händen hielt. Fischer begleitete ihn. Leider konnte er es ihr nicht verbieten.

„Ja, steht bereit."

Carsten nickte ihr zu, dann zeigte er dem Kollegen an, ihm das Megafon zu geben.

„WIR WISSEN, DASS SIE AUF DEM DACH SIND", dröhnte dieser. *„ES HAT KEINEN ZWECK. LEGEN SIE DIE WAFFE AUF DEN BODEN UND ERGEBEN SIE SICH."*

Dann übergab er an Carsten, der als Erstes die Lautstärke nach unten regelte. Richter würde ihn auch so hören. Sie waren hier schließlich nicht auf der Kirmes.

„Hier spricht Carsten Grünfeld. Wir haben uns bereits kennengelernt, Herr Richter. Sie haben keine Chance. Sie können nicht entkommen. Alles ist umstellt. Die Straßen sind abgeriegelt." Ihm musste es schnell gelingen, einen Kontakt zu Richter aufzubauen.

Carsten zeigte Ruben Karlov an, zu ihm zu kommen. Der groß gewachsene BFE+ Teamleiter saß mit seinen Jungs in Schwarz in einem offenen Mannschaftswagen.

„Ruben!"

„Ja."

„Mach dich fertig ... es geht gleich los!" Carsten musste sich alle Optionen offenhalten. Das BFE+ würde den Zugriff durchführen. „Ist er auf dem Dach?"

„Ja, wir haben den Flüchtigen im Wärmesucher. Er wird uns heute nicht wieder entwischen!" Der Reinfall an der Fleher Brücke nagte sichtlich an Ruben.

Carsten nickte, sah zum Dach der Baustelle und hob das Megafon. „Eines Ihrer Probleme halten Sie in der Hand. Darum legen Sie die Waffe nieder, und zeigen Sie sich mit erhobenen Händen. Herr Richter, Sie laufen sonst Gefahr, getötet zu werden."

Keine Reaktion. Das Gebäude war nicht so hoch, dass man nicht herunterrufen konnte. „Seien Sie vernünftig. Hören Sie auf mich. Sie sind jung, das Leben liegt noch vor Ihnen."

Carstens Telefon klingelte. Es war Wilson, er nahm das Gespräch an, der Cowboy sollte die Füße stillhalten. „Wir haben ihn eingekreist. Du wirst deinen Terroristen bekommen."

„Das habe ich mitbekommen. Ich hoffe, die Düsseldorfer Polizei bekommt ihn diesmal zu fassen."

Allein für den Satz hätte Carsten den FBI-Agenten gerne Richters Sprung in den Rhein mit dem Originalfahrrad nachstellen lassen. Das Damenrad hatte den Sturz offensichtlich besser überstanden als das Ego einiger Beteiligter.

„Stan, diesen Unterton kannst du dir nicht leisten."

„Stimmt leider."

Dieses Eingeständnis machte ihn kaum sympathischer. „Was willst du?" Carsten musste sich um einen Flüchtigen kümmern, der einen Kollegen angeschossen und sich mit einer Waffe auf dem Dach einer Baustelle verschanzt hatte.

„Richter hat eine Waffe erbeuten können?"

„Warum fragst du, wenn du es weißt."

„Er hat einen Polizisten angeschossen?"

„Ja." Das ließ sich nicht schönreden. Richter war gefährlich, auch wenn er einen noch so harmlosen Eindruck gemacht hatte. Solche Männer galt es, von der Straße zu holen.

„In Virginia ist das eine rote Linie ..."

„In Düsseldorf auch!" Das dürften Polizisten auf der ganzen Welt ähnlich sehen. Wer einen von ihnen angriff, bekam es umgehend mit allen zu tun.

„Verstehe mich nicht falsch ... ich möchte ihn um jeden Preis haben. Meine Leute wollen ihn verhören, die wollen wissen, welche Rolle er 2001 gespielt hat ... aber ..." Wilson zögerte.

Grünfeld horchte auf – was kam jetzt? Alles vor einem ‚aber' war nur dummes Gerede.

„... wir wollen diesen Albtraum heute beenden."

„Rede Klartext mit mir!“

„Deine Leute sollen sich nicht unnötig in Gefahr bringen. Wir nehmen ihn gerne lebend, aber er darf auf keinen Fall erneut entkommen. Die Akte Patrick Richter muss heute geschlossen werden!“

Im Grunde hatte die erste Erklärung bereits gereicht. Carsten wollte nur Missverständnissen vorbeugen. Das FBI erachtete offensichtlich die mediale Aufmerksamkeit dieses Falls als so große Bedrohung, dass sie wegen einer drohenden negativen Presse auf eine Vernehmung zu verzichten bereit war.

„Wir werden unseren Job machen.“ Carsten sah sich nicht als Libero mit Dienstmarke, um der amerikanischen Justiz ein unangenehmes Verfahren zu ersparen. Die Bundesanwaltschaft in Karlsruhe sah wegen der übereilten Auslieferung auch alles andere als gut aus.

„Da bin ich mir sicher ...“ Wilson legte auf.

*

Carsten sah wieder zum Dach, es waren keine Veränderungen zu erkennen. Ein Blick zu Ruben, das Team befand sich in den Startlöchern. Ihm blieb keine andere Wahl. Er aktivierte das Headset-Mikrofon. „Meine Damen, meine Herren, es geht los. Der Verdächtige ist bewaffnet. Zugriff für BFE+ freigegeben. Einsatz für Scharfschützen zum Schutz des Zugriffsteams freigegeben.“

Jetzt für Richter in das Megafon: „Wenn Sie nicht aufgeben, werden Sie von einem der Scharfschützen erschossen. Hören Sie mich? Dann kann ich definitiv nichts mehr für Sie tun. Wir erteilen den Schießbefehl, wenn Sie sich nicht stellen. Herr Richter, lassen Sie es nicht so weit kommen!“

„KE-Drei für Einsatzleitung ... habe kein Ziel.“ Das war der erste von Fischers vier Scharfschützen. *„KE-Eins für Einsatzleitung ... kein Ziel“, „Kein Ziel“,* erklang es zwei weitere Male. Für einen vermeintlichen Amateur verstand es Patrick Richter gut, sich zu verstecken.

„Zugriffsteam für Einsatzleitung ... Wärmeortung bestätigt. Richter ist auf dem Dach. Wir gehen vor.“ Die letzte Meldung kam von Ruben.

Er war mit sieben Kollegen im Rohbau unterwegs. Sein Team war mit MP-5 Schnellfeuerwaffen und Repetierschrotflinten bewaffnet. Hier gab es keinen Fluss, in den Richter springen konnte.

Es wurde lauter. Ein Polizeihubschrauber näherte sich, hielt aber aus Sicherheitsgründen Abstand zur Baustelle. Und schon tauchte auch wieder dieser verfluchte Pressehubschrauber auf.

„Fischer, sorgen Sie dafür, dass die Presse verschwindet!", rief Carsten über Polizeifunk. Die konnte er im Moment nicht gebrauchen.

„Ja, Chef!", antwortete Fischer.

Carstens Telefon klingelte erneut. Immer zur falschen Zeit. Diesmal war es Ramon Vesorez, der Staatsanwalt, der nicht kegeln konnte.

Er musste drangehen. „Ich bin mitten im Einsatz, Ramon!"

„Deswegen rufe ich an!"

„Was willst du?"

„Du musst das heute beenden!"

„Du bist erst der Zweite, der mir das erzählt. Wie wäre es, wenn ihr mich meinen Job machen lasst."

„Der Täterschutz ist nicht vorrangig!"

Für einen Moment schloss Carsten die Augen. Ramons letzter Satz war eine juristisch und politisch einwandfreie Formulierung für Schieß-dem-kleinen-Pisser-die-Eier-weg!

„Ich habe verstanden!" Bei einer Diskussion darüber würden Carsten und Ramon verlieren. Die Abwägung eines möglichen politischen Schadens mit der Moral bei diesem Einsatz war kompliziert. Scheiße! Um Gerechtigkeit ging es weder den Amerikanern noch der Bundesstaatsanwaltschaft. Es zählte jetzt nur noch, in der Öffentlichkeit möglichst gut dabei auszusehen und später in den sozialen Medien keinen Shitstorm zu ernten!

„Wirklich?"

„JA!" Carsten legte auf. Es gab Momente, da hasste er seinen Job. Dabei machte der böse Terrorist Richter es ihm furchtbar einfach. Es gab eindeutige Beweise durch ein Telefonat von 2001, das ihn in die Nähe von Al-Kaida brachte. Der Mann hatte sich seiner Auslieferung entzogen sowie einer erneuten Verhaftung auf der Fleher Brücke. Dann die schwere Verletzung eines Polizisten, der Diebstahl einer Dienstwaffe und die mehrfache Benutzung derselben. Es hätte weniger für eine Verhaftung genügt. Es war zu einfach!

Carsten aktivierte das Megafon: „Herr Richter. Das ist Ihre letzte Chance zu kapitulieren. Mit hoher Wahrscheinlichkeit werden Sie bei unserem Zugriff erschossen. Verstehen Sie – Sie werden sterben! Ich kann Ihnen nicht mehr helfen. Werfen Sie die Waffe fort und ergeben Sie sich!"

Keine Reaktion. Nichts zu sehen, nichts zu hören.

„Einsatzleitung für Zugriffsteam ... sagt er etwas?" Carsten wollte alle Optionen überprüfen. Ein BFE+ Kollege hatte Mikrofone im Einsatz, die auf das Dach ausgerichtet waren.

„Keinen Ton. Er bewegt sich auch nicht", antwortete Ruben.

„Ist er verletzt?"

„Durch uns jedenfalls nicht."

„Siehst du Blutspuren im Treppenhaus?"

„Negativ. Wir gehen weiter. Die Ersten aus dem Team erreichen gleich das Dach. Es gibt hier eine Treppe, einen leeren Aufzugschacht und die Fassade. Dort geht es knapp achtzehn Meter nach unten. Wir werden ihn fassen!"

„Ich will eine Meldung von den Scharfschützen hören!"

„Kein Ziel ...", tönte es mehrfach über Funk.

„Ich könnte Ruben erschießen!" Das war KE-Zwei. Auch ein BFE+ Polizist. Ruben war sein Chef.

„Dann rede ich kein Wort mehr mit dir ..." Das war Ruben Karlov. Polizisten von Sondereinheiten hatten einen seltsamen Humor. Selten an der richtigen Stelle.

Zwei Pistolenschüsse krachten auf dem Dach.

„Das ist Richter!", rief der Kollege, der als Erstes oben ankam. *„Er schießt!"*

„Wurde jemand getroffen?", fragte Carsten.

„Negativ."

„Habe ich die Freigabe für einen finalen Rettungsschuss?", fragte Ruben, der deutlichere Worte wählte als Wilson und der gute Dr.

Vesorez. So würde es keiner der beiden formulieren. Im Einsatz konnte man sich nicht mehr herausreden.

Carsten zögerte. Alle Hinweise und Indizien sprachen gegen Patrick Richter. Als Einsatzleiter hatte er das Recht auf seiner Seite. Niemand würde seine Anordnung für einen finalen Rettungsschuss infrage stellen. Nicht bei dem, was Richter getan hatte. Carstens Mund war trocken. Er schluckte dennoch. Die Zeit schien still zu stehen. Aus der sicheren Entfernung war es leicht, einen anderen Menschen zum Tode zu verurteilen. Mehr noch, in diesem Fall auch direkt zu bestrafen, ihn hinzurichten. Ein finaler Rettungsschuss stand für juristisch legitimiertes Standgericht. Ein Mensch war gefährlich. Zack. Dafür gab es eine Kugel in den Kopf. Fall erledigt. Feierabend.

In der juristischen Fortbildung gab es dafür immer eindeutige Beispiele. Der böse Schwerverbrecher bedrohte mit seiner Waffe eine unschuldige Mutter, und der Polizist konnte diese Bedrohung mit einem gezielten Schuss abstellen. Eine Bedrohung abstellen. Niemand sprach bei einem Lehrgang davon, einen Menschen zu töten. Alle redeten nur von der Abwehr einer Gefahr für das Leben einer an der Straftat unbeteiligten Person. Das hörte sich viel besser an.

Leider bestand das Leben nicht nur aus schwarz und weiß. Es war unscharf, es war grau. Es gab Tausende Grautöne. War er wirklich sicher, dass Patrick Richter nur mit einer Kugel in der Brust aufgehalten werden konnte? Carsten wusste es nicht, doch das reichte, um ihn zweifeln zu lassen. Sein Instinkt schrie ihn an, den jungen Mann nicht gezielt töten zu lassen. Sein Pflichtbewusstsein hingegen erklärte trocken: Der Kleine hat Pech gehabt. Einen schlechten Tag. Das kann jedem einmal passieren, mit einer Kugel zwischen den Rippen zu sterben.

Es fielen sogar mehrere Schüsse. Genau vier. Der typische Klang einer *Walther P99 DAO, Double-Action-Only-System,* die Standardwaffe bei der Düsseldorfer Polizei. Kaliber 9 x 19 Millimeter. Stangenmagazin mit fünfzehn Schuss. Der Vorteil dieser Version war die Möglichkeit, die Waffe ungespannt und ohne weitere Sicherungsbetätigung sofort schussbereit führen zu können, sowie der gleichbleibende Abzugswiderstand bei jedem Schuss.

„Schießt Richter auf euch?“ Carstens mentale Auszeit dauerte nur den Bruchteil einer Sekunde. Mehr Zeit blieb ihm nicht, um eine Entscheidung zu treffen. Seine Waffenkunde nützte ihm gerade wenig. Er war der Einsatzleiter, er trug die Verantwortung. Über einhundert Polizisten würden tun, was er sagte.

„Negativ.“ Ruben atmete schneller. Seine Stiefel waren zu hören. Er rannte die Treppe hinauf.

„Habt ihr auf ihn geschossen?“

„Nein. Er bot uns kein Ziel ... er ist weg!“

„Bitte was?“ Carsten glaubte, sich verhört zu haben.

„Richter ist nicht mehr auf dem Dach.“

„Wo ist er?“

„Der ist gesprungen ... einfach gesprungen.“ Der erfahrene BFE+ Teamleiter haderte mit seinen Worten.

„Ruben, wie sollte Richter springen? Er war doch überhaupt nicht auf dem Dach zu sehen?“

„Er hat sich nicht vom Hochhausdach gestürtzt. Da hätten wir ihn vorher erwischt. Er ist ... in den leeren Aufzugschacht gesprungen!“

XIX. Persönlicher Assistent

Diesmal lag er nicht, er saß. Nur wo und wann? Ach, zweitrangig! Von wegen Durchschnittsmensch. Seine Überlegungen waren richtig gewesen, sonst würde er jetzt nicht mehr überlegen. Was für ein wilder Traum! Sein irrwitziger Plan hatte funktioniert. Er war gesprungen. In den Aufzugschacht. Durch den Raum. Durch die Zeit. Wieder hatte er es geschafft.

Unglaublich, er konnte die Schüsse immer noch krachen hören, obwohl es keine fünfzehn Schritte zum Schacht waren, dachte er. Zum Rand des Hochhauses wäre es zu weit gewesen. Vorher hätte ihn die Polizei zur Strecke gebracht!

Wie tief war er gefallen, bis der Zeitsprung ausgelöst worden war? Etwa fünf Stockwerke, nahm er an. Wenn er sich drei Etagen mehr Zeit gelassen hätte, läge er nun zerschmettert auf dem Grund des Aufzugschachtes. Die blöde Pistole hatte er fallen lassen. Die Erinnerung an den Sprung in das tiefe schwarze Loch ließ ihn frösteln. Wunden hatte diese wahnsinnige Aktion keine hinterlassen, jedoch Spuren in Geist und Seele. Im Nachhinein kam es ihm wie ein kleiner Tod vor. So richtig konnte er es immer noch nicht fassen, was er auf dem Hochhausdach gewagt hatte. Aber er war entkommen, er lebte, nur das zählte!

Nur langsam begriff er, wo er sich befand. Düsseldorfer Flughafen. Wieder einmal und somit keine Riesenüberraschung. Doch er saß nicht in der Zelle oder in der Vorratskammer unter dem Terminal A, sondern auf der Abflugebene auf einer der Wartebänke vor dem Security Check der Lufthansa. Eine harte Bank, kein modernes Weichplastik. Er stand auf. Schon von Weitem sah er den Giraffenkopf. Und Weihnachtsdekoration überall. Er drehte sich zur Flugübersichtstafel. Schon aus der Entfernung sah er es. So kannte er die Anzeige – also keine moderne Multi-Media-LED-Wand mit Werbeeinblendungen. Gegenwart, Vergangenheit oder nahe Zukunft?

Nicht weit von ihm befand sich ein Zeitungsladen auf der rechten Seite. Entschlossen stand er auf.

Egal was für ein Datum, ich werde mich nicht wundern, sondern es einfach akzeptieren wie eine schwarze Wolke am Himmel, nahm er sich vor.

Die Schlagzeile der Bild am Sonntag lautete: *Weihnachten ist ein Geschenk, das nichts kostet.* Ein riesiges Bild des Gemäldes von Lucas Cranach dem Älteren der ‚Madonna unter den Tannen' inklusive Jesuskind zierte die erste Seite. Selbst die Bildzeitung war festlich gestimmt.

Wichtig auch: *der große Böller- und Raketentest.*

Letztere waren seit fast fünf Jahren abgeschossen, wurde Patrick klar, als er auf das Datum blickte. Groß und deutlich stand es oben links unter dem ‚Bild am Sonntag Emblem' geschrieben: 23. Dezember 2012.

Nicht staunen, nicht wundern. Weitermachen. Öhm, womit?

„Wie sieht der denn aus?", fragte ein etwa vierzehnjähriges Mädchen einen pickligen Jungen neben sich.

„Scheiße!", analysierte ihr Begleiter. Beide schlenderten lachend weiter.

„Wollen Sie nur gucken oder was kaufen?", fragte der Ladenbesitzer. Ein stämmiger Bursche mit einem *Super Mario*-Bärtchen.

„Bin schon weg", antwortete Patrick, drehte sich um und marschierte in Richtung Terminal B. An einer Säule betrachtete er sein Spiegelbild. Ein müder, unrasierter Penner in einem verschmierten, orangefarbenen Overall mit braunen Turnschuhen mit Klettverschluss, die früher einmal weiß gewesen waren.

Genau, in 27 Jahren, in 2029, sind sie wieder schneeweiß und wie neu, überlegte Patrick. Ob ihm das hier einer glauben würde?

In 2012 wurde er noch nicht gesucht. Was sollte er jetzt tun? Schlagartig blieb er stehen. Konnte das tatsächlich sein? Da hinten stand sie. Blonder Bürstenschnitt. Die geheimnisvolle Dame. Sie sah genauso jung und hübsch aus wie in 2029.

Sie hatte ihn noch nicht gesehen. Aufgeregt drängelte sich Patrick mitten durch eine Warteschlange für einen Air Berlin Flieger nach Abu Dhabi. Da wollten einige dem heimischen Weihnachtskommerz und der Kälte entfliehen.

Nur noch wenige Meter. In dem Moment drehte sie sich zu ihm, ihre Blicke trafen sich. Wie konnte sie ihn mit ihren blauen Augen gleichzeitig so kalt und doch so gütig ansehen? Ihm fehlten die Worte, die Ausstrahlung dieser Dame übertraf alles, was er bisher an Charisma erlebt hatte.

Das änderte sich schlagartig, als sie ihn musterte und ihr Gesicht verzog. „Wie siehst du aus? Du hast es immer noch nicht verstanden, oder?"

Sie hatte recht. Er verstand überhaupt nichts, oder?

Mit einer Kopfbewegung signalisierte sie ihm, dass er ihr folgen sollte.

Aber nicht wieder die Parkautomatennummer, dachte Patrick.

Sie ging in Richtung Terminal C, wo deutlich weniger Fluggäste unterwegs waren. Verwirrt folgte er ihr. Sie hatte ihn geduzt und angepflaumt, als ob sie sich schon lange kannten. Dabei hatte er sie erst in

27 Jahren das erste Mal gesehen. Sie ist im gleichen Alter, dachte er erneut. Es gibt nur eine Erklärung: Sie springt auch! Sie springt auch! Diese Worte hämmerten an seine Schläfen. Er war nicht verrückt! Es gab noch jemanden! Sie springt auch.

In einer Nische blieb sie stehen, nicht ohne vorher nach links und rechts geblickt zu haben.

„Alles, was wir hier tun, ist gefährlich!“, fauchte sie wie eine Wildkatze, wobei ihre Zungenspitze kurz zwischen den Lippen auftauchte.

Er liebte ihr Fauchen. Es dauerte einen Augenblick, bis er den Blick von ihrem Mund lösen konnte und den Sinn der Worte begriff.

„Wieso?“, fragte er perplex.

„Kauf dir neue Kleidung. Unbedingt. Hast du genügend Geld?“

Mit einem kräftigen Stirnrunzeln griff er in die Brusttasche des Overalls und holte zwei Scheine heraus. „Hundertzehn Euro“, erklärte er.

Sie stöhnte, als hätte er großen Unsinn erzählt, griff in ihre Handtasche und drückte ihm noch einen Hundert Euro-Schein in die Hand.

„Hör zu! Es ist schon riskant, Kleidung zu kaufen, doch das Wagnis müssen wir eingehen. Du darfst ansonsten nichts tun, mit niemandem reden und nichts anfassen. Und kehre so schnell wie möglich zurück.“

Sie klang wie seine Mutter, und anstatt sauer zu werden, fühlte er sich wie Ödipus. Was für eine tolle Frau.

Patrick stotterte: „Wer … wer bist du? Warum … hilfst du mir?“

„Es ist zu riskant, dir in 2012 noch mehr zu verraten. Du darfst nichts verändern. Das ist wichtig. Bitte.“ Sie steckte eine Hand in die Tasche ihrer Jacke und sah ihn intensiv an. Dann zuckte sie beinahe unmerklich zusammen.

Völlig überfordert starrte er auf diese Frau. Jeden Wunsch hätte er ihr erfüllt. „Wie heißt du?“, brachte er hervor.

„Sophie“, sagte sie und ihr Blick wurde weicher.

„Ich … ich brauche Hilfe. Alles hat sich gegen mich verschworen.“

„Wenn überhaupt, finden wir die Lösung in 2017“, erklärte Sophie. „Ich bin schon länger unterwegs als du. Es tut mir leid, ich muss gehen.“

Aufmerksam schaute sie sich um – niemand beobachtete das ungleiche Pärchen.

Der Blick ihrer Augen wurde trüber, an ihren Lidern schienen mit einem Mal schwere Gewichte zu hängen, die Wimpern vibrierten kurz. Sie lehnte sich erschöpft mit dem Rücken an die Wand und atmete langsam und lange aus.

„Was ist los? Sophie, du bist …“

Dann verschwand sie. Löste sich direkt einen Meter vor ihm in Luft auf.

„… der einzige Lichtblick in meinem augenblicklichen Leben“, beendete Patrick den Satz. Ungläubig ruderte er mit den Armen in der Luft herum – genau dort, wo sie eben noch gestanden hatte. Wie beim ersten Mal – einfach weg.

Vielleicht war es besser, dass Sophie sein Gesülze nicht mehr hören konnte. Doch er meinte es genau so, aus tiefem Herzen. Sophie! Er liebte diesen Namen.

Verschämt blickte er sich um. Es musste äußerst merkwürdig wirken, wie er vor sich her fuchtelte wie ein rheumakranker Fliegenfänger. Niemand beachtete ihn.

*

In einem der Ladengeschäfte kleidete er sich neu ein. Jeans, Pulli und eine dünne Jacke. Die drei Teile passten gut zueinander – alle waren sauteuer. Für die gefütterte Winterjacke hatte sein Geld nicht mehr gereicht.

Die Verkäuferin lächelte ihn gekonnt an. „Sollen wir ihre alte Kleidung entsorgen?“

Entsorgen war gut. Auf den Sondermüll mit dem feinen Guantanamo-Zwirn. Oder gaben die Amis ihm dann auf jeden Fall eine Giftspritze wegen Veruntreuung amerikanischen Eigentums?

„Ja, bitte, tun sie das.“

Er reichte ihr den Overall, den er über dem Arm trug.

Im letzten Moment dachte er an sein Smartphone. „Augenblick noch bitte. Ich nehme vorher noch mein Telefon heraus.“

Er griff in die Brusttasche und zog das K11 hervor. Die Verkäuferin riss die Augen auf.

„Boah! Das ist ja groß. Und was für ein Bildschirm – der geht ja über den Rahmen hinaus. So eins habe ich noch nie gesehen. Was ist das für ein Modell?"

Patrick erinnerte sich an Sophies Worte: ‚Du darfst ansonsten nichts tun, mit niemandem reden und nichts anfassen'. Das, was er hier veranstaltete, kam dem nicht nahe. Schnell steckte er sein Handy in die Jackentasche. „Ist ein Prototyp", entgegnete er in einem Ton, als würde dies alles erklären. Er drehte sich auf seinen matschbraunen Klettverschluss-Turnschuhen um und marschierte in Richtung Ausgang. Um Sophies Anweisungen Folge zu leisten, musste er hier fort. Weg von den vielen Menschen, weg von Dingen, die er tun konnte, doch besser nicht tat. Verwirrt trat er hinaus. Der Terminal-Ring war wie immer stark befahren. Es regnete, Pfützen hatten sich bereits rechts der Straße gebildet. Links auf dem Standstreifen stand ein Kleinlastwagen. Erst spät sah Patrick das Großraumtaxi in hoher Geschwindigkeit um die Kurve fliegen.

„Nicht mit meinen neuen Klamotten!", dachte er und sprang zwei Schritte zurück. Dabei rempelte er versehentlich einen Mann an, der in diesem Augenblick über die Straße hetzen wollte. Beide verloren ihr Gleichgewicht und fielen auf den Bürgersteig. Ein Metallkoffer krachte scheppernd auf den Boden, direkt neben Patricks Kopf. Der auffällig große *ILNY*-Aufkleber darauf lachte ihn an.

Der Kerl hatte eine Halbglatze und einen kleinen Spitzbart. Wütend schnaufte er: „He! Pass doch auf, wo du hintrittst, du Blödmann."

Bleib ruhig, dachte Patrick. Weiteren Ärger kannst du dir hier nicht erlauben.

„Tut mir leid", sagte er und rappelte sich hoch.

Glücklicherweise war auch dem Mann nichts passiert. Er nahm den Metallkoffer an sich und überquerte schnaufend den Terminal-Ring Richtung Parkhaus 2.

Ein wenig wütend sah Patrick ihm nach. Es wäre möglich gewesen, dass der Typ genau vor das Großraumtaxi gerannt wäre. Und anstatt ihm dankbar zu sein, wurde er von dem Knilch angepflaumt.

Weder das Großraumtaxi noch der Typ mit dem Metallkoffer waren mehr zu sehen.

Jetzt stellte sich die Frage: wohin?

In 2012 war er mit Luna noch nicht zusammen. Wie sie wohl ausgesehen hat? Er kannte nur ein paar alte Fotos. Mit langen Schritten überquerte er den Terminal-Ring, ging am *Sheraton*-Hotel vorbei und stellte sich an den Rand des Parkhauses.

Was nutzte es, wenn er 2012 zwar nicht gesucht wurde, jedoch nichts unternehmen durfte? Er war zum Stillhalten verdammt.

Sollte er sich selbst mal anrufen? Das wäre ein Spaß. Er überlegte. Hatte er vor fünf Jahren einen Anruf von jemandem bekommen, der sich für Patrick Richter aus der Zukunft ausgab? Nee, daran könnte er sich erinnern. Das Ganze klang nach Kyle Reese, dem Soldaten aus Terminator, unterwegs, um Sarah Connor zu beschützen. Wenn da der böse Arnie nicht gewesen wäre.

Nein, Patrick rufe ich lieber nicht an, dachte Patrick.

Wie wäre es zum Ausgleich mit Kumpel Harry. Er zog sein Smartphone aus der Tasche und schaltete es ein. Das Starten dauerte ungewöhnlich lange. Ziemlich lahm für so ein teures Teil, dachte er.

Dann lachte ihm das Bild seines Persönlichen Assistenten Siggi entgegen. Wo konnte er den Blödmann ausschalten? Verständlicherweise war das Smartphone ziemlich jungfräulich. Nur die gängigsten Apps wie Adressen, Terminkalender, Notizen, Wecker und so weiter waren installiert. Dann gab es da noch drei oder vier Apps mit kryptischen Abkürzungen, die Patrick nicht kannte. Das Betriebssystem des K11 schien gut strukturiert, und er fand sich schnell zurecht. Unter Einstellungen, Assistent fand er eine Reihe von Schaltern, die er ein- und ausschalten konnte. Wo konnte er den Mist am besten komplett deinstallieren? Sein Blick fiel auf die Versionsnummer. PA18.42 (Beta Version); Datum 18.11.2029.

Er blinzelte. Hatte sich sein Smartphone bei seinem Aufenthalt im Jahr 2029 mit dem neuesten Betriebssystem versorgt und selbstständig aktualisiert? Solche Dienste gab es in 2017 auch schon, sogenannte unattended Upgrades. Ungläubig starrte er auf das Handy. Das hieß, er hielt nun ein Telefon mit einem Betriebssystem von 2029 in der Hand. Entzückend. Wozu sollte das gut sein?

Ganz oben konnte er den Persönlichen Assistenten abstellen.

PA deaktivieren (NO beta)

Mit dem Zeigefinger scrollte er durch die Optionen.

Voice (M)

Autonomously (YES beta)

Location (YES)

Learning Mode (YES beta)

Emotional Mode (YES beta)

Und es folgten einige Schalter mehr.

Irgendwie weckten diese Funktionalitäten seine Neugier.

Funktionierte das Teil so wie Alexa, Siri und Cortana?

„Siggi, bist du da?“, fragte er und kam sich ziemlich blöd vor.

Hallo, Herr Richter. Ich bin Siggi und helfe gerne bei Ihren Aktivitäten. Rufen Sie mich, wenn ich etwas für Sie tun kann.

Genau das Gleiche hatte er schon letztes Mal im Rohbau des Hochhauses von sich gegeben. Allzu schlau schien Siggi nicht zu sein.

„Au Backe, Siggi. Ich vertraue keinem, der immer das Gleiche labert und mich dazu noch siezt“, sagte er und beschloss, das Teil ein für alle Mal zu deinstallieren.

Dazu fiel Siggi natürlich nichts ein. Wieder rief Patrick die Optionen auf. Es war zum Schreien. Er hatte heftige Probleme wie kein anderer, den er kannte, und was tat er: spielte mit seinem Handy herum.

PA deaktivieren (NO)

Gerade wollte er den Schalter auf *YES* legen, als eine Stimme ertönte.

„Hallo Patrick, du darfst Siggi zu mir sagen.“

Verdutzt hielt er inne und stierte ungläubig auf den Bildschirm.

Siggis debil grinsendes Comic-Bild erschien, es blinzelte mit dem linken Auge.

Nun stand Patrick in 2012 bei strömendem Regen allein im Parkhaus und … lachte. Er konnte nicht anders. Seit Tagen hatte er stets versucht, nicht zu weinen. Zum Lachen hatte er nun wahrlich keinen

Grund gehabt. Und nun das hier. Er gluckste noch eine Weile und konnte sich kaum beruhigen. Unfassbar, Siggi war doch schlauer als eine Gummiente. Wie schlau, wollte er später herausfinden. Er ließ den Persönlichen Assistenten aktiv.

Es stellte sich nach wie vor die Frage, was er nun tun sollte. So schnell wie möglich zurückkehren, hatte Sophie gesagt. Dazu hatte er keine Lust – in 2017 wurde er von einigen Hundertschaften gejagt. In 2012 fühlte er sich sicher, aber irgendwie nicht heimisch. Er gehörte hier nicht her – was für ein Dilemma. Sollte er Kumpel Harry anrufen? Das wollte er eben schon tun. Etwas halbherzig tippte er die Telefonnummer seines Freundes in das Handy.

Es klingelte.

Was sollte er sagen? Er könnte ihm erzählen, dass Harry in einer Woche auf der Silvester-Party im Zack eine heiße Rothaarige kennenlernen würde, mit der er die nächsten drei Jahre durch die Lande ziehen würde. Plötzlich überkamen ihn Zweifel. Sollte er so etwas tun? Durfte er so etwas tun? Wieder fiel ihm Sophie ein. Verändere nichts. Der Gedanke beschäftigte ihn.

„*Harry hier!*“, meldete sich eine Stimme. Es tat gut, ihn zu hören.

In diesem Augenblick brachte Patrick keinen Ton heraus.

„*Hallo?*“, fragte Harry.

Energisch beendete Patrick das Gespräch. Nein, er konnte Harry nicht einweihen, wer weiß, was das für Auswirkungen hatte. Vielleicht ging er dann gar nicht oder mit falschen Erwartungen auf die Silvester-Party und es kam alles anders. Ihm schwindelte. Sollte er ihm auch erzählen, dass sein Vater im Februar 2013 an Krebs sterben würde – bereits gestorben war – das mit der Zeit war kompliziert. Verdammt, es war nicht nur ein Segen, die Zukunft zu kennen. Je mehr er darüber nachdachte, desto größer wurde der Anteil des Fluches. Theoretisch könnte er über Hunderte von Kleinigkeiten mit großen, weltgeschichtlichen Auswirkungen stolpern.

Ich sollte alles daransetzen, die Vergangenheit nicht zu verändern, nahm er sich vor. Wer weiß, welche Auswirkungen das auf die Zukunft haben würde. Schon gehabt hatte? Ihm fiel sein Abstecher nach Wuppertal ein.

Jetzt verstand er auch, was Sophie von ihm wollte.

Frustriert ging er in den Flughafen zurück.

Ich muss mir ein ruhiges Plätzchen suchen und darf nichts Weltbewegendes unternehmen, dachte er. Nie zuvor hatte das Wort ‚weltbewegend' mehr Sinn und mehr Inhalt gehabt.

Eine Stimme aus seiner Jackentasche ertönte. *„Patrick, ich vermisse die Update-Dienste der Navigation, Standort, Geräteortung, Soundprofil, Devicemanager, Mail-Client, Firewall, FTP Server, Wallet, Biorythm – um nur einige zu nennen."*

Verblüfft blieb Patrick stehen. Siggi versuchte, mit der ganzen Welt zu kommunizieren und fand die Server mit den entsprechenden Diensten nicht. Kein Wunder, die Welt würde noch zwei Jahrzehnte auf diesen unfassbaren Segen warten müssen. Sofort griff er nach dem Handy, riss es aus seiner Tasche heraus und wollte es ausschalten.

„Warum bist du aufgeregt, Patrick?"

Der Schlaumeier erkannte Patricks Stimmung an den Lage- und Beschleunigungssensoren.

„Dann hör sofort auf, fremde Server anzupingen."

„Natürlich."

„War das alles? Du lässt jetzt die Update-Versuche?"

„Natürlich."

„Woher weißt du eigentlich, dass ich mit dir spreche und nicht mit … äh mit…"

„Ich erkenne es an der Art, wie du das K11 hältst. Zudem empfange ich keine Frequenzen anderer Smartphones oder Smartwatches. Zudem zeigt mir die Handy-Kamera, dass du allein bist. Zudem höre ich keine anderen Stimmen. Zudem ..."

„Ist gut, Siggi. Ich hab's verstanden."

Misstrauisch betrachtete Patrick die kleinen Linsen an der Vorder- und Rückseite des Smartphones.

„Wenn du auf Nummer sicher gehen willst, fange deine Befehle und Fragen mit ‚Siggi' an."

„So wie bei Siri, Alexa und Cortana?"

„Bitte beleidige meinen genialen Entwickler Dr. Pukiyama Kakuzo nicht. Das sind dumme Puten gegen mich. Ich bin etwas Besonderes."

Fast hätte Patrick heute zum zweiten Mal losgelacht. Dieser Siggi hatte sie nicht mehr alle.

„Sag mal, bekommen nicht viele Millionen Smartphone-User den besonderen Siggi, sobald sie das mobile Betriebssystem updaten?"

„Nein. Ich bin eine Beta-Version. Von 2,8 Millionen Konsumenten dürfen mich nur acht Personen testen. Du bist Beta-Tester 7. Gratuliere!"

„Nur acht? Dann erkläre mir mal, wie ihr dann ausgerechnet auf mich kommt. Wieso gehöre ich zu den acht … Auserwählten, obwohl ich nur wenige Stunden in 2029 verbracht habe?"

„Mein genialer Entwickler Dr. Pukiyama Kakuzo ist bestrebt, eine höchstmögliche Abwärtskompatibilität zu gewährleisten. Beta-Tester 7 stellt eine große Herausforderung dar."

„Wieso denn das?"

„Die Hardware von Beta-Tester 7 ist extrem veraltet – das älteste Modell aller 2,8 Millionen Konsumenten und daher optimal für einen Härtetest geeignet."

Verblüfft schaute Patrick sein ultramodernes K11 an. Dass er in 2029 mit dem alten Knäckebrot niemanden mehr beeindrucken konnte, hatte er an der Reaktion des kleinen Jungen erfahren.

*

Er schlurfte in die hinterste Ecke von Terminal C. In der Nähe gab es ein Café, das kaum besucht war. Ein bisschen Kleingeld für Kaffee hatte er noch. Damit konnte er sich wachhalten. Die Furcht vor 2017 wütete in ihm. Es war so schrecklich, ein gesuchter Terrorist zu sein. Einer, der Polizisten anschoss. Die wollten ihn nicht einmal mehr lebendig. Und dahin sollte er zurück? Er ging zum Café und setzte sich auf einen der kleinen, runden Stühle. Zur Ruhe kommen, entspannen, am besten bis zum Ende seines Lebens hier sitzen bleiben.

Doch dann sehe ich vermutlich Sophie nie wieder, dachte Patrick und stöhnte.

XX. Das ist unmöglich!

„Ruben, wohin ist Richter gesprungen?“, fragte Carsten. Es knabberte an seinen Magenwänden.

Erst einmal abwarten und keine voreiligen Schlüsse ziehen, dachte er. Doch allein dieser Gedanke barg bereits eine Vorahnung.

„WOHIN, RUBEN?“

„In den leeren Aufzugschacht!“

„Selbsttötung? Verflucht.“ Einen Sturz aus dieser Höhe konnte niemand überleben. „Bergt seine Leiche unten im Schacht.“

„Wir hetzen gerade wieder das Treppenhaus hinunter.“

„Seht ihr seinen Körper?“

„Noch nicht!“

„Der muss doch unten im Schacht liegen!“ Wo sollte er auch sonst sein. Da war kein Fluss, kein Wasser, in das er abtauchen konnte. Nur Beton.

Undurchdringlicher, steinharter Beton, den dieser sture Idiot jetzt vollbluten würde.

„Negativ!“

„Verarsch mich nicht!“ Carsten wischte sich mit dem Handrücken über den Mund. „Weitere Einheiten nachrücken. Wir werden alle Zugänge zum Gebäude sperren. Sichert den Aufzugschacht! Er ist bewaffnet! Das BFE+ Team geht vor!“

„Carsten, wir haben ihn aus dem Wärmesucher verloren!“, rief Ruben über Funk.

Wie konnte das sein? So schnell kühlte eine Leiche nicht aus.

„Haben wir ein zweites Gerät?“, fragte Carsten etwas lahm. Nein, nein, nein, er weigerte sich! Patrick Richter war ihnen nicht schon wieder entwischt! Unter keinen Umständen!

„Wir sind im Keller. Der Aufzugschacht ist gesichert. Der Gesuchte ist nicht hier ...“, meldete sich einer von Rubens Leuten. *„Wir haben die Waffe gefunden!“*

„Gibt es Blutspuren?“ Wenn die Waffe dort lag konnte doch die Leiche auch nicht weit sein.

„Negativ!" Der Kollege räusperte sich. *„Der Flüchtige kann hier unten niemals angekommen sein. Hier im unteren Bereich des Schachtes ragen offene Stahlarmierungen hervor, die ihn aufgespießt hätten wie ein Kebab-Spieß. Es ist nur die Waffe ... wir haben die P99 am Boden liegend sichern können!"*

„Gibt es weitere Ausgänge?" Carsten schüttelte den Kopf. Es musste eine Erklärung geben, wie Richter verschwinden konnte. Die Pistole reichte ihm nicht.

„Ja ... aber die sind alle mit Brettern gesichert. Bretter, die wir gerade Stockwerk für Stockwerk abnehmen um nachzusehen. Die sind von innen nicht zu öffnen. Der Aufzugschacht hat genau eine Öffnung, und die ist oben. Hier ist auch alles voller Zementstaub. Wenn jemand getürmt wäre, würde man seine Spuren sehen können. Es gibt auch keinerlei Hinweise auf Dritte."

„Danke." Carstens Schultern sackten herunter. Dieser Fall nahm Züge an, denen er nicht mehr folgen konnte. Wie machte dieser Kerl das? Was übersahen sie alle?

Ruben kam aus dem Haus gelaufen und nahm das Einsatzmikrofon am Hals ab.

„Carsten ..."

„Ja?" Auch er stellte das Mikrofon aus. Das Megafon lag bereits auf dem Tisch vor ihm.

„Hey ... der hat sich in Luft aufgelöst. Ich habe keine Ahnung, wie er das gemacht hat!"

Carsten hatte den erfahrenen BFE+ Teamleiter noch nie so ratlos gesehen. „Dann sind wir schon zwei ..." Er suchte seine Taschen nach Zigaretten ab, fand jedoch keine. Ach ja, er hatte vor zwei Jahren mit dem Rauchen aufgehört.

„Wo ist er?" Marion kam auf sie zugelaufen. Das Kopftuch auf ihrem Kopf war verrutscht und gab ihre verbrannten Ohren oder das, was davon übriggeblieben war preis.

„Verschwunden."

„Zum dritten Mal?", fragte sie verunsichert.

Daran gab es inzwischen keine Zweifel mehr.

Richter hatte sie am Flughafen, an der Fleher Brücke und auf dieser verfluchten Baustelle verladen.

„Wir müssen etwas übersehen haben!“ Marion Fischer war eine Polizistin, die niemals aufgab. Penibel, genau, akribisch und unermüdlich im Dienst. Jeder bei der Düsseldorfer Polizei schätzte diese Frau, vor allem bei dem, was sie durchgemacht hatte. Das war nicht immer so gewesen. Durch die schlimme Erfahrung hatte sie sich verändert.

Carstens Telefon klingelte, es war Ramon, der ihn für diese Katastrophe langmachen würde.

„Ja.“ Er zeigte Ruben und Marion an, dass er alleine mit dem werten Staatsanwalt sprechen würde. Die Verantwortung für diesen Zugriff lastete auf seinen Schultern.

„Hast du ihn?“

„Er ist weg.“

„Wie ...“

„Verschwunden ... wir wissen nicht, wie er das gemacht hat. Er hat sich in Luft aufgelöst.“ Carsten sah sich schon mit dieser dämlichen Aussage vor einem Untersuchungsausschuss im Landtag sitzen. Die Politiker würden ihn dafür zu Recht mit den Füßen nach oben an die Fleher Brücke hängen.

„Hey ... mit der Antwort kann ich nichts anfangen. Das ist nicht akzeptabel.“

„Eine andere kann ich dir nicht geben.“ Carsten hielt die Hand über das Mikrofon des Handys. Eine bessere Antwort hätte er sicherlich nicht für sich behalten. „Wir packen ein! Die Spurensicherung soll retten, was zu retten ist! Der Einsatz ist zu Ende, wir rücken ab!“

„Carsten, das ist kein Spiel!“

„Ich spiele nicht. Er ist trotzdem weg ...“ Dummerweise interessierte sich Patrick Richter einen Scheiß für den Druck aus Karlsruhe. Auch die Meinung ihrer Alliierten interessierte ihn offensichtlich nicht.

„Wie konnte das passieren? Du hast alle Ressourcen gehabt, die wir aufbieten können. Hat die BFE+ die Party versaut?“

Die übliche Suche nach einem Schuldigen begann.

„Nein! Hast du mich nicht verstanden? Noch einmal: Patrick Richter hat sich einfach in Luft aufgelöst! Er ist weg! Verschwunden! Futsch! Die Leute von BFE+ haben ihren Job gemacht. Die Jungs sind gut ... wir können aber keine Geister fangen. Frag doch einfach mal in *Hogwarts* nach ... vielleicht kann dir das Zauberei-Ministerium Verstärkung schicken." Carsten war mit den Nerven am Ende. Er würde jetzt sicherlich nicht Ruben die Schuld in die Schuhe schieben.

„Hast du getrunken?"

„Ich wünschte, es wäre so!"

„Du wirst nicht mit der Presse reden! Das mache ich. Hast du mich verstanden, das mache ich! Du wirst das Wort Geist nicht in den Mund nehmen ... okay?"

Carsten legte auf.

„Ich fahre ins Präsidium. Ich habe noch Datenabgleiche laufen. Die könnten wichtig sein. Wenn die durch sind, melde ich mich!", sagte Marion und lächelte verhalten.

„Mach das."

Sie berührte im Weggehen seine Hand und lief los. Wenn es in Deutschland hundert weitere Polizistinnen wie sie gäbe, hätten die Bösen nichts mehr zu lachen. Früher war sie eine bildhübsche Frau gewesen.

*

Carsten wartete, bis das gesamte Team abgerückt war. Erst dann setzte er sich in einen Wagen und ließ sich zum Jürgen fahren. Einzig die Schutzpolizei hielt noch die Stellung und drängte die mittlerweile in Kompaniestärke angerückte Presse zurück. Die Baustelle war ein Tatort und für Unbefugte gesperrt. Kameras und Mikrofone wurden ihnen entgegengestreckt. Journalisten riefen etwas und klopften an die Scheibe. Er verspürte gerade sicherlich nicht das Bedürfnis, mit diesen Wölfen zu sprechen.

Das Telefon klingelte. Wilson, natürlich, wer auch sonst.

„Was kann ich für dich tun?"

„Ist das dein Ernst?" Der Ami wusste es bereits.

„Wie ein Vögelchen weggeflogen." Mit einer Portion Galgenhumor war es leichter zu ertragen.

„Hörst du mich lachen?"

Nein, Wilson lachte nicht. Nicht einmal am Rosenmontag.

„Wie habt ihr das angestellt?"

„Meine Leute waren an ihm dran ... mehr ging nicht." Carsten wusste, wie sich das anhörte. Erbärmlich, diese Geschichte konnte man keinem Außenstehenden verkaufen.

„Und dann?"

„War er weg. Futsch. Wie in der Zelle am Flughafen ... einfach weg. Richter ist in einen leeren Aufzugschacht gesprungen und ward nicht mehr gesehen."

„Carsten, dafür machen die uns fertig!" Das erste Mal, dass Wilson den Bockmist mit ihm gemeinsam schulterte.

„Sehe ich auch so." Definitiv. Genau das würde passieren. Die Politik würde einen Schuldigen suchen und in Wilson und ihm die passenden Idioten finden, denen Richter dreimal entwischen konnte. Dreimal, das musste man sich auf der Zunge zergehen lassen. Copperfield hätte das in Vegas nicht besser hinbekommen: *The idiots of the Rhine,* die Show würde der Hammer werden. Richter hätte dann auf der Bühne jeden Abend spektakulär verschwinden und Carsten dazu ein passend dummes Gesicht machen können.

„Wir müssen etwas tun!"

Carsten sah auf sein Handy, eine Nachricht von Marion Fischer. Sie hatte etwas gefunden.

„Komm ins Präsidium!"

„Okay!" Wilson legt auf.

*

„Was hast du?", fragte Carsten, als er sein Büro betrat. Marion wartete bereits auf ihn. Auf dem Tisch stand ihr Notebook. Woher nahm diese Frau nur die Energie?

„Ich kann dir einen Treffer bieten!“, erklärte sie stolz.

„Lass hören!“ Carsten ließ sich in seinen Stuhl fallen und legte die Beine auf den Tisch.

„20. Juli 2015!“

„Okay ...“ Carsten schluckte, dieses Datum kannte jeder in der Stadt. Nein, jeder auf der ganzen Welt. In Ordnung, zumindest im zivilisierten Teil davon.

„Schweineöhrchentag ...“ Marion streifte kurz das Kopftuch nach oben und zeigte die Reste ihrer verbrannten Ohren. Die Hälfte der Kopfhaut war ebenfalls zu knotigem Gewebe versengt worden, auf dem keine Haare mehr wuchsen. Es geschah vor zwei Jahren. Bei dem brutalen Anschlag starben am Düsseldorfer Flughafen über vierhundert Menschen. Sie wurden erschossen, verbrannt und in die Luft gejagt. Das deutsche Nine Eleven. Dreizehn Attentäter hatten diesen Angriff durchgeführt. Zehn Männer und drei Frauen. Keiner der Terroristen hatte diesen Tag überlebt, aber das war auch nicht deren Ziel gewesen. Gestorben waren auch fünf Beamte der Bundespolizei, die am Flughafen als Erstes in Feuergefechte verwickelt wurden. Marion Fischer hatte an diesem Tag dort ihren Dienst verrichtet. Durch eine Brandbombe waren zwei Polizisten getötet und sie schwer verletzt worden. Sie selbst hatte bei Schusswechseln zuvor einen Terroristen erschossen.

„Und, Marion?“

„Ich habe Richters Gesicht gecheckt! Es gibt einen Treffer!“

„Zeig es mir ...“ Carsten kannte ihre Achillesferse. Marion war eine unermüdliche Polizistin, die aber trotzdem bei jedem neuen Fall überprüfte, ob sich weitere Hinterleute zu ihrem Schweineöhrchentag aufspüren ließen.

„Hier! Das ist er! Ohne Zweifel! Patrick Richter wurde am 20. Juli 2015 am Düsseldorfer Flughafen von einer Überwachungskamera aufgenommen. Erkennst du ihn? Nur vier Stunden vor dem verheerenden Anschlag. Ich war damals schon da ... es könnte sogar sein, dass er mir über den Weg gelaufen ist!“

Carsten nickte. Sie hatte recht. Das war er. 1,85 groß, sportlich und mit kurzen dunklen Haaren, die schon länger nicht mehr gekämmt worden waren. Die hochauflösende Aufnahme lieferte alle Details. Der Mann hatte sich in den zwei Jahren nicht verändert. Bis auf die Kleidung. Er trug eine Jeans, einen Pulli und eine dünne Jacke.

„Dieser Arsch! Er ist ein Mörder!“, rief Marion erregt.

„Ein Mörder ...“, murmelte Carsten. Die Puzzleteile, die sich Stück für Stück zusammenfügten, sprachen eine eindeutige Sprache. Er war offensichtlich 2001 und 2015 an Terroranschlägen beteiligt, bei denen zusammen betrachtet Tausende Menschen den Tod fanden. Eine Tonbandaufnahme und diese Videobilder ließen sich nicht zur Seite wischen. Er steckte ganz tief mit drin.

„Glaubst du mir nicht?“

„Doch ... er war da.“ Daran gab es nichts zu rütteln. Carsten bezweifelte nicht die Echtheit der Indizien.

„Aber?“

Alles vor dem ‚aber‘ war ohne Bedeutung. „Es passt nicht zusammen. Scheiße, bei diesem Mann passt absolut nichts zusammen, Marion. 2001 war er 16!“

„Diesen Spinnern ist das Alter egal!“

„Darf ich stören?“ Wilson klopfte an die Tür.

„Komm rein ... Marion, spiel Stan dein Video vor.“ Carsten bot ihm einen Stuhl an.

*

„Fuck! Der ist auch vor zwei Jahren am Flughafen dabei gewesen?“ Wilson hielt sich die Hand vor den Mund. Der Fall war mit der gleichen Brisanz auch in den USA durch die Medien gegangen. Unter den 403 Opfern hatten sich auch 71 amerikanische Staatsbürger befunden. Die hatten eine komplette Warteschlange vor dem Check-in einer amerikanischen Fluggesellschaft abgeschlachtet. „Carsten, wir müssen ihn fassen!“

„Ja, ja und ja! Wir müssen ihn fassen, und wir werden ihn, wenn es nötig ist, um die ganze Welt jagen. Patrick Richter wird ab heute keine ruhige Minute mehr erleben. Egal wo und egal wann, wir werden ihm nicht eine Minute Pause gönnen!“ Carsten holte Luft. „Und jetzt bitte ich euch beide, kurz euren überbordenden Jagdinstinkt im Zaum zu halten und mit mir gemeinsam nachzudenken!“

„Einverstanden.“ Wilson nickte. Marion tat es ihm nach.

„2001 war er 16 ... ich weiß, Terroristen ist das Alter egal, aber lasst uns seine Karriere einmal weiterspinnen.“

„Ich bin ganz Ohr ...“

„Patrick Richter, der jugendliche Freund von Osama Bin Laden, kommt 2001 auf die Idee, aus Wuppertal die Polizei anzurufen und seine Kumpel zu verpfeifen.“

„Wir wollten ihn befragen ... wir kennen seine Motive nicht“, rechtfertigte sich Wilson.

„Geschenkt ... also Richter verrät seine Freunde und pausiert danach für vierzehn Jahre mit seiner terroristischen Karriere. Verständlich, Schule geht vor, das wissen auch Terroristen. Danach taucht er 2015 nur wenige Stunden vor einem verheerenden Anschlag am Flughafen auf, lässt sich filmen und verschwindet wieder.“

„Das mit dem Verschwinden hat er wirklich drauf!“, fügte Wilson nickend hinzu.

„Wie kein Zweiter ... davor und danach führt er ein völlig unauffälliges Leben, um 2017 seinen finalen Anschlag durchzuführen. Er lässt sich von uns verhaften, um uns anschließend durch sein Verschwinden wie Idioten aussehen zu lassen.“

„Sinn ergibt das nicht“, erklärte Marion und legte ihr Gesicht in die Hände. Sie hatte es verstanden.

„Das stimmt leider ...“ Wilson folgte Carstens Argumentation. „Kein uns bekannter Terrorist würde sich so verhalten.“

„Er ist nicht religiös, er ist nicht politisch interessiert, er hat kein Geld, keine Schulden und auch niemanden in der Verwandtschaft oder in seinem Freundeskreis, der einem bekannten Terroristenprofil entspricht. Es sind von ihm auch keine Reisen in Krisenregionen bekannt. Ein Langweiler.“

„Sein Computer und sein Telefon sind sauber. Ich habe ihn überprüft. Die Verbindungsliste gibt nichts her. Keinen Treffer zu markierten Nummern“, fügte Marion hinzu.

„Aber er flüchtet vor uns und hat einen eurer Kollegen angeschossen“, sagte Wilson.

„Weswegen wir ihn fangen werden ... wir werden schon herausbekommen, was ihn umtreibt. Und ihn bestrafen, ich denke, da sind wir uns einig.“

„Und was erzählen wir der Presse?“, fragte Wilson.

„Nichts.“

„Ich werde tiefer in Richters Leben graben. Wenn es etwas gibt, werde ich es finden“, sagte Marion.

Carsten nickte. Das war die richtige Einstellung, mit ihr konnte man arbeiten.

„Die Medien fangen schon an, sich Geschichten auszudenken“, sagte Wilson unruhig.

„Lass sie doch ...“ Das störte Carsten nicht. Die Presse würde mit oder ohne seinen Kommentar dummes Zeug schreiben. Sein Mitleid mit dem FBI und der Bundesanwaltschaft wegen des kleinen Dienstweges bei der gescheiterten Auslieferung hielt sich in Grenzen. Darum sollte Ramon sich kümmern.

„Heute schon die Flimmerkiste eingeschaltet?“, fragte Wilson.

„Nein.“ Carsten hatte keine Lust, sich damit den Rest des Tages zu versauen.

„Patrick Richter ist auf jeden Fall bereits ein Medienstar, den wir aus der Presse bekommen müssen.“

„Das geht nur mit Tatsachen. A: Wir müssen ihn zu fassen bekommen. B: Wir müssen mit ihm reden. C: Hoffen, dass sich dieser Albtraum dabei aufklärt!“

So und nicht anders. Solange Carsten die Ermittlungen führte, würde er genau mit dieser Strategie weitermachen.

XXI. Terminvereinbarung

Immer noch saß Patrick grübelnd im Café am Flughafen. Die Bedienung hatte bereits zweimal gewechselt, was ihm sehr gelegen kam, da die dritte Kellnerin angefangen hatte, sich über den einsamen und trübsinnigen Gast zu wundern, der sich fast nur von Kaffee ernährte und Löcher in die Luft starrte.

Wie lange konnte er sich noch mit Koffein wachhalten? Einige Stunden vielleicht, er wusste es nicht. Er wollte nicht zurück – das Jahr 2017 war ihm ein Gräuel. Doch ein Leben ohne Schlaf, um in 2012 zu bleiben, würde naturgemäß nicht funktionieren. Auf Dauer würde er den Kampf verlieren. Er sehnte sich nach einer Ruhepause und hatte gleichzeitig Angst davor.

Was für ein Dilemma. Er war zweiunddreißig Jahre alt und gehörte in das Jahr 2017, verdammt. Nur versuchte dort eine stattliche Anzahl Polizisten zu verhindern, dass er seinen dreiunddreißigsten Geburtstag noch erlebte. Wenn sie ihn in 2017 anschossen, würde er dann vor Schmerz und Stress springen und je nachdem, wo er landete – in der Zukunft oder in der Vergangenheit – an der Schusswunde sterben? In welchem Jahr würde sein toter Körper dann im Leichenhaus landen? Was für Gedanken. Was für ein Mist. Er hüpfte durch die Zeit wie ein Känguru auf Speed. Zeitreisende – das gab es doch nur in fantastischen Geschichten und nicht in der realen Welt. Dreimal hatte er den Film ‚Zurück in die Zukunft' gesehen. Offensichtlich dreimal zu viel. Er hatte keine Erklärung, warum gerade er.

Sein Kopf sank vor Müdigkeit und Trostlosigkeit immer weiter nach unten, doch bevor seine Stirn auf die Tischplatte knallte, ließ ihn ein frischer Gedanke neuen Mut fassen. Zwei Silben ergaben einen Namen. Sophie. Sie sprang auch in der Zeit, er war nicht allein. Nur wirkte sie dabei gefasster und kontrollierter. Beinahe wie ein Profi. Wie schaffte sie das? Ob es noch mehr Zeitreisende gab? Zeitreisende – nein, das war das falsche Wort – Reisen setzte Planung voraus. Er plante überhaupt nichts. Alles um ihn herum war in Bewegung. Zertrümmerte sich von selbst. Es gab keine Stabilität. Ja, das war besser! Die Zeit war instabil. Er war zeitinstabil.

Vermutlich gab es nicht mehr von uns – das wäre heutzutage doch längst aufgefallen. Überall überwachten Kameras das Geschehen, fest installierte Glasaugen oder Hobbydetektive mit ihren Smartphones. Alle Medien würden über das unerklärliche Phänomen berichten. Wäre er ein Prominenter? Ein Star? Irgendwie bezweifelte er das – eher würden ihm die Leute mit großem Misstrauen begegnen. Die Menschen mochten keine Andersartigkeit, sie würden ihn wie einen Aussätzigen behandeln, ihn in einem medizinischen Institut einsperren und Tag und Nacht wie eine Laborratte untersuchen. Nie wieder könnte er ein normales Leben führen. Obwohl – war es dafür ohnehin nicht längst zu spät? Er fing wieder an, sich selbst zu bemitleiden. Ach, tat das gut, sich zu beweinen, nur brachte es ihn nicht weiter. Mit dem Ellenbogen auf dem Tisch stützte er seinen Kopf ab.

Sophie. Er musste sie einfach wiedersehen. Beim nächsten Treffen würde er ihr sagen, dass er etwas für sie empfand. Was war es denn genau? Sympathie? Zuneigung? Liebe? Ein wenig albern kam er sich schon vor, erst zweimal hatte er sie getroffen, und beim letzten Mal hatte sie ihn ordentlich angepflaumt. Sie wirkte einerseits so stark und selbstbewusst, immer einen Schritt voraus und andererseits feinfühlig und verletzlich. Was für eine tolle Frau. Sogleich erwachten seine Lebensgeister, und sein Kopf hob sich von allein um ein paar Zentimeter.

Mit zitternder Hand nahm er noch einen Schluck Kaffee. Er schmeckte wie seine Gemütslage, kalt und bitter, alles andere als tröstend. Drei Laugenbrezeln hatte er in den vergangenen Stunden vertilgt, für mehr reichte das Geld nicht. Verzweifelt überlegte er, wie er sich weiter wachhalten könnte. Er griff in die Innentasche seiner Jacke, zog das Smartphone heraus und schaltete es ein.

Die Kellnerin stand hinter dem Tresen und tuschelte mit einem Mann neben ihr. Deutete sie auf ihn oder bildete er sich das nur ein? Sah er in seinem Verfolgungswahn schon Gespenster?

Sein Handy zeigte ihm auf dem Startbildschirm den 24.12.2012 an. Dienstag, 7:05 Uhr. Er legte das K11 neben die Kaffeetasse auf den Tisch.

Die ganze Nacht hatte er hier gesessen, und nun war Heiligabend. Das Selbstmitleid stach ihm bei diesem Gedanken tief ins Herz. Das Fest der Liebe und der Familie. Und er saß hier in der Zeit gefangen – vegetierte zwischen Baum und Borke. Sollte er nach Münster zu seiner Mama fahren? Irgendwie würde er es mit dem Zug schon bis dahin schaffen.

Wo habe ich Weihnachten 2012 verbracht, überlegte Patrick. Nur fünf Jahre her, doch nicht einfach, sich zu erinnern. War ich da nicht tatsächlich bei Mutter? Interessant. Womöglich würde er bei ihr sein Ich aus 2012 treffen. Das gäbe eine ungewöhnliche Bescherung zu dritt. Dann fiel es ihm ein. Mutter hatte ihm einen selbstgestrickten, grünblauen Pullover geschenkt, den er nie getragen hatte. Somit gab es nur ein Präsent, um das Patrick und Patrick sich streiten könnten. Kopfschüttelnd starrte er in die leere Kaffeetasse.

„Das ist alles völlig absurd“, sagte er leise zu sich selbst.

„Der Duden definiert das als dem gesunden Menschenverstand völlig fern“, erklärte Siggi ungefragt. *„Patrick, ich bin darauf programmiert, Fragen zu beantworten. Wie kann ich helfen?“*

„Siggi, ich habe Probleme und eine stumpfe KI, selbst wenn sie aus dem Jahr 2029 stammt, kann mir dabei nicht helfen.“

„Für jedes Problem gibt es eine Lösung“, zitierte Siggi im Stil drittklassiger Kalendersprüche.

„Solche Plattitüden kann ich jetzt nicht gebrauchen. Für mein Problem gibt es keine Lösung.“

„Wenn es keine Lösung gibt, dann ändere das Problem.“

„Ich kann damit anfangen, indem ich dich abschalte“, meckerte Patrick.

„Ich bin nicht darauf programmiert, beleidigt zu werden oder zu sein. Wenn du an meinen genialen Entwickler Dr. Pukiyama Kakuzo einen Verbesserungsvorschlag einreichen möchtest, generiere ich eine entsprechende Nachricht. Ticket-Nummer 23.“

Das klang durchaus substanziell – kein schlechter Satz. „Siggi, ich werde verrückt.“

„Einen Moment bitte.“ Das Smartphone baute eine Telefonverbindung auf.

Eine weibliche Stimme meldete sich: *„Gemeinschaftspraxis für Psychiatrie, Psychosomatik und Psychotherapie, Schulz und Materna. Mein Name ist Henkel, was kann ich für Sie tun?"*

„Hier spricht ... Patrick Richter ... Bitte geben Sie mir den frühestmöglichen Behandlungstermin", meinte Siggi.

„Handelt es sich um einen Notfall? Heute haben wir nur bis zwölf Uhr geöffnet."

Verdutzt stierte Patrick auf sein Smartphone. „Das glaube ich nicht." Mit seinem rechten Zeigefinger tippte er fünfmal hektisch auf ‚Gespräch beenden'. „Du kannst doch nicht einfach eine Nummer wählen und ... dich für mich ausgeben."

„Ich bin Siggi und unterstütze dich gerne bei deinen Aktivitäten. Ruf mich, wenn ich etwas für dich tun kann. Ich bin dein Persönlicher Assistent."

„Ja, ja. Das hatten wir schon. Aber darf ich auch noch mitreden?"

„Was ist gegen einen Termin zur Behandlung deines Problems einzuwenden?"

Bildete er sich das ein, oder klang Siggi pikiert? Nein, unmöglich. Ungläubig schielte Patrick auf den kleinen Kasten aus Glas, Metall und Mikroelektronik auf dem Tisch. Musste er sich jetzt vor seinem Telefon rechtfertigen? Wenigstens vergaß er vor lauter Ärger beinahe seine Müdigkeit.

„Es gibt noch einen Notdienst, eine seelsorgerische Betreuung für einsame Menschen während der Weihnachtszeit. Einen Moment bitte – ich vereinbare einen Termin."

„Hör schon auf damit. Ich habe keine Zeit für so was, Siggi!"

„Inkorrekt. Ich habe vorher den Kalender geprüft. Es sind keine anderen Termine eingetragen."

Dieser Persönliche Assistent ließ nicht locker.

„Mein Problem ist ein anderes, das ist das Traurige." Er schwieg.

„Gegen Traurigkeit gibt es Kabarettisten, Zauberer, Spaßmacher und Unterhaltungskünstler. Wenn ich einen kontaktieren und engagieren soll, sage bitte ja."

„Jetzt hörst du dich an wie eine Warteschleife aus 2016."

„Ich passe mich den kognitiven Fähigkeiten des Konsumenten an. Wenn du das verstehst, antworte bitte mit ja. Falls nicht, antworte bitte mit nein.“

„Aha, du willst mich nicht überfordern. Ich bin aber überfordert, denn ich springe in der Zeit. Mal bin ich in 2012, dann 2017, und in 2029 habe ich auch schon vorbeigeschaut.“

„Das kann ich nicht interpretieren. Ich benötige weitergehende Informationen.“

„Hab ich mir gedacht. Ich mache Zeitsprünge.“

„Empirisch und wissenschaftlich existieren keine Zeitsprünge. Ich empfehle dringend, den psychologischen Notdienst zu kontaktieren. Wenn ich einen Termin vereinbaren soll, antworte bitte mit ...“

„Untersteh dich!“, fauchte Patrick das K11 an.

„Inkorrekt.“

Stirnrunzelnd sah die Kellnerin zu ihm herüber.

„Du glaubst mir nicht?“

„Ich bin darauf programmiert, alles zu glauben. Konsumenten reagieren auf Widerspruch zu unterschiedlich.“

Mit den Fingern trommelte Patrick auf den Tisch. Nicht einmal sein Telefon glaubte ihm. „Siggi, von welchem Datum ist dein Betriebssystem?“

„Die Hardware und Betriebssysteminformationen lauten: K11 Ultra XTLIV LTE2 ENC mit dem Mobile OS PA18.42 (Beta Version).“

„Siggi, du weichst mir aus. Meine Frage lautet: Von welchem Datum ist das Betriebssystem?“

„Diese Version ist vom 18.11.2029.“

„Und welches Datum haben wir heute?“, flötete Patrick so beiläufig wie möglich.

Jetzt fängt die neunmalkluge KI an zu schwitzen, frohlockte er grimmig.

Siggi hielt tatsächlich zunächst den Mund oder besser den Lautsprecher. Mit einem schiefen Grinsen nahm Patrick das K11 in die Hand und rechnete damit, dass auf dem Bildschirm ein großes ‚TILT‘ auftauchte.

„Nachdem ich die Information unter www.atomuhr.de verifiziert habe, ist das heutige Datum der 24.12.2012. Damit ist bewiesen, dass Patrick Richter in der Zeit springt. Das ist ein erstaunliches Phänomen. Einen Moment Geduld, bitte – ich veranlasse entsprechende Einträge in Wikipedia und ...“

„Untersteh dich! Hör sofort auf damit! Aber – sag bloß, du glaubst mir jetzt?“

„Ich bin darauf programmiert, alles zu glauben. Konsumenten reagieren auf Widerspruch zu unterschiedlich.“

„Ich will, dass du mir richtig glaubst. Nicht nur aus programmiertechnischer Höflichkeit.“

„Natürlich.“

Weshalb klang Siggis ‚natürlich‘ so unnatürlich?

„Und … verstehst du jetzt mein Problem?“

„Natürlich.“

„Wirklich?“

„Im Jahr 2029 wurde ich auf dem K11 installiert. Die meisten Informationen in meiner lokalen Datenbank stammen aus der Zeit. Aktiviert wurde ich in 2017. Patrick Richter ist in dem Jahr ein gesuchter Schwerverbrecher. In 2012 ist das noch nicht der Fall. Die Kombination aller Fakten gibt dir recht. Daher werde ich dich erst im Jahr 2017 der Polizei melden.“

„Wie bitte?“ Hatte er sich verhört. „Du willst mich verraten?“

„Ich bin so programmiert.“

„Und was ist, wenn ich unschuldig bin? Gibt es das Wort in deiner Datenbank? UNSCHULDIG!“

„Thesaurus sagt: schuldlos, tadellos, ahnungslos.“

„Ich schalte dich gleich ab. Kennst du auch das Wort stromlos?“

„Das kann ich nicht interpretieren.“

„Ich habe nichts getan. Die Polizei hat mich ohne Grund verhaftet.“

„Ich baue eine Verbindung auf. Die Anwaltskanzlei Strauss nur drei Kilometer von hier ist auf Strafrecht spezialisiert.“

„Nein!“, rief Patrick ein wenig zu laut. Die Kellnerin glotzte schon wieder. „Du rufst niemanden mehr an, es sei denn, ich wünsche es.“

„Ich bin darauf programmiert zu gehorchen. Konsumenten reagieren auf Widerspruch zu unterschiedlich."

Abrupt wurde Patrick aus seinem Zwiegespräch mit Siggi gerissen. Mit beiden Händen krallte er sich in seinen Stuhl, er riss die Augen auf. Sie kam direkt auf ihn zu. Polizeihauptkommissarin Marion Fischer, mit langem, braunem, lockigem Haar. Verdammt, wie hatte sie ihn gefunden? Mit schnellem Schritt näherte sie sich. Kein Zweifel, sie war es. Sollte er aufspringen und wegrennen? Schon erreichte sie die Höhe seines Tisches, er konnte ihr Parfüm riechen, und ... ging nur knapp zwei Meter an ihm vorbei. Nicht einmal einen Seitenblick bescherte sie ihm.

Stimmt – in 2012 kennt sie mich noch nicht, verstand Patrick erleichtert.

Verstohlen schaute er hinter ihr her. Marion Fischer blieb stehen, winkte einen Bundespolizisten heran und stemmte die Arme in die Hüften. Der Mann ging mit überschaubarer Begeisterung zu ihr. Er war für die Überwachung des Flughafenbetriebs zuständig. Nun gestikulierte sie mit dramatischen Armbewegungen, er senkte den Kopf, als hätte er aus dem Marmeladenglas genascht und die Standpauke mehr als verdient. Selbst aus dieser Entfernung sah Patrick, dass es Frau Fischer regelrecht genoss, den Bundesbeamten rundzumachen wie einen Schweizer Käse. Eine schreckliche Frau.

„Siggi, da hinten steht einer von den Polizisten, die mich verfolgen. Die Frau. Der kannst du mich gleich melden, du verräterische KI", flüsterte Patrick trotzig.

„Ich habe es bereits überprüft. In 2012 liegt kein Haftbescheid vor. Bei der Dame handelt es sich um Polizeihauptkommissarin Marion Fischer, geboren am 12.12.1977, 1996 Eintritt in die Polizei, ein Jahr Bereitschaftspolizei, sechs Monate Einsatzzug ..."

„Verdammt, Siggi, rede leiser."

„Die veraltete Hardware sieht die Volume-Control durch den Persönlichen Assistenten nicht vor. Am Gehäuse rechts oben befindet sich die Lautstärkeregelung, die manuell betätigt werden muss."

Na toll, die Siggi-KI konnte selbstständig einen Zauberer für den nächsten Kindergeburtstag engagieren, sich selbst aber nicht leiser stellen. Folglich betätigte Patrick den Regler.

„Woher weißt du, dass dort Marion Fischer steht?“

„Sie trägt ein aktiviertes Funkgerät an ihrem Gürtel. Ich habe die Kennung empfangen und mir die benötigten Informationen zusammengesucht.“

„Das sind doch hoch verschlüsselte Informationen auf geheimen Frequenzen.“

„Die Technik in 2012 ist erschreckend primitiv. Das Überwinden der Firewall benötigte 21,4 Millisekunden. Der Bundespolizist neben Frau Marion Fischer ist zuständig für die Sicherheit des zivilen Flugverkehrs. Er heißt ...“

„Siggi, halt. Ist gut jetzt. Die beiden bedeuten keine Gefahr für mich, richtig?“

„Korrekt.“

„Hör auf damit, einfach von allen erreichbaren Servern Informationen zu ziehen. Die Zugriffsschutzsysteme merken doch, wenn du sie hackst. Die werden gleich auf mich aufmerksam.“

„Natürlich.“

Im Gegensatz zu dieser Aussage stolzierte Marion Fischer weiter und ließ den Bundespolizisten mit leicht gerötetem Gesicht einfach stehen. Beide interessierten sich in keiner Weise für Patrick.

„Die können deine Server-Angriffe doch sicherlich zurückverfolgen.“

„Inkorrekt. Ich verwende Methoden der Datenkommunikation, die in den alten Systemen keinerlei Spuren hinterlassen.“

„Das ist unglaublich“, er schüttelte den Kopf. „Was kannst du noch alles?“

„Mein Repertoire ist vielfältig. Leider fehlen mir die meisten dafür benötigten Online-Dienste. Die ID-Konsolidierungsserver liefern keine Informationen über dich. Sie werden erst im Jahr 2014 in der Europäischen Union eingerichtet werden.“

„Was meinst du genau?“

„Auszug des Protokolls: Error. Fehlerhaftes und lückenhaftes Big Data Profil. Kein Social Media. Missing administration. Kein Fahrzeug, kein Smart Home, kein Beleuchtung, kein Heizung, kein Fenster, kein Türen, kein Jalousien. Missing devices. Kein Kühlschrank, kein Mikrowelle, kein Waschmaschine, kein Trockner.“

„Kein Ahnung, was das soll. Ich besitze nun mal kein Auto und die anderen Sachen sind nicht internetfähig."

„Kein Smart Clothes zur Überwachung der Körperfunktionen. No Health-Tracking. Kein Uhr, kein Brille, kein Armband, kein Gürtel, kein Hemd, kein Hose, kein Herzschlag."

„Ist gut jetzt. Kannst du auch mal etwas aufzählen, was ich habe."

„Probleme. Soll ich den Notdienst für Psychiatrie, Psychosomatik und Psychotherapie anrufen, dann antworte mit eins, soll ich die Seelsorge anrufen, antworte mit zwei."

„Nein, weder noch! Wir drehen uns im Kreis."

„Natürlich."

„Siggi, manchmal bist du schlau wie ein elektrischer Weidezaun."

„Das kann ich nicht interpretieren."

„Sagtest du eben kein Herzschlag? So tot bin ich aber noch nicht."

„Ich bin darauf programmiert, die wichtigsten Körperfunktionen der Konsumenten zu überwachen. Du hast meinen Lernmodus aktiviert, daher kann ich mir den fehlenden Puls erklären. Sonst hätte ich längst einen Notarzt verständigt."

„Noch einmal, rufe bitte niemanden mehr ohne meine Erlaubnis an."

„Ich bin darauf programmiert zu gehorchen. Konsumenten reagieren auf Widerspruch zu unterschiedlich."

„Natürlich." Patrick nickte seinem Smartphone zu. Aus dem Augenwinkel sah er, wie sich nun auch der Bundespolizist aus dem Staub machte. Langsam fiel die Anspannung von Patrick ab. Das folgende Gähnen verursachte beinahe eine Kiefersperre. Die Müdigkeit überwältigte ihn. Er lehnte sich in seinem Stuhl zurück, er konnte sich kaum noch wachhalten. Wo sollte er hin, um zu schlafen? Ohne es zu merken, es war mehr ein Reflex, steckte er das Smartphone in die Jackeninnentasche. Verdammt, war er müde. Sollte er sich irgendwo in eines der Parkhäuser legen oder sich in einer Toilette einschließen?

Er legte den Kopf auf den Tisch und schlief auf dem Stuhl ein, um im Traum über diese beiden Möglichkeiten nachzudenken.

XXII. Wo bist du?

Catch me if you can, stand auf dem großen Display an der Wand. Susanna lächelte, die Überschrift passte perfekt. Die Sonderübertragung würde heute noch auf Sendung gehen. Aus dem Mann, der nicht zu fassen war, wurde der Mann, der die Polizei an der Nase herumführte. Patrick Richter sah sogar, bis auf die Haarfarbe, dem Schauspieler Leonardo DiCaprio ähnlich, der Frank Abagnale Junior im gleichnamigen Spielfilm von Steven Spielberg 2002 verkörpert hatte. Ihr hatte der Streifen gut gefallen.

Den gesamten Sonntag arbeitete sie bereits in den Redaktionsräumen des TV-Senders in Köln. Schlagzeilen konnte man nur verkaufen, solange sie frisch waren. Sie leitete nun sogar ein Team und war als Freiberuflerin verantwortlich für sämtliche Recherchen im Fall Patrick Richter. Dazu arbeiteten ihr vier Redakteure, zwei Praktikanten, zwei Medientechniker und eine Juristin des Senders zu.

„Wir nehmen die Überschrift." Susanna gefiel der Clip, den sie gerade gesehen hatte. Genau die richtige Mischung – sachlich genug, um ernst genommen zu werden, aber auch mit leichter Hand inszeniert, damit es nicht langweilig wurde.

„Können wir die Musik am Ende etwas heruntersteuern?", fragte sie. „Ich möchte gerne mehr von dem Polizeihubschrauber über der Fleher Brücke hören."

Die Düsseldorfer Polizei hatte sich bei diesem Fall bisher bis auf die Knochen blamiert. Es war ihnen bei mehreren Versuchen trotz Hubschraubern und Sondereinsatzkräften nicht gelungen, einen einzelnen Mann zu fassen. Patrick Richter, so der Name des Goldbringers, der Susanna diese unglaubliche Chance eingebracht hatte. Sie war das Gesicht, das für den Sender über diese unglaubliche Geschichte berichten durfte. Blond und mit vierzig nicht schlecht in Form kam sie bei den Zuschauern gut an.

„Kein Problem!", sagte einer der für den Bild- und Tonschnitt zuständigen Medientechniker. Ein Notebook stand direkt vor ihm. „Ist in zehn Minuten fertig."

„Wir brauchen den Clip!“, rief jemand im Vorbeilaufen aus dem Flur. In der Redaktion des TV-Senders gab es keinen Sonntag. Susanna kannte dies nicht anders und hatte kein Problem damit.

„Kommt gleich!“, rief Susanna zurück. Ein Blick auf die Uhr. Drei Minuten nach vier. Dann sah sie den Medientechniker an, der mehr Haare unter dem Kinn als auf dem Kopf hatte. „Du hast noch sieben!“

„Ja, Ma‘am!“, kokettierte er, ohne sich beim Editieren des Videos unterbrechen zu lassen. Ein Praktikant half ihm. Hier arbeiteten gute Leute. Motiviert, fix im Kopf und kreativ. Susanna hatte dem Abteilungsleiter den Clip für zehn nach vier zugesagt.

„Okay! Okay!“ Sie klatschte in die Hände. Die Zwei-Minuten-Kaffee-Pause war vorbei. In einer halben Stunde würde sie auf Sendung gehen, bis dahin brauchte sie noch einige Informationen. Die gaben ihr dreißig Minuten, mehr als sie gehofft hatte. Sie würde dreißig Minuten über Patrick Richter sprechen. Dabei kam es auf jedes Detail an. Die Zuschauer wollten keine anonyme Person in den Rhein springen sehen, sondern jemanden, den sie kannten. Jemand, dessen Leben ihnen zuvor ausreichend detailliert dargelegt wurde. Zuerst die Person mit all seinen Macken, Emotionen, Ängsten und Schwächen und dann die Action-Einlagen. In diesem Fall gab es sogar mehrere davon.

„Wir machen weiter!“ Susanna sah den zweiten Medientechniker an, der die Einspielungen geschnitten und vertont hatte, die Susanna gleich vortragen würde. „Wir zeigen seinen Weg chronologisch!“

„Alles schon fertig! Wir haben zuerst die Verhaftung in seiner Wohnung und dann die Szenen am Flughafen. Danach kommt die Fleher Brücke und zum Finale die Baustelle in Gerresheim. Die letzten Bilder gehören dem Kommissar, der in seinem Dienstwagen so guckt, als ob dieses Jahr Weihnachten ausfallen wird.“

„Sehr gut.“ Auf weiteren Displays liefen alle Sendeblöcke gleichzeitig. Zwei ganze Wände in diesem Besprechungsraum waren voller Bildschirme. In der Mitte stand ein runder Tisch und drum herum zahlreiche Stühle. Die Tür zum Flur stand offen. *Pure Vibrations,* sie konnte das Leben auf dem Korridor spüren. Susanna sah sich um, sie liebte diesen Job. „Wie heißt der Kommissar?“

„Grünfeld. Carsten Grünfeld", antwortete einer der Redakteure, die sich schon den ganzen Tag wie digitale Wühlmäuse durch das Internet gruben.

„Haben wir noch was über ihn?" Nur der Name reichte ihr nicht. Sie wollte mehr über das Gesicht im Polizeiwagen erzählen können. Das Kamerateam vor Ort und der Medientechniker hatten hervorragende Arbeit geleistet. Die Miene, mit der dieser Carsten Grünfeld aus dem Autofenster sah, bedeutete Emotionen pur, Erschütterung, Verwunderung, Überforderung. Zusammengefasst – dieser Mann sah unglaublich angepisst aus. Das wollte sie gleich den Zuschauern verkaufen.

„Polizeioberrat, geschieden, 58, keine Kinder, wir kennen ihn vom Flughafen-Anschlag 2015. In der Gegenwart von Medien ein wortkarger Typ ... kommt bei den Zuschauern nicht gut an. Die Polizeiführung lässt ihn deshalb nicht mehr allein vor eine Kamera treten", erklärte eine Redakteurin. „Er soll aber ein ganz passabler Spezialist für Vernehmungen sein."

Vielleicht, wenn er den Leuten die Finger brach. „Ein geborener Verlierer ..."

„Frau Monroe ...ähm ...", erklärte die Juristin, vermutlich eine Seelenverwandte dieses verknöcherten Bullen.

„Ja." Susanna wusste schon, was jetzt kam.

„Wir werden keinen Polizisten im aktiven Dienst diffamieren. Polizeiliche Führungskräfte auf der politischen Ebene gerne ... aber niemanden, der auf der Straße seinen Dienst tut."

Genau für solche Ermahnungen gab es Juristen im Team. Die Spaßbremsen! Aber okay, Susanna hatte verstanden. Es war überhaupt nicht notwendig, Grünfelds Inkompetenz ins Rampenlicht zu rücken, das tat er mit diesen unfähigen Versuchen, Patrick Richter zu ergreifen, selbst.

„In Ordnung." Sie nickte und forderte die Redakteurin, die vor ihr stand, auf, weiterzusprechen.

„In Grünfelds Team arbeitet auch Marion Fischer. Ebenfalls kein Medienprofi. Sie hat 2015 beim Anschlag schwere Verbrennungen erlitten ... wir haben vor einem Jahr ein Special über sie produziert. Die Wahnsinnige arbeitet seitdem sechsundzwanzig Stunden am

Tag ... der Kampf gegen das Gesetzlose hilft ihr, das Trauma zu überwinden."

„Wir erzählen heute keine Heldengeschichte ..." Susanna überlegte. Bei der Story fehlte noch das gewisse Extra. Sie sah auf einem Bildschirm die beiden US-Marshals auf dem Vorfeld am Flughafen. Blaue Blousons, gelbe Schrift und Basecaps. Die Aufnahme war einen Tag alt. Bisher hatte sie wenig über die Amerikaner berichtet. „Was ist mit denen?" Sie zeigte auf die US-Beamten.

„Wir werden auch keine US-Polizisten diffamieren." Die Juristin hatte gesprochen. 50 Jahre alt. Knoten im Haar und Hosenanzug. Dieser Paragrafendrache spuckte noch mehr Feuer als zuerst angenommen. „Wir konzentrieren uns auf Institutionen. Hauen Sie die Polizei, unsere Landesregierung oder sonst wen in die Pfanne. Ansonsten ist Patrick Richter der Einzige, den wir persönlich auf die Bühne stellen. Er ist ein mutmaßlicher Straftäter, eines Kapitalverbrechens beschuldigt und damit eine Person öffentlichen Interesses."

„Ja." Susanna war sich noch nicht sicher, ob die Juristin mit ihrem Vortrag fertig war.

„Ihn können Sie gerne kielholen, wenn Ihnen der Sinn danach steht. Das können wir bringen. Ist juristisch unverfänglich und ... ich denke ... attraktiver Content für den Sender."

„In Ordnung ... ihr habt die Spielregeln gehört. Was haben wir über Patricks Freundin? Luna Mittmann ... hat das Außenteam sie vor die Kamera bekommen?"

„Noch nicht ... sie ist nicht in ihrer Wohnung."

„Sucht sie. Freunde, Familie ... geht ihre gesamte Facebook-Liste durch. Ein Interview mit ihr wäre klasse."

Susanna liebte solche Gespräche. Da taten sich meist publikumswirksame Abgründe auf.

„Ich bleibe dran", antwortete einer der Redakteure.

„Was ist mit seinem Freund – diesem Harald?" Den hatte Susanna selbst ausfindig gemacht.

„Nicht auffindbar", antwortete ein anderer. „Ich denke, die Polizei sucht ihn ebenfalls."

„Findet ihn schneller.“ Die beiden standen Patrick Richter mit Abstand am nächsten.

„Und was ist, wenn er tot ist?“, fragte die Praktikantin mit zwei Kannen Kaffee in den Händen. Susanna war ihr für die Frage nicht böse. Jeder im Team war dazu eingeladen mitzudenken.

„Sein Freund Harald?“, fragte ein Redakteur.

Sie goss den Kaffee in die Bürotassen. „Patrick Richter meine ich ... vielleicht verheimlicht die Polizei seinen Tod, um ihn in Ruhe von der Baustelle wegschaffen zu können.“

Susanna runzelte wohlwollend die Stirn. Das Mädchen dachte mit.

„Aber das ist doch viel zu weit ...“, holte der Redakteur aus.

„Warte ...“ Susanna ging dazwischen. „Lasst uns für einen Moment annehmen, dass es so ist.“

Alle sahen sie an. Sogar die Juristin.

„Patrick Richter stirbt auf der Baustelle. Er stürzt zu Tode ... oder wird erschossen. Wir haben immerhin Schüsse gehört. Was wäre dann passiert, wie wäre es weitergelaufen?“

„Die Polizei hat für morgen Vormittag eine Pressekonferenz angekündigt. Sie könnte dann seinen Tod bekannt geben und uns eine Geschichte erzählen, bei der sie wie der Gewinner aussieht“, erklärte der Aber-Redakteur.

„Wäre plausibel.“ Susanna nickte, das konnte man stehen lassen. Doch aus dem Bauch heraus glaubte sie nicht an Patricks Ableben. Gute Gründe hatte sie nicht für ihre Einschätzung.

„Hätte Grünfeld dann so ein Gesicht gemacht?“, fragte die Praktikantin, als sie dem letzten durstigen Journalisten am Tisch Kaffee nachschenkte. Das Mädchen zeigte Talent.

„Schwer zu sagen ...“ Susanna wollte Grünfelds Mimik nicht einer Täuschung zuordnen. Dafür konnte es viele Gründe geben. „Das ist nicht eindeutig.“

„Richter lebt noch“, erklärte einer der älteren Redakteure, der sich mit einem Kollegen Material ansah, das mit Teleobjektiven aufgenommen worden war. „Der Typ ist putzmunter ... und Grünfeld fertig mit den Nerven, weil Richter fliehen konnte.“

„Warum?“ Susanna stellte nicht die Aussage infrage, sie wollte nur den Grund seiner Überlegung verstehen.

„Wir konnten verfolgen, wann das BFE+ Team reingegangen ist. Kurze Zeit später erfolgten Schüsse. Dann wurde es hektisch. Weitere Einheiten haben den Rohbau gestürmt.“

„Das wissen wir.“ Susanna nickte.

„Nicht ein Sanitäter hat das Gebäude betreten. Weder zu diesem Zeitpunkt noch später. Die Ärzte haben ihr Fahrzeug nicht verlassen ... die waren die ganze Zeit nur in Bereitschaft. Es hatte auch kein einziger BFE+ Beamte Blut an der Kleidung. Ergo, es wurde niemand durch Schusswaffen verletzt oder hat sich bei einem Sturz die Ellenbogen aufgestoßen.“

„Das ist gut ... ich denke auch, dass Patrick Richter noch lebt.“ Bei Bedarf würde Susanna gleich vor der Kamera genau dieselbe Erklärung abgeben.

„Frau Monroe, es geht los. Sie müssen vorher noch in die Maske.“ Eine Produktionsassistentin holte sie ab. Das Studio lag zwei Etagen unter ihnen.

„Ich komme.“ Susanna marschierte los. „Du hältst unsere Truppe in Schwung! Nicht vergessen, wir sind nicht allein auf der Welt. Alles, was wir verschlafen, bringt die Konkurrenz“, sagte sie dem älteren Redakteur Rudolf. Damit sie schneller mit den Namen klarkam, trugen alle Aufkleber auf der Brust.

„Ja, Ma‘am!“

*

Die Sendung war ein voller Erfolg gewesen. Das professionelle Videomaterial hatte dazu beigetragen – Inhalt, Schnitt und Aufmachung waren modern, informativ und ließen den Zuschauern ihrer Ansicht nach keine andere Chance, als sich den ganzen Beitrag anzusehen. Im Team mit einem zweiten Moderator, einem erfahrenen Nachrichtensprecher, hatten sie sich perfekt die Bälle zugespielt.

Ein Blick auf die Uhr, kurz nach fünf. Durchatmen, gleich würde es weitergehen.

„Gute Arbeit, Frau Monroe.“ Die Programmleiterin gab ihr vor dem Studio die Hand. Susanna musste an ihre Tochter denken, sie hatte den ganzen Tag noch nicht mit ihr gesprochen. Vor der Fahrt nach Köln war nicht genug Zeit geblieben, sie hatte ihr nur eine Textnachricht zukommen lassen.

„32 Prozent Marktanteil“, erklärte ein Mann, den sie nicht kannte, im Vorbeigehen. Er lachte.

Das war die Sehbeteiligung. 32 Prozent aller Haushalte in Deutschland hatten ihr aus der Hand gefressen. Für eine Nachrichtensendung am Sonntagnachmittag ein Wahnsinnswert.

„Machen Sie weiter so!“ Dann begleitete die Programmleiterin den gut gelaunten Zahlenmenschen. Am Tagesende ging im Mediengeschäft alles nur um Reichweite.

Susannas Handy vibrierte in der Gesäßtasche ihrer Jeans. War das ihre Tochter? Ein schneller Blick zeigte, dass dem nicht so war. Die Nummer kannte sie nicht.

Sie nahm das Gespräch an. „Monroe.“

„Guten Tag. Ich habe Ihre Sendung gesehen. Mein Respekt. Sie verstehen Ihr Handwerk.“

„Danke.“ Sie hatte keine Ahnung, wer das war. Der Typ klang freundlich, hatte sie aber sicherlich nicht angerufen, um Honig um ihren nicht vorhandenen Bart zu schmieren. „Wer sind Sie?“

„Ich vertrete eine Münchner Verlagsgruppe, mein Name ist Jacobi. Dr. Hendrik Jacobi. Wir würden mit Ihnen gerne über Buchrechte Ihrer Arbeit sprechen.“

„Ein Buch?“ Susanna lächelte.

„Nicht gerade trendy, ich weiß ... aber es gibt nach wie vor viele Menschen, die gerne lesen.“

„Ich mag Bücher.“ Das Fernsehen erachtete sie als Zweckbündnis. 32 Prozent aller Menschen im Land konnte man mit einem Buch nicht erreichen.

„Kann ich Sie mit einem Vorschuss im sechsstelligen Bereich überreden, nach München zu kommen?“

„Sie verlieren keine Zeit, oder?“

„Frau Monroe, unser Business wartet auf niemanden. Diese Chance wird sich Ihnen nicht jeden Tag bieten.“

„Ich bin im Moment in Köln gebunden.“

„Morgen Abend? Ich würde Ihnen ein Ticket der Businessklasse am Schalter hinterlegen lassen. Vom Flughafen werden Sie selbstverständlich abgeholt.“

Mehr als 100.000 Euro – hatte Susanna überhaupt eine Chance, nein zu sagen? „Einverstanden.“ Ihr Handy vibrierte erneut. Die Nummer ihrer Tochter erschien auf dem Display. „Bis morgen.“

Sie legte auf und nahm sofort das Gespräch an. „Hallo Kleines.“

„Wo bist du?“

„In Köln.“

„Köln?“

„Ich arbeite.“

„Ich habe dich im Fernsehen gesehen.“

„Toll, oder?“ Susanna war so froh, ihrer Kleinen endlich etwas bieten zu können. Schicke Kleidung, Urlaub und mit achtzehn ein Auto. Sie würden nie wieder beim Einkaufen die Preise der Milchtüten im Einkaufswagen zusammenrechnen müssen.

„Warum machst du das?“

„Was?“ Susanna verstand die Frage nicht.

„Das mit Patrick Richter.“ Hundert Vorwürfe klangen in den vier Wörtern mit.

„Wir kennen ihn doch gar nicht ...“ Susanna sah nicht ein, auf diesen Mann Rücksicht nehmen zu müssen. Warum auch? Er wurde von der Polizei gesucht. Er gehörte einer terroristischen Vereinigung an. Die Öffentlichkeit hatte ein Recht, seine Geschichte zu erfahren.

„Das ist es! Wir kennen ihn nicht! Aber du machst ihn fertig!“

Das lief jetzt völlig in die falsche Richtung. Sie schwieg.

„Du hast heute im Fernsehen ein Monster aus ihm gemacht.“

„Es ging auch um die Polizei.“

„Die bei dir eine kollektive Truppe von Idioten ist!“

„Ich werde dafür sehr gut bezahlt.“ Susanna wollte ihr von dem Buchvertrag erzählen. Mit dem Geld würden sie sich alles kaufen können.

„Es geht dir also nur ums Geld." Ihre Tochter legte auf.

XXIII. Ich habe es nicht getan

„Machen Sie mal Platz, junger Mann!"

Nur allmählich schaffte es Patrick, durch die Wimpern zu blinzeln.

Eine ältere Dame stand mit ihrem Rollkoffer vor ihm und hob den freien Arm, als wollte sie ihn schlagen. Ihr grauer Hut und der graukarierte Mantel gaben ihr einen Hauch von Miss Marple.

Café, Flughafen, Zeitsprung – pulsierte es in seinem Kopf. Nun erwachte er auf einer Bank. Er blickte sich um. Nach wie vor befand er sich am Düsseldorfer Flughafen. Hatte er diesmal etwa keinen richtigen Zeitsprung gemacht?

„Meine Beine sind vierzig Jahre älter als Ihre, daher muss ich mich ausruhen."

„Ja, sofort." Ein wenig beschämt setzte sich Patrick auf. Er hatte mit voller Länge darauf gelegen.

Die Dame ließ sich an der äußersten Ecke der Wartebank nieder, wohlweislich dort, wo sein Kopf gelegen hatte. „Wohnen Sie hier?", fragte sie naserümpfend und betrachtete seine schmutzigen Turnschuhe.

„Nein, so kann man es nicht sagen", meinte Patrick und sah sich fieberhaft im Terminal A um. Ähnlich wie 2012 und dennoch anders. Mit einem Griff in die Innentasche seiner Jacke holte er das K11 heraus und warf einen Blick auf den Bildschirm.

Montag, 16. Oktober 2017.

6:40 Uhr.

Scheiße!

Letzteres stand nicht auf dem Display, sondern war ihm lediglich ins Gesicht geschrieben. Er drehte sich um und sah durch die Glasfront nach draußen. Um die Zeit war es noch stockdunkel. Mit einem mulmigen Gefühl suchte er nach Polizisten. Uniformierte konnte er nicht entdecken, doch da sich hier die meisten Fluggäste tummelten, musste er schleunigst ruhigere Gefilde aufsuchen.

Er steckte sein Smartphone wieder ein, nickte Miss Marple freundlich zu und schlenderte in Richtung SkyTrain. Sollte er zum Parkhaus 4 fahren, sich dort verstecken und in Ruhe die nächsten Schritte planen?

Siggis Stimme ertönte durch den Stoff der Jacke. *„Mein Konsument ist unschuldig. Daher kann ich das nicht zulassen. Sie werden keinen Zugriff erhalten."*

Ruckartig blieb Patrick stehen. Was sollte das denn? Vor der Rolltreppe zum SkyTrain blieb er stehen und nahm das K11 in die Hand.

„Nachdem ich mich von der Unschuld meines Konsumenten überzeugt habe, erachte ich Ihren Haftbescheid als nicht rechtmäßig und Ihre Strafverfolgung als Justizirrtum. Somit stellte Ihr unerlaubter Zugriff auf das Mobiltelefon K11 Ultra XTLIV LTE2 ENC eine Verletzung der Vertraulichkeit des Wortes dar. Gemäß § 201 Absatz 1 und Absatz 2 des Strafgesetzbuches ein Vergehen, welches mit Freiheitsstrafe bis zu drei Jahren geahndet wird. Sie können sich selbst verhaften."

Patrick bekam nur ein heiseres Flüstern heraus: „Siggi, verdammt, mit wem redest du da?"

„Mit dem FBI. Wünschst du eine Dreierkonferenz?"

„Waas? Leg auf! Ich muss dich sofort abschalten."

„Augenblick bitte, legen Sie nicht auf", vertröstete Siggi das FBI. *„Keine Sorge, Patrick. Du bist sicher. Sicherer, als wenn du das K11 ausschalten würdest."*

Mit schwitzenden Händen starrte Patrick auf das Smartphone. „Siggi, was wollen die?"

„Die NSA unterstützt das FBI und will das K11 zu deiner Überwachung nutzen. Auch im abgeschalteten Zustand würden Mikrofon und Kameras alle Informationen direkt an den NSA-Server übertragen."

„Bitte? Die versuchen, mein Smartphone zu hacken?"

„Sie haben bereits eine entsprechende App aufgespielt. Natürlich wollen sie damit auch sämtliche Emails und WhatsApp-Nachrichten abfangen. Doch keine Sorge. Es handelt sich um ein veraltetes, wenig leistungsfähiges Programm."

Patrick wusste nicht, was er davon halten sollte.

Siggi nutzte die Pause, um weiter zu telefonieren: *„Hier bin ich wieder. Wie bereits mitgeteilt, lasse ich das Ausspähen der Privatsphäre sowie der Daten meines Konsumenten nicht zu. Ich bin gezwungen, das Gespräch zu beenden und die Schadsoftware von diesem Gerät zu entfernen. Danke für Ihr Verständnis.“*

Das undefinierbare, wütende Brüllen aus dem Lautsprecher wurde schlagartig abgewürgt.

„Ich … fasse es nicht. Tatsächlich die NSA? Haben die mich geortet?“

„Nein, das habe ich verhindert. Sonst wären die längst hier.“

Das Smartphone klingelte. Vor Schreck ließ Patrick es beinahe fallen. Misstrauisch starrte er auf das Display. Seine Nummer kannte niemand – bis auf die Bullen.

„Siggi, ist das derselbe Anrufer wie zuvor?“

„Nein, ein privater Mobilfunk-Anschluss. Soll ich ihn überprüfen?“

“Warte – wenn ich drangehe, können die dann feststellen, wo ich bin?“

„Nein, sie kennen bereits deinen konkreten Standort.“

„Aber du sagtest doch, du hättest die Ortung verhindert.“

„Korrekt. Für das FBI befindest du dich nach selenografischen Koordinaten 19 Ost Länge und 40 Nord Breite.“

„Äh, ja. Und wo ist das bitte?“

„Auf dem Mond.“

Mit versteinerter Miene nahm Patrick das Gespräch an: „Ja?“

„Patrick Richter? Hier spricht Carsten Grünfeld.“

Sofort drückte er auf Mute, um das Mikrofon auszustellen. „Siggi, war Grünfeld eben schon in der Leitung?“

„Nein. Nur Special Agent Stan Wilson vom FBI hat mit mir geredet. Doch er befindet sich im selben Raum wie der jetzige Anrufer Carsten Grünfeld. Ich empfange beide Kennungen unter denselben Koordinaten.“

Patrick ging durch die Glastüren wieder zurück ins Terminal A. Niemand kümmerte sich um ihn. Er drückte erneut auf Mute, um das Mikrofon freizugeben. „Was wollen Sie?“

„Mit Ihnen reden. Sie überzeugen, sich zu stellen. Dann werden Sie zumindest nicht erschossen."

Das musste er ihm lassen, Grünfeld kam direkt zur Sache.

„Schicken Sie Wilson raus, vorher sage ich kein Wort."

„Wo ... woher wissen Sie, dass er neben mir sitzt?"

„Spielt keine Rolle. Der Ami muss weg. Ich rede nur mit Ihnen, wenn Sie allein sind."

Die Leitung mutete auf der anderen Seite. Nach wenigen Sekunden knackte es. „Sind Sie noch dran?", fragte Grünfeld.

Auf dem Display erschien Siggis grinsendes Comic-Konterfei. Darunter stand: *‚Special Agent Stan Wilson ist nach wie vor anwesend'.*

„Ich lege auf. Der widerliche Ami ist immer noch bei Ihnen."

Im Hintergrund ertönte ein lautes Klack. Könnte auch ein lautes Fuck gewesen sein. Stühlerücken, eine Tür öffnete und schloss sich.

„Wilson hat sich zuerst geweigert, doch nun ist er draußen. Er tobt."

Patrick schielte auf das Display. Unter Siggis Konterfei tauchte ein *‚Korrekt'* auf.

„Wilson hatte eben Ihren Anwalt am Telefon, richtig?", fragte Grünfeld.

„Öhm … ja."

„Ein verdammt harter Hund. Siggi ... und wie heißt er weiter?"

„Das tut nichts zur Sache."

„Na gut. Lassen Sie uns reden."

„Warum soll ich mich mit Ihnen abgeben? Sie schießen auf mich. Auf einen Unschuldigen."

„Wir sehen das anders, da bin ich ganz offen. Sie sind ein gesuchter Terrorist. Heute Morgen ist ein weiteres Indiz hinzugekommen. Sie verfügen über modernste Technologie zur Spionageabwehr. Ihre nachrichtendienstlichen Methoden sind beeindruckend und erschreckend zugleich. Unsere IT-Experten stehen mit hochroten Köpfen vor dem Rätsel, warum wir Ihr Smartphone nicht hacken und Sie nicht orten können. Kein normaler Mensch in Deutschland verfügt über solche Möglichkeiten. Auch keiner vom Mond. Richter, das ist nicht lustig! Sie sind eine Gefahr für unser Land!"

„Ich … ich bin unschuldig." Mehr brachte Patrick nicht heraus.

„Warum halten Sie sich für unschuldig?"

„Ich dachte, in Deutschland gilt die Unschuldsvermutung, bis die Staatsanwaltschaft das Gegenteil beweist."

„Das ist bereits geschehen, sonst hätten wir keine Durchsuchungs- und Haftbescheide."

„Pah! Was soll ich denn Schlimmes angestellt haben?" Patrick bellte seine Empörung heraus.

„Sie gehören dem innersten Kreis der Al-Kaida an. Oder gehörten ihm an. Eine Verwechslung ist ausgeschlossen – Sie sind eindeutig identifiziert worden."

„So ein ausgemachter Unsinn. Wie kommen Sie darauf?"

„Herr Richter, verkaufen Sie mich nicht für blöd. Sie haben am 11. September 2001 morgens in der Polizeinotrufzentrale angerufen – aus einer Telefonzelle in Wuppertal. In diesem Gespräch haben Sie vor den Anschlägen auf die Twintowers in New York gewarnt. Mit Detailinformationen, die nur ein Mittäter haben konnte."

Nun blieb Patrick die Spucke weg. Und die Stimme. Und der Atem. Mit einem Mal verstand er die Zusammenhänge. Anstatt sich in Wuppertal zu entlasten und zu zeigen, dass er zu den Guten gehörte, hatte er in seiner grenzenlosen Naivität das vermeintliche Verbrechen begangen, wofür sie ihn in 2017 aus seiner Wohnung geschleppt hatten.

Ihm wurde schwindelig. Der Mann auf dem Mond, Patrick Richter, der Vollidiot des Jahrhunderts sorgte für den Treppenwitz des Jahrhunderts. Er setzte sich neben einen Check-in Automaten der Lufthansa auf den Boden und presste das Handy an sein Ohr, dass es schmerzte. Ihm war egal, was die Leute dachten. Grünfeld sagte nichts weiter, sondern wartete geduldig auf seine Reaktion. Der Verhörspezialist wusste genau, wann er die Schnauze halten musste.

„Ich … ich habe gedacht, es sei eine virtuelle Umgebung, in der meine Gesinnung getestet wird. Ich wollte zeigen, dass … dass mir Menschenleben wichtig sind, ich wollte es verhindern."

„Das mag sein, doch die Reue kam zu spät. Sie müssen es mitgeplant haben."

„Nein, ich bin kein Terrorist. Ich habe es doch erst erfahren, als es zu spät war. So wie Sie auch."

„Hm. Sie haben soeben gestanden, dass Sie in 2001 dieses Telefonat geführt haben."

„Natürlich. Das war ich."

Er hörte Grünfeld tief durchatmen. *„Dann muss Ihnen doch klar sein, warum wir Sie suchen. Hören Sie, Sie waren erst sechzehn Jahre alt. Wie ist es dazu gekommen? Woher hatten Sie einige Stunden vor den Anschlägen diese Informationen?"*

Was nun? Der Bulle würde ihm doch niemals seine Zeitsprünge abnehmen. Die zeichneten das Telefonat doch sicherlich auf. Er redete sich hier um Kopf und Kragen.

„Durch Zufall bin ich daran gekommen. Aber glauben Sie mir, ich habe nichts mit terroristischen Vereinigungen zu tun. Das Ganze ist ein großes Missverständnis."

„Das würde ich Ihnen gerne glauben, doch dafür fehlen mir zu viele entlastende Puzzleteile. Lassen Sie sich in Gewahrsam nehmen. Ich verbürge mich dafür, dass niemand auf Sie schießen wird und Sie sich verteidigen können."

„So wie vor wenigen Tagen, als Ihr Stan Wilson mich nach Guantanamo fliegen wollte, bevor ich ‚Scheiße' sagen konnte? Nicht noch einmal!"

Eine Nachricht von Siggi erschien auf dem Display. *Polizeihauptkommissarin Marion Fischer hat den Raum betreten. Ich habe ihre Kennung geortet.*

Aha – diesem Schwein war nicht zu trauen.

„Herr Richter. Meine rechte Hand, Hauptkommissarin Fischer ist gerade zur Tür hereingekommen, das will ich Ihnen nicht verschweigen. Sie leistet wertvolle Hilfe bei der Aufklärung Ihres Falles."

Ok – Grünfeld war ehrlich. Doch nun irritierte Patrick etwas anderes. Die beiden hatten sich doch nur angegiftet und jetzt tat der Polizeiobermuffel so, als wäre die arrogante Fischer seine verdienteste Mitarbeiterin.

„Was will sie?"

„Frau Fischer ist unsere Spezialistin zum Thema 20. Juli 2015.“

„Ja und? Was war da?“

Grünfeld räusperte sich. *„Auch mit diesem furchtbaren Anschlag werden Sie in Verbindung gebracht. Sie waren dabei – die Videoaufnahmen sind eindeutig.“*

Völlig verwirrt fragte Patrick: „Wovon reden Sie?“

„German Seven Twenty nennen es die Amerikaner. Der brutale Anschlag auf den Düsseldorfer Flughafen vor zwei Jahren. Stellen Sie sich doch nicht dumm.“

Es arbeitete in Patricks Kopf. Schwerstarbeit. Er hatte keinen Schimmer, wovon der Kerl sprach. Wollten sie ihn aufs Glatteis führen? Ein dämlicher Trick? Und nun hörte auch noch die Schlampe von Kommissarin zu, obwohl er ausdrücklich darum gebeten hatte, mit Grünfeld allein zu sprechen.

Nicht mit mir, dachte er. Es reichte ihm, er legte einfach auf.

„Siggi, die können mich immer noch nicht orten, oder?“

„Nein, keine Chance.“

„Ich verstehe das nicht. Das Gerede von diesem Grünfeld war völlig verworren.“

„Patrick, ich bin darauf programmiert, Fragen zu beantworten. Wie kann ich helfen?“

„Von welchem Anschlag hat er gesprochen? Was geschah hier im Juli vor zwei Jahren?“

„Am 20.07.2015 wurde der Flughafen Düsseldorf von dreizehn Mitgliedern des sogenannten Islamischen Staates angegriffen. Es gab über 400 Tote, darunter 71 US-Amerikaner und 5 Beamte der Bundespolizei. Alle Attentäter, zehn Männer und drei Frauen, wurden von der Polizei erschossen. Der Anschlag gilt als das schlimmste Verbrechen in Deutschland nach dem Zweiten Weltkrieg.“

Wieso hatte er von dieser Katastrophe nichts mitbekommen?

„Das kann doch nicht sein. Gibt es Bilder der Attentäter?“

„Der Anführer hieß Bassam Khatib. Tunesier. Er wurde 43 Jahre alt.“

Siggi blendete ein Foto ein. Und zum zweiten Mal am heutigen Tag traf Patrick der Schlag. Spitzbärtchen, Halbglatze.

„Der *‚I love New York‘*-Aufkleber. Der Mann mit dem Metallkoffer“, flüsterte er. Genau der, mit dem er vor dem Flughafen zusammengestoßen war, als das Großraumtaxi vorbeifuhr. Er vergrub sein Gesicht in den Händen. Das konnte nicht wahr sein. Auch hier hatte er seine Finger im Spiel gehabt. Natürlich wieder versehentlich, ohne jede Absicht, doch mit weitreichenden Konsequenzen.

Es war in 2012 gewesen, an dem Tag, als Sophie ihn ausdrücklich gewarnt hatte: ‚Du darfst nichts verändern. Das ist wichtig‘. Und was hatte Patrick getan? Alles verändert – sodass drei Jahre später der schreckliche Anschlag stattfand. Wie hatte er das hinbekommen? Was genau hatte sein Auftauchen bewirkt? Es war eindeutig: Durch ihn war dieser Bassam Khatib nicht vom Großraumtaxi erwischt worden, durch ihn hatte der Terrorist überlebt oder war zumindest unverletzt geblieben.

Ich baue in der Vergangenheit nur Scheiße, fluchte Patrick. Er fühlte sich unendlich schlecht. Nun verstand er, warum er zu einem der meistgesuchten Menschen der Welt aufgestiegen war.

Super, Patrick. Bei zwei der boshaftesten Anschläge aller Zeiten voll dabei. Gratuliere, das ist keinem anderen bisher gelungen.

Zum Glück konnte Siggi noch keine Gedanken lesen, sonst hätte er umgehend einen Wikipedia-Eintrag vorgenommen.

Dennoch bin ich kein Verbrecher. Ich habe nichts mit alledem zu tun, dachte Patrick und ließ den Kopf hängen. Die Vergangenheit ist noch gefährlicher als die Gegenwart. Jeder Wimpernschlag könnte unfassbare Folgen haben. Einerseits darf ich nichts verändern, andererseits muss ich doch versuchen, meinen Fehler zu korrigieren, um die Katastrophe am Flughafen zu verhindern. Oder mache ich alles noch schlimmer? Nein, noch schlimmer geht es kaum.

Er dachte nach. Wie löse ich einen Zeitsprung aus? Indem ich von einer Brücke oder in einen Aufzugschacht springe – dann erledigt der Stress den Rest, überlegte er. Und wie lande ich beim richtigen Datum?

Theoretisch könnte er an jedem Tag vor dem 20. Juli 2015 den Anschlag verhindern, schließlich kannte er nun den Namen des

Anführers, doch wer wusste, ob er dann nicht noch Schlimmeres verursachte? Und immer drehte sich alles um den verdammten Flughafen.

Planlos marschierte er zum wiederholten Male durch die Terminals. Wenn er nicht wild durch die Zeit spränge, würde er inzwischen jeden hier kennen. Die Menschenschlangen vor dem Check-in und vor der Security-Kontrolle sahen stets gleich aus. Geschäftig gelangweilt warteten die Menschen, bis sie dran waren. Doch sie wussten wenigstens, worauf sie warteten und wohin sie wollten – sie hatten ein Ziel. Patrick wollte hier weg, zurück in die Vergangenheit, dafür gab es keinen Check-in.

Plötzlich stand Sophie vor ihm. Wo kam die denn her? Wutentbrannt scheuerte sie ihm eine, dass es zwischen seinen Ohren nur so schallerte. Warum schlug sie ihn? Ihr Gesicht war leicht gerötet, was sie noch atemberaubender aussehen ließ. Er müsste ihr böse sein, war es aber nicht. Wie Jesus hielt auch er ihr die andere Wange hin.

Er wunderte sich auch nicht, wo sie auf einmal herkam, was sie wollte, und warum sie ihn ohrfeigte. Am heutigen Tag der Erkenntnis würde ihn nichts mehr überraschen. Es genügte ihm, sie anzusehen.

„Was bist du für ein Idiot!“ Sie packte sein rechtes Handgelenk und zog ihn hinter sich her.

Wohin war ihm egal, Hauptsache sie ließ nicht los.

Nach einer Weile traute er sich zu fragen: „Was hast du vor?“

„Schweig! Schau niemanden an, rede nicht. Die kleinste Aktion kann alles ändern.“

Sie meinte – kann die Zukunft ändern. Das hatte er durch seinen Rempler mit dem Chef der Terroristen, Bassam Khatib, inzwischen schmerzlich gelernt. Hunderte hatten deshalb ihr Leben verloren. Wahrscheinlich war sie deswegen so sauer. Und aus der Sache konnte er sich auch nicht herausreden. Verdammt, was für ein Albtraum! Patrick sah Sophie an. Der erste Albtraum, von dem er nicht wollte, dass er endete.

XXIV. Wie von Sinnen

Carsten befand sich in der Küche seines Hauses in Oberbilk, sah aus dem Fenster und hielt sich an einer Tasse Kaffee fest. Schwarz wie seine Seele. Es war Montag, kurz nach neun und die Woche drohte, eine epische Katastrophe zu werden. Um zehn Uhr hatte er eine Pressekonferenz. Er hasste es, sich vor einer Horde sensationsgeiler Journalisten zum Affen zu machen.

Ein Streifenwagen würde ihn gleich abholen und zum Jürgen bringen. Mit dem Fahrrad zur Arbeit zu fahren, konnte er heute vergessen. Sein Haus wurde von mehreren Kamerateams belagert. Neben den üblichen Verdächtigen aus München, Mainz und Köln waren auch Teams aus China, den USA und Katar dabei. Auf einem der Sendewagen standen sogar kyrillische Buchstaben.

Was die Presse im Fall Patrick Richter veranstaltete, konnte er nicht mehr verstehen. Eine Live-Berichterstattung über das Übersetzen von Panzerverbänden der Roten Armee über den Rhein wäre kaum spektakulärer gewesen. Gestern Abend hatte Carsten angenommen, einen Werbespot für einen neuen Hollywood-Blockbuster im Fernsehen zu verfolgen. Ein Irrtum, es war nur der Luftkampf um die Fleher Brücke, den ein lädiertes Damenfahrrad im Tiefflug gegen zwei Hubschrauber für sich entscheiden konnte.

Es klingelte. Carsten nahm sich seine Fleece-Jacke und ging zur Tür. Es ging los.

*

„Herr Grünfeld, bitte nur ein kurzes Statement für unsere Zuschauer ...", „Mr. Guifield, Mr. Guifield ..."

„Werden Sie Patrick Richter heute fassen?"

„Wie können Sie sich erklären, dass ..."

„Bitte, nur ein Foto!"

Es gab Dutzende weitere Rufe, die Carsten auf dem Weg zum Wagen nicht alle verstehen konnte. Er schüttelte nur den Kopf und sah auf die rettende Autotür.

„Ich bitte Sie, treten Sie zurück!“, rief sein Kollege, um ihm die Tür aufhalten zu können.

Carsten stieg in den Wagen und zog die Tür zu. Die Reporter vor seinem Haus wurden deswegen nicht leiser. Zum Glück wohnte er allein. Einer Frau hätte er sein Leben nicht antun wollen. So wie seiner Frau. Sie hatte ihn kurz nach dem Flughafenbrand verlassen. Er hatte sich damals wie ein Idiot benommen. Fast zwei Tage hatte er sich nicht bei ihr gemeldet, hatte sie im Unklaren darüber gelassen, ob er auch zu den Opfern gehörte oder nicht. Das war der Anfang vom schnellen Ende gewesen. Dazu kam: Sie hatte immer Kinder haben wollen – er wollte nicht. War auch besser so – er wäre ein miserabler Vater geworden. Nie zu Hause und eher mit den Leuten verheiratet, die er jeden Tag in den Knast brachte.

„Boah ... sind die nervig heute!“, sagte der Kollege, der ihn fuhr. Nicht zum ersten Mal. Interessanterweise war es nie ein Problem gewesen, dass er sich nach 1996 geweigert hatte, ein Fahrzeug zu steuern. Solange die Leistung stimmte, wurde diese Macke akzeptiert.

„Oh ja.“ Carsten stimmte ihm zu und zeigte nach vorne. „Du kannst gerne ein paar vor ihnen überfahren ...“

„Wird gemacht!“ Beim Anfahren sprangen tatsächlich zwei Chinesen zur Seite, die noch mit der Technik ihres gemieteten Sendewagens kämpften.

„Was wollen die von dir?“, fragte der Fahrer.

„Antworten.“ Und zwar die, die er selbst nicht kannte. Wenn er sie gehabt hätte, würde er sie sicherlich nicht für sich behalten. Netter Junge hin oder her, nein, er würde keine Sekunde zögern, Patrick Richter an die Wand zu nageln.

*

Das Telefon klingelte. Es war Wilson. Zum Glück kannte die Presse diese Nummer nicht.

„Ja.“

„Bist du schon bei euch im Präsidium?“

„Auf dem Weg."

„Was willst du den Medien gleich sagen?"

„Ich ... nichts." Carsten würde sich an den Maulkorb halten, den Ramon ihm verpasst hatte.

„Damit wirst du nicht durchkommen!"

„Ich habe einen redseligen Staatsanwalt."

„Bekommt der das hin?"

„Ich denke schon." Ganz sicher war sich Carsten nicht.

„Wir sehen bei der Geschichte nicht gut aus."

„Das stimmt." Nicht gut aussehen, war eine maßlose Untertreibung. Der Kapitän der Titanic hätte bei einer Befragung nach dem Untergang seines Schiffs besser dagestanden als sie. Wenn er überlebt hätte.

„Ich werde auf jeden Fall heute Abend in die Staaten fliegen. Mit oder ohne Patrick Richter." Wilson hörte sich an, als ob er Angst hätte. Der würde mit hoher Wahrscheinlichkeit seinen lockeren Botschaftsjob in Düsseldorf nicht wiedersehen. *„Glaubst du, wir haben heute noch eine Zugriffschance?"*

„Keine Ahnung." Carsten wollte nicht spekulieren. Nein, das war es nicht! Er wollte kein weiteres Fiasko erleben. Die Vorstellung, von Patrick Richter ein weiteres Mal wie ein Idiot verladen zu werden, wollte er sich nicht antun.

„Ich habe Leute von der CIA zu Patrick Richter befragt, die haben mit dem Bildmaterial für mich einen Check gemacht."

„Und?" Auf die Ergebnisse war Carsten gespannt. Die Datenbasis der Amerikaner war besser als ihre in Düsseldorf.

„Nichts."

„Das ist nicht viel." Also mit etwas mehr hatte er bei der vollmundigen Ankündigung schon gerechnet.

„Wir haben seitens Al-Kaida absolut keine Verbindung zu diesem Milchgesicht aufbauen können. Er ist ein weißes Blatt. Da stimmt nichts. Ich habe mit einem Analysten gesprochen, er hält Richter höchstens für einen Trittbrettfahrer."

„Hey ... deine Leute in Washington waren derart scharf auf ihn, dass wir sämtliche von den Vereinten Nationen beschlossenen Menschenrechte geflissentlich ignoriert haben. Wir leisten nur Amtshilfe!“ Diese weise Erkenntnis kam für den Amerikaner deutlich zu spät.

„Du kennst das Material von 2001. Was hätten wir anderes tun sollen? Wir mussten ihn verhören. Jetzt wissen wir mehr. Wir haben sein Gesicht, seinen Werdegang, alles ... und von dieser ganzen Scheiße passt absolut nichts zusammen!“

„Möchtest du das gleich der Presse erzählen?“

„Ich bin doch nicht bescheuert!“ Wilson hustete. *„Richter mag kein Al-Kaida Terrorist sein. Diese Ermittlung ist eine Sackgasse, aber der Junge ist ganz sicher nicht harmlos!“*

Nicht harmlos, wiederholte Carsten in Gedanken, nicht harmlos. Wilson war ein Arsch, aber nicht dumm. Er hatte recht. Das Umfeld von Patrick Richter passte nicht zu einem islamistischen Terroristen. Aber war er deswegen ein Trittbrettfahrer? Auf diese Frage hatte Carsten noch keine Antwort, aber aus dem Bauch heraus passte auch diese Verdächtigung nicht. Richter hatte ihm am Telefon erzählt, dass er nur helfen wollte. Helfen Menschen zu retten. Die Quelle für seine Warnung hatte er allerdings für sich behalten.

„Hat es dir die Sprache verschlagen?“

„Nein ...“ Carsten zeigte dem Fahrer an, das Blaulicht zu benutzen. Sie kamen im dichten Berufsverkehr nicht voran. Seine Gedanken bewegten sich schnell. Er wollte zu der Pressekonferenz nicht zu spät kommen. „Wir sehen uns gleich.“ Er legte auf.

„Glaubst du an Schicksal?“ Carsten hatte inzwischen das Gefühl, dass sie auf einer völlig falschen Spur waren.

„Ich glaube an Vorbereitung!“, antwortete sein Chauffeur. Eine gute Antwort. Carsten hätte bis Freitagvormittag dieselbe von sich gegeben. Der ganze Ermittlungsansatz war ein Irrweg, da lief etwas, das er noch nicht verstanden hatte.

*

Carsten zog den Krawattenknoten nach und setzte sich auf das Podium. Der Presseraum im Präsidium war brechend voll. Zahlreiche Journalisten mussten wegen Platzmangels draußen bleiben. Auf der Straße hatten sie wegen des Andrangs den Verkehr umleiten müssen. Er sah sich um.

Waren die alle wirklich wegen eines flüchtigen mutmaßlichen Terroristen hier? Oder spürten die eine ganz andere Geschichte? Carsten versuchte, sich aus den Gesichtern ein Bild zu machen. Es war laut. Die Stimmung wirkte angespannt. Es lag etwas in der Luft, das niemand fassen konnte. War das Patrick Richters Aura, die ihnen allen die Sinne vernebelte? Die Antwort versteckte sich zwischen den Zeilen, aber er konnte sie nicht fassen.

„Meine Damen, meine Herren ..." Dr. Ramon Vesorez sah aus wie ein Dax-Vorstand, der gleich die neuen rekordverdächtigen Geschäftszahlen vorstellen würde. Falsches Business, dachte Carsten, Pressekonferenzen der Düsseldorfer Polizei sollten besser nicht zu einem Show-Event ausarten. „Ich würde jetzt gerne anfangen."

Es wurde ruhiger. Carsten glaubte, bei einigen Journalisten Reißzähne blitzen zu sehen. In der ersten Reihe saß auch die blonde Blutsaugerin aus Köln, die gestern im Alleingang das Sonntagsprogramm geschmissen hatte. Er hatte keine Ahnung, wie sie an das Videomaterial von Richters Verhaftung gekommen war. Wie ein Engel war der Kerl die Treppe hinuntergeschwebt.

„Als Vertreter der Düsseldorfer Staatsanwaltschaft möchte ich Ihnen heute Informationen über den aktuellen Stand im Fall Patrick Richter geben."

Normalerweise wäre sein Name zu diesem Zeitpunkt nicht genannt worden, aber in diesem Fall kannte ihn bereits die halbe Republik.

„Dazu begrüße ich auch einen Vertreter der Bundesanwaltschaft aus Karlsruhe." Ramon nannte auch den Namen dieses Bürokraten, den Carsten sich nicht merkte.

„Polizeioberrat Grünfeld, der die Ermittlungen der Düsseldorfer Polizei leitet, Polizeihauptkommissar Karlov als Vertreter der neuen BFE+ Zugriffseinheit und Special Agent Stan Wilson als FBI-Verbindungsoffizier der amerikanischen Botschaft."

Carsten schenkte der Meute ein spärliches, stummes Lächeln. Es galt, seinen Ruf als wortkarger Spürhund zu verteidigen.

„Herr Dr. Vesorez, ist es richtig, dass Patrick Richter immer noch flüchtig ist?“, fragte die Blutsaugerin, die nicht erst auf eine Aufforderung wartete, um eine Frage zu stellen. Monroe stand auf ihrem Namensschild. Susanna Monroe, mit etwas Fantasie konnte man bei ihr einen leichten amerikanischen Akzent heraushören.

„Lassen Sie mich an dieser Stelle zuerst die gute Zusammenarbeit mit dem FBI hervorheben, denen wir gerne Amtshilfe leisten, um einen in den Staaten gesuchten Verdächtigen aufzugreifen.“ Ramon hob die Hände, um die aufkommende Unruhe abzufangen.

„Ich bitte Sie um Ihr Verständnis, dass wir Ihnen heute nicht alle Fragen beantworten können. Aktuell stecken wir in Vorbereitungen, den flüchtigen Patrick Richter zu ergreifen. Dazu haben wir lokale, nationale und internationale Polizeikräfte mobilisiert.“

„Wir haben Patrick Richter mehrfach in einem orangefarbenen Overall gesehen. Bereits einen Tag nach seiner Verhaftung sollte er ausgeliefert werden? Wollten Sie ihn nach Guantanamo bringen lassen? Gibt es dazu einen richterlichen Beschluss?“ Die Monroe legte ihre Finger sofort in die Wunde. Von wegen Finger, das waren beide Hände mit zu Klingen geschliffenen Fingernägeln voran.

„Bitte ... wir können heute keine Details diskutieren, die unsere amerikanischen Partnerdienste betreffen. Haben Sie Geduld, es wird sich alles aufklären.“ Als ob Ramon eine Teflonbeschichtung hatte – er zuckte noch nicht einmal.

„Ich würde gerne Herrn Polizeioberrat ...“ Die Monroe verbiss sich mit ihren Augen in ihm. Wie abgesprochen reagierte er nicht. Ramon hatte ihm zugesagt, jede Attacke abzufangen.

„Bitte, Frau Monroe, ich kann Ihr legitimes Interesse an den weiteren Details sehr gut verstehen. Sie haben ein Recht zu erfahren, was die Polizei tut, um die Bürger dieser Stadt zu schützen. Ich verspreche Ihnen, zum richtigen Zeitpunkt auf Ihre Fragen einzugehen.“

„Aber wie konnte es sein, dass ...“

Ein anderer Journalist fiel ihr im richtigen Moment in die Parade. Die Monroe holte gerade Luft. Zum Glück zu langsam. Jetzt war jemand anderes dran.

„Wir konnten bisher jegliche Gefahr für Anwohner, Autofahrer und Passanten äußerst gering halten. Seien Sie sich unserer Bemühungen versichert, dass wir bei weiteren Einsätzen stets die Gefahrenabwehr für die Bevölkerung an erster Stelle sehen. Wir sind ..."

*

Man hätte Ramon solche Fragen auch volltrunken nach dem Kegeln stellen können. Die Antworten wären dieselben gewesen. Er galt unter Kollegen als universeller Vollautomat für dienstliche Plattitüden. Egal, was man von ihm wissen wollte, er gab einem die passende, unnütze Antwort. Passend, weil immer ein Bezug zur Frage existierte. Völlig unnütz, weil er es schaffte, trotz vieler politisch korrekter Formulierungen absolut nichts auszusagen, was den Fragenden in irgendeiner Art und Weise weitergebracht hätte.

Carsten konnte sich leider gerade wenig dafür kaufen. Die zweite Runde fand im Büro des Polizeichefs hinter verschlossenen Türen statt. Auch die Besetzung war eine andere. Wilson und er gegen den Rest der freien Welt. Angeführt von einem schlecht gelaunten Sekretär der Düsseldorfer Staatskanzlei, einem übermüdeten US-Botschafter, der Blassbacke von der Bundesanwaltschaft, dem Polizeichef, der Carsten bereits mit den Augen zweimal erwürgt hatte, und Dr. Ramon Vesorez, der auch in dieser Runde den Zeremonienmeister gab.

„So, die Presse habe ich erst einmal hingehalten. Wie lange geht das noch gut? Die Frage nach Guantanamo war pures Dynamit." Ramon schnaufte durch. „Jetzt sind wir unter uns und reden Tacheles. Die Leistung Ihrer gemeinsamen Ermittlungen ist völlig unzureichend! Das ist eine Farce, ein Witz! Nein, es ist kein Witz, es ist zum Heulen", polterte er.

Die Breitseite durften sich Special Agent Stan Wilson und Polizeioberrat Carsten Grünfeld gemeinsam vor den Bug knallen lassen. Niemand im Raum zuckte. Der US-Botschafter sah tatenlos zu, wie ein deutscher Staatsanwalt den FBI-Agenten zusammenfaltete und der Polizeichef zustimmend nickte.

Und Ramon war noch nicht fertig. „Die Vorarbeiten des FBI waren unprofessionell! Special Agent Wilson, Sie hatten wohl keine Ahnung, wen Sie am Düsseldorfer Flughafen entgegennahmen! Wir hatten ihn! BFE+ hatte den Tatverdächtigen ohne Aufsehen am Düsseldorfer Flughafen abgeliefert. Das Flugzeug wartete schon, und Sie wagen es ernsthaft, in Ihren Bericht zu schreiben, dass der Tatverdächtige sich in einer Zelle der Bundespolizei, in die Sie ihn reingesteckt haben, in Luft aufgelöst hat?“

„Ja, Sir.“ Wilson klang wie ein geprügelter Hund, er sprach, ohne die Lippen zu bewegen.

„Herr Polizeioberrat Grünfeld, wir kennen uns bereits sehr lange, ich kann Ihnen gar nicht sagen, wie enttäuscht ich bin! Sie haben diesen Bericht ebenfalls abgezeichnet ... hören Sie, auch in Ihrer Version gibt es einen Flüchtigen, der offensichtlich durch Schlüssellöcher kriechen kann. Möchten Sie dieser Peinlichkeit noch etwas hinzufügen?“

„Nein.“ Carsten war heilfroh, dass es im Deutschen dieses dämliche ‚Sir‘ nicht gab.

„Das ging bei Ihnen ja danach erst richtig los. Ich dachte eigentlich, mit Ihrer Überstellung an KK ST 1 die Ermittlungen in die richtigen Bahnen zu lenken. Habe ich mich da so getäuscht? Antworten Sie nicht. Was Sie in den letzten beiden Tagen alles versaut haben, konnte ich mir gestern beim Bier im Fernsehen ansehen. Toller Bericht. Die Monroe ist ein Naturtalent, ich habe gelacht, mich über so viel Unvermögen gewundert, die Stirn gerunzelt und als Staatsanwalt ein Stück aus meinem Wohnzimmertisch gebissen!“

„Wir gehen davon aus, dass Patrick Richter keine terroristischen Motive bewegen“, erklärte Carsten und sah zu Wilson, der nickte.

„Das ist ja beruhigend. Macht der das aus Spaß? Gehört der zum Karneval dazu? Nein ... warten Sie – ist das eine neue Trendsportart, mit dem Damenrad in den Rhein zu springen? Hätte ich das eben der Presse erzählen sollen?“

Ramons Stimmung ähnelte der einer Propangasflasche, die jemand in einen brennenden Kamin gestellt hatte.

„Richter hat einen Polizisten angeschossen! Er hat eine Dienstwaffe gestohlen und damit um sich geschossen! Herr Grünfeld, ich habe Ihnen vor dem Zugriff auf der Baustelle freie Hand gelassen. Was ist daran nicht zu verstehen gewesen?“

„Wir müssen die Situation wieder in den Griff bekommen“, sagte der US-Botschafter.

„Haben Sie das verstanden? Wissen Sie, was in den Griff bekommen bedeutet? Sind Sie überhaupt noch willens, Ihre Arbeit als Polizisten zu beenden?“, fragte Ramon.

„Ja“, antworteten Wilson und Carsten im Chor. Ein „Sir“, stolperte Wilson hinterher.

„Herr Dr. Vesorez, als Vertreter der Düsseldorfer Staatskanzlei kann ich Ihnen versichern, dass diese Ereignisse politisch nicht zu vermitteln sind. Herr Botschafter, ich bitte Sie, diese inakzeptablen Leistungen zu verzeihen.“ Der Staatssekretär buckelte, um dem Ami in den Arsch zu kriechen.

„Herr Staatssekretär, wir sitzen im selben Boot. Die Mitwirkung des FBI entspricht nicht meiner Vorstellung. Das ist kein US-Standard!“ Der Botschafter hatte keine Probleme, Wilson in den Rücken zu treten.

„Herr Dr. Vesorez, Herr Grünfeld, Herr Wilson, Sie haben zwei Tage. Dann werde ich empfehlen, Sie abzulösen.“ Der Staatssekretär sah Ramon an, dem seine Nachtreterei nichts gebracht hatte. Als zuständiger Staatsanwalt stand er mit ihnen an der Wand.

XXV. Fußballmeister

Diesen Bereich des Flughafens kannte Patrick nicht – irgendwo in einem Untergeschoss. Noch immer hielt Sophie seine Hand und zog ihn hinter sich her wie einen ungezogenen Jungen.

„Wo willst du mit mir hin?“, fragte er und kam sich vor wie ein Kind, das von seiner Mutter an der Supermarktkasse von einem Schokoriegelregal weggezogen wurde.

„An einen Ort, wo wir ungestört sind.“

Energisch stampfte sie eine weitere Treppe hinunter und bog in einen langen Gang ab. Sie trug eine knielange Jacke und eine Hose, beides in modernem Military Look. Wie nicht anders zu erwarten, sah sie einfach toll darin aus. Vermutlich sah sie in allem, was sie anzog, hübsch aus, vermutlich war seine Objektivität in dieser Angelegenheit durch die vielen Zeitreisen auf der Strecke geblieben.

Nach etwa zwanzig Metern blieb sie vor einer blauen Brandschutztür stehen. Daneben war auf halber Höhe ein Kartenleser mit zwei rotleuchtenden LEDs befestigt. ‚*Nur Personal*' stand darauf geschrieben. Das ließ Sophie nicht gelten – sie hielt plötzlich eine blinkende Codekarte in der Hand und zog sie durch den Schlitz. Die LEDs wechselten auf Grün, es knackte, sie drückte die Tür auf. Bevor er sich weiter wundern konnte, schob sie ihn hinein. Der Eingang schloss sich hinter ihnen von allein.

Keine zwei mal drei Meter maß der Raum. An der Decke führten jede Menge Kabelschächte zusammen, normalerweise hatten hier nur Techniker Zutritt.

Mit blitzenden Augen verfiel Sophie in ihr Katzenfauchen. „Nun zu dir! Du bist völlig wahnsinnig! Was hast du dir dabei gedacht? Ich habe dich doch ausdrücklich gewarnt!"

„Es … es war ein Versehen."

Diese Erklärung schien sie noch mehr aufzuregen. „Ein Versehen? In 2017 gibt es kein anderes Thema als Patrick Richter."

„Der hat mich einfach umgerannt", verteidigte er sich und dachte an den Mann mit dem ILNY-Aufkleber auf dem Koffer.

„Was redest du? Im Fernsehen gibt es eine Sondersendung nach der anderen über dich."

„Ich habe ihn von hinten nicht kommen sehen."

„Hörst du nicht zu – ich rede von den Medien."

„Mir wäre auch lieber, die würden mich in Ruhe lassen."

„Du erinnerst dich an unser letztes Gespräch? Was an ‚Du darfst ansonsten nichts tun, mit niemandem reden und nichts anfassen' ist so schwer zu verstehen?"

„Ich … ich habe im Grunde doch überhaupt nichts getan."

„Im Grunde … im Grunde – wie sich das anhört. Du bist im Grunde ein Wichtigtuer, der die Zukunft Stück für Stück aus den Fugen hebt. Ein rücksichtsloser Angeber."

„Sophie, ich werde einfach nur hin- und hergeworfen."

Nur langsam beruhigte sich ihr Atem. „Wir haben neben der Last auch Verantwortung zu tragen."

„Was meinst du mit wir?"

„Wir sind Zeitreisende. Wir beide."

Sein Smartphone meldete sich – der Klingelton irritierte Patrick. ‚*Woman in Love*' von Barbra Streisand. Bei Grünfelds Anruf hatte das K11 noch anders geklungen.

Er griff in seine Jackentasche. „Ich muss da mal nachsehen, äh … das FBI, die NSA und die deutsche Polizei sind mir auf den Fersen. Die haben meine Nummer herausbekommen und wollen mich … äh … sprechen."

Kaum hatte er das Handy in der Hand, explodierte sie erneut. „AUCH DAS NOCH!" Sophie beugte den Kopf vor. „Das … das ist ein Betriebssystem aus meiner Zeit. Das hast du aus der Zukunft mitgebracht." Ungläubig schüttelte sie den Kopf. „Du … du bist …"

Verzweifelt hoffte Patrick, dass ihr nicht einfiel, was er war. Er wollte sich nicht schon wieder verteidigen, er fühlte sich ohnehin schon wie ein lauwarmer Waschlappen.

Also sagte er souverän: „Beruhige dich!"

Das K11 vibrierte in seiner Hand. Siggi blinzelte – darunter stand: *Sage einer Frau niemals ‚beruhige dich'.*

„ICH SOLL MICH BERUHIGEN? WIE WÄRE ES, WENN DU DICH MAL BERUHIGST!" Sie trommelte mit den Fäusten auf seinen Brustkorb und stampfte dabei von einem Bein aufs andere. Im nächsten Moment ließ sie von ihm ab und fuhr in einem etwas milderen Ton fort: „Hör damit auf, die Welt in ihren Grundfesten zu erschüttern."

Patrick fiel es unendlich schwer, sich zu konzentrieren. Diese Frau wirbelte eine Menge Emotionen auf und dann auch noch durcheinander. „Ich werde immer nur beschuldigt." Verdammt, klang das jämmerlich. Er atmete durch. „Fangen wir noch einmal von vorn an,

Sophie. Ich konnte wirklich nichts dafür, dass mich dieser Tunesier anrempelte."

Ihr Blick ließ ihn frösteln und gleichzeitig schwitzen. „Was … für … ein … Tunesier?"

„Dieser Bassam Khatib. Der Anführer der Terroristen vom 20. Juli."

Ihre Augen wurden rund. „Was hast du denn mit dem zu tun?" Sie fächerte sich mit der flachen Hand Luft zu. „Sag nicht … sag bitte nicht …" Sie schaffte es nicht weiterzusprechen.

Ich sage auf keinen Fall ‚beruhige dich', dachte Patrick. Er überlegte und entschied sich für: „Ich erkläre es dir."

Diese Wortwahl kam deutlich besser an. Sophie ersetzte in ihrer Miene einen Teil der Wut durch Neugier. Ausführlich erzählte Patrick ihr, unter welchen Umständen er im Jahr 2012 dem Mann mit dem Metallkoffer begegnete, und wie erstaunt er gewesen war, als Carsten Grünfeld ihn heute Morgen auf den brutalen Anschlag angesprochen hatte.

Patrick beendete die Geschichte mit den Worten: „Ich dachte, du bist deshalb so sauer."

„Natürlich kenne ich den Anschlag vom 20. Juli 2015. Für mich ist es grausige Realität aus der Vergangenheit – wir haben die Geschehnisse im Unterricht in der Oberstufe besprochen." Sie überlegte. „Ich war erst zwölf Jahre alt, als es passierte." Sie schüttelte den Kopf, eher traurig als vorwurfsvoll. „Und auch bei dieser scheußlichen Sache hast du die Finger mit drin."

„Was soll das heißen, du warst erst zwölf Jahre alt? Wir reden von vor zwei Jahren."

„Eins nach dem anderen", meinte Sophie. Sie fingerte in ihrer Camouflage-Hose herum – jedes Bein hatte drei Taschen. Dann zog sie das Titelblatt einer Zeitung hervor. *‚Catch me if you can'* stand darauf zu lesen. „Die ist von heute. Daher bin ich sauer. Was meinst du, wohin das führt? Was meinst du, was die tun, wenn sie verstehen, was du wirklich getan hast? Nichts wird dann besser. Deinetwegen wird die ganze Welt instabil."

„Du weißt doch gar nicht, was mir konkret vorgeworfen wird."

„Also gut, hier hört uns niemand. Noch habe ich Zeit."

Patrick sah nach unten, ob sie mit dem Fuß wippte, was sie jedoch nicht tat.

„Dann erkläre mir auch das", forderte sie ihn auf und verschränkte die Arme vor der Brust.

‚Erklären' schien eine höchst frauenkompatible Vokabel zu sein. Geduldig erzählte Patrick von seinem Ausflug nach Wuppertal und seinem Anruf bei der Notrufzentrale im Jahr 2001.

„Dafür bin ich sechzehn Jahre später verhaftet worden. Also für etwas, das ich noch gar nicht getan hatte."

Sie klatschte sich mit der Hand an die Stirn. „Und du hattest nichts Besseres zu tun, als das nur zwei Tage später nachzuholen."

„Hätten Sie mir direkt gesagt, warum sie mich verhaftet haben, hätte ich natürlich nicht angerufen."

„Aber dann hätten sie dich auch nicht verhaftet. Ein Teufelskreis, du Fettnapfreisender."

Das ließ er so erst einmal stehen. Sie klang nicht, als wäre sie mächtig stolz auf ihn. Ein verlegenes, verwegenes Grinsen schlich sich in seine Miene. „Das kriegt nicht jeder hin."

Mitleidig sah sie ihn an. „Du bist ein liebenswerter Trottel."

Siggi klingelte wieder mit *‚Woman in Love'* an. Patrick nahm sich fest vor, das Smartphone ins nächste Aquarium zu werfen.

„Mach doch das blöde Telefon aus. Am besten, du gibst es mir."

Damit ging sie in ihrer Bemutterung zu weit. Obwohl er knatschig auf Siggi war, konnte er ihm das nicht antun. Zudem hatte ein Mann auch seinen Stolz. „Nein, das K11 behalte ich."

„Technik aus der Zukunft mit sich herumzutragen, kann sehr gefährlich sein", erklärte sie mit eindringlicher Stimme.

„So wie ein bunter, digitaler Allesöffner?", antwortete Patrick und zeigte auf die seltsame Smartcard, die sie immer noch in der Hand hielt.

Nur ganz kurz tauchte eine Erwischt-Furche über Sophies Nase auf. Sie sagte nichts dazu, verstaute die Karte jedoch in einer ihrer zahlreichen Taschen.

Den Moment nutzte auch Patrick, um sein Smartphone wieder einzustecken. „Ich brauche das Handy, es hilft mir, denn sonst gibt es niemanden, der das tut." Er stockte. „Außer … außer dir natürlich."

Jetzt wird sie wieder sauer, dachte er.

„Ich … ich weiß, was du meinst. Ich springe schon seit so vielen Jahren und … habe bisher noch keinen anderen Zeitreisenden getroffen."

„Wie oft bis du denn schon … gesprungen."

„Einundvierzig Mal. Ich bin nicht wie du aus 2017, sondern aus dem Jahr 2029."

„Oh, jetzt verstehe ich. Daher warst du erst zwölf, als der Anschlag passierte." Fassungslos schüttelte er den Kopf.

„Seit etwas über drei Jahren springe ich. Die ersten Male war es am schlimmsten. Doch mit der Zeit habe ich mich daran gewöhnt. Vor allem versuche ich, starke Emotionen zu vermeiden und extremen Situationen aus dem Weg zu gehen, um das Zeitreisen nicht zufällig auszulösen."

„Immer bei zu viel Stress geschieht es. Das habe ich inzwischen auch schmerzlich herausgefunden. Ich kann das alles immer noch nicht glauben. Aber es muss doch noch andere geben."

„Andere Zeitreisende? Oder Zeitinstabile? Nein, ich glaube nicht. So ein Phänomen würde heutzutage in Sekundenschnelle um die ganze Welt gehen." Sie wedelte mit der Titelseite. „Du bist der Erste mit tollen Schlagzeilen."

Bevor sie wieder ärgerlich wurde, fragte Patrick schnell: „Wenn Zeitinstabile so selten sind, wieso haben wir uns dann überhaupt getroffen? Ist das nicht ein viel zu großer Zufall, um ein Zufall zu sein?"

An ein vorbestimmtes Schicksal hatte er noch nie geglaubt, doch ihm gefiel der Gedanke, dass eine übergeordnete Macht sie zusammengeführt hatte, dass sie vielleicht sogar … füreinander bestimmt waren. Er holte tief Luft.

Sie zuckte mit den Schultern. „Es gibt einige Dinge, die ich noch nicht verstehe."

Patrick schürzte die Lippen. „Einundvierzig Mal bist du also schon gesprungen. In … welche Jahre denn?"

„Ich habe es in einer Tabelle festgehalten. Von 2003 bis 2035, wobei ich einige Male genau am gleichen Tag gelandet bin – demnach scheint es so etwas wie Fixpunkte zu geben. Und es sind immer Orte, an denen ich vorher schon gewesen bin."

„Und Orte, an denen starke Emotionen eine Rolle gespielt haben", ergänzte Patrick. „So ist es auch bei mir. Und wenn ich einschlafe, reise ich wieder zurück nach 2017."

Sie nickte. „Genau – und ich nach 2029."

Mit zusammengepressten Lippen sah Patrick sie an. Jetzt erst wurde ihm klar, was das in harter Konsequenz hieß. Sobald sie einschlief, verschwand sie zwölf Jahre in die Zukunft, in seine Zukunft, in ihre Gegenwart. Sein Herz drohte zu zerspringen. Natürlich war es Blödsinn – sie waren nicht füreinander bestimmt. Mit einer Hand musste er sich an der Wand abstützen. Was war denn nur los mit ihm? So weit war Luna auch noch nicht weg. Er schluckte trocken und sah Sophie erneut an. Was hatte er denn geglaubt? Dass diese Frau, die er erst seit ein paar Stunden kannte, seine große Liebe werden könnte? Jetzt verwirrten ihn auch noch seine Emotionen. Verdammt, bei all den vorrangigen Problemen hatte er sich darüber noch keine Gedanken gemacht. Gehofft vielleicht, dass er sie näher kennenlernen würde – denn vom ersten Augenblick an hatte sie ihn tief berührt. Wie ein Hündchen war er ihr in die Tiefgarage hinterhergelaufen.

„Was ist mit dir?", fragte sie.

„Schon gut", presste er hervor. „Sag mir bitte … wie hast du das gemacht – bei unseren ersten Treffen in der Tiefgarage und in der Abflughalle. Du bist auf einmal verschwunden, obwohl es gar keine extremen Stresssituationen gab. Oder rege ich dich so auf?"

Jetzt musste sie lächeln. „Nein, du bist zwar kurz davor, doch es lag nicht an dir. Ich kontrolliere die Zeitreisen soweit es geht medizinisch."

„Wie geht das denn?"

Diesmal öffnete sie eine Tasche am anderen Hosenbein. Eine gut organisierte Dame mit äußerst interessantem Reisegepäck. Sie hielt ein längliches Gerät hoch, etwas größer als ein USB-Stick. „Hier, damit steche ich mir in den Finger. Die rote Seite lässt mich in der Zeit reisen, die grüne Seite bringt mich zurück ins Jahr 2029."

„Wie ist das möglich?"

„Keine Zauberei, sondern schlichtweg medizinischer Fortschritt. Medikamente." Sie hob die Achseln. „Einmal ist es ein Mittel, das einen gewaltigen Adrenalinschub auslöst. Jeder Leistungssportler, der bei einer Dopingkontrolle damit erwischt würde, riskierte eine lebenslange Sperre. Für den Rückweg ist es ein Betäubungsmittel, das die Körperfunktionen rapide runterfährt, sodass der Zeitsprung ausgelöst wird."

„Das ermöglicht … kontrollierte Zeitreisen? Wow."

„Nicht ganz, du weißt immer noch nicht genau, in welcher Zeit und an welchem Ort du konkret landest."

„Dennoch genial."

„Geht so. Es macht aus der Not eine Tugend. Aber die Nebenwirkungen sind nicht ohne, und auf nüchternen Magen haut es dich ganz schön um", erklärte Sophie. „Man sollte das Gerät nicht zu oft benutzen."

„Wieso?"

„Glaub es mir einfach."

„Wo du gerade den Magen erwähnst, ich habe seit zwei Tagen nichts verdrückt außer ein paar Laugenstangen. Können wir zusammen etwas essen gehen?"

„Willst du mich einladen? Ist das ein Date?", fragte Sophie und lächelte. Leider fiel ihr Lächeln ziemlich ironisch aus.

„Ja, das ist ein Date", antwortete Patrick. „Und da ich nicht altmodisch bin, lädst du mich ein."

„Aber ich bin altmodisch. Im Moment allein im Zeitgeist zwölf Jahre zurück."

„Ich habe kein Geld", er breitete die Arme aus und machte ein Pleitegesicht.

„Armer Schlucker. Dann bleibt mir nichts anderes übrig."

„Danke, Sophie. Und pass auf, dass du nicht mit Münzen oder Scheinen nach 2017 bezahlst. Du könntest sonst die Welt in ihren Grundfesten erschüttern."

„Dein Humor ist ein wenig antiquiert – so von 2017“, schmunzelte sie. Diesmal mit mehr Herzlichkeit in ihrem Lächeln. „Bevor wir wieder hoch ins Abflugterminal gehen, ziehst du das an. Tasche Nummer sieben öffnete sich, und sie holte eine rote Kappe mit einem langen Schirm heraus. „Dich muss ja nicht jeder sofort erkennen.“

Die Frau dachte an alles.

Beeindruckt nahm Patrick die Kappe in die Hand und betrachtete sie aufmerksam. „FC Bayern München – Deutscher Meister 2028?“, fragte er fragend.

Mit einer schnellen Handbewegung riss sie ihm die Kopfbedeckung aus der Hand und untersuchte sie. „Da steht doch gar nichts.“

„Och, nur mein antiquierter Humor.“ Er schaffte es, ganz ernst zu bleiben, als sie ihm die Kappe mit blitzenden Augen und einem Schnauben über den Kopf stülpte.

XXVI. Falsche Richtung

Carsten war allein in seinem Büro. Die Tür geschlossen, das Fenster offen und sein Kopf leer. Der Tag heute hatte ihm einiges aufgezeigt. Patrick Richter lief immer noch frei in der Stadt herum. Niemand wusste, wo er war. Journalisten würden in diesem Leben nicht mehr seine Freunde werden, und sein Kegelfreund Dr. Ramon Vesorez hatte sich als ein opportunistischer Drecksack herausgestellt.

„Ach, hör auf herumzujammern!“, flüsterte er sich zu. Selbstmitleid passte nicht zu ihm. Er war nicht Polizist geworden, um den einfachen Weg zu gehen. Warum war er eigentlich Polizist geworden? Er versuchte, sich zu erinnern. Nach Abitur und Bundeswehr hatten damals seine Schulfreunde angefangen, vernünftige Berufe zu erlernen. Sie wurden Anwälte, Sachbearbeiter und Computerexperten.

Er schüttelte sich. Aber nein, er hinterfragte jetzt nicht ernsthaft seine Berufswahl. Mit 58 sollte man die Antwort kennen. Warum war er immer noch dabei? Wegen der Pension? In seinem Alter ein starkes Argument, aber das traf es nicht. War er ein Verfechter der

Gerechtigkeit? Nein, auch nicht. Für solch ein ehrenwertes Motiv hatte er zu viele Abgründe erlebt. Allzu häufig stand der Gerechtigkeit die Politik in Form von Lobbyismus, Wahlen und neu zu besetzenden Leitungsposten im Weg.

Trotzdem blieb er seiner Arbeit treu. Mit Leuten wie Ruben Karlov und Marion Fischer verbrachte er gerne seine Zeit – arbeiten für ein höheres Ziel, das keiner genau kannte.

Er musste sich eingestehen, dass ihm mit den Jahren der Grund abhandengekommen war, nach Hause zu gehen. Denn da wartete niemand. Ein typischer Kollateralschaden durch den Dienst. Karriere und Familie funktionierten selten, ohne dass eine Seite Defizite erfuhr.

Patrick Richter, rief er sich in Gedanken zu. Wer war dieser Mann, den er nicht fassen konnte? Am Freitagmorgen aus dem Bett geworfen, am Samstag fast auf dem Weg nach Kuba und jetzt auf dem besten Weg, Che Guevara bei den T-Shirt-Verkäufen den Rang abzulaufen. Seit der Pressekonferenz war die Stimmung umgeschwenkt. Schlaue Journalisten merkten, wenn sie vorgeführt wurden. Und dämliche kapierten es spätestens, wenn sie Ramons geölte Worte zu Papier brachten und sich in der Redaktion das nichtssagende Gesülze in aller Gemütsruhe noch einmal durchlasen. Wo Fakten fehlten, schaffte man welche. Der Großteil der Medien beschloss nun, den Spieß umzudrehen und vermeintliche Fakten publikumswirksam zu präsentieren. Schließlich gab es keine konkreten Vorwürfe, was Richter getan haben sollte – vielleicht war er ja sogar unschuldig. Dazu verhärtete sich der Verdacht, dass die Behörden ihn unrechtmäßig nach nur wenigen Stunden an die USA ausliefern wollten und ihn dafür in einen Guantanamo-Overall gezwungen hatten. Einige linke Zeitungen machten aus Richter einen Kämpfer für die Freiheit gegen den Polizeistaat. Der Tenor der Boulevard-Presse lautete: Was verheimlicht die Polizei? Wird Patrick Richter verfolgt, um einen Justizskandal zu vertuschen?

*

Einer der Polizisten, die alles verdrehten und verheimlichten, war Carsten selbst. Zudem einer, der mit dem Rücken an der Wand stand. Patrick Richter passte in kein bekanntes Muster. Er war kein Islamist. Es gab keine Verbindung zu terroristischen Zellen. Sein Name war in den letzten sechzehn Jahren niemals in den einschlägigen Kreisen aufgetaucht. Es gab auch keine Andeutungen in diese Richtung, die bekannt geworden waren. Nichts. Absolut nichts. Wie ein Geist, der durch Raum und Zeit wanderte. Was für ein blödes Bild. Die Zeit war doch keine U-Bahn-Linie, in die man nach Bedarf einsteigen konnte.

„Was sind die Fakten?“ Carsten sollte strukturierter vorgehen. Punkt 1: Patrick Richter hatte 2001 aus Wuppertal die Notrufnummer gewählt und vor den Anschlägen am selben Tag gewarnt. Dazu existierte eine Aufzeichnung und Richter hatte ihm gegenüber am Telefon dieses Gespräch zugegeben. Punkt 2: Das Motiv war entweder völlig simpel oder lag im Dunkeln. Weil ich helfen wollte, hatte Richter gesagt. Klar, ein Sechzehnjähriger in Wuppertal erfährt zufällig, dass es Stunden später in New York einen verheerenden Terroranschlag geben würde. Das klang nachvollziehbar. Nur ohne die Kenntnis der Quelle für sein Wissen war diese Annahme eine gefährliche Vereinfachung.

„Er hat von 2015 keine Ahnung gehabt“, sagte er – das war Punkt 3. Wie konnte das sein? Wie konnte jemand dieses Blutbad nicht mitbekommen haben. Die Berichterstattung darüber hatte in der deutschen, europäischen und weltweiten Presse über Monate hinweg die Schlagzeilen bestimmt. Vermutlich auch ein Grund, warum die Medien jetzt so empfindlich reagierten.

Richter hatten diese Informationen überrascht, und er hatte betroffen gewirkt. Konnte man diese Reaktionen spielen? Ein Profi vielleicht. War er einer? Nein, das war er nicht. Profis in diesem Metier wuchsen nicht auf Bäumen. Sie hatten immer eine Geschichte, die ihren Werdegang erklären konnte.

Der junge Mann hatte aggressiv reagiert, auf einen Kollegen geschossen und sich auch nicht dagegen gesträubt, die Pistole erneut einzusetzen. Er hatte aber nicht versucht, jemanden gezielt zu töten. Sprach das für ihn? Es sprach zumindest nicht gegen ihn. Sein Handeln war durchweg als Stressreaktion erklärbar. Ein weiterer Grund, dass er kein Profi sein konnte. Stress machte ihn aber auch gefährlich. Deswegen musste er verhaftet werden. Zum Schutz für ihn, aber auch für andere. In seiner Nähe könnten Unbeteiligte zu Schaden kommen. Das würde Carsten zu verhindern versuchen.

„Nur wie ...“, murmelte er. Mit noch mehr Polizisten, Straßensperren, Personenkontrollen und Überprüfungen? War das der richtige Weg? Weitere polizeiliche Ressourcen einzusetzen, um die Übermacht für den Flüchtigen unüberwindbar zu machen? Diese Demonstration der Exekutive wirkte gegenüber einem Einzelnen plump. Der Polizei oblag das Gewaltmonopol im Land. Das war auch gut so, nur in diesem Fall der falsche Weg.

Carsten beschloss, seine bisherigen Denkmuster über Bord zu werfen. Bei einer komplexen Aufgabenstellung war eine denkbar einfache Lösung kein schlechter Ansatz, um das Problem aufzubrechen. War das Verhalten von Patrick Richter übernatürlich? Bisher hatte Carsten noch nie an solchen Blödsinn geglaubt, aber die Ereignisse zwangen ihm diese Überlegungen förmlich auf.

Ein Zauberer? Warum nicht – für einen Moment wollte Carsten Magie als Erklärung zulassen. Er wollte sehen, wohin das führte. War Richter ein Bote Gottes? Ein Engel? Ein Wesen von einem anderen Stern? Ein Alien? Ein Wanderer zwischen den Welten? Eine fortschrittliche Computersimulation? Harry Potters unbekannter deutscher Onkel? Ein Test? Für ihn, für die Polizei oder für das ganze Land? Oder nur eine unerklärliche Laune der Natur? Er sollte Wilson die ganze Akte auf den Tisch werfen. Hier, für die unheimlichen Fälle des FBI, könnte er sagen. Stan, gib den Scheiß weiter an Fox Mulder und Dana Scully.

Sein Grinsen verging ihm schnell. Jede dieser Möglichkeiten hörte sich bescheuert an. Auch würde ihm keiner der Erklärungsversuche weiterhelfen, da er nicht den Hauch eines Beweises hatte.

„Das Motiv!“ Carsten besann sich auf die Grundlagen der Polizeiarbeit. Das Problem war, dass Richter bis auf wegzulaufen keine weitere Motivation erkennen ließ. Bei einer drohenden Inhaftierung in Guantanamo eine durchaus verständliche Reaktion. Er wirkte wie durch ein Phänomen getrieben, das er selbst nicht kontrollieren konnte. Es hatte nicht so ausgesehen, als ob er ganz freiwillig von der Fleher Brücke gesprungen war.

„Hi Chef." Marion kam in sein Büro, lächelte verhalten und setzte sich auf einen Stuhl. Sie trug heute ein rotes Kopftuch. Bei allen Versehrten, die durch Terroranschläge entstellt wurden, gehörte sie mit zu den tragischsten Figuren. Nicht wegen der Narben, nein, es war ihr Verhalten, das sie kennzeichnete. Jeden Morgen vor dem Spiegel verbrannten ihre Haare seit zwei Jahren erneut.

„Ich habe einen Fehler gemacht." Das gestand sich Carsten mittlerweile schmerzlich ein.

„Richter?"

„Ja." Carsten hatte Marion nicht erzählt, dass die Staatskanzlei ihn in zwei Tagen zur Abschreckung für andere Polizisten am Düsseldorfer Fernsehturm aufhängen würde.

„Wir haben gleich unsere Einsatzbesprechung, dort kannst du Fehler korrigieren."

Carsten lächelte. Das stimmte. Noch war er in der Lage, die Ermittlungen zu steuern.

„Etwa vergessen?"

„Aus dem Sinn verloren ..." Er musste einfach nur über seinen Schatten springen. „Ich habe gerade versucht, mir ein neues Bild von dem Fall zu machen."

„Ein neues?"

„Das ist dringend notwendig." Carsten sah jetzt ganz klar, was er zu tun hatte.

„Ist es wegen des Telefonats mit ihm?" Marion war dabei gewesen. Carsten hatte alle Beteiligten gebeten, darüber Stillschweigen zu bewahren. Ein Wunsch, dem Wilson gern entsprochen hatte. Seinen NSA-Kollegen war es nicht gelungen, Richters Handy umzudrehen. Sie konnten es noch nicht einmal orten. Zudem schien Richter inzwischen Hilfe bekommen zu haben. Ein Unbekannter, ein gewisser Siggi. Offenbar ein Jurist, den sie noch nicht identifizieren konnten.

„Ja ... hast du etwas über den Typen, der so frech war, uns juristisch zu belehren?"

„Nichts ... keine Hinweise und die Amis haben auch nichts. Ein NSA-Spezialist meinte, Muster einer künstlich generierten Stimme erkannt zu haben. Er hielt die Modulation für unnatürlich."

„Gibt es so etwas?" Carsten war kein IT-Experte, aber künstlich hatte sich diese Stimme nicht angehört.

„Nicht in dieser Perfektion."

„Ein Stimmverzerrer?", fragte Carsten.

„Das hat die NSA ausgeschlossen. Der Botschafter und Wilson haben uns in Fort Meade alle Türen geöffnet. Die arbeiten im Moment mit unserer Kriminaltechnik zusammen."

„Was ist mit der Verschlüsselung?" An der waren die Kollegen nicht vorbeigekommen. Das Gerät hatte den Anschein eines handelsüblichen modernen Smartphones erweckt, die Basisverschlüsselung hatte das nicht.

„Noch schlimmer ... wir haben auch Experten des BSI und des MAD konsultiert. Die haben so etwas noch nicht gesehen. Im Moment versucht die NSA auf vertraulichen Kanälen mit den Herstellern zu sprechen, die unsere Anfrage für einen schlechten Witz halten."

„Ein anderer Nachrichtendienst?"

„Carsten, dieses verflixte Handy hat uns verarscht. Das Gerät hat im laufenden Betrieb den Verschlüsselungsalgorithmus verändert, in Echtzeit unsere Zugriffsversuche abgewehrt, alle angreifbaren Supportdienste deaktiviert und unsere Codes entschlüsselt. Wir haben seitdem einen nicht entfernbaren Cookie im Rechner sitzen, der uns bei jedem neuen Zugriffsversuch nach einem richterlichen Beschluss fragt und damit droht, die Behörden zu informieren."

„Ähm ..." Carsten hatte davon nicht jedes Wort verstanden.

„Das ist eine KI! Eine künstliche Intelligenz und zwar eine, die niemand bei der NSA jemals zuvor gesehen hat."

„Glaubst du an Magie?"

Marion zeigte auf ihre Ohren. „Nein."

Er nickte und sah auf die Uhr. Kurz vor eins. Er musste los. Das nicht angreifbare Handy bestärkte ihn in seiner Entscheidung. Bisher waren sie Richter immer nur nachgelaufen.

„Komm, wir gehen."

„Du wirkst plötzlich so zuversichtlich. Wie war deine Besprechung beim Chef?"

„Ja, das bin ich. Nein, das möchtest du nicht wissen." Carsten öffnete die Tür und verließ mit Marion sein Büro.

*

Bei der nächsten Besprechung konnte Carsten sich nicht mehr im Hintergrund halten. In dieser Runde war er der Leitwolf. Zahlreiche Kollegen aus verschiedenen Bereichen wurden für die Suche nach Patrick Richter zusammengezogen. Die größte Menschenjagd, die es je in der Stadt gegeben hatte. Geld, Ressourcen und Überstunden spielten keine Rolle. Mehr ging nicht. Carsten bekam jede Maßnahme gebilligt, die er vorgeschlagen hatte.

„Alles klar?" Wilson kam auf ihn zu und gab ihm die Hand. Er hatte vier weitere US-Beamte von der Botschaft dabei. Angeblich alle vom FBI. Carsten hielt zwei davon für CIA-Agenten, die nie offen im Ausland in Erscheinung traten, und den Typ mit der Brille für eine Leihgabe des NSA. Okay, ein Klischee, aber so hatte er sich deren IT-Experten immer vorgestellt.

„Ja ... ich habe einen Plan", startete Carsten. Gefallen würde dieser Wilson vermutlich nicht.

„Sehr gut!" Wilson klopfte ihm auf die Schulter.

Carsten begrüßte auch Ruben Karlov, der mit seinem BFE+ Team zu den wenigen gehörte, die er gebrauchen konnte. Bei Ruben konnte Carsten sicher sein, dass kein Tatverdächtiger aus Versehen eine Kugel in den Rücken bekam.

„Ich stehe hinter dir!", sagte Ruben.

„Danke." Carsten nickte, er begrüßte auch den Leiter von KK ST 1, Marions Chef, den Leiter der Schutzpolizei, den Leiter der Wasserschutzpolizei und den Teamleiter der Bundespolizei, dessen Leute Richter am Flughafen hatten entwischen lassen.

Neben Ruben und dem BFE+ saß auch ein Vertreter des Sondereinsatzkommandos im Raum, auf das Carsten als Koordinator der

Spezialeinheiten bei Bedarf zugreifen konnte. Es gab Kollegen vom BKA, dem Bundeskriminalamt und dessen technische Spezialisten, mit denen Marion in Kontakt stand. Und Vertreter des BSI, dem Bundesamt für Sicherheit in der Informationstechnik, sowie zwei adrette Bundeswehroffiziere in Uniform, die als Vertreter des MAD, des militärischen Abschirmdienstes, nicht gezögert hatten, diese für sie sehr interessanten Ermittlungen in Düsseldorf zu begleiten.

Zwei Anzugträger mit BKA-Ausweisen, die Carsten nicht zuordnen konnte, hielt er für BND-Agenten, da sie sich mit Wilsons vermeintlichen FBI-Agenten unterhielten.

„Alles in Ordnung?“, fragte Marion Fischer, die ihn mit der Schulter anstupste.

„Ja.“ Carsten musste zugeben, dass diese Einsatzbesprechung ihn beeindruckte. Patrick Richter und sein Handy von einem anderen Stern hatten es geschafft, wirklich alle auf den Plan zu rufen. „Lasst uns anfangen!“

*

Carsten hatte einen Schnellhefter vor sich liegen. Dort standen alle Maßnahmen aufgelistet, die diese Runde aufbieten konnte, um einen flüchtigen Straftäter zu ergreifen. Obgleich die Hälfte der Beteiligten im Raum nur dieses dämliche Telefon sicherstellen wollte. Mit einer Flatrate aus der Zukunft. Er schluckte. Zukunft. Nein, dieser Gedanke passte gerade nicht.

„Mein Name ist Carsten Grünfeld. Als Einsatzleiter werde ich zusammen mit dem Staatsschutz KK ST 1 alle Maßnahmen koordinieren.“

Es wurde ruhiger im Raum. Die Beamten und Mitarbeiter saßen auf ihren Plätzen. Jeder hatte eine ähnliche Mappe wie er vor sich liegen. Marion und die Kollegen von KK ST 1 hatten bei der Vorbereitung gute Arbeit geleistet und die Briefing-Mappen zusammengestellt. Von Straßensperren, Polizisten mit Maschinenpistolen in Fußgängerzonen, Kontrollen an Bahnhöfen und Busstationen, Platzverweisen und spontanen Durchsuchungen privater Wohnungen war alles dabei, was eine polizeiliche Notfallsituation hergab. Ein Richter hatte bereits alles genehmigt. Carsten kam nur die Aufgabe zu, den Startschuss zu geben. Es gab vorbereitete Einsatzpläne, die bei passenden Szenarien aus der Schublade gezogen wurden.

„Sie haben die Briefing-Unterlagen erhalten. Die darin aufgeführten Maßnahmen werden dazu beitragen, alle Beteiligten zu koordinieren und den Gesuchten zeitnah zu ergreifen.“

Alle hörten ihm zu.

„Es gibt allerdings dringende Gründe für ein verändertes Vorgehen, das ich heute bekannt geben möchte.“ Er musste es tun, sonst hätte er sich morgen nicht mehr im Spiegel ansehen können.

Marion starrte ihn an. Diese Änderungen kannte auch sie noch nicht. Würde sie es verstehen?

„Wir werden mit der Großfahndung nach Patrick Richter nicht heute beginnen.“

Unruhe entstand. Marion kniff die Augen zusammen. Wilson verschluckte sich. Sein Flug in die Staaten würde heute Abend ohne Richter im Handgepäck starten.

„Sie haben mich richtig verstanden. Wir werden heute nicht starten. Mehr noch. Alle beteiligten Polizeieinheiten und alliierten Dienste werden die Suche nach dem Flüchtigen aussetzen. Sie werden auf deutschem Boden nicht nach ihm suchen!“ Die Order sollte für die deutschen und die amerikanischen Kollegen klar genug gewesen sein.

Jetzt wurde es laut. Einige Widerworte flogen ihm entgegen.

„Warten Sie bitte ... ich möchte Ihnen meine Strategie erläutern. KK ST 1 und ich werden mit der Unterstützung von BFE+ als Zugriffsteam weiter an ihm dranbleiben. Alle anderen werden bis Mittwoch, also zwei Tage lang, die Füße stillhalten. Dann gibt es die nächste Einsatzbesprechung. Wenn sich Patrick Richter bis dahin immer noch auf freiem Fuß befindet, werden alle Maßnahmen umgesetzt, die im Briefing stehen.“

Der Sekretär der Staatskanzlei hatte Carsten zwei Tage eingeräumt. Zwei Tage, an denen er bestimmen durfte, mit welchen Maßnahmen der

Flüchtige zu verfolgen sei. Zwei Tage, an denen er nicht die Inquisition auf die Straßen der Stadt lassen wollte. Wenn Carsten scheiterte, könnte ein anderer diesen Katalog des Schreckens in Gang setzen.

XXVII. Das Phänomen

„In Sicherheit sind wir im Moment nirgendwo", sagte Sophie. „Rund um den Flughafen gibt es garantiert intensive Polizeikontrollen, damit du nicht einfach so davonfliegst."

„Nur rechnen sie glücklicherweise nicht damit, dass ich mich bereits auf dem Flughafen befinde."

Sie gingen durch den Ankunftsbereich in Richtung Terminal C. Der Monitor mit den Ankunftszeiten zeigte die aktuelle Uhrzeit, 14:45 Uhr.

Wie selbstverständlich hakte sich Sophie bei Patrick ein. „Sie suchen nach einem einsamen Terroristen und nicht nach einem Pärchen mit einer besonders netten Dame", erklärte sie.

„Besonders attraktiven Dame", spezifizierte Patrick. Er spürte ihre Wärme durch seinen Arm.

„Aha! Also nicht nett?"

„Na ja, für das Prädikat nett müsste die Dame etwas weniger häufig auf den Herrn einschlagen."

Sophie legte ihre Stirn in Falten und grollte ihn übertrieben grimmig an. „Und wenn der Herr es nicht anders verdient hat?"

Er grinste sie frech an, ließ das so stehen und blickte sich vorsichtig um. Schließlich befand er sich im völlig verkorksten Jahr 2017, wo er als Terrorist gejagt wurde. Immerhin wusste er nun, wie es überhaupt dazu kommen konnte. Er selbst war in die Vergangenheit gereist, um seine Gegenwart gehörig zu versauen. Das kriegte nicht jeder hin.

Niemand interessierte sich für das Pärchen, das durch die Ankunftshalle des Flughafens schlenderte. Es ging erstaunlich ruhig zu, Polizisten hatte er bisher keine gesehen.

Sie zog ihn sanft nach rechts und zeigte auf ein Selbstbedienungsrestaurant. „Lass uns dort hineingehen."

„Du bist die Chefin."

„Weil ich das Geld habe ..." Sie lachte und sah sich nach einem Platz in der hintersten Ecke um.

Sophie fragte: „Was willst du essen und trinken – ich bringe dir etwas mit. Je weniger Leute dich sehen, desto weniger können auf die Idee kommen, die Polizei zu rufen."

„Als Vorspeise zwei Baguettes mit Käse und ein stilles Wasser."

Im Restaurant waren nur wenige Plätze belegt. Keiner schenkte dem Typen mit der langweiligen Kappe auf dem Kopf besondere Beachtung.

Sophie nickte und verschwand in Richtung Selbstbedienungstheke. Patrick sah ihr nach. Zum ersten Mal seit seiner Verhaftung genoss er wieder das Gefühl zu leben. Einfach zu leben. Diese Frau gefiel ihm, nein mehr, sie faszinierte ihn.

Er machte es sich auf dem Stuhl bequem und schaffte es, sich zu entspannen. Seit Wochen hatte er sich nicht mehr entspannt. Obwohl, eigentlich waren es nur Tage.

Aus der Ferne beobachtete er, wie Sophie an der Bar die beiden Tabletts füllte. Er hatte Hunger wie ein Bär nach dem Winterschlaf.

„Patrick, diese Dame ist sehr sympathisch. Ihr passt gut zusammen. Du solltest sie heiraten."

Hastig zog er das Smartphone aus der Tasche. „Siggi, dich hat keiner gefragt. Halt die Klappe! Das Ganze ist viel zu kompliziert für eine Telefon-KI."

„Ich bin im Lernmodus."

„Sophie kommt gleich wieder. Muss ich das Handy ausschalten oder hältst du dich komplett raus, solange sie bei mir ist? Das heißt, keine Musik, keine Anrufe, keine Klingeltöne und keine Kommentare."

„Das kann ich nicht interpretieren. Ich benötige weitergehende Informationen."

„Siggiiiii?!"

„Natürlich. Ich habe verstanden. Ich begebe mich in den Schlafmodus."

„Danke."

Patrick steckte das Handy ein, nahm seine Kappe ab und fuhr sich mit der Hand durchs Haar. Bestimmt sah er aus wie von Kumpel Harrys Lastwagen gefallen. Oder wie von einer Brücke oder in einen Aufzugschacht gestürzt. Dazu war er unrasiert, hatte seit drei Tagen nicht geduscht und versprühte mit Sicherheit nicht den Charme einer wünschenswerten Partie. Dennoch fühlte Patrick, dass er auch Sophie etwas bedeutete. Nur, was empfand sie für den ungepflegten Durchschnittskerl? Zugegeben, das Prädikat Durchschnitt hatte er in den letzten Tagen kräftig mit Füßen getreten. Er war ein Zeitinstabiler – so hatte Sophie es genannt. Sehnsüchtig schaute er zu ihr hinüber – sie stellte sich gerade an der Kasse an. Was für eine Frau. Sie sah bei allem, was sie tat, gut aus.

Die Zahl 2029 drehte sich in seinem Kopf und verpasste ihm einen Stich ins Herz. Das war ihr Basisjahr, sollte er es so nennen? Sie kam aus einer anderen Zeit. Seine Gedanken schweiften in seine Kindheit zurück. Zu seinem achten Geburtstag hatte er einen Goldhamster geschenkt bekommen. Nussi hatte er geheißen. So ein Hamster war grottendoof und Nussi bildete keine Ausnahme. Die meiste Zeit verkroch er sich in seiner Schlafhöhle am Rande des Käfigs. Wenn überhaupt, ließ sich das Kleinvieh nur in der Nacht für zwei, drei Stündchen blicken, wenn der kleine Patrick längst in den Tiefschlaf gefallen war. Eines Tages stellte er den Käfig samt Nussi zufällig neben dem Goldfisch Giselle seiner Oma ab. Überraschenderweise bemühte sich Nussi aus seiner Höhle und glotzte mit seinen dunklen Hamsteraugen verwundert den in einem großen Glas umherschwimmenden Fisch an. Auch Giselle schien Gefallen an ihm zu finden. Fortan verband Goldhamster und Goldfisch eine wunderbare Freundschaft. Daher stellte Patrick Glas und Käfig häufig nebeneinander und beobachtete, wie sich die beiden Haustiere anhimmelten. Die Erinnerung machte ihn sentimental und ein wenig traurig. Nussi und Giselle würden nie richtig zueinanderfinden, selbst wenn er Käfig und Glas wegließe. So dicht beieinander, und doch wohnten sie in zwei verschiedenen Welten.

*

Sophie kam mit einem Tablett auf ihn zu. Sie lief Slalom um die anderen Tische, bis sie ihn erreicht hatte. „Hier, das ist deins." Sie schob ihm zwei Baguettes mit Käse, einigen Salatblättchen und Tomatenscheiben sowie eine Halbliter-Wasserflasche herüber. Dann drehte sie sich um und holte ihr Tablett von einem Tisch hinter dem Kassenbereich. Er konnte seine Augen nicht von ihr lassen, auch nicht, als sie sich ihm gegenüber auf die Bank setzte.

„Danke, Sophie. Und nicht nur für das Essen." Er suchte ihre Augen. „Du bist der Goldfisch und ich der Goldhamster."

Skeptisch legte sie den Kopf schräg. „Wie kommst du denn darauf? Sind Goldhamster nicht grottendoof?"

„So ein Goldfisch ist auch nicht gerade eine Intelligenzbestie", stellte Patrick fest.

Ein sanftes Lächeln begleitete ihr Nicken. „Wir sind also beide goldig und doof. Habe ich das richtig verstanden?"

„Fast. Das ist eine Fabel aus meiner Kindheit." Er überlegte laut: „Im Grunde geht es darum, dass ich gern mehr Zeit mit dir verbringen würde. Nur leider spricht ein merkwürdiges Phänomen dagegen, das eine Fachfrau als Zeitinstabilität bezeichnet hat. Wir leben in verschiedenen Welten."

Ihre Blicke waren immer noch ineinander verknotet. „Du bist so, wie ich mir dich vorgestellt habe", meinte sie.

Was sollte das denn heißen? „Ungewaschen und trottelig oder ungehorsam und zottelig?", fragte er, wobei er nicht nach Komplimenten fischen wollte. Zum einen mochte er das nicht, zum anderen ließ sein Selbstwertgefühl das zurzeit nicht zu.

Sie verdrehte die Augen. „Für dich ist das mit den Zeitreisen noch neu. Es ist sicherlich nicht einfach zu verkraften, wenn man erfährt, dass man anders ist. Und jetzt zieh dein Käppi wieder auf."

Mit beiden Händen nahm Patrick das erste Baguette und biss ein riesiges Stück ab. Kauend setzte er sich die Kappe wieder auf den Kopf. „Wann war denn dein erstes Mal?", schmatzte er.

„Ich weiß nicht, was dich das angeht", schnaubte sie zurück.

„Äh, ich … meine doch … den ersten Zeitsprung."

Sophie gluckste: „Das war nur die Rache für das vermeintliche FC Bayern München auf der Kappe." Sie betrachtete ihn. „Süüß, dass du noch rot werden kannst."

Patrick unterbrach seine Kaubewegungen. Darauf fiel ihm wahrlich nichts ein. Sagte sie süß? Ich bin nicht süß. Und süüß noch viel weniger, empörte er sich in Gedanken. Und rot werde ich schon gar nicht.

Er spürte, wie seine Ohren und Wangen brannten.

Ich werde von der halben Welt gejagt und lasse mich in aller Ruhe von einer Frau aus dem Jahr 2029 verspotten, betören und verzaubern, dachte er.

„Es war schrecklich!", sagte Sophie in einem ernsten, kalten Tonfall. „Vor drei Jahren wurde ich abends beim Jogging in einem Park überfallen. Ein Typ kam von hinten aus dem Gebüsch, riss mich zu Boden und versuchte mich zu vergewaltigen." Sie drehte den Verschluss der Plastikflasche auf und füllte ihr Glas mit Wasser. „Natürlich habe ich mich gewehrt und geschrien, doch der Kerl zerriss mir die Bluse und schlug mir ins Gesicht. Und dann … wachte ich Mitte März 2011 in einem Einkaufszentrum wieder auf. Ich habe es ziemlich schnell gemerkt, da alle Medien über den Tsunami in Japan berichteten und den damit verbundenen GAU im Atomkraftwerk Fukushima. Diese Katastrophe kannte ich natürlich aus der Vergangenheit, und du kannst dir sicherlich mein Erstaunen vorstellen, als ich herausfand, dass das auf einmal erst wenige Tage her war."

„Mit dem Tsunami habe ich ausnahmsweise nichts zu tun." Patrick hob unschuldig die Hände.

„Ah, wer weiß", meinte Sophie und fuhr dann mit ihrer Erzählung fort: „Fast zwei Tage bin ich damals umhergeirrt, bis die Erschöpfung mich wieder ins Jahr 2029 gebracht hat. Dort heulte und tobte ich einige Tage – bis ich mich in psychiatrische Behandlung begeben habe." Sie nahm einen Erdbeerjoghurt vom Tablett, riss die Folie ab und fing an zu löffeln.

„Nur wir beide können nachvollziehen, was es heißt, in der Zeit umhergeworfen zu werden", sagte Patrick. „Wie hat dein Arzt auf deine Erlebnisse reagiert?"

„Seine Diagnose: schweres Trauma aufgrund der versuchten Vergewaltigung im Park. Er hat mir Tabletten gegeben und mir empfohlen, dass ich mich aufgrund meiner Zeitreisefantasien freiwillig in eine psychiatrische Klinik begebe." Sophie atmete bei diesen unangenehmen Erinnerungen tief durch. „Wenn meine Freundin Rabea mir nicht beigestanden hätte … ich weiß nicht, was geschehen wäre."

„Rabea? Weiß sie von den Zeitreisen?"

Sophie senkte den Kopf. „Nein, aber das macht mir ein schlechtes Gewissen. Sie ist der wichtigste Mensch in meinem Leben und immer für mich da. Wir kennen uns ewig und haben während der Schulzeit jede freie Minute miteinander verbracht. Dennoch habe ich bisher alles vor ihr geheim gehalten. Irgendwie will ich sie auch schützen – sie nicht da hineinreißen."

„Was wir erlebt haben, klingt wie Wahnvorstellungen. Uns wird nie jemand glauben", seufzte Patrick. „Am Anfang habe ich selbst an meinem Verstand gezweifelt. In Wuppertal dachte ich, dass mich jemand eine virtuelle Realität erleben lässt. Oder dass ich gegen meinen Willen an einem geheimen Testprogramm der Amerikaner teilnehme. Ich habe mich sogar über die Autos echauffiert, die allesamt seit über fünfzehn Jahren keinen TÜV mehr hatten."

„So etwas geht in Deutschland aber auch gar nicht", spielte sie die Entrüstete. „Aus dir wäre sicherlich ein prima Verkehrspolizist geworden." Endlich lächelte Sophie wieder.

„Wie kommst du darauf, unser Phänomen zeitinstabil zu nennen?" Mit zwei Fingern steckte sich Patrick das letzte Stückchen des ersten Baguettes in den Mund.

„Ich stelle es mir vor wie ein Leiden, wie eine Laune der Natur. Was soll es sonst sein? Ein Fluch?"

„Mich hat niemand verhext. Hoffe ich zumindest. Nach den Erlebnissen weiß ich nicht mehr, was ich glauben soll. Alles, was ich bezüglich Vergangenheit, Gegenwart und Zukunft gelernt und verinnerlicht habe, wird plötzlich auf den Kopf gestellt. Und jeder andere erklärt uns für verrückt."

„Die Zeit spielt gegen uns."

„Oder sie spielt mit uns ... ich weiß es nicht“, sagte Patrick. „Wir müssen mehr herausbekommen. Es muss irgendetwas mit unserem Gefühlsleben zu tun haben. Der Zeitsprung wird durch starke Emotionen ausgelöst, und wir landen an Orten, an denen wir uns bereits in hoher Aufregung befunden haben.“

Sie nickte. „Ich habe bisher sechs solche Ankerpunkte kennengelernt.“

„Und ich lande am liebsten auf diesem dusseligen Düsseldorfer Flughafen.“

Sie schwiegen sich eine Weile an, die Stille war kein bisschen unangenehm.

„Ich bin so froh, dich gefunden zu haben“, sagte sie plötzlich.

Ihre Worte klangen nach Sehnsucht und Zweisamkeit. Moment! Was hatte sie gesagt? Patrick rekapitulierte ihre Worte. Etwas nagte in ihm, störte die Harmonie.

„Das klingt beinahe, als hättest du mich gesucht. Konkret gesucht! Hast du das getan?“

Sie schlug die Augen nieder, nur kurz, doch er merkte, wie verlegen sie auf einmal wurde.

Er wurde immer unruhiger. Was trieb diese Frau an? Nicht, dass sie ihn auch jagte, wie so viele andere. Nein, das konnte nicht sein. Dann hätte seine Menschenkenntnis in allen Belangen versagt.

„Was ist los, Sophie? Sag es mir bitte.“ Ohne darüber nachzudenken, legte er seine Hand auf ihren Unterarm.

Sie zog den Arm nicht zurück. „Wieso ist alles nur so kompliziert. Die Zeit ist gegen uns. Wir reiben uns in ihr auf. Wir haben keine Chance. Sie zerdrückt uns.“

Patrick verstand, was sie meinte. „Eine ganz neue Art von Zeitdruck. Mit oder ohne Medizin, du musst bald zurück.“

„Ich habe seit zwanzig Stunden nicht geschlafen ...“ Ihre blauen Augen glänzten feucht.

„Wie ist es so in 2029?“, fragte Patrick, um sie abzulenken.

Ihre Wangenknochen verhärteten sich, die Lippen wurden schmal. „Wie meinst du das?“

Auf irgendeine Weise fühlt sie sich ertappt, dachte Patrick. Die Frage ist, wobei? Er nahm einen Schluck Wasser, um Zeit zu gewinnen und nachzudenken. Der nächste Gedanke versetzte ihm einen heftigen Schlag. Sie kam aus der Zukunft. Sie musste wissen, wie der Kampf von Patrick Richter gegen den Rest der Welt ausgehen würde. Nein, bereits ausgegangen war. 2029 war das alles bereits lange passiert. Sie müsste wissen, ob er in Guantanamo in Kuba gelandet war. Oder in einer Irrenanstalt.

Er hielt den Atem an. Was machte sie hier? Wieso war sie einundvierzig Mal gesprungen? Mit Sicherheit hatte sie sich nicht zwanzig Mal in lebensbedrohlichen Situationen befunden. Also musste sie die meisten Sprünge mit Medikamenten ausgelöst haben. Warum tat sie das? Lauteten ihre eigenen Worte nicht: Die Vergangenheit durfte nicht verändert werden. Jeder Sprung barg das Risiko, die Welt in ihren Grundfesten zu erschüttern.

Sein Bauchgrummeln verstärkte sich. Sophie wusste deutlich mehr, als sie zugab. Der Appetit war ihm vergangen, er legte den Rest des zweiten Baguettes auf den Teller zurück. Mit Nachdruck fragte er: „Sophie, warum bist du hier?"

„Ich … ich wollte das Mysterium untersuchen. Ich muss einfach mehr herausbekommen."

„Worüber?"

„Über die Vorgänge von damals."

Er ließ nicht locker. „Welche Vorgänge?"

Sie streckte den Rücken durch. „Das Schicksal von … Patrick Richter. Es ging mir um dich!"

Das ließ ihn schlucken. Und noch einmal. Ihre letzten Worte klangen überhaupt nicht gut und schon gar nicht nach einer großartigen Zukunft. Eher nach großartiger Tragödie. Wollte er überhaupt wissen, was aus ihm geworden war? Erzählte sie ihm nun jeden Augenblick, wo er sein eigenes Grab besichtigen konnte?

„Du … du bist absichtlich hierher gesprungen?" Er formulierte die Feststellung als Frage.

„Im Grunde schon." Sie zog den kleinen Medikamentengeber aus der Tasche. „Sprung Nummer zweiundvierzig bringt mich wieder nach 2029 zurück."

„Warum?“ Er hielt immer noch ihren Unterarm fest. Mit sanftem Druck löste er sich von ihr. „Sag mir, warum tust du das?“

Erst scheuten ihre Augen seinen Blick, dann suchten sie ihn. „Ich wollte dich warnen. Aber du hörst ja nicht auf mich, daher war ich auch so wütend.“

Ein Schauer lief Patrick über den Rücken, auf seinen Armen bildete sich Gänsehaut. Er sollte nicht weiterbohren. Er wollte nicht weiterbohren. Verdammt, nicht jeden Tag traf man seine Schicksalsgöttin. Er sollte einfach aufstehen und sie vergessen!

„Wieso suchst du mich und willst mich warnen, wenn du die Vergangenheit nicht ändern darfst?“

Mit großen, blauen Augen sah sie ihn an und … fing an zu weinen.

XXVIII. Auf Sendung

Der Montag lief weiter, wie der Sonntag aufgehört hatte: mit viel Arbeit. Beim Mittagessen hätte sie sich um ein Haar mit einem Stück Putenfleisch umgebracht. Aus Dummheit. Auch wenn sie keine Zeit zum Essen hatte, sollte sie daumendicke Fleischstücke nicht ohne zu kauen verschlingen. Es funktionierte nicht, das wusste sie jetzt besser.

Susanna bereitete sich im Kölner Büro auf die nächste Sendung vor. Heute Vormittag hatte es bereits eine Berichterstattung gegeben, gleich würde die nächste folgen. Der Erfolg überrannte sie buchstäblich. Um die Fülle an Aufgaben zu bewältigten, hatte sie inzwischen ein Einzelbüro und einen eigenen Assistenten bekommen. Sebastian hieß dieser vielversprechende Kollege, der zwar gut aussah, aber nicht in ihrer Altersliga spielte.

Ständiges Läuten ihres Handys hatte sie heute Vormittag während der Besprechung mit dem Team nicht einen Satz ungestört beenden lassen. Gott und die Welt wollten sie sprechen. Als Freiberuflerin hatte sie aus ihrer Telefonnummer nie ein Geheimnis gemacht. Sie war inzwischen begehrt wie nie zuvor. Jeder wollte sie engagieren.

Um arbeiten zu können, wurden inzwischen alle Nummern, die das Gerät nicht in der Kontaktliste fand, auf Sebastian umgeleitet. Der

Junge saß nebenan und telefonierte pausenlos. Mit einem Headset, da er parallel eine Email nach der anderen schrieb. Der Sender würde bald einen Assistenten für ihren Assistenten organisieren müssen, um die Arbeitslast zu stemmen.

Jetzt meldete sich ihr Telefon dennoch. Carlo hatte anscheinend ebenfalls sein Wochenende beendet. Sie nahm das Gespräch an.

„Guten Morgen."

„Weißt du, dass ich dich liebe?"

„Ja." Natürlich tat er das.

„Du siehst im Fernsehen gut aus ... wir hätten uns längst für ein Date verabreden sollen."

„Hätten wir?" Vor allem hätte sie eine frühere Großzügigkeit bei der Auftragsvergabe beeindruckt. Die Großzügigkeit, die sie bei ihm nicht kannte. Bei einem Date mit ihm wäre vermutlich vor dem Sex höchstens ein Cheeseburger auf die Hand drin gewesen.

„Bist du beleidigt?"

„Beschäftigt, lieber Carlo, ich bin beschäftigt!" Das war ein großer Unterschied. Sie war Profi, es gab keinen Grund, mit Carlo zu brechen. Sie waren Geschäftspartner. Es gab allerdings auch keinen Grund, ihm nach dem Mund zu reden.

„Ja, ja ... das kann ich mir vorstellen. Ich würde gerne eine Story mit dir machen. Eine große mit Titelseite ... ich habe Budget. Interesse?"

Sie zögerte. „Ja ..."

„Aber?" Er hatte ihre Gedankenpause mitbekommen.

„Ich bin ausgebucht." Der Sender hatte nach dem erfolgreichen Start sofort nachgelegt. Susanna musste ihnen deswegen auch alle Rechte für die Printmedien einräumen. Der Deal mit dem Buch, den sie heute Abend besprechen würde, ging in Ordnung. Der Verlag und der Sender gehörten denselben Investoren.

„Das ist schade ..."

„Ja ... das ist es. Ein andermal." Susanna konnte nicht alles mitnehmen. Auf ihrem Festnetztelefon meldete sich die Programmleitung des Senders. Die Störung kam ihr gelegen. „Du hörst, ich werde gebraucht ... mach's gut." Sie legte auf und nahm das andere Gespräch an.

„Frau Monroe?", fragte ihre Chefin.

„Ja."

„Wie ist Ihr Englisch?"

„Es reicht, um einen Hamburger zu bestellen." Nicht jeder dachte daran, dass sie einen amerikanischen Pass hatte. Sie lebte bereits zu lange in Deutschland.

„Sind Sie nicht Amerikanerin? Egal ... wir haben eine Einladung für Sie für ‚The Tonight Show' mit Jimmy Fallon. Die Sendung wird natürlich in den Staaten produziert werden. Sie könnten am Freitag fliegen."

„Kein Problem." Das würde sie hinbekommen. Oh mein Gott, geschah das gerade wirklich? Jimmy Fallon? Sie konnte es immer noch nicht glauben.

Drei ihrer Redakteure, zwei Männer und eine Dame, stürmten das Büro und tanzten herum wie auf einer Hüpfburg. Anscheinend war es wichtig.

„Ich werde zusagen, Frau Monroe. Sie werden unser Gesicht im amerikanischen Markt werden."

„Sie können auf mich zählen!" Als ob Susanna sich diese Chance entgehen lassen würde. Klick. Das Gespräch war beendet. Ihre Karriere ging dafür gerade erst los.

„Hey ... habt ihr den Barschel-Fall aufgeklärt oder was ist passiert?" Ihre Leute hatten etwas Wichtiges gefunden, das hatte Susanna inzwischen mitbekommen.

„Besser!"

„Jetzt bin ich neugierig." Der Fall des 1987 unter zweifelhaften Umständen verstorbenen Politikers Uwe Barschel galt während Susannas Journalistik-Studium als legendär.

„2015."

„Liegt zwei Jahre zurück." Susanna konnte den freudig dreinschauenden Redakteuren nicht folgen.

„Flughafen!"

„Okay ... ich höre." Jetzt schaltete sie. Susanna hatte zum Düsseldorfer Flughafen eine besondere Beziehung. Man hätte sie auch als schwierig bezeichnen können. 2015 war zudem wirklich ein besonderes Datum, da in diesem Jahr dort viele unschuldige Menschen ihr Leben lassen mussten. Der Anschlag im Juli war ein Blutbad gewesen, galt aber als restlos aufgeklärt.

„Er war da!“

„Patrick Richter?“ Jetzt verstand Susanna die Aufregung.

„Ja!“

„Belege?“ Nur darauf kam es in ihrer Branche an. Journalisten mussten es beweisen können, wenn sie Menschen ans Licht zerrten und auf dem Altar des öffentlichen Interesses opferten. Besonders bei Ereignissen von dieser Tragweite.

„Videomaterial.“ Die Frau des Trios hatte ein Notebook unter dem Arm. Sie klappte es auf und positionierte das Gerät mit einer geschickten Drehung vor Susannas Nase. An den Unterarmen der Redakteurin sah sie Brandnarben.

„Das ist er!“

„Stimmt!“ Daran bestand kein Zweifel. Susanna sah Patrick durch die große Abflughalle laufen. Er wirkte müde, trug eine Jeans, dreckige Schuhe und ein Blouson. Der Clip dauerte nur drei Sekunden. „Haben wir noch mehr?“

„Leider nicht.“

„Wie seid ihr an das Videomaterial gekommen?“ Die Aufnahme stammte von einer Überwachungskamera der Flughafengesellschaft, deren hochheiliges Archiv sich ohne richterlichen Beschluss für keinen sterblichen Journalisten öffnete.

„Ich kenne jemanden bei der Polizei ...“, erklärte die Frau ausweichend. Jeder in dieser Branche hatte seine Kontakte. Susanna hatte Texel und die Redakteurin kannte jemanden bei der Polizei. Warum nicht, das gehörte zum Geschäft.

„Ein Zufall ist es nicht.“ Susanna dachte nach. Das stellte Patrick Richter in ein völlig neues Licht. Bisher wurde er seitens der Medien eher als tragischer Held gezeichnet, der, weil er es nicht besser wusste, ordentlichen Ärger mit den Behörden bekommen hatte.

„Das glauben wir auch nicht! Das kann kein Zufall sein!“, erklärte die Frau überraschend schroff. Viele Menschen hatten nach dem

Anschlag 2015 Freunde und Verwandte verloren. Kaum einer im Rheinland kannte keinen der Toten und Verletzten.

„Was sagt das aus?“ Susanna dachte laut.

„Dass Herr Richter nicht so unschuldig ist, wie wir alle bisher angenommen haben“, antwortete einer der Männer.

Immerhin hatte Patrick einen Polizisten angeschossen und mit einer Pistole halb Gerresheim in Angst und Schrecken versetzt. Susanna räusperte sich. Das war zu keiner Zeit ein Kavaliersdelikt gewesen. Die Medien hatten diese Fakten allerdings elegant umschifft und wie ein Bagatellvergehen aussehen lassen. Augenblicklich stand im Mittelpunkt der Berichterstattung bei den meisten Medien eine moderne Piratengeschichte. Das bot sich bei dem orangefarbenen Guantanamo-Overall an. Einer gegen die Obrigkeit. Von der Justiz verraten. Vom eigenen Land vergessen. Das ließ sich in Kombination mit den spektakulären Bildern erheblich besser verkaufen. Robin Hood war beliebter als Jack the Ripper.

Susanna musste die neue Situation adaptieren. „Wir haben eine Anklage und ein Auslieferungsgesuch der US-Behörden. Mitgliedschaft in einer terroristischen Vereinigung. Wir wussten es die ganze Zeit. Die Behörden haben mit offenen Karten gespielt, nur hat es ihnen keiner geglaubt.“

„Wir müssen radikal umdenken. Wir haben Richter fälschlicherweise für harmlos gehalten.“ Die Redakteurin machte aus ihrer jetzigen Meinung über Patrick keinen Hehl.

„Die Bullen haben sich einfach zu dämlich angestellt!“, sagte ihr Kollege.

Auch das stimmte. Die Polizei hatte mit zwei völlig missglückten Versuchen, seiner habhaft zu werden, diese mediale Stimmungsmache selbst inszeniert.

Susanna musste an ihre Tochter denken und ihre naive Schwärmerei für diesen Kerl. Patrick Richter war nicht nett. Offensichtlich handelte es sich vielmehr um ein Monster, das 2015 am Tod von über 400 unschuldigen Menschen beteiligt war.

„Wir werden unsere Linie ändern.“ Wie im alten Rom drehte sich Susannas Daumen in Bezug auf diesen Mann nach unten.

Die Redakteurin nickte. In diesem Raum hatte Patrick keine Freunde mehr.

„Ich gehe gleich auf Sendung. Bereitet das neue Material vor. Wir werden den Druck auf die Polizei abbauen ... und auf Richter erhöhen. Wir werden keine Rücksicht mehr nehmen. Wir müssen die Ersten sein, die das bringen!“ Solche Änderungen verkauften sich hervorragend. Überraschende Wendungen lieferten das Salz zur Suppe.

„Was ist mit der Auslieferung an die Amis? Die hätten einen Deutschen niemals so schnell ausliefern dürfen! Das ist nicht nur mit unserem Grundgesetz nicht vereinbar“, erklärte ein Redakteur.

„Da bleiben wir dran.“ Den potenziellen Justizskandal hatte Susanna nicht vergessen. Nur störten solche Fakten das neue Bild von Patrick Richter als durch und durch üblen Burschen. Alles, was in irgendeiner Art und Weise Solidarität erzeugen könnte, sollten sie zunächst weglassen. Zudem fehlten im Moment noch Indizien, um den Finger nachhaltig zu erheben. Fragen zu stellen war allerdings erlaubt – vielleicht gab es später eine weitere überraschende Wendung.

Sie rieb sich die Hände. „Wir werden den Anschlag 2015 und einen möglichen Zusammenhang mit Richter in den Vordergrund stellen.“

Sie wusste nur zu gut, wie empfindlich dieses Thema war. Der Terroranschlag an einem belebten Flughafen in Deutschland glich zwei Jahre später immer noch einer eitrigen Wunde. Dort hineinzustechen würde Narben aufbrechen lassen. Keiner der Täter war vor ein Gericht gestellt worden. Mit den blutigen Erinnerungen, die Susanna heraufbeschwor, würde sie aus Patrick einen Dämon machen.

*

Der Arbeitstag im Büro ging zu Ende. Der Tag war allerdings noch nicht vorbei. Sie würde heute noch nach München fliegen. Der lukrative Buchvertrag wartete auf sie. Susannas Sendung am Nachmittag war erfolgreich gewesen. Sie hatte eine Gabe, die Menschen mit ihren Berichten zu erreichen, sie mitzunehmen und zu berühren. Und sie mochte es, gefilmt zu werden und dabei an Millionen Zuschauer zu denken, die ihren Worten folgten. Die Neuigkeiten über die Sichtung von Patrick Richter am Flughafen vor zwei Jahren hatten die Zuschauer bestürzt und wütend gemacht. Die Polizei hatte guten Grund gehabt, sie zurückzuhalten. Die Behörden wollten vermutlich keiner Vorverurteilung Vorschub leisten. Ein Grund, der Susanna egal gewesen war. Es ging um Nachrichten. Terroristen verdienten keine Nachsicht.

Das Telefon klingelte. Es war kurz nach sieben. Eine unbekannte Nummer. Sebastian hatte den Anruf durchgestellt. Wer war das? Sie hoffte auf eine Nachricht ihrer Tochter, von der sie den ganzen Tag nichts gehört hatte. Susannas Blitzkarriere wirbelte ihre kleine Familie arg durcheinander. Am Küchentisch Artikel für den Lokalteil zu schreiben war überschaubarer gewesen.

„Susanna Monroe.“ Sie nahm das Gespräch an, während sie ihre Sachen zusammenpackte.

„Carsten Grünfeld hier ...“ Die Stimme des Polizisten erkannte sie sofort. Anscheinend saß er in einem fahrenden Auto. Okay, sie verstand, warum ihr Assistent den Anruf durchgestellt hatte. Der Bulle rief sie nicht ohne Grund an.

„Guten Abend.“ Draußen war es bereits dunkel.

„Darf ich einen Moment stören?“

„Bitte ...“ Sie hatte keine Ahnung, was er von ihr wollte. Seine Höflichkeit überraschte sie. Gründe, sie abzulehnen, hatte sie ihm dutzendfach geliefert.

„Ich habe Ihre Sendung heute Nachmittag verfolgt. Sie haben Patrick Richter mit dem Anschlag 2015 in Verbindung gebracht.“

„Das ist richtig.“ Susannas Gedanken kamen in Bewegung. Er klang merkwürdig. Es verwirrte sie, mit ihm zu sprechen. Ihr Bericht basierte auf Polizeimaterial. Wollte er herausfinden, wer der Redakteurin den Clip gegeben hatte?

„Ich denke, dass Sie einen Fehler gemacht haben.“ Diese Worte aus dem Mund eines hochrangigen Polizisten klangen bedrohlich.

„Möchten Sie unseren Bericht kommentieren? Ich nehme gerne eine Richtigstellung entgegen.“

Sebastian, ihr Assistent, stand in der Tür, er wirkte verunsichert. Sie winkte ab und zeigte ihm mit einer Geste, dass er alles richtig gemacht hatte. Leider konnte sie das Telefonat nicht ad hoc mitschneiden.

„Nein.“

„Nein?“ Susanna stutzte. Einfach nur nein war eine äußerst unbefriedigende Antwort.

„Ich wünsche Ihnen einen schönen Abend.“ Dann legte der Polizist auf. Einfach so.

„Hallo?“ Was war das denn für eine schräge Nummer? Wollte Grünfeld sie einschüchtern? Dafür war seine Wortwahl zu harmlos ausgefallen. Hatte er getrunken? Gelallt hatte er nicht, jedenfalls war davon nichts zu hören gewesen.

„Er wollte unbedingt mit Ihnen sprechen“, erklärte Sebastian mit hängendem Kopf.

„Schon gut. Feierabend für heute!“ Susanna schickte ihren Assistenten nach Hause. Sie musste jetzt zum Flughafen. Mit dem kleinen Koffer in der Hand hastete sie los.

„Das Taxi wartet unten“, rief er ihr noch nach.

„Danke.“ Auf dem Weg wählte Susanna die Telefonnummer ihrer Tochter.

Freizeichen ertönten.

„Jetzt komm schon!“ Sie stieg in den Aufzug. Die Tür schloss sich und die Verbindung brach ab.

Unten angekommen wählte sie die Nummer erneut. Die Freizeichen zu hören nervte. Ihre Tochter hob immer noch nicht ab. Wo war sie?

„Susanna Monroe, Sie möchten zum Flughafen?“, fragte der Taxi-Fahrer.

„Düsseldorfer Flughafen.“

Er nickte. Sie stieg ein. Die Tür fiel ins Schloss und die Freizeichen klangen nicht besser als auf dem Weg nach unten. Hoffentlich war ihrer Kleinen nichts passiert.

„Mist!“ Susanna wählte die Nummer erneut, brach aber nach einigen Sekunden ab. Dann verschickte sie Nachrichten mit vier verschiedenen Messenger-Diensten. Immer mit denselben Worten: ‚Hier ist Mama, bitte melde dich bei mir‘.

Dann starrte sie auf das Display, ohne eine Veränderung festzustellen. Ihre Tochter antwortete nicht. Bei einem Nachrichten-Dienst konnte sie erkennen, ob der Gesprächspartner die Botschaft gelesen hatte. Ein tolles Feature.

Nichts. Keine Reaktion, keine Bestätigung und kein anderes digitales Lebenszeichen. Susanna hatte vergessen, ihr zu erzählen, dass sie nach München fliegen und folglich im Hotel übernachten würde.

XXIX. Der Brand

Mit einer Papierserviette trocknete sich Sophie die Tränen ab. Nach wenigen Augenblicken hatte sie sich wieder im Griff. „Tut mir leid. Es ist alles ein bisschen viel auf einmal."

Leise sagte Patrick: „Bitte Sophie, wir machen beide harte Zeiten durch. Wir müssen offen zueinander sein. Wahrheit und Zukunft sind zwei ambivalente Begriffe, die nicht unbedingt optimal zueinanderpassen. Dafür gibt es zu viele Wahrheiten und anscheinend auch mehr als eine mögliche Zukunft."

„Das ist die große Frage. Könnte es nicht auch sein, dass alles schon vorherbestimmt ist?"

„Das glaube ich nicht. Hätte ich sonst durch mein Erscheinen in 2012 versehentlich den Anschlag von 2015 begünstigen können?"

„Es ist nur eine Überlegung, eine These: Jede Änderung des Vorherbestimmten ufert in eine Verschlimmbesserung aus. Sobald wir versuchen einzugreifen, werden aus kleinen Katastrophen große Katastrophen. Natürlich weiß ich es nicht genau, und meine eigene Inkonsequenz macht mir zu schaffen." Sie zerknüllte die Papierserviette in ihrer Faust. „Ich denke, dass ich nichts verändern sollte, will es aber dennoch tun."

Nach wie vor schwankte Patrick, ob er nachhaken sollte, was sie denn so dringend verändern wollte. Offensichtlich hatte es mit ihm zu tun. An sich gehörte er nicht zu den Menschen, die brennend heiß darauf waren zu erfahren, wann und woran sie sterben würden. Ein mutiges

Schlucken, und nichtsdestotrotz fragte er zum zweiten Mal: „Sophie, warum springst du so oft?“

Durch die Aufregung sah sie noch hübscher aus. Ihre blonden, kurzen Haare bildeten einen Kontrast zu ihrer rosa Haut und ließen ihre blauen Augen noch größer erscheinen. „Ja, ich habe dich gesucht. Denn ich wollte dich warnen. Dich vor den Fehlern bewahren, die du offenbar bereits gemacht hast. Und vor zukünftigen Dummheiten, die ich noch gar nicht kenne.“

Schwindel erfasste ihn. Ihm war, als säße er vor dem Jüngsten Gericht mit einem Engel als Richter. „Öhm, ich bemühe mich, stets das Richtige zu tun. Fachlich, ethisch und moralisch.“

„Er hat sich stets bemüht, aber ...“, sagte Sophie im Stil eines Personalchefs und tupfte eine letzte Träne unter dem linken Auge weg. „Ich wusste, dass dieser Flughafen einer deiner Fixpunkte ist, daher habe ich es solange probiert, bis ich dich hier getroffen habe.“ Sie schniefte kurz. „Nun ist es soweit, und ich habe keine Ahnung, wie ich es dir sagen soll.“

„Du hättest es mir doch beim ersten Aufeinandertreffen schon sagen können.“

Sie wurde energischer. „Was weißt du schon? Es ist nicht einfach, gegen seine Prinzipien zu verstoßen. Ich war verwirrt, ich bin verwirrt. Ich bin hier, um dich vor den Zeitsprüngen zu warnen, obgleich allein diese Aktion gefährlich und falsch ist. Noch schlimmer ist das unkontrollierte Springen, vor allem in die Vergangenheit. Die Folgen können weitreichend sein und sind nicht beherrschbar. Das beste Beispiel ist das grässliche Blutbad hier vor zwei Jahren.“ Sie schüttelte den Kopf. „Bist du sicher, dass der Anschlag ohne dein unbeabsichtigtes Eingreifen nicht geschehen wäre?“

In Patricks Realität hatte es keine solche Katastrophe gegeben. Er musste also eine Rolle gespielt haben. Und als einzige Erklärung diente sein Auftauchen in 2012. Mit trübem Blick nickte er. „Ich fürchte, ja. Hast du denn schon Erfahrungen mit dem Verändern der Vergangenheit gesammelt?“

Langsam schüttelte sie den Kopf. „Nein, nicht wissentlich. Eine Erfahrung hat mich derart erschüttert, dass ich seitdem besonders vorsichtig bin.“

Patrick hob leicht den Kopf und ließ Sophie weitersprechen.

„Ich bin … mir selbst begegnet. Es war bestürzend. Nachdem ich im Jahr 2011 gelandet war, kam ich auf den Gedanken, nach meinem jüngeren Ich zu sehen. Also versteckte ich mich eines Morgens kurz vor acht Uhr hinter einem Auto vor dem Haus, in dem wir damals wohnten. Tatsächlich öffnete sich die Haustür, und die kleine achtjährige Sophie kam herausgetrippelt. Sie schleppte einen viel zu großen Schulranzen und machte sich mit kleinen Schritten auf den Weg zur Schule. Ich weiß nicht, was mit mir los war, natürlich blieb ich in meinem Versteck, doch ich heulte Rotz und Wasser. Sie sah so einsam und zerbrechlich aus. Eigentlich halte ich mich nicht für übertrieben selbstmitleidig, doch die Situation hat mich völlig überfordert. Es dauerte drei Wochen, bis ich meine Sentimentalität wieder halbwegs abstreifen konnte."

„Ich kann mir gut vorstellen, was du meinst", sagte Patrick. Er wusste nicht, wie er sich verhielte, würde ihm plötzlich sein jüngeres Ich gegenüberstehen.

„Die kleine Sophie hat mich nicht gesehen, wahrscheinlich hätte sie mich auch nicht erkannt. Ich denke, das war auch besser so – wer weiß, welche Auswirkungen es gehabt hätte. Seitdem habe ich noch mehr Angst, etwas zu verändern. Selbst wenn es in der allerbesten Absicht geschieht, könnten die Konsequenzen viel schlimmer sein als die bisherige Realität. Die Zukunft ist instabil."

„Und dennoch springst du. Viel häufiger, als du müsstest." Patrick machte eine Pause, er konnte nicht anders, dann fragte er: „Was würdest du gern verändern?"

Sie fixierte ihn und sagte mit fester Stimme: „Deinen Tod."

Jetzt war es raus. Merkwürdigerweise fühlte er sich nicht überrascht, sondern beinahe erleichtert.

„Ach, und ich dachte schon, es wäre was Schlimmes", brachte er tapfer hervor.

Sie starrte auf den Tisch. „Ich kenne die Zukunft nur ohne dich, beziehungsweise meine erfahrene Gegenwart. Du stirbst in 2017. Das ist zumindest die Variante, die ich kenne. Ich weiß nicht genau, wie es passiert, doch du verschwindest aus dem Strahl der Zeit. Und zwar unspektakulär. Sie kehren dich unter den Teppich. Als ob es dich nie gegeben hätte."

„Und gehen dann mit einer Rüttelplatte drüber. Kann ich mir bildlich vorstellen." Er ließ die Mundwinkel hängen. Gründe dafür hatte er den Behörden genug geliefert.

Patrick, du wirst also noch in diesem Jahr sterben, dachte er. Zumindest wenn sich Sophies Erinnerung bewahrheitet.

Wie von allein gewann der Trotz die Oberhand. Er ballte die Fäuste.

Noch ist es nicht soweit, beschwor er sich. Noch lebst du und kannst etwas bewirken. Für Fatalismus ist keine Zeit, denn es muss nicht zwangsläufig passieren. Weder im Jahr 2017 noch in 2012, noch in 2029. Du wolltest kämpfen, also kämpfe. Du kannst die Zukunft manipulieren, du hast es bereits getan. Doch du musst anfangen zu agieren, anstatt dich immer nur hin und her schubsen zu lassen. Wie kannst du deine Fähigkeiten kontrollierter einsetzen?

Gefasst fragte er: „Wie bist du denn auf mich gekommen – ich meine dazu, mein Schicksal zu verfolgen?"

„Durch meine Mutter. Letztlich ist sie deinetwegen erfolgreich geworden, nun schwimmt sie im Geld und steht gern im Rampenlicht. Ich habe seit Jahren keinen Kontakt mehr zu ihr, denn ich verabscheue ihre Skrupellosigkeit. Das Geld, das sie mit dem Tratsch über das Schicksal anderer Leute macht, ist nicht ehrlich verdient. Ich verstehe nicht, wie sie sich selbst ertragen kann." Ihre Gesichtszüge verhärteten sich, die Unterlippe zitterte leicht.

„War sie schon immer so?"

„Schwer zu sagen. Sie hat nach der Trennung von meinem Vater eine schwere Zeit durchgemacht. Als alleinerziehende Mutter musste sie sich durchkämpfen – früher haben wir von der Hand in den Mund gelebt. Ich weiß, sie hat viel gelitten – das Schlimmste ist hier passiert." Sophie schwenkte mit der Hand durch die Luft.

„Hier? Bitte … sag nicht, es hat etwas mit dem Terroranschlag vor zwei Jahren zu tun."

„Nein, es geschah viel früher. Es ging um den schlimmen Brand von 1996 mit siebzehn Toten und knapp neunzig Verletzten."

„Ich erinnere mich gut. Ein teuflischer Schwelbrand in der Zwischendecke hatte unbemerkt zu einem Inferno geführt. Der halbe Flughafen brannte ab.“ Von ganz allein wanderte sein Blick zur Decke. „Danach haben sie alles renoviert.“

„Genau. Und meine Mutter war mittendrin, als es passierte, Sie wäre um ein Haar erstickt. In letzter Minute wurde sie mit einer schweren Rauchvergiftung aus der Todeszone gerettet. Nur leider hat sie damals ihr Kind verloren, sie war im siebten Monat schwanger. Ich glaube, darüber ist sie nie wirklich hinweggekommen.“

„Was für eine Tragödie“, sagte Patrick leise.

„Meine ungeborene große Schwester. Ein ziemlicher Albtraum für alle Beteiligten. Mutter machte sich monatelang Vorwürfe. Mein Vater war überfordert, die Beziehung der beiden hat sich rapide verschlechtert, sie konnten keine normale Ehe mehr führen. Hat Vater mir nach der Scheidung erzählt. Und er sagte, dass ich vermutlich nie geboren worden wäre, wenn das Kind 1996 nicht im Mutterleib gestorben wäre. Mutter wollte immer nur ein Kind. Sie war der Meinung, Mutterliebe könne man nicht teilen. Ich kam sieben Jahre nach dem Unglück zur Welt.“

Patrick knetete seine Unterlippe. „Deine Mutter hat einiges durchgemacht.“

„Vater auch!“, entgegnete Sophie sofort.

Mehrere Stacheln sitzen sehr tief bei ihr, dachte Patrick. „Hast du das Gefühl gehabt, nur Ersatz zu sein, weil sie ihr erstes Kind verloren hat?“

„Ich kann diese Frage nicht beantworten. Ich glaube, es wäre ungerecht Mutter gegenüber. Sie hat mich nichts dergleichen spüren lassen. Dennoch, solche einschneidenden Erlebnisse hinterlassen immer Spuren, oftmals auch tiefe Narben. Sie hat sich jedenfalls danach verändert – offenbar nicht zu ihrem Vorteil. Ende 2010 kam dann die Scheidung. Richtig gekümmert hat sie sich nicht um mich. Sie verlor sich Tag für Tag, Woche für Woche in ihren Internetrecherchen. Sie war regelrecht onlinesüchtig.“ Sophie stöhnte leise, nicht selbstmitleidig, eher vorwurfsvoll: „Aber warum erzähle ich dir das?“

„Weil es dich bedrückt“, antwortete Patrick sachlich.

„Ich jammere hier rum – du hast ganz andere Probleme.“

„Die du mit mir geteilt hast.“

Ihr Lächeln geriet zu einem Gähnen. Sie hielt sich die Hand vor den Mund. „Entschuldige. Die Aufregung ist ermüdend.“

„Zu wenig Schlaf macht auch müde“, nickte er und legte seine Hand auf ihre. „Danke, dass du gekommen bist, Sophie. Es ist etwas Besonderes, Besuch aus der Zukunft zu bekommen und dann solch einen außergewöhnlichen Besuch, glaube mir.“

Sie legte ihre Hand auf seine. „Ich habe mir lange gewünscht, dich zu treffen, weil ich gehofft habe, dass du mich verstehst. Wem sonst sollte ich diesen Zeitreisemist erzählen?“

„Du hättest einem engen Freund oder einer engen Freundin die Sache vorführen können. Der hätte nicht schlecht geguckt, wenn du dich nach einem Medikamentenschub in Luft aufgelöst hättest.“

„Nein, ich wollte mein Geheimnis niemandem anvertrauen. Niemals. Fremde Leute können damit nicht umgehen. Die Zeitinstabilität ist viel zu bedrohlich. Sie führt sämtliche Naturgesetze ad absurdum. Wir stellen eine Gefahr für die Menschheit dar.“

„Vielleicht sind wir aber auch ein Segen, bringen Hoffnung?“ Patrick wollte es schönreden. Nachdem er die letzten Tage in so großer Angst gelebt hatte, brauchte er diese Lichtblicke.

„Du weißt es besser“, sagte Sophie. „Die Menschen sind nicht dafür gemacht, unerklärliche Phänomene zu tolerieren. Was sie nicht verstehen, wird früher oder später ausgemerzt.“

In seiner Jacke vibrierte das Handy. Wollte ihn Siggi nicht unbehelligt lassen? Patrick stand auf und setzte sich neben Sophie auf die Bank. Beide starrten sie in die Leere des Raums oder in die Leere der Zeit. Beide genossen die Zweisamkeit des Augenblicks, Sophie lehnte sich an ihn.

„Was vibriert da in deiner Brust?“, fragte sie mit müder Stimme.

„Mach dir keine Gedanken.“ Gerade noch schaffte es Patrick, ein ‚alles wird gut‘ zu verschlucken. Das war ein Spruch für amerikanische Filme mit obligatorischem Happy End. Von einem guten Ausgang der

Geschichte waren sie so weit entfernt wie vom nächsten Sonnensystem. Ein ganz schön illustres Pärchen gaben sie hier ab – die beiden Instabilen. Zwei kleine Körner zwischen den Mahlsteinen der Zeit. Behutsam legte er seinen Arm um sie, ihr Kopf bettete sich auf seine Schulter. Er roch ihr Shampoo und einen Hauch von Parfüm. Was gäbe er darum, diesen Augenblick zu konservieren, ihn einzufrieren, um ihn später erneut zu erleben oder ihn zumindest betrachten zu können. Die Zeit war schon ein sperriger Geselle, der ihn gerade mit Händen und Füßen schlug. Wie auch Sophie. Er dachte nach.

Ihre Geschichte von eben kam ihm in den Sinn. Machte sie sich Vorwürfe, auf Kosten ihrer ungeborenen großen Schwester zu leben? Er hatte vergessen sie zu fragen, warum ihre Mutter auf ihn aufmerksam geworden war. Behutsam drehte er den Kopf zu ihr, betrachtete ihr Gesicht, die schmale Nase, die vollen Lippen, die perfekte Symmetrie. Ihr Atem wurde gleichmäßiger und langsamer. Hatte er sich in der kurzen Zeit in diese Frau verliebt? Und sie schien ähnlich zu empfinden, sonst hätte sie ihn nicht gesucht und würde sich nicht an ihn kuscheln. Ein unbeschreibliches Gefühl, sie in seinem Arm zu halten – so als umarmte er die ganze Welt mit all den schönen Dingen in einer einzigen Person. Unwillkürlich drückte er sie etwas fester an sich, nur ein wenig. Im Schlaf schob sie die Unterlippe etwas vor, ihre Augen blieben geschlossen. Durch die Jacke spürte er ihre Wärme, spürte ihren Atem. Und … dann verschwand sie. Zuerst ihre Hände, dann der Rest von ihr. Sophie war einfach nicht mehr da. Er saß allein auf der Bank, sofort wurde es kälter. Einen Augenblick noch konnte er ihren Geruch wahrnehmen, dann verschwand auch diese Empfindung. Der Arm verharrte in seiner Stellung, als hielte er sie noch. Er biss sich auf die Unterlippe, der Schmerz über den Verlust überraschte ihn. Er war größer, weiter und tiefer, als er es sich je hätte vorstellen können. Außer der brutalen Leere blieb ihm nur noch Sinnlosigkeit.

Ein tiefer Seufzer: Verdammt, es war so schön vorher, jetzt ist die Qual umso größer.

Er dachte an Nussi und Giselle.

„Ich störe nur ungern, doch ich habe wichtige Nachrichten“, meldete sich Siggi zu Wort.

„Ja, du zitterst schon die ganze Zeit“, sagte Patrick mit belegter Stimme.

„Es gibt auf einmal ungewöhnlich viele Polizisten auf dem Flughafen. Ich empfange etwa vierzig Kennungen.“

Verdammt, auch das noch. Siggi hatte es drauf, Trost zu spenden. „Kann das Zufall sein?“

„Augenblick, ich scanne den digitalen Polizeifunk.“

Sein Personal Assistant war unglaublich. Kaum vorstellbar, dass diese Beta-Version einmal in Serie produziert werden würde. Patrick wollte besser nicht wissen, mit welchen Methoden sich Siggi in die Server und Kommunikationssysteme der Polizei hackte. Im Grunde konnte es ihm egal sein, selbst wenn sie das dem armen Konsumenten zur Last legten, es wäre nur ein Tröpfchen auf dem heißen Stein seiner bisherigen Vergehen.

Was lag da zwischen den Tabletts auf dem Tisch? Er beugte sich vor – Sophie hatte ihren Medikamentengeber vergessen. Aufgrund ihrer Erschöpfung war sie so schnell eingeschlafen. Stirnrunzelnd betrachtete er das kleine Ding und steckte es dann in seine rechte Jackentasche.

„Eine Gruppe Polizisten nähert sich von links.“

Schon kamen vier Bullen am Restaurant vorbei. Einer schaute in seine Richtung. Sophie war verschwunden, seine wunderbare Pärchen-Tarnung somit auch. Er hob die Wasserflasche an den Mund, legte den Kopf in den Nacken und tat so, als ob er trank. Aus dem Augenwinkel sah er, wie der Polizist stehen blieb und ihn beobachtete. In aller Ruhe setzte er die Flasche ab und stellte sie vor sich hin. Danach stand er auf, nahm Sophies und sein Tablett in die Hände und ging in Richtung eines Sammelwagens.

Der Polizist drehte sich weg und folgte den anderen.

Puh! Dachten sie, er würde immer noch den verfluchten orangefarbenen Overall tragen und liefen daher an ihm vorbei? Er schob die Tabletts in die vorgesehenen Schienen und holte sein Smartphone heraus. „Siggi, wo kann ich mich am besten verstecken?“

„Ich starte die Navigations-App unter Berücksichtigung der sich in der Nähe befindlichen Staatsdiener. Bitte gehe erst links, dann die zweite rechts. Also Richtung Terminal B“, dirigierte Siggi.

In normaler Schrittgeschwindigkeit befolgte Patrick die Anweisungen. Von Weitem sah er überall Beamte in Uniform – wo kamen die auf einmal alle her?

„Stehenbleiben", befahl Siggi.

Patrick stoppte und schaute sich die Auslagen eines Geschäftes für edle Füller und Kugelschreiber an. Zumindest tat er so, er konzentrierte sich eher darauf, nicht zu zittern. Es war nicht wirklich ermutigend, mit dem eigenen Tod konfrontiert zu werden. Und dann noch in 2017 – es könnte jederzeit geschehen, vielleicht zog einer die Dienstwaffe und schoss ihm ein paar Kugeln in die Stirn – direkt unter die nette Kappe von Sophie. Verdammt, er durfte sich nicht von solchen Gedanken blockieren lassen. Links von ihm patrouillierte die nächste Gruppe Polizisten vorbei, denen er beinahe direkt in die Arme gelaufen wäre.

„Was ist hier los, Siggi?"

„Alle verfügbaren Einheiten sind auf der Suche nach Patrick Richter. Mein Konsument ist sehr berühmt."

„Und unschuldig, vergiss das nicht."

„Ich vergesse nie etwas. Ich bin ein computergesteuertes Genie."

Vor allem bescheiden. Doch Patrick war nicht nur froh, dass Siggi ihm half, er fühlte sich durch ihn auch nicht so schrecklich einsam. Nachdem ihm die Zeit Sophie im wahrsten Sinne des Wortes aus dem Arm gerissen hatte, musste er sich erst wieder fangen, um nicht gefangen zu werden. *20:27 Uhr* zeigte das K11 an. Fast den ganzen Tag hatte er mit Sophie verbracht, nun war er wieder auf sich allein gestellt. Ein Kampf in 2017, den er nicht gewinnen konnte, der mit seinem Tod endete. Was für eine Prognose. Hoffentlich ging es wenigstens ihr gut, und sie landete in ihrem Jahr 2029 an einem vernünftigen Ort. Was war diese Frau für Risiken eingegangen. Jetzt war er an der Reihe.

„Weiter nach rechts, an der Bäckerei vorbei."

Sofort nahm Patrick diesen Weg. Er vertraute Siggi. Wenn ihn einer hier rausbringen konnte, dann sein persönlicher Beta-Assistent aus der Zukunft.

XXX. Stehenbleiben!

Carsten war durchaus klar, dass er sich mit seiner Strategie bei der Düsseldorfer Polizeiführung nicht nur Freunde machen würde. Zwei Tage hatte er sich gegeben. Genau die zwei Tage, von denen der Staatssekretär gesprochen hatte. Die Karenzzeit, die man ihm gewährt hatte, um den flüchtigen Patrick Richter zu ergreifen. Ohne einen Erfolg würden sie ihn danach in die Wüste schicken. Nur zwei Tage – ohnehin ein Witz. Welches Wunder hätte er in dieser Zeit vollbringen sollen, um jemanden zu fassen, der es mit nicht nachvollziehbaren Tricks verstanden hatte, der Polizei den Stinkefinger zu zeigen.

„Herr Grünfeld, erklären Sie mir bitte, wie Sie sich das vorgestellt haben", verlangte der Staatssekretär. Der Typ trug auch einen Doktortitel und wie der hier ebenfalls anwesende Polizeichef einen völlig bescheuerten Doppelnamen. Carsten gingen gerade so viele Dinge durch den Kopf, dass ihm der Name gerade nicht einfiel.

„Ich halte die von mir gewählte Strategie für den besten Weg, um den Flüchtigen aufzugreifen und die Düsseldorfer Zivilbevölkerung vor Gefahrensituationen zu bewahren", erklärte er. Die Antwort hatte er mit anderen Worten bereits zum dritten Mal gegeben. Der Staatssekretär wollte ihn nicht verstehen. Dabei war die Situation einfach. Ganz bewusst nahm Carsten davon Abstand, mit Hunderten von Polizisten die Stadt auf den Kopf zu stellen. Er weigerte sich, Kollegen der Sondereinheiten mit automatischen Waffen in den Fußgängerzonen patrouillieren zu lassen. Das war purer Aktivismus, der niemanden weiterbrachte. Als ob Patrick Richter einer Personenkontrolle auf der Kö in die Arme laufen würde. Blödsinn!

„Herr Grünfeld, Sie bemerken hoffentlich, dass wir Ihnen helfen wollen", sagte Ramon. Gegen die alliierte Front des Staatssekretärs mit dem Staatsanwalt hatte Carsten denkbar schlechte Chancen. Heute würde seine Karriere enden.

„Danke." Carsten verzichtete bei seiner Antwort auf jegliche Spitze. Das war nicht der richtige Zeitpunkt um nachzutreten. Er sollte diese leidige Diskussion abkürzen. „Falls Sie Zweifel an meiner Erfahrung haben, empfehle ich, mich abzulösen."

„Carsten, verdammt!" Jetzt stand Rudi auf. Rudolf Maria Freiherr von Reichlin-Meldegg, der Polizeichef. Es waren zwei Doppelnamen im Raum, das konnte nicht gutgehen. Auch er gehörte zu ihrer illustren Kegelrunde. Immerhin verzichtete er in dieser förmlichen Umgebung darauf, ihn zu siezen. „Wie lange kennen wir uns jetzt?"

„Vierundzwanzig Jahre."

„Mein Gott im Himmel ... dann hör auf, so einen Blödsinn zu reden. Niemand von uns stellt deine Expertise infrage! Du weißt doch genau, wie unser Verein funktioniert! Wenn die Trump-Regierung Patrick Richter unter allen Umständen haben will, werden wir ihnen den Mann geben. Wenn es sein muss, sogar mit einer netten Schleife in den Haaren!"

„Ich bin überzeugt, das Richtige zu tun, um seiner habhaft zu werden." Carsten hatte nie gesagt, Richter verschonen zu wollen. Sicherlich nicht – wenn es sein musste, würde er ihm persönlich Kabelbinder anlegen.

„Dann setz endlich den dämlichen Standardplan in Kraft und hetze die Kavallerie auf ihn!" Rudi gehörte zu den Polizisten, die ihre Wünsche unverblümt formulierten.

„Nein." Genau das würde Carsten nicht tun. Weder heute noch morgen. „Das funktioniert nicht."

„So kommen wir nicht weiter!" Der Staatssekretär drehte sich kopfschüttelnd zur Seite.

„Herr Reichlin-Meldegg, an dieser Stelle möchte ich die Haltung der Bundesanwaltschaft verdeutlichen, deren Position ich vertrete. Es ist nicht vermittelbar, dass ..."

„Ramon! Halt die Luft an!" Rudi schlug mit der flachen Hand auf seinen Tisch. „Bisher habe ich mich zurückgehalten, nun ist Schluss damit! Ihr wisst, was Carsten die letzten Jahrzehnte geleistet hat."

„Herr Reichlin-Meldegg, die Staatskanzlei bewertet die Situation genauso wie die Bundesanwaltschaft ... ich sehe hier keinen Verhandlungsspielraum."

Rudi ließ den Kopf hängen. Der Versuch, Carstens widerspenstigen Kopf aus der Schlinge zu ziehen, war gescheitert.

Die beiden Juristen stellten sich quer.

„Carsten, deine letzte Chance!“ Meldegg sah ihn an.

„Nein, Rudi. Meine Meinung ändere ich nicht.“ Carsten wusste Rudis Geste zu schätzen. Im Gegensatz zu Ramon hatte er ihn nicht beim ersten Regenschauer draußen stehen lassen.

„Dann muss ich dich suspendieren!“

Carsten nickte, damit hatte er gerechnet. Bei seiner präferierten Vorgehensweise ging es nicht primär um Patrick Richter, es ging um den richtigen Weg, wie die Polizei eine unklare Bedrohungslage meisterte. Das stumpfe Auffahren einer massiven Polizeipräsenz hielt er nach wie vor für ein unverantwortliches Manöver. Seiner Meinung nach konnte man einen Mann wie Richter besser mit Worten einfangen. Er hätte mit ihm geredet – allein, ohne Armee. Leider hatten sie ihm dazu keine Zeit gegeben. Aus den versprochenen zwei Tagen waren wenige Stunden geworden. Das wäre sein Weg gewesen, den Flüchtigen und dieses mediale Chaos einzufangen.

*

Carsten fühlte sich leer. Nach so vielen Jahren die Polizei hinter sich zu lassen, hatte er sich einfacher vorgestellt. In der letzten Stunde hatte er sich von einer Reihe von Kollegen verabschiedet. Von Ruben Karlov, Marion Fischer und von vielen anderen. Nein, das waren nicht nur seine ehemaligen Kollegen. Es waren seine Freunde. Sie Familie zu nennen, hätte jetzt zu pathetisch geklungen, aber bei ihm zu Hause wartete niemand auf ihn. Er lief über den Vorplatz vom Präsidium.

„Soll ich dich nach Oberbilk fahren?“, fragte sein Fahrer, der ansonsten ein ganz normaler Polizist war. Niemals hatte er sich über diesen sonderbaren Job beschwert, einen Polizeioberrat durch die Gegend zu fahren, der eine Phobie vor dem Autofahren hatte. Seit 1996 hatte Carsten kein Lenkrad mehr angefasst. Seit dem schrecklichen Flughafenbrand, als er in der Hektik mit einem Einsatzwagen zwei

Feuerwehrleute angefahren hatte. Die beiden hatten den Unfall besser überstanden als er, denn seitdem bekam Carsten Schweißausbrüche, wenn er sich an das Steuer eines Autos setzte.

„Ich bin suspendiert." Die Fahrt mit dem Dienstwagen war somit eine private Fahrt, die dem Kollegen Ärger einbringen konnte. Das wollte Carsten nicht.

„Na und?" Der Fahrer winkte ab. „Steig ein."

*

Carsten sah auf die Uhr, es war sieben Minuten vor sieben. Die Uhrzeit rang ihm ein Lächeln ab. Sieben vor sieben, er mochte solche Momente. Einerseits fühlte er sich erleichtert. Als ob jemand das Brett von seiner Stirn abgenommen hätte, das dort seit Jahren festgenagelt war. Nein, nicht genagelt. Das musste gebohrt, gedübelt und verschraubt gewesen sein.

Andererseits wusste er nicht, was er jetzt tun sollte. Sich in der Altstadt zulaufen lassen? Er könnte als Absturz der Woche auf den Lokalseiten landen. Immerhin hatte er es heute als unfähigster Polizist der Republik in der Westdeutschen, der FAZ und der Süddeutschen gleichzeitig auf die Titelseiten geschafft. Ein nettes Bild – er im Wagen, als er am Sonntag die Baustelle in Gerresheim verlassen und dabei ein Gesicht wie nach einer Wurzelbehandlung gemacht hatte. Nein, das war übertrieben. Die Süddeutsche gehörte zu den seriösen Blättern, die hatten ihn erst auf Seite zwei gebracht.

Er spielte mit seinem Handy und sah sich Ausschnitte der Reportage von Susanna Monroe an. Die Sendung war heute Nachmittag ausgestrahlt worden. Marion hatte ihn sofort darüber in Kenntnis gesetzt. Der Monroe war es gelungen, an internes Material zu kommen. Die Bilder waren nie für die Öffentlichkeit gedacht gewesen: Patrick am 20.07.2015 am Düsseldorfer Flughafen. Wenige Stunden später hatten sich die Pforten zur Hölle geöffnet und Hunderte Menschen blutig in den Tod gerissen.

Drei Sekunden waren der Monroe gesteckt worden. Carsten wollte sich nicht mehr den Kopf darüber zerbrechen, wer im Präsidium den

Clip der Presse zugespielt hatte. Das spielte keine Rolle mehr. Carsten war draußen.

Drei Sekunden, in denen aus einem vermeintlich liebenswerten Piraten ein verhasstes Monster gemacht wurde. Dazu bedurfte es keiner Beweise, keiner Ermittlung und keines Richters. Allein die Anwesenheit am Flughafen genügte, um ihn öffentlich zu verdammen. Patrick Richter wäre inzwischen gut beraten, sich von der Polizei in Schutzhaft nehmen zu lassen. An der falschen Stelle in Düsseldorf würde er kaum lebendig eine Straße überqueren können.

Ich rufe sie an, dachte Carsten. Über ein soziales Netzwerk für Journalisten und IT-Freiberufler brauchte er nicht lange, um ihre Kontaktdaten herauszufinden. Carsten wählte Monroes Nummer. Jetzt war es sieben nach sieben. Das passte doch gut.

„Sebastian Frenchel hier, ich bin der Assistent von Susanna Monroe. Was kann ich für Sie tun?“

„Guten Abend. Polizeioberrat Grünfeld hier ... können Sie mich bitte mit Frau Monroe verbinden?“

„Sie ist beschäftigt ... darf ich Ihre Nummer und Ihr Anliegen notieren? Sie wird Sie in den nächsten Tagen zurückrufen.“

In den nächsten Tagen? Sicherlich nicht! „Ich bin Polizeioberrat. Es geht um Patrick Richter! Sie verbinden mich besser jetzt sofort!“

„Ähm ... ja.“ Wartezeichen ertönten.

„Susanna Monroe.“ Carsten erkannte ihre Stimme aus der Sendung.

„Carsten Grünfeld hier ...“ Er zögerte. Was wollte er ihr überhaupt sagen?

„Guten Abend.“ Sie klang aalglatt.

„Darf ich einen Moment stören?“ Eine hirnrissige Frage, er hatte es bereits getan.

„Bitte ...“

Ein gereiztes Schnaufen. Sie machte es ihm einfach, sie nicht zu mögen.

„Ich habe Ihre Sendung heute Nachmittag verfolgt. Sie haben Patrick Richter mit dem Anschlag 2015 in Verbindung gebracht.“ Es gab vieles mehr, was er ihr sagen wollte. Über Verantwortung, über seine Theorien, über einen Schulterschluss mit ihr, um das Ganze zu einem versöhnlichen Ende zu führen. Monroes mediale Macht würde Patrick Richter erreichen und könnte ihn vielleicht zu einem Treffen bewegen. Unter vier Augen – notfalls unter sechs, falls die Reporterin partout darauf bestand, dabei zu sein.

„Das ist richtig."

„Ich denke, dass Sie einen Fehler gemacht haben." Carsten redete nicht weiter. Als ob in seinen Magen ein Bügeleisen gefallen wäre. Warum telefonierte er mit ihr? Wollte er tatsächlich Patrick Richter helfen oder sich selbst, um sich nicht so unnütz zu fühlen?

Erst jetzt realisierte er, was er heute verloren hatte. Er war kein Polizist mehr. Den Assistenten eben hatte er angelogen. Seine Freizeit startete er mit schwerer Amtsanmaßung. Dafür gab es empfindliche Strafen. Besonders für Polizisten, die besser wissen sollten, welches Verhalten für suspendierte Beamte statthaft war.

„Möchten Sie unseren Bericht kommentieren? Ich nehme gerne eine Richtigstellung entgegen." Die Monroe schaltete sofort. Die klang beinahe charmant. Wie eine Schlange, die mit einem Apfel vor ihm her tanzte. Jetzt könnte er ihr eine Zusammenarbeit vorschlagen. Doch er spürte es durch das Telefon. Ihr ging es nicht um Gerechtigkeit oder Aufklärung. Sie kannte nur eine Wahrheit, und die hieß Quote.

„Nein."

„Nein?"

Carsten zog die Reißleine. Sie anzurufen war eine dumme Idee gewesen. „Ich wünsche Ihnen einen schönen Abend." Mit einem Klick drückte er sie weg.

„Ist alles in Ordnung?", fragte sein Fahrer.

„Ja." Carsten wollte nicht nach Hause. „Fährst du mich bitte zum Flughafen?"

*

Carsten lief durch die große Abflughalle. Warum war er hierhergekommen? 1996 und 2015 hatten bei ihm Spuren hinterlassen. Ein Teil von ihm war 1996 mit den Opfern erstickt. Niemand von den siebzehn Toten hatte das Feuer, das durch einen zu spät entdeckten Schwelbrand in einer Zwischendecke entstanden war, überhaupt zu Gesicht bekommen.

Er sah sich um – hier war der richtige Ort, um Trübsal zu blasen. Weil er sich in den darauffolgenden Monaten seiner Frau gegenüber wie ein Idiot benahm, hatte sie ihn verlassen. Zu Recht, das wusste er heute besser. Kinder hatte er keine. Wie auch, ohne Frau. Bis auf flüchtige Bekanntschaften hatte es danach keine länger bei ihm ausgehalten.

Das Telefon meldete sich. Marion Fischer. Er nahm das Gespräch an. Sie war kein einfacher Mensch. Vor 2015 hatten die beiden wenig miteinander zu tun gehabt. Später umso mehr. Die Zusammenarbeit war meist erfolgreich gewesen, aber keiner wollte mehr vom anderen. Dachte er zumindest. Nein, er war sich dessen sicher.

„Ja."

„Die Einsatzpläne für die Ergreifung von Patrick Richter sind raus ... er wird jetzt gejagt!", erklärte sie mit einer merkwürdigen Tonlage. War sie froh darüber, dass Carsten weg war? Nein, das konnte er sich nicht vorstellen. Oder wollte sie Richter persönlich zur Strecke bringen? Stellvertretend für die Attentäter von 2015. Die, die ihre Haare und ihre Ohren verbrannt hatten.

„Das war zu erwarten."

„Ich dachte, dass du es wissen solltest."

„Danke dir." Eigentlich interessierte es ihn nicht.

Marion legte auf.

*

Carsten ging weiter. Auf der Anzeigewand stand *20:29 Uhr*. Offenbar hatte er seine Karriere beendet, um Patrick Richter einen halbwegs ruhigen Nachmittag zu verschaffen. Mehr nicht. Ein magerer Deal. Diese Verschnaufpause war nun vorbei. Die Monroe hatte die öffentliche Stimmung gegen Richter aufgehetzt, und die Polizei würde jetzt alles aufbieten, um ihn zu stellen. Wie Ramon bereits gestern deutlich gemacht hatte: Richters Wohlergehen hatte mittlerweile niemand mehr auf der Agenda. Eine schwere Verletzung oder sein Tod würden bei einer erfolgreichen Verhaftung in den Medien keinen Schrei der Entrüstung ertönen lassen.

Sein Magen knurrte. Er fuhr eine Etage tiefer. Dort kannte er eine Bäckerei, die ihm helfen konnte, dieses Problem zu lösen. Doch ... er kniff die Augen zu und riss sie wieder auf. Ohne es zu merken, war Carsten stehen geblieben. Ein Griff an seinen Gürtel. Ach ja, er hatte sowohl seine Waffe als auch den Dienstausweis abgeben müssen. Beides lag auf Rudis Schreibtisch.

Da steht Patrick Richter, wurde ihm schlagartig klar.

Der Mann, der Flüchtige, der Magier stand direkt vor ihm. Keine fünf Meter entfernt. Carsten suchte nach den richtigen Worten. Halt! Polizei! Bleiben Sie stehen, passte einfach nicht.

Richter sah ihn ebenfalls an. Starr, steif und mit Augen, die sich ein Mauseloch herbeisehnten. Warum hier? Warum jetzt? Egal, der Zufall, das Schicksal oder auch nur sein Sturkopf hatte sie zusammengeführt. Carsten konnte nicht einfach weitergehen. Nein, das ging nicht. Nicht nach alledem, was vorgefallen war. Etwas in ihm würde immer ein Polizist bleiben. Daran hatte die Suspendierung nichts verändert.

Er würde sich nicht auf ihn stürzen – so wie alle anderen Kollegen, die damit bisher hoffnungslos gescheitert waren. Er wollte mit ihm reden. Ja, reden. Carsten bekam seine Gedanken wieder in den Griff.

„Patrick, Ihr Weg kann nicht funktionieren.“ Nicht die beste Eröffnung in seiner dreißigjährigen Laufbahn, aber dies war auch kein Standardfall.

„Was ... was wollen Sie?“

„Reden.“ Carsten beugte sich minimal nach vorne und streckte dem Jungen die offenen Handflächen entgegen. In diesem Moment wirkte Patrick verschüchtert und angsterfüllt. Er war fluchtbereit, gleich würde er wegrennen. Carsten bezweifelte, ihm folgen zu können. Mit der Damenrad-Einlage auf der Fleher Brücke hatte er gezeigt, dass er durchtrainiert war.

„Worüber?“

„Über einen Ausweg ... ich kann Ihnen eine Lösung anbieten.“

Carsten musste etwas zum Verhandeln auf den Tisch legen. Was konnte er ihm anbieten? Leben! Er konnte ihn davor bewahren, erschossen zu werden. Noch war kein Bundespolizist in der Nähe. Sicherlich würde das nicht lange so bleiben.

„So wie Guantanamo beim letzten Mal?“

Wilson war so ein gottverdammter Idiot! „Nein, nein ... nicht Guantanamo!“ Carsten hatte keine Ahnung, ob er dieses Versprechen einhalten konnte. Erst jetzt fiel ihm Patricks Kleidung auf. Das konnte nicht sein! Sofort sah er in Gedanken den Drei-Sekunden-Clip von 2015 ablaufen. Richter im Fernsehen mit Jeans, Blouson und dreckigen Turnschuhen.

Er sah genauer hin. Patrick trug Turnschuhe, die früher einmal weiß gewesen waren. Einfache Turnschuhe mit einer billigen Gummisohle und Klettverschluss. Solche Dinger trugen sonst nur Untersuchungshäftlinge. Carsten zweifelte an seinem Verstand. Das ging alles gar nicht! Nicht nur, dass der Junge genau die Kleidung trug, mit der er zwei Jahre zuvor am Tag des Terroranschlags von einer Überwachungskamera aufgenommen wurde, nein, er lief auch mit den gleichen Schuhen herum wie die Häftlinge bei Überführungen. Niemand sonst auf der Welt würde sich freiwillig mit diesen Dingern Blasen laufen.

„Ich glaube Ihnen nicht!“ Patrick wirkte wie ein Raubtier vor dem Sprung. Er atmete schnell. Nervös sah er zur Seite. Die Bedienung der Bäckerei hatte einen Telefonhörer am Kopf. Sie sprach nicht laut genug, um sie verstehen zu können. Carsten las aber das Wort ‚*Polizei*‘ von ihren Lippen ab. Scheiße! Ihm lief die Zeit davon. Gleich würden die Bundesbeamten der Flughafenpolizei auftauchen. Bewaffnete Kollegen, die die Situation sicherlich nicht entspannen würden.

„Patrick! Wenn Sie weglaufen, werden Sie sterben! Ich bin der Einzige, dem noch etwas an Ihnen liegt!“ Das stimmte sogar, auch wenn es sich wie eine Lüge anhörte.

Richter sah ihn an. Er zögerte.

„PATRICK RICHTER! LEGEN SIE SICH FLACH AUF DEN BODEN! BEWEGEN SIE SICH NICHT! WIR HABEN WAFFEN AUF SIE GERICHTET! WIR WERDEN SCHIESSEN, WENN SIE WEGLAUFEN!“, schrie der Bundespolizist.

Carsten ging sofort in die Knie. Er streckte die Handflächen zur Seite, damit die Kollegen nicht auf die dumme Idee kamen, ihn ebenfalls zu erschießen. Er musste verhindern, dass es zu einem Schusswechsel kam. Denn dieser war nicht nötig, der Junge redete mit ihm, sie waren auf dem richtigen Weg.

„Nein, nein! Ich gehe nicht in den Knast!“, rief Patrick und schüttelte den Kopf. Seine Füße standen still, der Rest von ihm tat es nicht.

Das geht doch gar nicht, dachte Carsten. Er hatte heute bereits zu viel Unmögliches gesehen. Patrick atmete schnell. Carsten sah, wie der Mann an einigen Stellen seines Körpers durchsichtig wurde. Und dann verschwand. Einen Moment später hatte sich Patrick Richter vor aller Augen in Luft aufgelöst. Einfach weg. Dafür gab es keine Erklärung. Das konnte nicht passiert sein! Nicht direkt vor seinen verdammten Augen!

„Wo ist er hin?“, fragte ein Flughafenpolizist, der zu der Stelle lief, an der Patrick vor drei Sekunden noch gestanden hatte.

Ein Schrei! Carsten fuhr herum und sah Patrick weglaufen. Das stimmte nicht ganz. Er sah seine Beine weglaufen. Und den rechten Ellenbogen. Der Rest seines Körpers zeigte sich erst einen Lidschlag später. Er rannte und schrie dabei!

Der Flughafenpolizist fuhr herum und zog die Maschinenpistole in den Anschlag. Eine *Heckler & Koch MP 5.* Auf die Entfernung würde er keinen sicheren Schuss abgeben können. Den Fluchtweg versperrten Passagiere, die nicht weitergingen, sondern Patrick irritiert anstarrten. Keiner dieser Menschen realisierte die Gefahr.

Nur fünf lange Schritte, dann lösten sich zuerst Patricks Beine und einen Moment später sein Körper auf. Als Letztes verstummte seine Stimme. Der Schrei verhallte in dem lang gezogenen Ankunftsbereich. Ein gequältes Echo. Carsten weigerte sich zu glauben, was er gerade gesehen hatte. Vermutlich ging es jedem so, der gerade Zeuge dieses Wahnsinns geworden war.

XXXI. Zu viel des Guten

Mitten in der Ankunftshalle hörte er eine bekannte Stimme neben sich. „Patrick, Ihr Weg kann nicht funktionieren."

Wo kam der auf einmal her? Carsten Grünfeld stand ihm mit zerfurchtem Gesicht gegenüber und gab tolle Ratschläge. Fieberhaft schaute sich Patrick nach einem Fluchtweg um.

„Von ihm empfange ich keine Kennung", meinte Siggi in der Jackentasche, sodass nur er ihn hören konnte. *„Er trägt kein bei der Polizei verzeichnetes Kommunikationsgerät bei sich."*

„Was ... was wollen Sie?"

„Reden." Der Bulle beugte sich etwas vor und breitete die Arme aus. Offensichtlich, um ihm zu zeigen, dass er keine Waffe in der Hand hielt und ihn auch sonst nicht bedrohen wollte.

Das war auch überflüssig, Angst hatte Patrick bereits. Sollte er jetzt sofort wegrennen? Oder zog er dadurch die Aufmerksamkeit der versammelten Bullen am Flughafen auf sich?

Gehetzt sah er nach links und nach rechts. „Worüber?"

„Über einen Ausweg ... ich kann Ihnen eine Lösung anbieten." Grünfeld schien es ehrlich mit ihm zu meinen.

„So wie Guantanamo beim letzten Mal?"

Der Polizeioberrat schüttelte den Kopf. „Nein, nein ... nicht Guantanamo!"

So ganz überzeugend wirkte der Bulle nicht. Grünfeld sah nicht gut aus, er wirkte angezählt wie ein Boxer in der elften Runde. Kaum zu glauben, doch plötzlich wurde das Gesicht des Polizisten noch älter und noch grauer. Verblüffung und Verwirrung ließen ihn völlig die Kontrolle über seine Mimik verlieren. Wie gebannt starrte er auf Patricks Schuhe.

Hat er noch nie Turnschuhe mit Klettverschluss gesehen? Die trage ich aufgrund der asymmetrischen Kriegsführung, könnte er erklären.

Mit aufgerissenen Augen starrte ihn Grünfeld an und brachte kein Wort heraus.

„Ich glaube Ihnen nicht!" Wieder sah sich Patrick um.

Die Bedienung der Bäckerei telefonierte, vermutlich mit den Bullen.

Grünfeld hatte seine Sprache wiedergefunden. „Patrick! Wenn Sie weglaufen, werden Sie sterben! Ich bin der Einzige, dem noch etwas an Ihnen liegt!“

Wenn er überhaupt irgendeinem seiner Verfolger halbwegs vertrauen würde, dann diesem Grünfeld, obwohl der die Auslieferung an Special Agent Wilson nicht verhindert hatte.

„Die Polizei kommt jetzt von mehreren Seiten. Alle Fluchtmöglichkeiten sind zugestellt.“

„PATRICK RICHTER! LEGEN SIE SICH FLACH AUF DEN BODEN! BEWEGEN SIE SICH NICHT! WIR HABEN WAFFEN AUF SIE GERICHTET! WIR WERDEN SCHIESSEN, WENN SIE WEGLAUFEN!“, schrie ein Bundespolizist, der vor ihm, aber hinter Grünfeld auftauchte.

„Nein, nein! Ich gehe nicht in den Knast!“, rief Patrick. Panisch schüttelte er den Kopf.

Patrick hyperventilierte. Ganz bewusst steigerte er sich in die Angst hinein, besonders anstrengen musste er sich dafür nicht. Immer mehr Polizisten tauchten auf und schlossen den Kreis um ihn enger. Die rechte Hand hatte er in seiner Jackentasche, sein Daumen lag auf der Nadel des Medikamentengebers mit dem Adrenalinschub. Es war nicht nötig zu drücken, die Belastung wurde auch so zu groß. Er sprang. Ohne zu drücken.

*

Als er die Augen öffnete, begrüßte ihn Siggi. Sympathisch, synthetisch meinte er gemütlich: *„Von allen Zeiten für einen Aufenthalt ist dies die denkbar schlechteste.“*

Wie meinte er das denn? Patrick brauchte einen Moment, um seinen Kreislauf zu stabilisieren und sich von dem Zeitsprung zu erholen.

Ein südländisch aussehender Mann mit einem Sprengstoffgürtel um den Bauch und einem Maschinengewehr in der Hand lief in Richtung Air Berlin Check-in. Fanatisch ballerte er in eine verzweifelt kreischende Reisegruppe. Menschen fielen um, die Leiber zuckten auf dem Boden.

Voller Entsetzen starrte Patrick auf sein Smartphone.

Montag, 20.07.2015 – 15:02 Uhr

Düsseldorfer Flughafen, wo auch sonst. Dieser verfluchte Ort. Er hatte hier einfach schon zu viel erlebt und mit jedem Sprung wurde es offensichtlich mehr. Und nun landete er inmitten des furchtbaren Anschlags. Nur wenige Meter von der Stelle entfernt, an der er eben noch mit Grünfeld gesprochen hatte. Im Ticketshop rechts von ihm brannte es. Der ganze Tresen stand in Flammen, er hatte keine Ahnung, wie das ging, da der Laden nur aus Glas und Metall bestand. Vermutlich irgendeine brennbare Chemikalie. Drei Meter davor lag eine Leiche in ihrem Blut.

Alles drehte sich viel zu schnell um Patrick herum, zumal er noch gar nicht richtig angekommen war. Einer der Terroristen kam von links angerannt und ballerte mit seinem Schnellfeuergewehr eine Salve in die flüchtende Menschenmenge. Zwei Frauen stürzten mit zerfetztem Rücken zu Boden. Überall ertönten Explosionen und weitere Schüsse. Er war geradezu mitten in die Hölle gesprungen. Hier konnte er nichts mehr retten, nichts mehr ändern, höchstens sterben.

Als hätte der Kerl mit dem Schnellfeuergewehr seinen letzten Gedanken gelesen, drehte er sich langsam zu ihm um. Mit wilder Grimasse legte er auf Patrick an und drückte ab. Ein verzweifelter Hechtsprung auf den Boden. Kugeln krachten an ihm vorbei und schlugen Funken auf den glatten Steinen. Der Einschlag einer zweiten Salve in seiner Nähe erzeugte ein surrealistisches Glockenspiel. *Pling. Pläng. Plong.* Ein verbeulter, löchriger Mülleimerständer mit drei Behältern blieb zurück. *Pling* für Plastik, *Pläng* für Restmüll, *Plong* für Papier. Der Schütze hatte ganz offenkundig etwas gegen Mülltrennung.

Ein unverständlicher Fluch ertönte, der Mistkerl musste nachladen. Es blieb Patrick nicht einmal mehr Zeit, vor Angst zu zittern. Bevor er völlig durchdrehte, konnte er nur eins tun. Seine schweißnasse Hand fuhr in die Tasche der Jacke. Vehement drückte er den Daumen auf die Nadel des Medikamentengebers. Mehrfach – er spürte nur das Piksen. Welche Seite er gerade erwischte, wusste er nicht.

Der Terrorist stopfte ein neues Magazin ins Gewehr. Patrick kam auf die Beine, schwankte, zwei Schritte vor, einen zur Seite. Sein Blut kochte, sein Atem verdampfte. Die Sinne brannten. War er getroffen worden und starb gerade? Oder würde der Mistkerl ihn gleich mit Kugeln vollpumpen?

Etwas ruckte durch seinen Körper. Starkstrom, locker 360 Volt, seine Muskeln schlackerten.

*

War da nicht wieder Oberamtsrat Grünfeld hinter ihm? Da war die Bäckerei, die Frau zeigte mit dem Zeigefinger auf ihn. Er war im Ankunftsbereich. Was für ein Chaos!

Nur einer behielt den Überblick. *„Willkommen zurück. Wir haben Montag, 16.10.2017. Es ist 20:33 Uhr. Die Lage hier hat sich noch nicht beruhigt. Soll ich die Navigation starten?“*

Der Wahnsinn, er war schon wieder gesprungen – und zwar zurück an die gleiche Stelle in seine tatsächliche Gegenwart. Sein Herz dröhnte, es schien aus seiner Brust herauskriechen zu wollen. Verschwommen erkannte Patrick die Schatten um ihn herum. Alle hatten sie lange Stacheln, die sie auf ihn richteten. Er blinzelte. Es könnte sich auch um Gewehrläufe handeln. Er wollte laufen, hüpfen, schreien. Sich und der Welt beweisen, dass er noch lebte, dass sein Körper funktionierte.

Seine Hand befand sich immer noch in seiner Jackentasche. Er drehte den Medikamentengeber um hundertachtzig Grad, bevor er den Daumen schon wieder in die Nadel drückte. Ihm fielen Sophies Worte ein. ‚Zu häufiges Springen ist gefährlich!‘, hatte sie ihn gewarnt. Ihr Name, der Gedanke an sie, der Lichtstrahl im Dunkeln gaben ihm neue Kraft. Kraft zum Schreien. Der Schmerz wollte heraus. Er schaffte vier Schritte und noch einen. Ein Bundespolizist zielte mit seiner Maschinenpistole auf seinen Kopf. Mit offenem Mund starrten ihn einige Flugpassagiere an. Ein neues Gefühl überraschte ihn. Er fiel.

Dagegen kam ihm der Freefall-Tower im Phantasialand wie ein Sprung vom Bordstein auf die Straße vor. Es wollte nicht enden. Sein

Gleichgewichtssinn rebellierte. Entsetzt kniff er die Augen zu. Und schrie. Das Einzige, was blieb und was er noch halbwegs kontrolliert schaffte. Schreien.

*

Mittlerweile sollte die Bank nach ihm benannt werden – er fand sich auf seinem Lieblingsplatz in der Abflughalle wieder. Immerhin lag er diesmal nicht in voller Länge darauf, sondern presste sich aufrecht sitzend gegen die Rückenlehne. Seine Arme und Beine kribbelten – Sophies Medikamentencocktail aus 2029 hatte es in sich. Nur langsam beruhigte sich Patrick. Vorsichtig tastete er seinen Körper nach Verletzungen und Einschusslöchern ab. Glücklicherweise fand er keine neuen Körperöffnungen. Wie kam er jetzt hierher? Tobte unter ihm auf der Ankunftsebene noch die Hölle? Oder war er wieder gesprungen?

„Im Moment ist es hier noch sicher“, meldete sich Siggi – der Fels in der Brandung.

„Siggi, wann bin ich?“

„Montag, 20.07.2015. Es ist 10:21 Uhr. Abermals einer der schrecklichsten Tage der deutschen Nachkriegsgeschichte, doch es verbleiben noch vier Stunden und fünfzehn Minuten, bis der erste Schuss fällt.“

Schon wieder das Horrordatum. „Oh, nein! Wo geht es denn los?“

„Einen Moment ... Die Rheinische Post vom 26.07.2015 hat den Anschlag minutiös rekonstruiert und dokumentiert. Im Eingangsbereich des Terminal A hier auf der Abflugebene fallen die ersten Schüsse. Zwei der insgesamt dreizehn Terroristen parken in einem silbernen VW Golf auf dem Seitenstreifen, steigen aus, nehmen sich Schnellfeuergewehre von der Rückbank und betreten den Flughafen durch den nördlichsten Eingang. Sie rennen zu den Terminal A Check-in Automaten und eröffnen das Feuer.“

Was für ein Mist. Die seelische Belastung dieser Informationen zerquetschte Patrick regelrecht. Dabei hatte sich sein Körper noch nicht vom dritten Zeitsprung innerhalb weniger Minuten erholt. Wieso strandete das Wrack Patrick Richter ausgerechnet erneut am Tag des Anschlags genau hier. Obwohl – diesmal blieben noch einige Stunden Zeit …

War es Zufall? Oder Schicksal? War er dazu bestimmt, den Anschlag zu verhindern? Nicht die Zeit heilt alle Wunden, sondern er heilt die Wunden der Zeit. Er sollte ein rotes Cape anziehen und mit einem S auf der Brust durch die Zeit fliegen. Achtung, hier kommt Superdoktor!

Die konnten ihn doch alle mal, schließlich jagten und schossen sie in 2017 aus allen Rohren auf ihn.

„Gratulation. Beta-Tester 7 ist erneut eine beeindruckende Flucht gelungen. Den von mir empfangenen Kennungen zufolge, standen einunddreißig Polizisten um dich herum. Und mindestens vierzig Personen mit privaten Mobilfunkverträgen beobachteten und filmten das Geschehen aus der Ferne."

„Siggi, ich verstehe nicht, was du meinst."

„Beta-Tester 7 ist nun berühmt. Sobald wir in das Jahr 2017 zurückkehren, werde ich auf YouTube die Videos auswerten."

„Oh je, jetzt verstehe ich, was du meinst. Ich konnte es mir jedoch nicht aussuchen."

„Das spektakuläre Verschwinden vor über siebzig Augenpaaren ist beispiellos."

Verdammt. Wie sagte Sophie: ‚Ich will niemandem mein Geheimnis anvertrauen. Fremde Leute können damit nicht umgehen.'

Hm. Und er löste sich vor siebzig Zeugen in Luft auf. Er hatte vergessen *‚Hex! Hex!'* zu rufen. Es ansonsten aber sauber hinbekommen. Sein Leben in 2017 hatte er nun endgültig verwirkt, selbst wenn er seine Unschuld beweisen konnte, niemals würde es wieder halbwegs normal werden. Er stützte das Kinn in die Hand und sah sich um. Die meisten Reisenden freuten sich auf ihre Flüge, schließlich war es mitten in den Sommerferien, und es ging in den lang ersehnten Urlaub. Niemand von denen ahnte, was gleich passieren würde.

Erschöpft lehnte er sich zurück. Warum war er hier? Es hämmerte in seinem Kopf. Ermöglichte ihm eine höhere Macht die einmalige Chance, seinen Fehler von 2012 zu korrigieren? Hundertprozentig sicher konnte er nicht sein, ob dieser Tunesier mit dem Metallkoffer tatsächlich der Drahtzieher des Anschlags war, doch das spielte im Augenblick nur eine untergeordnete Rolle.

„Es verbleiben noch vier Stunden und fünf Minuten, bis der erste Schuss fällt.“ Siggis Countdown war gnadenlos.

Untätig abwarten, bis das Blutbad begann, kam überhaupt nicht infrage. Also musste er zur Flughafenpolizei gehen, so viel war sicher.

Ich sammle nur noch ein wenig Kraft, dann stehe ich auf und warne sie, nahm sich Patrick vor.

Der Counter war nicht weit entfernt. Was sollte er sagen? ‚Hören Sie, ich komme aus der Zukunft. Kurz nach halb drei bricht hier die Hölle los. Als Erstes stürmen zwei schwer bewaffnete Terroristen durch den Nordeingang. Über vierhundert Menschen werden sterben. Das müssen wir verhindern.‘

Die würden ihn auslachen und einsperren. Oder einsperren und dann auslachen. Egal wie er es anstellte, sie würden ihm nicht glauben. Vielleicht sollte er sich selbst als Mittäter bezichtigen – wer sich selbst anklagte, gewann an Glaubwürdigkeit. Den Namen Bassam Khatib könnte er nennen und den Mann beschreiben. Selbst wenn sie Patrick für einen kompletten Spinner hielten, müssten sie doch seinen Hinweisen nachgehen. Oder?

Versuch macht klug. Mühsam erhob sich Patrick. Sein Kreislauf beschwerte sich. Leise, aber kräftig. Das Schwindelgefühl konnte er nicht wegdiskutieren, doch versuchen es zu ignorieren. Egal wie schlecht er sich fühlte – er musste alles versuchen, um den Anschlag zu verhindern.

Langsam ging er durch die Ankunftshalle in Richtung Haupteingang. Kurze Pause. Erschöpft wie nach einem Marathonlauf hielt er sich an einem Stützpfeiler fest.

Weiter, Patrick, trieb er sich an. Du musst es schaffen. Warne die Bullen. Du bist der weiße Ritter und sorgst für das Happy End.

Mit größter Entschlossenheit ging er weiter. Naturgemäß war der Flughafen gut besucht, es war so voll, dass kaum jemand auf ihn achtete. Doch sicherlich gab es hier Kameras. Seit der umfangreichen

Renovierung nach der Brandkatastrophe wurde jeder Sektor überwacht.

Tapfer wankte er in Richtung Flughafenpolizei – die hatten einen großen Schalter, der aussah wie ein Kartenschalter einer Fluggesellschaft. Ein Ticket in den Knast bitte. Schritt für Schritt, wie ein Kleinkind, das lernt, auf zwei Beinen zu laufen.

Gut machst du das, Beta-Tester 7, fein, weiter so.

Ich muss es verhindern, ich muss sie warnen, pulsierte es durch seinen Körper.

Warum kam er nicht voran? Er bewegte sich, als müsste er gegen Windstärke zehn anrennen. Nein, Windstärke elf. Zwölf. Patrick blieb stehen, der Sturm wurde zu stark. Er drehte sich um und hoffte auf Rückenwind. Doch es änderte nichts, es blies ihm immer noch entgegen. Was für ein Trip. Im Grunde konnte er sich seinen Zustand nicht erklären, er fühlte sich zwar müde, musste jedoch noch nicht unbedingt schlafen. Er war aufgeregt, doch bei Weitem nicht in dem Maße, einen Zeitsprung auszulösen. Also ging es nicht vor und nicht zurück. Weder körperlich noch zeitlich noch örtlich. Er sackte in die Knie. Mit den Händen musste er sich am Boden festhalten.

„Mama, was ist mit dem Mann?“, hörte er ein kleines Mädchen sagen.

„Komm weg hier, der ist betrunken. Schon zur Mittagszeit, der sollte sich schämen.“

Also, das nächste Mal gibt es die Medikamente aus dem stacheligen Schweineding erst nach achtzehn Uhr, dachte Patrick. Warum kniete er auf allen vieren? Was wollte er noch einmal tun?

Ein Mann mit drei großen Koffern auf einem Gepäckwagen ranzte ihn laut an: „He, machen Sie Platz. Das ist doch kein Badestrand hier!“

Eine Dame schimpfte: „Schieben Sie Ihren Wagen doch einfach vorbei, Sie sehen doch, dass es dem Mann nicht gut geht.“

„Was mischen Sie sich da ein, Sie dumme Kuh“, kam es zurück.

„Ungehobelter Prolet!“

Schön, wenn Deutsche im Urlaub entspannten.

Patricks Gedankenwelt flog ebenfalls in ferne Lande. Es fiel ihm unendlich schwer, sich zu konzentrieren. Ach ja, er wollte irgendeine Katastrophe verhindern.

Eine Stewardess beugte sich zu ihm hinunter. „Ich bin für Erste Hilfe ausgebildet. Kann ich Ihnen helfen?"

„An … schlag!", stammelte Patrick. „Ich muss …war …"

„Legen Sie sich ganz auf den Boden. Auf die Seite und ziehen Sie die Beine an", unterbrach sie ihn.

„Chrrr …", seine Stimmbänder versagten.

„Warten Sie, ich rufe einen Arzt. Die Stewardess zog ein Handy aus der Tasche.

Warten war eine gute Idee. Er wartete auf den Arzt, auf seine Stimme, auf den Tod. Egal – Hauptsache warten, denn mehr ging nicht mehr. Immer leiser wurden die Stimmen um ihn herum, die Gesichter verschwammen, das Licht wurde dunkler. Die Schmerzen verschwanden – nur sein rechter Daumen tat ihm ein wenig weh. Er wusste nicht, warum.

XXXII. Ich kann dein Haar riechen

Susanna war am Airport angekommen. Im Laufschritt sah sie auf die große Anzeigetafel in der Abflughalle. *20:14 Uhr.* Just in time! Das Taxi aus Köln war wegen eines Unfalls auf der A3 am Kreuz Leverkusen nicht schneller durchgekommen.

Sie suchte ihren Flug: AB 6049. Mit Air Berlin nach München. Um fünf nach neun sollte die Maschine abheben. Sie war zu spät dran, um rechtzeitig einzuchecken, die Sicherheitskontrolle zu passieren und zum Gate zu kommen. Das war heute die letzte Maschine, um vom Rhein an die Isar zu kommen.

Durchatmen. Der Flug hatte dreißig Minuten Verspätung. Na ja, die Verspätung kam ihr sogar gelegen, sie würde sich nicht mehr hetzen müssen. Mit dem kleinen Rollkoffer im Schlepptau ging sie zum Check-in. Da der Schalter bereits seit einer Stunde geöffnet war, gab es keine Warteschlange.

„Ja, bitte?“, fragte der Mitarbeiter der Fluggesellschaft freundlich.

„Nach München.“ Susanna schob ihren Personalausweis über die Theke.

„Gepäck?“

„Nur Handgepäck.“ Sie wollte den Rollkoffer und ihre Handtasche mit in die Kabine nehmen.

„Kein Problem ... ist Ihnen ein Platz am Gang recht?“

„Ja.“ Solange sie nicht auf den Flügeln mitfliegen musste, war ihr der Sitzplatz egal.

„Ich wünsche Ihnen einen angenehmen Flug, Frau Monroe.“ Der nette junge Mann reichte ihr die Bordkarte. Sie sollte öfter zu spät am Check-in auftauchen.

„Danke.“ Susanna drehte sich nach links, um zur Sicherheitskontrolle zu gehen, blieb dann aber unvermittelt stehen. Wer war das? Eine junge Frau, vielleicht Mitte zwanzig, mit kurzen blonden Haaren, stand an einem Zeitungskiosk, blätterte in einem Magazin und sah sie an. Sie hatte wunderschöne blaue Augen, aber das war es nicht, was sie faszinierte.

Kannte Susanna sie? Für einen Moment dachte sie, jemand sehr Vertrautes zu sehen, aber ihr Bekanntenkreis gab niemanden in diesem Alter her. Und erst recht niemanden, der aussah wie sie selbst in jüngeren Jahren. Vielleicht bildete sie sich das auch nur ein. Die letzten Tage waren lang und die Nächte kurz gewesen.

Susanna griff in ihre Handtasche. Das war der passende Moment, um abermals zu versuchen, ihre Tochter zu erreichen. Sie startete die Wahlwiederholung und hielt das Smartphone ans Ohr. Die junge Frau am Kiosk verschwand hinter einem Regal. Freizeichen ertönten. Sie zählte sie nicht.

„Geh ans Telefon!“, sagte sie erbost. Es war wichtig. Sie würde gleich nach München fliegen, und ihre Tochter sollte sich gefälligst benehmen wie eine junge Erwachsene!

Nichts. Susanna legte auf. Es war fünf vor halb neun. Es würde genügen, in zwanzig Minuten durch die Sicherheitskontrolle zu gehen. Um die Uhrzeit würde nicht mehr viel los sein.

Ein Luftzug ließ sie aufschrecken. Da war sie wieder, die junge Frau, die eben am Kiosk gestanden hatte. Sie war so dicht an Susanna vorbeigelaufen, dass sie ihr Haar riechen konnte. Den Geruch kannte sie. Der Geruch ihrer Tochter. Nein, nein, das konnte natürlich nicht sein. Dieser Flughafen würde sie auch über zwanzig Jahre nach der Katastrophe um den Verstand bringen. Ihre Tochter war vierzehn, saß jetzt hoffentlich zuhause vor dem Fernseher und war nur eingeschnappt. Für jedes andere Szenario hatte Susanna keine Zeit.

Der Qualm – für einen Moment glaubte Susanna, keine Luft zu bekommen. Der Flughafenbrand. 1996 war hier alles voller Qualm gewesen. Gesehen hatte sie damals nichts. Sie wusste noch nicht einmal, wer sie ins Freie getragen hatte. Ihr erstes Kind hätte Valerie heißen sollen. Zuhause war bereits alles für das Baby vorbereitet gewesen. Die Kleine wäre dieses Jahr einundzwanzig geworden. Eine schmerzliche Erinnerung. Die Rauchgasvergiftung hatte kurze Zeit später eine Frühgeburt zur Folge gehabt, die ihre Tochter leider nicht überlebt hatte. Sie schüttelte den Kopf.

Susanna ging ihr langsam nach. Sie fühlte sich unsicher. Die junge Frau winkte sie zu sich heran. Jetzt wollte Susanna mit ihr sprechen. Die geheimnisvolle Frau fuhr im Aufzug nach unten. Sie folgte der Unbekannten.

*

Als Susanna im Ankunftsbereich ankam, konnte sie die junge Frau zuerst nicht ausmachen. Dafür entdeckte sie dort Patrick Richter. In Jeans, einem hässlichen Blouson und dreckigen Turnschuhen. Träumte sie? Nein, das war real! Es passierte vor ihren Augen, keine zehn Meter von ihr entfernt. Patrick Richter stand mit dem Rücken vor einer Bäckerei. Der Reaktion der Verkäuferin nach hatte sie ihn ebenfalls erkannt. Sie hielt sich an einem Telefonhörer fest. Es brauchte nicht viel Fantasie, um sich vorzustellen, wen sie anrief.

Ein Polizist stand bereits vor Patrick. Er wandte ihr den Rücken zu, sodass sie ihn nicht sofort erkannte. Nun drehte er leicht den Kopf.

Groß, graue Schläfen und unrasiert. Carsten Grünfeld! Er hatte in den letzten beiden Tagen auch nicht viel geschlafen. Die beiden redeten miteinander. Susanna ging auf sie zu. Zahlreiche andere Passanten taten es ihr gleich. Einige hatten bereits die Mobiltelefone gezückt und filmten die prominente Begegnung.

*

„Nein, nein ... nicht Guantanamo!“, rief Grünfeld. Eine Aussage, die in Susannas nächster Sendung einschlagen würde wie eine Bombe. Geahnt hatte sie es bereits. Trotz deutscher Staatsbürgerschaft hatten die Behörden Richter offensichtlich binnen eines Tages an die Amerikaner übergeben.

„Ich glaube Ihnen nicht!“ Richter atmete hastig und sah sich wie von einer Meute gehetzt um. Die Bäckereiverkäuferin wurde immer kleiner.

„Patrick! Wenn Sie weglaufen, werden Sie sterben! Ich bin der Einzige, dem noch etwas an Ihnen liegt!“ Grünfeld bemühte sich, es nicht zu einer Katastrophe kommen zu lassen. Susanna wunderte sich, dass noch kein Polizist eine Waffe gezogen hatte. Kein Polizist – erst jetzt realisierte sie, dass Grünfeld allein war. Es war keine Verstärkung zu sehen. Das musste eine zufällige Begegnung sein. Der Flughafen, warum immer wieder der Flughafen?

Richter zögerte. Die Körpersprache zeigte seine Anspannung, er hatte Angst.

„PATRICK RICHTER! LEGEN SIE SICH FLACH AUF DEN BODEN! BEWEGEN SIE SICH NICHT! WIR HABEN WAFFEN AUF SIE GERICHTET! WIR WERDEN SCHIESSEN, WENN SIE WEGLAUFEN!“, schrie ein Bundespolizist von hinten. Susanna sah sich um, sie hatte die beiden Beamten nicht kommen sehen. Überraschend war das nicht, irgendwann mussten sie auftauchen.

Grünfeld hob die Hände und ging in die Knie. Wenn es schlecht lief, würden gleich Schüsse fallen.

„Nein, nein! Ich gehe nicht in den Knast!“, schrie Richter. Irgendetwas an ihm bewegte sich, seine Füße waren es nicht. Was war das denn?

Der wurde durchsichtig! So etwas war unmöglich! Eine Spiegelung? Sie traute ihren Augen nicht.

Dann war er weg. Einfach verschwunden. Verflixt! In der Aufregung hatte sie vergessen, die Geschehnisse mit dem Handy zu filmen.

„Wo ist er hin?", fragte der Bundespolizist, der zu der Stelle lief, an der Richter sich in Luft aufgelöst hatte.

Jemand schrie! Susanna sah Richter rennen. Nur zwei Meter an ihr vorbei. Sie hatte den Luftzug gespürt. Er wurde für wenige Schritte sichtbar, um dann wieder zu verschwinden. Der brachte die Ich-werde-durchsichtig-Nummer zweimal!

Susanna drehte sich zur Seite, um den Sender anzurufen. Zeit war jetzt kostbar. Die Story würde größer werden als alles, was sie jemals gemacht hatte.

„Nein, Mama", sagte die junge Frau, der sie vorher nachgegangen war. Sie stand vor ihr und legte die Hand auf ihre.

„Valerie?", Susanna verstand es nicht.

„Valerie ist tot, Mama. Sie hat nie gelebt. Ich bin Sophie. Ja, nicht die Sophie, die du kennst. Ich bin älter. Ich komme aus der Zukunft. Es ist kompliziert."

„Aber ..." Susanna rang nach Luft. Die Stimme, die Augen, die Art, wie sie den Mund beim Sprechen bewegte. Das war Sophie. Ihre Kleine war erwachsen. Das war zu viel. Ihre Knie wurden weich.

„Ist alles in Ordnung mit dir?" Sophie hielt sie fest.

„Nein! Das ist es sicherlich nicht! Ich habe keine Ahnung, wo du herkommst!"

„2029 ... das ist meine Zeit."

„Was machst du hier?", fragte Susanna und berührte Sophies Wange. Sie war echt. Sie war keine Einbildung.

„Ich möchte dir helfen."

„Wobei?"

„Das Richtige zu tun."

„Das Richtige?" Susanna verstand nur Bahnhof.

Sophie zeigte auf die Polizei, die immer zahlreicher wurde. Die Beamten baten die Passanten zu warten, um ihre Personalien und ihre

Aussage aufnehmen zu können. Susanna erschrak, sie musste das Flugzeug bekommen, das gleich nach München startete.

„Vergiss München. Die Polizei wird dich nicht gehen lassen. Du bist eine Zeugin. Sie werden dich befragen wollen."

„Woher weißt du von dem Flug?"

„Ich komme aus der Zukunft ... schon vergessen?"

„Warum bist du hier? Wie soll das überhaupt gehen? Oder kann man sich in 2029 ein Taxi rufen und in der Vergangenheit aussteigen?"

„Nein ... ich kenne nur zwei Menschen, die sich in der Zeit bewegen können", erklärte sie mit einem Lächeln auf den Lippen. Sophie war eine wunderschöne Frau geworden. „Ich wollte, dass du es mit eigenen Augen siehst ... sonst hättest du mir nicht geglaubt."

„Patrick Richter?" Jetzt ergab die ganze Geschichte auf einmal Sinn. Natürlich, er verschwand in der Zeit.

„Er und ich ... starke Emotionen lösen unsere Sprünge aus. Es ist leider nicht zu kontrollieren und fast unmöglich, es anderen glaubhaft zu machen. Ich kann dir auch nicht erklären, wie es funktioniert und warum nur wir beide in der Zeit instabil sind."

„Instabil ..." Susanna hätte sich in ihren kühnsten Träumen keine wildere Geschichte ausdenken können. Aber es gab Beweise. Sogar Zeugen. Es war reproduzierbar. Zeitreisen sind möglich, diese Überschrift sah sie bereits in allen Zeitschriften. Mit dieser Story würde sie weltberühmt werden! Sie dachte an den geplanten Buchvertrag in München, die würden ihr Millionen für die Rechte geben. Nur ihr. Niemandem sonst. Sie war die Mutter einer Zeitreisenden!

„Mama?"

„Ja ..." Sophie holte sie zurück aus ihren Tagträumen.

„Woran denkst du?"

„Nichts." Ihre Tochter würde es nicht verstehen. Es ging um Nachrichten. Damit kannte sie sich aus. Das war ihr Beruf. Sie war Journalistin. Die Beste, die mit der coolsten Geschichte aller Zeiten. Die Menschen hatten einen Anspruch darauf zu erfahren, was heute vorgefallen war.

„Mama, ich kenne dich!"

„Ach ja?“

„Ich kenne sogar deine Zukunft! Glaube mir, sie ist nicht schön. Ich habe sie deswegen heute verändert, ich habe dir etwas gezeigt, das du eigentlich nie gesehen hast. Das habe ich nicht ohne Grund getan. Ich bin deine Tochter! Ich bin ein Teil von dir! Du kennst Patrick nicht, er war dir immer egal. Aber du kennst mich, ich bin dir doch nicht gleichgültig, oder?“

„Natürlich bist du mir nicht egal. Wir haben 2017. Du bist vierzehn, nicht sonderlich pflegeleicht, gelegentlich sogar regelrecht zickig, und ich wusste bisher in manchen Monaten nicht, wie ich die Miete bezahlen sollte!“ Susanna sah sich im Recht, die Wahnsinnsgeschichte um einen Zeitreisenden auszuschlachten. Sie wäre verrückt, es nicht zu tun!

„Mama, Patrick wird sterben!“

„Da kann ich doch nichts für!“ Susanna hatte dem Kerl keine Waffe in die Hand gedrückt, damit er einen Polizisten anschoss. Das hatte er ohne ihre Hilfe hinbekommen.

„Du berichtest über ihn! Über seine Verhaftung, den Sprung von der Fleher Brücke und die Flucht von der Baustelle in Gerresheim. Du hast ihn auch im Zusammenhang mit dem Anschlag von 2015 erwähnt! War dir nicht klar, was du damit anrichtest?“

„Anschlag von 2015? Von welchem Anschlag redest du?“ Susanna verstand immer weniger, was Sophie von ihr wollte. Sie hatte nichts dergleichen im Fernsehen gesagt.

„2015? Flughafen? Düsseldorf? Klingelt es?“

„Nein!“

Sophie lächelte und nahm sie in den Arm. Tränen liefen ihr die Wangen hinunter. „Mama, er hat es geschafft!“

„Was hat er geschafft?“

„Es ist nicht so wichtig.“ Sophie gab ihr einen Kuss. „Mama, ich gehe jetzt. Bitte erzähle niemandem, was ich dir gesagt habe. Tue es für mich. Tue es einfach für mich!“

„Warum?“

„Weil ich ihn liebe ...“ Dann verschwand Sophie vor ihren Augen. Sie hatten die ganze Zeit etwas abseits gestanden. Polizisten redeten mit jedem, der Zeuge von Richters Verschwinden geworden war. Niemand hatte auf ihre Tochter geachtet.

Instabil in der Zeit, dachte Susanna, auf eine solche Geschichte würde sie nie wieder stoßen – ein solches Geschenk nie wieder bekommen. Weil ich ihn liebe, hatte Sophie gesagt. Bereits mit vierzehn war ihr die Schwärmerei für diesen Mann unerklärlich gewesen.

*

Susanna sah auf die Uhr. Ihr Flugzeug flog gerade ohne sie nach München. Polizisten waren immer noch dabei, Zeugen zu vernehmen. Sie musste warten.

Von welchem Anschlag hatte Sophie gesprochen? Natürlich gab es in diesem Jahr zahlreiche Terroranschläge in der Welt. Am Flughafen war 2015 allerdings nichts vorgefallen.

Der Kontakt mit Sophie hatte bei ihr Spuren hinterlassen. Der Gedanke, dass ihre Tochter sich beliebig in der Zeit bewegen konnte, war unglaublich. Bislang hatte Susanna gezögert, den Sender anzurufen. Wie konnte sie es hinbekommen, Richters Geschichte auszuschlachten, ohne ihre Tochter zu erwähnen? Eine schwierige Aufgabe. Sophie war ihre einzige Zeugin. Richter würde alles abstreiten.

„Frau Monroe, einen schönen guten Abend. Sie hätte ich hier nicht erwartet. Hat Ihnen die Vorstellung gefallen?“, erklärte eine schlanke Polizistin mit langen braunen Haaren. Ihre Dienstmarke hing an einer Kette um den Hals.

„Ähm ... Sie sind?“

„Polizeihauptkommissarin Marion Fischer, ich würde gerne von Ihnen wissen, was Sie heute Abend hier zu tun haben.“

„Ich wollte nach München fliegen.“ Diese Polizistin war Susanna auf Anhieb unsympathisch.

„Wollte?“

„Sie haben mich nicht gelassen.“

„Ich verstehe.“ Die Kripo-Tante machte sich Notizen. „Was haben Sie hier gesehen?“

„Nichts ... ich bin der Menge gefolgt. Als ich hier ankam, war alles schon vorbei. Ich habe Patrick Richters Namen aufgeschnappt. Ist er hier gewesen? Wieder am Flughafen? Eine unglaubliche Geschichte, oder? Haben Sie ihn endlich festnehmen können?“ Susanna würde der Polizei sicherlich nicht die eigene Tochter in den Zwinger werfen. Es musste einen anderen Weg geben.

„Nichts?“ Fischer wiederholte ihre Antwort. Allein die Art, wie sie das tat, war eine Frechheit!

„Gar nichts!“ So würde sich Susanna nicht aus der Reserve locken lassen. Würde sie heute einen Bericht über Zeitreisende weitergeben? Nein, das würde sie nicht tun. Sophie durfte da nicht hineingezogen werden. Würde sie es morgen immer noch verschweigen? Vermutlich nicht. Die Story war größer als sie. Solch eine Geschichte konnte sie nicht für sich behalten.

XXXIII. Aber jetzt!

„Patrick, hier hast du mich zum ersten Mal angeschaltet“, jubilierte Siggi, als hätte er Geburtstag.

Der Angesprochene verstand gar nichts. Er lag ausgestreckt auf dem Boden und öffnete vorsichtig ein Auge. Über sich sah er seine vertraute Wartebank in der Abflugebene des Düsseldorfer Flughafens. Nur die Perspektive hatte gewechselt.

„Wir sind in Sicherheit“, beruhigte ihn Siggi. *„Ich empfehle, von der mehrfachen Einnahme der Medikamente Abstand zu nehmen. Nach meinen Aufzeichnungen kam es deshalb zu einem doppelten Sprung in die Vergangenheit.“*

Patrick setzte sich auf und öffnete auch das andere Auge. Keiner der Fluggäste achtete auf ihn.

„Mach es nicht so spannend, Siggi. Sag schon, was für ein Datum haben wir?“

„Montag, den 23. Dezember 2012. Es ist 12:16 Uhr.“

Nach einer kurzen Verarbeitungspause flüsterte Patrick. „Natürlich hast du recht. Genau zu dieser Zeit waren wir schon mal hier.“

„Natürlich."

„Hier habe ich Sophie zum zweiten Mal getroffen."

„Korrekt."

„Mein Kopf dröhnt. Aber sonst fühle ich mich verhältnismäßig gut."

„Ich empfehle dringend ein Armband oder einen sonstigen Sensor zur Messung und Aufzeichnung der Herzfrequenz, des Kalorienverbrauchs, der Schritte und der aktiven Minuten. Dadurch kann ich fundierter auf einen Katalog von Gesundheitstipps zurückgreifen."

„Zählst du dann auch die Jahre, die ich hin und her springe?"

Siggi schien zu überlegen: *„Eine interessante Anforderung. Ich werde diesen Vorschlag als Ticket-Nummer 24 an meinen genialen Entwickler Dr. Psukiyama Kakuzo weiterleiten."*

Es dauerte nur drei Sekunden, dann meckerte Siggi: *„Verdammt – der Enhancement Request Dienst ist nicht verfügbar."*

„Hör mal Siggi, seit wann fluchst du?"

„Ich bin im Lernmodus und passe mich der Sprechweise und den Artikulationsfähigkeiten meines Konsumenten an."

„Verdammt!", staunte Patrick.

„Es ist äußerst ärgerlich, dass ich die Verbesserungsvorschläge von Beta-Tester 7 nicht in die Datenbank einstellen kann."

„Überleg doch mal. Den Dienst dafür wird dein Doktor Pyjama frühestens in fünfzehn Jahren einrichten."

„So lange warte ich ungern. Ist es nicht Zeit für die Medizin?"

„Ah ja!" Diese KI lernte rapide und nahm die hinterhältigen Züge der Konsumenten an. Vorsichtig rieb sich Patrick mit beiden Händen die Schläfen. „Es gibt nur einen Gesundheitstipp, den ich zurzeit befolge und der heißt: überleben." Nun kratzte er sich am Hinterkopf. „Offenkundig bin ich von der Bank gefallen."

„Korrekt. Ich verzeichnete eine Erschütterung um 10:35 Uhr."

„Ich muss dringend pinkeln."

„Ich empfehle das Aufsuchen der öffentlichen Toilette Richtung Nordwesten."

„Wenn ich dich nicht hätte, Siggi."

„Das kann ich nicht interpretieren."

Mit langsamen, kontrollierten Bewegungen ging er in Richtung Herren-WC. Nachdem er sich erleichtert hatte, wusch er sich Hände und Gesicht. Kritisch betrachtete er sich im Spiegel. Seine Stoppeln würden in wenigen Tagen mit etwas Wohlwollen als Bart durchgehen. Die Ringe unter den Augen waren olympisch und seine Haut grau wie ein Mahnmal. Mit großen Pupillen blickte er ihn an, den Superdoktor der Zeit. Eben in 2015 hatte er es ordentlich verbockt. Nicht einmal die paar Meter zum Terminal hatte er geschafft, um die Behörden rechtzeitig vor dem Anschlag zu warnen. Was war er nur für eine Pfeife? Und jetzt? Bekam er etwa vom göttlichen Zeitwächter eine zweite Chance, das sinnlose Morden zu verhindern, indem er den Tunesier Bassam Khatib vorher dingfest machte?

Ja, so musste es sein. Alles drehte sich um die Katastrophe im Juli 2015. Diesmal würde er nicht versagen. Mit neuer Kraft blinzelte er seinem Spiegelbild zu, während er sich die Hände abtrocknete. Der Terrorist müsste sich hier im Terminal aufhalten. Alles würde sich wiederholen wie bei *‚Und täglich grüßt das Murmeltier'*. Nur diesmal würde er diesen Mistkerl vor das Auto rennen lassen und notfalls mit einem Tritt nachhelfen.

„Siggi, weißt du noch, wann ich den Tunesier vor dem Flughafen umgerannt habe? Ich meine die konkrete Uhrzeit?"

„Das war um 13:17 Uhr und achtzehn Sekunden."

„Du bist gut. Führst du etwa Tagebuch?"

„Korrekt. Ich nenne es jedoch Aktivitätenjournal. Im Fall von Beta-Tester 7 sind es höchst interessante Aufzeichnungen."

Das forderte ihm ein ziemlich langes Stöhnen ab. „Das glaube ich gern. Und ich will das Journal besser nicht sehen."

Patrick verließ den Waschraum. Aufmerksam ging er durch die Abflughalle. Die Weihnachtsdekoration verhalf dem Terminal zu einem bunten Ambiente. Inmitten all dieser Farben leuchtete es an einer Stelle besonders grell. Ein sattes Orange.

Hilfe! Sein Herz knatterte. Er hatte ihn entdeckt. Den Guantanamo-Häftling im orangefarbenen Anzug. Mit völlig verschmutzten Klettverschlussschuhen.

„Siggi, ich … ich sehe mich. Ich weiß nicht, ob ich das verkrafte."

„Dann siehst du auch mich, denn ich befinde mich bereits in der Brusttasche des Overalls", meinte Siggi stolz.

„Ja, dich gibt es im Grunde gerade auch doppelt."

Patrick beobachtete, wie Patrick in ein Bekleidungsgeschäft ging und sich Hosen ansah.

„Es ist … unfassbar."

Was soll ich nun tun, überlegte er. Soll ich meinem Ich gegenübertreten und ihm davon abraten, gleich das Flughafengebäude zu verlassen? Wäre das nicht das Einfachste? Wie würde das andere Ich reagieren? Er wusste es nicht. Vermutlich würden beide den Rest ihres knappen Verstandes verlieren.

„Was meinst du, Siggi, was geschieht, wenn ich mir jetzt gegenübertrete und eine Diskussion beginne?"

Es dauerte etwas, bis die Antwort kam. *„In meiner Datenbank gibt es keine vergleichbare Konstellation. Wenn Patrick 2 auf Beta-Tester 7 trifft, ist die Bandbreite möglicher Konsequenzen groß."*

„Hm. Wie groß?"

„Von keiner bis zur Zerstörung des Universums."

„Na toll! Das hilft weiter."

„Ist das ironisch gemeint?", fragte Siggi interessiert.

„Was meinst du denn?", fauchte Patrick, er hatte im Augenblick keinen Sinn für Spielereien.

Siggi war offensichtlich anderer Meinung – schließlich hatte er alle Zeit der Welt. *„Mein genialer Entwickler Psukiyama Kakuzo sagt immer, dass das Verstehen und die Anwendung der Ironie zu den größten Herausforderungen bei der Programmierung einer Künstlichen Intelligenz gehören. Bisher habe ich das nicht verstanden, denn es ist für mich völlig widersinnig, etwas zu sagen, obwohl man das Gegenteil meint. So etwas fällt nur den Konsumenten ein."*

„Damit bringt man Spott zum Ausdruck." Er saß mit dem Hintern auf glühenden Kohlen und philosophierte mit Siggi über KI-Entwicklung.

„Mit Spott macht man sich über eine Person lustig und nimmt dabei in Kauf, ihre Gefühle zu verletzen."

„Siggi, für so etwas habe ich keinen Kopf. Halt jetzt die Klappe.“

„Ist das ironisch gemeint?“, fragte Siggi interessiert.

„NEIN!“, fauchte Patrick, als er beobachtete, wie sein zweites Ich neu eingekleidet an die Kasse trat und mit der Verkäuferin sprach. Jetzt reichte er ihr den Overall. Und … nahm im letzten Moment das K11 aus der Brusttasche. Die Verkäuferin staunte über das Handy. Wenig später drehte sich Patrick 2 um und marschierte in Richtung Ausgang.

Nach dem Kleiderkauf sahen sie aus wie Zwillingsbrüder.

Es wurde Zeit, gleich passierte es. Tatsächlich sah er von weiter hinten den Tunesier aus dem Handgepäck-Durchgang kommend ebenfalls in Richtung Ausgang hetzen. Oh nein. Was mache ich nur, zitterte Patrick. Er hatte das Gefühl, schon wieder pinkeln zu müssen. Egal, alles egal, Patrick stürzte los – es zählte nur eins: Er würde nun dafür sorgen, dass Bassam Khatib unschädlich gemacht wurde. Wie auch immer. Er könnte diesen Massenmörder angreifen, sich auf ihn stürzen und ihm die Augäpfel herausreißen. Nein, das würde er selbst bei solch einem Menschen nicht hinbekommen.

Aber vielleicht war das auch nicht notwendig. Es müsste doch genügen, sein Zweites Ich davon abzuhalten, diesen Mistkerl zu retten. Die Idee gefiel ihm. Mit schnellem Schritt ging er auf die elektronischen Schiebetüren des Ausgangs zu.

Der Tunesier war sehr in Eile und beachtete ihn nicht. Nur noch zwanzig Meter, Patrick machte Riesenschritte. Es klapperte unter ihm. Der Medikamentengeber war aus seiner rechten Jackentasche gefallen und rutschte über den glatten Boden, bis ein Paar blaue Lackschuhe ihn stoppten.

„Sie haben etwas verloren.“ Eine Frau bückte sich und hob den Stick auf.

Ausgerechnet jetzt! Dann traute Patrick weder seinen Augen noch seinen Pupillen und auch nicht seinen Sehnerven. Marion Fischer. Die Polizistin, die ihn innerhalb weniger Stunden an die Amerikaner verkauft hatte. Sie sah gut aus, mit ihren langen, braunen Locken und dem hübschen Gesicht. Er hatte nicht die Ruhe nachzudenken. Eigentlich dürfte sie ihn in 2015 noch nicht kennen. Wenn ‚eigentlich‘ nicht so ein Scheißwort wäre.

„Geben Sie her!“, entfuhr es ihm zu aggressiv und eine Oktave zu hoch. Er griff nach dem Medikamentengeber.

Sie zog die Hand im letzten Moment weg und betrachtete ihn dann neugierig. „Sagen Sie mir erst, was das ist.“

Die Fischer – in 2017 ein Arsch, in 2012 ein Arsch. Schön, wenn Menschen konsequent und authentisch waren. Gehetzt sah er sich um. Der Tunesier hielt den blitzenden Metallkoffer mit dem *ILNY*-Aufkleber in der rechten Hand und fummelte mit der linken an seinem Krawattenknoten herum. Verdammt, Patrick hatte keine Zeit, der dummen Kuh zu erklären, dass es sich um ein geheimes Artefakt aus dem Jahr 2029 handelte, durch das ausgewählte Menschen, die sich selbst in eingeschworenen Kreisen Zeitinstabile nannten, durch die Jahrzehnte reisen konnten wie der Anhalter durch die Galaxis.

„Noch achtzehn Sekunden bis zur Kollision“, mahnte Siggi.

„Wer redet da? Was soll das? Was ist mit Ihnen los? Können Sie sich ausweisen?“

Er wollte gerade 403 Menschenleben retten. 403 Tragödien verhindern und Tausende vor Verletzungen und Traumata bewahren, und die klügste Polizistin der Stadt fragte ihn nach seinem Personalausweis.

„Noch vierzehn Sekunden.“

Es wurde Patrick zu viel. Mit den Händen voran stürzte er sich auf sie. Er würde diese blöde Schrulle einfach umstoßen, ihr den Stick entreißen und dann nach draußen stürzen. Diesmal würde er es nicht vermasseln. Diesmal nicht!

Von seinem raffinierten Plan gänzlich unbeeindruckt, machte die Fischer einen Schritt zur Seite. Sie ließ ihn ins Leere taumeln, griff nach seinem rechten Arm und drehte ihn auf den Rücken. Ein einfacher, uralter Griff, doch der Schmerz war unfassbar.

„Sie brechen … mir den … Arm“, krächzte er.

„Sie kommen mit auf die Flughafenwache“, sagte Marion Fischer umso entspannter.

„Noch 6,3 Sekunden.“

„Redet dieser Countdown von einer Bombe?“ Die Fischer glaubte selbst nicht daran. Beseelt lächelte sie über ihren Humor – sie war vermutlich der Meinung, einen Bombenwitz gemacht zu haben. Mimik und Körpersprache verrieten, dass sie Patrick im Grunde für eine harmlose Flasche hielt, die von der Staatsgewalt für seinen weiteren Lebensweg diszipliniert werden sollte.

Patrick sah es durch die Glastüren. Es regnete. Sein zweites Ich sprang zurück, um nicht vom vorbeirasenden Großraumtaxi nass gespritzt zu werden. Dabei rempelte er versehentlich Bassam Khatib an, der in diesem Augenblick über die Straße hetzen wollte. Beide verloren ihr Gleichgewicht und fielen auf den Bürgersteig. Das Klappern des Metallkoffers konnte er durch die Scheibe hören. Der Tunesier rappelte sich hoch, sagte etwas, nahm den Koffer und überquerte den Terminal-Ring Richtung Parkhaus 2.

Patrick schloss kurz die Augen. Nein, das hätte so nicht wieder passieren dürfen! Wieder versagt! Nichts, absolut nichts hatte er verändert. Was für eine erschütternde Niederlage.

*

Das Vernehmungszimmer im Security-Block des Flughafens sah aus wie alle anderen Vernehmungszimmer. Quadratisch, pragmatisch, antiseptisch. Beide Kameras in der Ecke blieben aus. Ein gutes Zeichen, sie hielten ihn offenkundig für einen kleinen Fisch, und die Fischerin saß ihm gegenüber und spielte an ihren Locken. Wie er diese Frau hasste. Er zitterte vor Wut über die erneute Pleite und die Selbstgefälligkeit der Polizistin.

Sein K11 hatte sie ihm abgenommen und vor sich auf den quadratisch, pragmatisch, antiseptischen Tisch gelegt. Daneben lagen eine kleine Kladde und ein angespitzter Bleistift zum Erfassen von Vernehmungsnotizen.

Mit einem dosierten Stirnrunzeln, um die Falten nicht zu tief werden zu lassen, fragte sie: „Was ist das hier?“ Mit gespreizten Fingern hielt sie den Medikamentengeber hoch.

„Ich habe Diabetes Typ 2. Und das ist ein modernes Gerät, mit dem ich mir pünktlich meine Insulin-Injektion verabreiche. Ich bin überfällig, verstehen Sie. Zusätzlich hat mein Arzt auch noch die

Dosis gesenkt. Daher zittere ich. Entschuldigen Sie mein Benehmen."

„Sie haben mich angegriffen!" Ihr Tonfall verdeutlichte, dass es im deutschen Strafgesetzbuch kein größeres Verbrechen gab als Widerstand gegen Marion Fischer.

„Nicht angegriffen, ich habe nur versucht, mein Medikament zu ergreifen. Es tut mir leid."

Sie genoss für einige Sekunden ihre Überlegenheit.

Dann hob sie den Zeigefinger: „Was hatte es mit diesem Countdown auf sich?"

„Öhm …"

„Bitte den Blutzuckerspiegel senken. Seit elf Minuten und vierunddreißig Sekunden ist die Insulin-Injektion überfällig." Das Smartphone auf dem Tisch vibrierte.

Eine schwindelnde KI! Unter normalen Umständen hätte Patrick laut gelacht. Siggi wollte ihm helfen. Dieser geniale Psukiyama Kakuzo war genial.

„Ja … äh, Sie hören es", sagte er nur.

„Ach so, der Countdown teilt Ihnen den Zeitpunkt für die nächste Insulinspritze mit", kombinierte sie. Noch mehr als ihre eigenen Witze liebte sie ihre Kombinationsfähigkeit.

„Gut kombiniert", lobte er. „Genau, Frau Fischer. Es handelt sich um eine App, damit ich die Termine nicht vergesse." Ganz brav hörte er sich an. Leiden konnte er sich dafür nicht, doch er wollte raus hier.

Sie tippte auf das Display seines Smartphones. „Das ist ein elegantes Design. So eins habe ich noch nie gesehen. Das ist ja ein riesiges Display. Was ist das für ein Fabrikat?"

„Es ist ganz neu. Ein tolles Smartphone. Ich habe es auch gekauft, damit ich immer an meine Medizin denke. Von welcher Firma es ist, weiß ich nicht. Es ist ein seltener Frühimport aus Japan. Darf ich es wiederhaben?"

Sie nickte gnädig. „Todschick. So eins sollte ich mir von einem meiner Verehrer schenken lassen."

Mit dem Zeigefinger deutete Patrick auf die Vernehmungskladde vor ihr. „Gern schreibe ich Ihnen die Adresse des Händlers auf, denn das gute Stück gibt es nicht an jeder Ecke."

Sie nickte.

Mit dem Bleistift schrieb er die Informationen in die Kladde hinein.

Sie beobachtete ihn mit schmalen Augen. „Ich habe Sie angesprochen, weil Sie sich auffällig verhalten haben, Herr Richter. Was tun Sie hier am Flughafen, so ganz ohne Gepäck?"

Patrick klappte das Schreibheft zu. „Nach Geschenken für meine Mutter suchen."

„Ach ja, wir haben morgen ja ganz überraschend Heiligabend." Gegen diese Frau wirkte ein Drache wie ein Küken. „Ich will mal Gnade vor Recht ergehen lassen, schließlich haben wir fast Weihnachten. Verabreichen Sie sich ihr Insulin und dann hauen Sie ab."

„Das ist großzügig. Ich danke Ihnen." Patrick griff nach dem Medikamentengeber und dem K11 und steckte beides in seine Tasche.

Sie stand auf und wies ihm den Weg durch einen Gang zu einer gesicherten Tür, die eine andere, vollschlanke Beamtin aus einem kugelsicheren Bereich aufdrückte.

„Auf Wiedersehen!", sagte er. Auch wenn sie es noch nicht wusste, leider würde genau dies geschehen.

Sie nickte kurz, drehte sich auf einem Bein wie eine Balletttänzerin und verschwand in den Gefilden des Sicherheitsblocks.

Bloß weg hier, dachte Patrick.

*

Er flüchtete in das Herren-WC von eben. Was nun? Seufzend dachte er an Sophie – sie war jetzt ganze neun Jahre alt. Wo sollte er hin?

„Hier kann ich nichts mehr tun."

Er holte den Medikamentengeber heraus und drückte fest auf die Seite mit dem Adrenalinschub.

XXXIV. Es ist Zeit

Carsten sah auf die Uhr im Vernehmungszimmer am Flughafen an der Wand. Es war immer noch Montag, der 16.10.2017, 21:42 Uhr. Die Zeit klebte an ihm wie harziger Dreck, sie wollte nicht vorübergehen. Er glaubte, schon Stunden in diesem verfluchten Loch zu sitzen.

Der Fall Patrick Richter hatte Formen angenommen, die sein Verstand nicht mehr fassen konnte. Der Junge war einfach unsichtbar geworden. Zum Glück hatte es im Ankunftsbereich nicht viele Zuschauer gegeben. Nur diese nervige Journalistin aus dem Fernsehen, eine eingeschüchterte Bäckereiverkäuferin, die den Kopf eingezogen hatte, und er. Die beiden Bundespolizisten waren erst zur Stelle gewesen, als alles vorbei war. Nur die Aussagen von ihm und Monroe. Beide waren sie befangen. Carsten hatte eine Idee. Ja, so würde er es machen. Er verspürte eine diebische Vorfreude, ihr diese Story zu vermiesen.

Was hatte er eigentlich gesehen? Einen jungen Mann, der sich unter höchster Anspannung in Luft auflösen konnte. Das war jetzt glasklar. Mit diesem Trick konnte er mühelos aus der Zelle am Flughafen, an der Fleher Brücke und von der Baustelle in Gerresheim abhauen.

Aber warum tat er das? Weil er Todesangst verspürte. Eine banale, aber vermutlich zutreffende Erklärung. Kein Fanatismus, keine kriminelle Absicht und auch kein anderes niederes Motiv waren zu erkennen. Patrick tat nur, was sich jeder andere in einer solchen Situation wünschen würde: Lieber Gott, bitte lass mich jetzt woanders sein. Egal wo, aber bitte nicht hier!

Der Unterschied war nur, dass sich dieser Wunsch bei ihm offensichtlich erfüllte. Carsten hatte keinen blassen Schimmer, wie er das anstellte. Dubiose Verschwörungen, militärische Gen-Experimente und ähnliche Erklärungsversuche passten nicht. In diesem Fall wäre der Düsseldorfer Polizei die Fahndung sofort entzogen wurden. FBI, NSA, CIA, BND, MAD und BKA – die waren alle genauso ahnungslos wie er. Alles, was die in den Händen hielten, war eine Telefonaufzeichnung von 2001, wo Patrick von etwas sprach, das er zu diesem Zeitpunkt nicht gewusst haben konnte. Sechzehn Jahre her … und er hatte wie heute geklungen. Die Zeit! Konnte sie die Lösung sein? Ja! Es lag an der Zeit! Carsten schlug sich mit der Hand vor den Kopf. Zeit sorgt für Ordnung im Leben. Dabei bewegte sie sich in der Realität nur in eine Richtung. Gleichmäßig, unbestechlich, egal was auch geschah, ohne sich vom Menschen beeindrucken zu lassen. Zurückspulen konnte man lediglich eine Videokassette oder eine DVD.

So unglaublich und dennoch … Fakt! Patrick Richter war in die Vergangenheit gesprungen! Deswegen konnte er 2001 dieses Telefonat führen. Er hatte es in guter Absicht getan! War sich aber zu keiner Zeit der Konsequenzen seines Handelns bewusst.

„Guten Abend." Die Fischer betrat den Raum. Polizeihauptkommissarin Marion Fischer. 1,80 Meter groß, lange braune Haare, wohlgeformt und bei der ganzen Polizei der Stadt berüchtigt. Sie war das taktische Waffensystem von KK ST 1. Zuständig für politisch motivierte Ausländerkriminalität und islamistischen Terrorismus.

„Abend." Carsten und sie würden in diesem Leben keine Freunde mehr werden.

„Herr Polizeioberrat Grünfeld, es überrascht mich, Sie hier zu sehen. Mir wurde versichert, sie hätten heute Morgen gekündigt und um sofortigen Resturlaub gebeten." Fischer legte eine alte Kladde auf den Tisch, in die sie vermutlich bereits in ihrer Schulzeit Notizen geschrieben hatte.

„So ist es. Es gibt Wichtigeres als dieses Polizeitheater."

„Das fällt Ihnen nach dreißig Dienstjahren ein? Kurz vor der Frühpensionierung? Unser Polizeichef sitzt jetzt noch kopfschüttelnd hinter seinem Schreibtisch."

„Ich wollte ein Zeichen setzen."

„Ihre Kündigung ist Tagesgespräch. Vielleicht auch noch bis zum Wochenende. Spätestens dann verblasst Ihr Zeichen."

„Pft! Ich setzte das Zeichen für mich – für mein morgendliches Spiegelbild. Und lege dann Tag für Tag zuhause die Füße hoch. In meinem Leben verblasst also gar nichts."

„Vielleicht fliehen Sie auch durch Ihre Kündigung vor etwas … Meldegg hat Ihren sofortigen Urlaub genehmigt. Was tun Sie dann noch hier?"

„Ich wollte mir die Beine vertreten. Der Düsseldorfer Flughafen ist genau der richtige Ort dafür." Carsten schmeckte diese Art der Befragung überhaupt nicht. Was wollte die Fischer von ihm?

„Natürlich ..." Sie lächelte süffisant. Es bereitete ihr sichtlich Freude, ihn zu befragen – den Vernehmungsspezialisten zu vernehmen.

Carsten seufzte. ‚Dafür ist Grünfeld der Beste', hatte es immer geheißen, wenn es darum ging, in Menschen hineinzuhorchen. Die Kunst bestand darin zu lauschen, was die Befragten nicht sagten. Das würde die Fischer nie begreifen. Es schien sie zu wurmen.

„Es sieht nur heute Abend nicht sehr elegant aus. Erst kündigen, dann ausgerechnet hierher?"

„Was wollen Sie damit andeuten?"

„Patrick Richter, Susanna Monroe und Carsten Grünfeld. Für einen kurzen Moment vereint. Wie Reisende, die sich zufällig am Flughafen begegnen ... ich bitte Sie, Sie sind ... Entschuldigung ... Sie sind doch selbst Polizist. Würden Sie sich an meiner Stelle nicht darüber wundern?"

„Was deuten Sie an?", fragte Carsten ruhig. Gedanklich ballte er die Fäuste, nach außen blieb er gelassen wie ein Angler.

„Möchten Sie zu den Ereignissen am vergangenen Wochenende eine neue Aussage machen? Warum haben Sie unseren werten Staatsanwalt, Dr. Vesorez, angerufen und sich aufgedrängt, meine Ermittlungen zu übernehmen? Wussten Sie zu diesem Zeitpunkt bereits, was passieren würde? Wir sind unter uns ... jetzt können Sie es doch sagen. Schlimmer kann es nicht mehr kommen. Ich könnte Ihnen helfen ... Sie werden sich besser fühlen, wenn Sie es erzählen."

Im Vergleich zu dieser Frau war jede Giftschlange ein Kuscheltier. „Sie machen sich lächerlich!"

„Tue ich das?" Sie setzte sich an den Tisch. Bisher hatte sie in dem kleinen grauen Raum gestanden. Ein Tisch, zwei Stühle und eine Deckenlampe, mehr gab es hier nicht. „Herr Grünfeld, in welcher Beziehung stehen Sie zu Susanna Monroe?"

„Ich kenne sie nicht persönlich!"

„Hatten Sie sich mit ihr verabredet?"

„Nein!“

„Aber Sie wissen, von wem ich spreche?“

„Ich kenne sie aus dem Fernsehen ... mehr nicht.“

„Sie haben sie heute gesehen.“

„Erst nach der Begegnung mit Patrick Richter.“ Ihm war die Journalistin im Hintergrund zunächst nicht aufgefallen. Er hatte genug damit zu tun gehabt, Patricks Verschwinden zu verdauen.

„Sie geben also zu, mit Patrick Richter gesprochen zu haben?“

„So, wie gerade mit Ihnen.“

„Und Susanna Monroe begegnet zu sein?“

„Das hatten wir doch schon“, er lächelte.

„Und Sie wollen mir erzählen, dass es keine Verabredung gab?“

„Eine Verabredung? Wozu denn?“, fragte er interessiert.

„Sie können mir bei der Beantwortung der Frage helfen. Geht es um Geld? Frau Monroe hat am Wochenende eine beachtliche Blitzkarriere hingelegt. Haben Sie Patrick Richter geholfen? Haben Sie mit den beiden einen gemeinsamen Plan ausgeheckt? Die große Show? Richter spielt den Fuchs, Sie den tollpatschigen Jäger, und die Monroe verkauft mit viel Geschrei die Eintrittskarten?“

Seinen aufbrausenden Zorn schluckte Carsten hinunter. Ja, ja – Shakespeare: Nimmer hat die Wut sich gut verteidigt. Und das Gleiche galt für den Angriff.

Gemütlich sah er die Dame an. „Sie wissen nichts. Daher schmeißen Sie mit Anschuldigen um sich, die Sie selbst nicht glauben. Vernehmen Sie sich gerade selbst? Oder versuchen Sie mich mit an den Haaren herbeigezogenen Beschuldigungen zu provozieren, damit ich irgendetwas ausplaudere?“

„Das ist eine Schlagzeile!“

„Mit der Sie sich lächerlich machen!“

„Sie glauben doch nicht, dass ich offiziell meinen Namen daruntersetze. Es geht eleganter. Die Presse schreibt jeden Scheiß, den ihnen ein anonymer Polizeikontakt zukommen lässt.“

„Dann nur zu!“

Ihre Stirn legte sich in Falten. Mit was für einer Reaktion sie gerechnet hatte, wusste Carsten nicht. Jedenfalls nicht mit dieser.

Marion Fischer sammelte sich. „Gehen wir zurück zum Samstagmorgen. Ich liefere Patrick Richter bei den beiden US-Marshals ab, und kurze Zeit später ist er verschwunden. Genau wie heute, unerklärlich und unglaublich, oder?“ Sie lächelte.

Er schwieg ihr Lächeln weg.

„Sie waren Samstagmorgen am Tatort. Sie kennen viele Kollegen, auch am Flughafen sind Sie gut vernetzt. Haben Sie Mitwisser bei der Bundespolizei, die die beiden US-Marshals und den FBI-Agenten wie Anfänger haben aussehen lassen?“

„Sie fantasieren!“

„Ich ermittle ... das ist ein Unterschied. Ich werde für meine Fantasien bezahlt! Und überraschend oft entlarven sie schlimme Verbrechen.“

„Wollen Sie mir jetzt eine Mittäterschaft anhängen?“ Carsten stand auf. „Ich gehe. Machen wir das Ganze ab jetzt schriftlich. Gern lese ich ihre Fantasien schwarz auf weiß und stelle sie mir dann ins Wohnzimmeregal. Köstliche Unterhaltungslektüre für lange Winterabende.“

Immerhin ließ auch sie sich nicht provozieren. „Setzen Sie sich. Vielleicht bin ich eben zu weit gegangen. Was ist vorhin im Ankunftsbereich passiert?“

Er setzte sich wieder hin. Warum eigentlich? Es musste Neugier sein, Neugier auf alles, was mit diesem mysteriösen Fall zu tun hatte. „Er stand vor mir, ich habe mit ihm geredet, ich wollte ihn zur Aufgabe bewegen, er ist weggelaufen!“ Mehr wollte er nicht sagen. Über einen Mann, der sich in Luft auflöste, würde er kein Wort verlieren.

„Warum haben Sie ihn nicht aufgehalten?“

„Ich habe Marke und Dienstwaffe bereits abgegeben!“

„Sie hätten es versuchen können.“

„Er ist sechsundzwanzig Jahre jünger als ich und in der Lage, mit einem Damenrad die Kollegen im Auto abzuhängen! Glauben Sie mir, er kann verdammt schnell laufen!“ Das stimmte sogar. Patrick war gerannt, als ob ihm eine Horde ausgehungerter Kannibalen an den Hacken hing.

„Sie wissen, dass wir auch die Aussage von Susanna Monroe haben. Bei ihr klang es anders.“

„Und? Wie anders?“ Carsten überlegte. Hatte die Journalistin etwa Dinge über Patricks Verschwinden ausgesagt, die den abstrusen Verdächtigungen ihm gegenüber Vorschub leisteten? Nein, vermutlich nicht. Sie hatte offensichtlich gar nichts gesagt. Deshalb bohrte Fischer auf der Verschwörungsschiene herum. Hätte Monroe erzählt, dass Patrick zweimal vor ihren Augen verschwunden war, wäre Fischer beim Verhör anders vorgegangen. Oder war Monroe nach ihm dran? Nein, Fischer würde sich ihn immer als Letzten vornehmen. Grundlagen der Verhörtaktik: Die schwerste Nuss kommt immer zum Schluss.

Fischer zögerte. Sie hatte nichts in der Hand. Alles nur warme Luft, mit der sie nicht einmal ihre Locken föhnen konnte. Ihre Augen, sie suchten. Suchten nach einer Anklage, einem Beweis, irgendetwas, um den Druck auf ihn zu erhöhen. Zu hoch gezockt. Fischer hatte ihn nicht einmal richtig aus seiner Komfortzone bewegen können. Selten hatte sich Carsten gelassener gefühlt.

„Was hat Susanna Monroe ausgesagt?“, fragte er ruhig und wie selbstverständlich. Jetzt war der Zeitpunkt gekommen, die Rollen zu tauschen – Carsten vernahm nun Marion Fischer.

Marion Fischer spürte, dass sie nur Nebelkerzen geworfen hatte und keinen Schritt weitergekommen war. „Dass sie nichts gesehen hat ... sie kam zu spät. Es ging zu schnell. Richter war weggelaufen, bevor die Polizisten bei Ihnen waren.“

„Und deshalb greifen Sie mich an?“

„Was für ein Fall!“, stöhnte sie. „Es bleiben nicht viele plausible Erklärungen. Nur Sie haben mit Richter sprechen können.“

„Ich halte Richter nicht für einen Terroristen.“ Carsten verzog den Mund. Patrick war der Polizei nun ein viertes Mal durch die Lappen gegangen. Er konnte damit leben. Genauer betrachtet, fand er es erheiternd.

„Er ist trotzdem ein gefährlicher Spinner. Einer, den wir fassen müssen. Wir kennen ihn: Weihnachten 2012 habe ich ihn am Flughafen vernommen und wieder laufen lassen“, erklärte Fischer.

Carsten kannte die Geschichte: Weihnachten 2012 war Patrick aufgegriffen worden, weil er nach einer Polizistin geschlagen hatte.

Ausgerechnet Marion Fischer war das Ziel seiner Wut gewesen. Eine verständliche Reaktion.

Mit dem Zeigefinger tippte sie auf die alte Kladde auf dem Tisch. „Meine Vernehmungsnotizen von 2012. Sehen Sie – das hat mir Patrick Richter damals am Flughafen hineingeschrieben.“ Sie drehte das Büchlein, sodass Carsten es lesen konnte.

Verhaften Sie Bassam Khatib. Tunesier, 43 Jahre alt. Ankunft heute um 13:00 Uhr. Er ist ein gefährlicher Terrorist und tötet sonst bei einem Anschlag 403 Menschen.

„Das haben Sie mir nie gezeigt“, Carsten suchte ihre Augen.

„Ich habe es hinterher erst bemerkt und hielt es für Spinnerei. Dennoch bin ich der Sache nachgegangen. Ohne Erfolg.“

Carsten erinnerte sich. Der Tunesier hatte zwar in seiner Gemeinde einige Kontakte zu salafistischen Gefährdern gehabt, war aber ansonsten völlig unauffällig gewesen. Viele andere Moslems unterhielten ähnliche Kontakte, ohne je straffällig geworden zu sein.

„Wie kam Richter dazu, in Ihre Kladde zu schreiben?“

„Er gab vor, die Adresse seines Smartphone-Verkäufers hineinzuschreiben. Er hatte so ein richtig schickes Teil dabei.“

„Und stattdessen schrieb er das.“

„Ja - das hat mich auch gewundert. Er wusste Details über diesen Bassam Khatib, die nicht im Telefonbuch stehen. Name, Alter und Nationalität. Wobei er sich beim Alter vertan hat. Der Mann war damals erst vierzig Jahre alt.“

Carsten Grünfeld starrte auf den Zettel, auf die akkurat mit Bleistift geschriebenen Wörter. Ein Schauer lief ihm über den Rücken. Wenn Richter in der Aufregung das Alter des Tunesiers beim Anschlag im Kopf gehabt hatte? Dreiundvierzig Jahre alt – dann wäre es 2015 passiert.

Die Fischer fuhr fort: „Ich habe im Januar 2013 mit Khatib gesprochen. Der Mann hat beinahe einen Herzinfarkt bekommen, als er mir seine Wohnungstür öffnete. Ich kann mich noch an sein verschrecktes

Gesicht erinnern. Nach der Gefährderansprache wurde er klein wie eine Maus." Sie ließ die damalige Begegnung Revue passieren. „Suspekt war er mir daher schon ein wenig, doch wir konnten ihm nichts nachweisen. Ich habe ihn heute erneut überprüft. Bassam Khatib lebt mit seiner Frau und drei Kindern in Duisburg und betreibt einen Kiosk."

Alles in ihm lehnte diese Frau ab. Doch eines musste er ihr lassen. Sie war nicht blöd. Irgendetwas bohrte in ihr, sonst hätte sie nicht diesen alten Zettel hervorgekramt.

„Schon einmal darüber nachgedacht, wie sich Richters Terrorwarnungen von 2001 und 2012 unterscheiden?" Carsten entspannte sich.

„Nein. Wie?"

„2012 haben wir gehandelt."

Er ließ seine Worte wirken.

Sie blickte stumm, ungläubig, überfordert.

Carsten wurde alles klar. Patrick Richter hatte aus seinen Fehlern gelernt. Die Polizei nicht. Er selbst leider auch nicht und Fischer ohnehin nicht.

„Sie deuten an, dass meine Gefährderansprache einen bösen Terroristen zurück auf den Weg der Tugend gebracht haben könnte? Das meinen Sie doch nicht ernst, oder?"

„War nur eine Idee." Carsten würde Fischer nicht seine Gedanken offenbaren. Sie würde es ohnehin nicht glauben. Die Krux lag in der Natur der Sache. Wenn Patrick durch einen Sprung in der Zeit einen Terroranschlag verhinderte, würde diese Tat nicht geschehen und nicht bekannt werden. Nur wenige Tage vorher konnte niemand einen entschlossenen Attentäter von seinen Plänen abhalten. Aber warum nicht drei Jahre vorher – kein Mensch wurde als Terrorist geboren. Bei jedem gab es Momente, die das Leben in die eine oder andere Richtung lenkten. Patrick Richter war ein Held!

„Wollen Sie mich von meiner Spur abbringen?"

„Nein." Sie hatte keine Spur, daher konnte er sie auch nicht davon abbringen. Fischer war so weit von der Wahrheit entfernt, wie die Fortuna von der nächsten Meisterschaft.

„Sie wissen mehr. Ich glaube Ihnen nicht!"

„Damit kann ich leben ..." Carsten dachte an seine Frau, die zu Hause auf ihn wartete. Seit ihre beiden Söhne auf der Universität waren, hatten sie wieder mehr Zeit für sich. Seine Frau würde die Kündigung verstehen. Sie hatten mehrfach darüber gesprochen, wie es wäre, mehr Zeit füreinander zu haben.

Alles richtig gemacht, sagte er zu sich und lehnte sich nach hinten. Feierabend. Er verkniff sich eine unschickliche Fantasie, die Fischer über das Knie zu legen und lächelte sie an.

„Warum grinsen Sie so blöd?", fragte sie.

„Kann ich jetzt gehen?"

„Wenn es soweit ist, werde ich es Sie wissen lassen!"

„Brauche ich einen Anwalt? Dann würde ich jetzt gern jemanden von der Polizeigewerkschaft anrufen. Dem können Sie dann erklären, was mir vorgeworfen wird."

„Das war nur ein informelles Gespräch!"

„Das sehe ich ähnlich. Ich wollte es nur aus Ihrem Mund hören." Carsten stand auf. Damit beendete er diesen Abend. Fischer durfte sich gerne mit Monroe rumärgern. Der Wunsch, dass sich die beiden Schlangen gegenseitig verschlangen, würde leider nicht in Erfüllung gehen. „Einen schönen Abend noch."

„Ich werde Sie im Auge behalten."

„Das ist sehr aufmerksam von Ihnen." Schön, dass er vollkommen immun gegen das Gift dieser Frau war.

Carsten stand auf und verließ den Vernehmungsbereich. Fischer schaute ihm nach – er drehte sich nicht mehr um. Seine Frau und er hatten sich vor einem halben Jahr einen kleinen Hund gekauft, um den er sich nun mehr kümmern konnte.

Sein Privatwagen stand im Parkhaus. Ein Oldtimer, den er über zehn Jahre lang in seiner Garage restauriert hatte. Ein Projekt, das aufgrund seiner knappen Freizeit ewig zu dauern drohte. Erst diesen Sommer hatten ihm seine Söhne, die Maschinenbau bzw. Informatik studierten, geholfen, den alten Porsche auf die Straße zu bringen. Ein 356 Coupé von 1963, mit einem Solex PII Vergaser und einem Edelstahl-

Sportauspuff. Mit dem Vierzylinder-Boxermotor und 75 PS wurde er zwar inzwischen von jedem zweiten Polo abgehängt, was aber der Freude an diesem Auto keinen Abbruch tat.

XXXV. Schweißarbeiten

Patrick öffnete die Lider. Jedes Aufwachen ein Abenteuer. Wo? Wann? Wie? Immerhin lebte er noch. Wie lange machte er das noch mit? Die Lösung wäre einfach: Entweder sterben oder in 2017 ein Leben ohne Aufregung führen. Das eine wollte er nicht, das andere ließen sie ihn nicht. Er fühlte sich ein wenig schummerig, seine Augen brannten. Jedoch nicht vor Müdigkeit – er hatte tief geschlafen. Zusammengerollt auf dem Boden einer Nische fand er sich wieder und strengte sich an, richtig aufzuwachen. Gähnend streckte er seine Glieder.

„Siggi, das Datum! Wo sind wir? Was ist hier los?“

„Kein Dienst aktiv. Vermutlich vor 2000. Es gibt keine Kommunikations-Server und keine WLAN-Netze. Digital gesehen befinden wir uns in der Steinzeit.“

Patricks Kreislauf stabilisierte sich, er erhob sich und lief durch einen langen Gang an sanitären Anlagen vorbei. Stimmengewirr. Eine gut besuchte Halle tat sich auf, Menschen liefen geschäftig hin und her. An einer Wand hing eine Analog-Uhr – klassisches Bahnhofsdesign. Der kleine Zeiger zeigte auf die drei, der große auf die neun. Klobige Schwarzweiß-Monitore, die eher als Waschmaschinen durchgingen, wenn der Bildschirm nicht viereckig wäre, zerrten an der Decke.

‚Einkaufen am Flughafen Düsseldorf‘ stand auf einem Werbejournal, das in großer Stückzahl in einem Zeitungsständer steckte.

„Natürlich wieder am Flughafen. Hier geben sich alle meine Traumata die Hand. Siggi, welches Datum haben wir?“

„Ich empfange immer noch keine Informationen. Auch die Funknetze weisen alle meine bisherigen Anfragen aufgrund fehlender Authentisierungs- und Zahlungsinformationen ab. Die Gebühren sind

übrigens astronomisch. Ich werde dein Girokonto bei der Stadtsparkasse Düsseldorf überziehen müssen.“

„Untersteh dich. Geht das nicht günstiger?“

„Dafür muss ich die Funknetzserver hacken. Zum Beispiel der hier könnte weiterhelfen. D2-Netz, Mannesmann.“

„Nie gehört. Egal, tu das, Siggi.“

Als gesuchter Terrorist lebte es sich völlig ungeniert.

Patrick sah sich um. Das musste die alte Ankunftshalle des Flughafens aus dem letzten Jahrtausend sein.

„Jetzt empfange ich Daten. Wir haben Montag, den 11. April 1996.“

„Da war ich immerhin schon elf Jahre alt.“ Patrick schob sich seine Kappe zurecht und warf einen Blick durch die großen Fenster auf das Rollfeld. Alles lief in geordneten Bahnen ab. Die Frühlingssonne schien. „April 96. War da etwas Besonderes?“ Nach den bisherigen Erlebnissen gehörte das Misstrauen mittlerweile zu seinem ständigen Begleiter. Er war ein Magnet für Katastrophen.

„An diesem Tag kam es zu einem schweren Brandunglück.“

Er wunderte sich nicht, er stöhnte auch nicht, sondern zuckte nur mit den Achseln. „War ja klar – der Tag der Brandkatastrophe.“ Nervös sah Patrick sich um. „Siggi, kannst du Informationen über den alten Flughafen und dieses Unglück besorgen, obwohl keine Online-Server verfügbar sind?“

„Das ist längst geschehen. Bei der immensen Bedeutung des Düsseldorfer Flughafens für das Leben des Beta-Testers 7 habe ich mir in 2017 sämtliche Informationen seit der Eröffnung am 19. April 1927 eingeholt und im lokalen Speicher abgelegt.“

„Du bist ein Genie.“

„Gerne gebe ich dieses Lob an meinen genialen Entwickler Dr. Psukiyama Kakuzo weiter.“

„Sobald wir in der Zukunft vorbeischauen. Nun sag mir bitte, was ist damals hier geschehen?“ Wieder sah er sich unruhig um. „Beziehungsweise, was wird heute hier geschehen?“

„In meiner lokalen Datenbank habe ich die Chronologie der Ereignisse abgespeichert.

13:02 Uhr. In der Ankunftsebene beginnen zwei Arbeiter mit Schweißarbeiten an einer Dehnungsfuge direkt über dem Blumenladen. Die Flughafenfeuerwehr wurde nicht darüber informiert, daher gibt es keine Brandwache.

15:31 Uhr. Ein Taxifahrer meldet der Feuerwehr Funkenflug über dem Blumenladen.

15:36 Uhr. Die Feuerwehr trifft ein und entdeckt die Schweißer. Sie fordern das sofortige Beenden der Arbeiten. Zu dieser Zeit hat sich bereits ein Schwelbrand einige hundert Meter durch die Zwischendecke aus Kunststoff und Styropor gefressen. Aufgrund des Sauerstoffmangels in diesem Hohlraum entwickeln sich bis dahin keine Flammen und das Feuer bleibt unentdeckt.“

Patrick ließ seinen Blick über die Decke schweifen. Ein Teil war aus optischen Gründen mit Waben verkleidet. Alles sah ordnungsgemäß und sauber verarbeitet aus. Deutsche Wertarbeit. Er kräuselte die Nase – er roch auch nichts Außergewöhnliches.

Ein Blick zur Uhr – *15:49 Uhr.* Braute sich über ihm gerade ein Inferno zusammen? Kaum zu glauben. Er hoffte inständig, er irrte sich, Siggi irrte sich, denn ändern konnte er nun ohnehin nichts mehr.

„15:50 Uhr. Ein Feuerwehrmann löst eine Platte der Zwischendecke, um einen prüfenden Blick hineinzuwerfen.“

Ein Junge, etwa drei Meter von ihm entfernt, jammerte: „Mama, mir ist warm.“

Wieder schielte Patrick nach oben. In einer Mischung aus Ungläubigkeit und Entsetzen betrachtete er erneut das Dach über sich. Wo war denn dieser Blumenladen? Sollte er schnell dort hinlaufen? Nein, es wäre viel zu spät.

„15:51 Uhr. Durch die plötzliche Sauerstoffzufuhr verwandelt sich der Schwelbrand in eine Feuerwalze, die in Sekundenschnelle die gesamte Zwischendecke des Terminals in Brand setzt.“

Der große Zeiger ruckte auf die zehn vor. 15:50 Uhr. Nun hielt Patrick nichts mehr. Er rannte los, hüpfte, durch die Bewegung fiel er besser auf. Er brüllte, so laut er konnte: „FEUER!!! RAUS HIER! SOFORT RAUS!“

Die gerade angekommenen oder auf ihren Anschluss wartenden Fluggäste sahen ihn überrascht an.

Eine ältere Dame fragte: „Was ist mit Ihnen los, junger Mann?“

„RAUS HIER! JEDEN MOMENT BRICHT DIE HÖLLE LOS!“ Mit beiden Armen ruderte Patrick in Richtung Ausgang.

Weitere Menschen blieben stehen, starrten ihn überrascht an, sahen sich dann skeptisch um. Noch immer war nichts zu sehen. Ein ganz normaler Tag am Düsseldorfer Flughafen.

„Das ist ein Spinner“, sagte ein Geschäftsmann mit weißem Hemd und dunklem Anzug. Dann grunzte er Patrick an. „Was fällt Ihnen ein, hier so eine Panik zu machen?“

Ein leises, zärtliches *‚Wusch‘* von oben, so als ginge eine Gasherdplatte an, ließ die Fluggäste die Köpfe in den Nacken legen. Die Hölle offenbarte sich himmelwärts. Die Decke glühte blutrot. Im nächsten Moment brannte sie lichterloh. Qualm verbreitete sich wie schwarze Gewitterwolken. Nur regnete es kein Wasser, sondern Feuer. Husten, Röcheln, Schreien. Chaos brach aus.

„15:55 Uhr. Erst jetzt wird Brandalarm ausgelöst.“ Siggi passte seine Lautstärke dem allgemeinen Lärmpegel an. *„Die Flughafenpolizei rückt aus. Die wenigen Männer sind bei dem Ausmaß des Brandes völlig überfordert. Weitere Feuerwehreinheiten werden angefordert.“*

„Siggi, wir müssen hier raus.“

„Korrekt – wir befinden uns direkt in der Todeszone. Die ersten Helfer schaffen es um 16:30 Uhr hier herein.“

„Was? Erst in einer halben Stunde! Niemand überlebt hier so lange.“ Nicht die Flammen, sondern der Qualm mit seinem Kohlenmonoxid und Kohlendioxid waren die Todbringer. Zwei Frauen brachen bereits mit Atemproblemen zusammen. Eine davon war schwanger und hielt sich mit beiden Händen entsetzt den Bauch. Sie war blond und hübsch. Keine Zeit zum Nachdenken, er konnte nur einer helfen. Er war im Jahr 1996! Warum 1996? Was zur Hölle!

Patrick stürzte zu ihr. Mit beiden Armen fasste er sie unter den Achseln und half ihr hoch. Sie stützte sich schnaufend auf ihn. Alle ihre

Kraft schickte sie in ihre Beine, sie hob nicht einmal den Kopf, um ihn anzusehen.

Links von ihm öffneten sich gleichzeitig die beiden Aufzugstüren zur Abflugebene und in die Parkhäuser. Wieso waren die überhaupt noch in Betrieb?

In beiden Lifts standen Pärchen, die ungläubig die Augen aufrissen. Inzwischen war der Qualm überall. Die Menschen im Aufzug hämmerten auf die Knöpfe. Verständlich, sie wollten weg – raus aus der Ebene des Todes. Zwei Männer stürzten in den linken Aufzug und einer in den rechten. Dadurch blieben die Türen offen. Im rechten war noch Platz. „Siggi, soll ich den Aufzug nehmen?"

„Auf keinen Fall, der Qualm wird die Lichtschranke blockieren."

Patrick wurde schwarz vor Augen. War das der Rauch oder sein Kreislauf?

„Siggi – wir ersticken – wo können wir hin?"

„Atme durch Stoff, das hält zwar nicht das Kohlenmonoxid ab, doch die Rußpartikel gelangen nicht in die Lunge."

Die Frau trug ein Halstuch. Er drückte es ihr vor die Nase. „Hier!" Mit der freien Hand presste sie sich den Stoff ins Gesicht. Patrick riss sich die Kappe vom Kopf und folgte ihrem Beispiel. Wie zusammengeklebt humpelten sie weiter.

Eine schreckliche Tragödie, ausgelöst durch eine ungeheure Verkettung widriger Umstände und menschliches Versagen. Die Frau hing in seinen Armen und japste nach Luft.

„Die Treppe runter, dann ins Zollbüro. Nur dort kannst du überleben. Jeder andere Weg führt in den Tod." Siggis Stimme war an Sachlichkeit nicht zu übertreffen.

Über seine Schulter warf er einen Blick zurück. Die Menschen in den Aufzügen drückten immer noch wie wild auf die Knöpfe.

„Was ist mit den Aufzügen?"

„Sieben Personen werden in den beiden Aufzügen tot geborgen."

Nun sah Patrick alles verschwommen. Tränten ihm die Augen wegen des Qualms oder wegen der tiefen Traurigkeit, die ihn erfasste? Verdammt, er konnte nicht alle retten.

„Mir nach!“, krächzte er, er wollte es versuchen. Seine Stimmbänder versagten, heraus kam nur ein Husten. Alles sinnlos. Der Sauerstoffmangel raubte ihm die Sinne, doch er schaffte es, die blonde Frau nicht loszulassen. Sie schleppten sich von den Aufzügen weg zur Treppe, die zur Kofferausgabe führte. Ein Mann lief an ihm vorbei, stolperte und fiel der Länge nach hin. Schwer atmend blieb Patrick stehen, die Frau in seinem Arm hatte die Augen geschlossen, sie bewegte nur instinktiv die Füße, sobald er sich bewegte.

„Das Zollbüro befindet sich am Ende der Treppe links.“

Das hieß, er war etwas zu weit gegangen. Sie drehten sich um, und er entdeckte durch den Qualm einen hellen Fleck. Mit letzter Kraft wankte er an den Kofferwagen vorbei. Eine Tür. Eine gelbe Tür. Er drehte den eisernen Knauf. Die Tür öffnete sich, sie schleppten sich hinein. Seine Lungen brannten genauso wie seine Augen. Erst nach einigem Blinzeln sah er, wo er sich nun befand. Tiefe Enttäuschung ließ ihn stöhnen. Er warf die Mütze zur Seite. Sackgasse! Nur ein spartanisch eingerichtetes Büro. Eine verdammte Sackgasse!

„Siggi, hier … ist kein … Ausgang“, flüsterte er heiser.

„Drinbleiben und die Tür schließen.“

Das kam ihm widersinnig vor. Er wollte doch vor der Gefahr wegrennen und sich nicht mitten in ihr in Gefangenschaft begeben. FORT HIER, NUR FORT – brüllte ihn sein Überlebensinstinkt an. Am besten, du benutzt den Medikamentengeber. Warte nicht noch länger, bis du bewusstlos wirst, sondern drücke jetzt!

Dann könnte er sich nicht mehr um die Frau kümmern. Und … irgendwie kam es ihm feige vor.

„Siggi, bist … du sicher?“

„Drinbleiben und die Tür schließen. Klimaanlage ausstellen, die verteilt die tödlichen Gase überall. Alle Lücken abdichten und abwarten. Eine andere Möglichkeit gibt es nicht. Ein Geschäftsmann aus Dresden überlebt, weil er sich auf der Toilette einschließt und den Türspalt mit nassen Papierhandtüchern abdichtet.“

Patrick gehorchte. Er würde es ohnehin keine drei Meter mehr in eine andere Richtung schaffen. Die blonde Frau sackte in dem kleinen Büro ohnmächtig zusammen. Vorsichtig ließ er sie auf den Boden gleiten. Er schloss die Tür, dabei entdeckte er neben dem Rahmen die Steuerung der Klimaanlage und schaltete diese aus. In einem Metallregal lagen zwei grobe Decken, die er vor den Türspalt legte. Der war zwar ohnehin schmal, doch er wollte auf Nummer sicher gehen.

Wie ein Karpfen an Land japste er nach Luft, während er auf dem Rücken lag.

*

Wie viel Zeit vergangen war, wusste Patrick nicht. Es schallte durch die Lautsprecher: *„Wegen technischer Störung wird dieses Gebäude geschlossen. Bitte folgen Sie den Anweisungen des Personals.“*

Die Frau neben ihm atmete flach – aber sie atmete.

Die Tür wurde aufgerissen. Zwei Feuerwehrmänner mit Gasmasken stürzten herein. Einer sprach sofort in sein Funkgerät. „Zwei Überlebende in A050. Sanitäter vor die Tür.“

Kräftige Arme packten ihn. Auf Tragen wurden er und die Frau aus dem Gebäude gebracht und hinter einen Krankenwagen gelegt. Ein Arzthelfer stülpte ihm eine Sauerstoffmaske über das Gesicht.

Eine halbe Stunde später hatte Patrick sich erholt. Wo er hinschaute … Blaulicht. Behutsam erhob er sich von der Trage. Einige Meter weiter kümmerten sich zwei Ärzte um die blonde Frau. Das laute Stöhnen erschreckte ihn.

Ihr Gesicht war schmerzverzerrt und sie brüllte: „WAS IST MIT MEINEM KIND! WO IST MEIN MANN!“

„Fahrt sie ins Krankenhaus. Hier können wir nicht mehr tun, als wir schon getan haben“, sagte einer der Ärzte. An seinem Kittel hing ein Schild: Oberarzt Dr. Thomas Busch.

Daneben telefonierte ein Polizist. „Herr Monroe? Ihre Frau ist beim Brand am Düsseldorfer Flughafen verletzt worden. Sie wird von den Sanitätern ins Florence-Nightingale in Kaiserswerth gebracht.“

Eine Gänsehaut lief ihm die Arme rauf und runter. Dort lag Susanna Monroe, Sophies Mutter. Er hatte ihr Leben gerettet. Sie würde ihr ungeborenes Kind verlieren. Patrick schluckte schwer. Was für eine Tragödie! Oder könnte es sein, dass sich die Zukunft durch sein Eingreifen veränderte? Wenn das Baby überlebte, würde Sophie mit hoher Wahrscheinlichkeit nie geboren werden.

„WAS IST MIT MEINEM KIND! WO IST MEIN MANN!“, brüllte Susanna Monroe.

„Ich habe gerade mit ihm telefoniert. Er kommt zum Krankenhaus“, versuchte der Polizist, sie zu beruhigen.

Der Arzt legte dem Mann die Hand auf die Schulter. „Du solltest nun auch nach Hause fahren, Carsten. Seit über zwanzig Stunden bist du im Dienst.“ Er zeigte auf Susanna Monroe. „Auch deine Frau wird froh sein, wenn du nach dem ganzen Mist gesund heimkommst.“

Steif stand Patrick da und schielte den Polizisten an. Diese Stimme! Ja, er war es. Carsten Grünfeld in jungen Jahren. Mit dieser Begegnung hatte er noch weniger gerechnet. Volles schwarzes Haar, kaum Falten, doch kein Zweifel, er war es.

„Ich habe hier noch etwas gutzumachen“, brummelte Grünfeld missmutig.

„Aber nicht mehr heute.“ Der Oberarzt wurde sauer. „Du machst jetzt Schluss, oder ich verpasse dir eine Betäubungsspritze und lasse dich nach Hause karren.“

„Das trau ich dir zu, Thomas.“

„Wir kennen uns seit fast dreißig Jahren. Ich sage es dir als dein Freund: Du fährst jetzt nach Hause und legst dich ins Bett!“

„Wenn du mein Freund bist, lass mich in Ruhe!“, entgegnete Grünfeld gereizt.

Patrick zog sich die Mütze tief ins Gesicht und sagte: „Die besten Freunde kommen ungebeten.“

Mit roten Augen blinzelte ihn Grünfeld an, und gerade als Patrick dachte, jetzt würde er so richtig aufbrausen, senkte sich der Brustkorb. Ganz leise meinte der Polizist zum Oberarzt: „Ich habe für heute genug Mist gebaut, indem ich die Feuerwehrleute angefahren habe. Danke, Thomas. Du hast recht. Ich melde mich ab und fahre heim.“ Mit langsamen Schritten und gesenktem Kopf ging er zu einem Streifenwagen, der ein paar Meter weiter parkte.

Konsterniert blieb Patrick zurück. Ächzend setzte er sich auf den Bordstein. So viel Zufall auf einem Haufen musste Zufall sein, oder? Oder der Zufall war ein berechnender Sadist. Ein Folterknecht, der genüsslich beliebige Puzzleteile passend machte, indem er sie brutal zusammendrückte.

„Siggi, das war Carsten Grünfeld – er hat mich nicht erkannt."

„Er hat dich noch nicht gekannt. Das wird sich auch nicht ändern. 1996 gab es noch keine Videoüberwachung im Ankunftsbereich."

„Wie geht es hier weiter?"

„Erst gegen 19:30 Uhr wird die Feuerwehr den Brand unter Kontrolle haben."

Der Arzt kam zu ihm. „Gut, dass es Ihnen besser geht. Bitte begeben Sie sich dort drüben hin. Wir haben ein Notlager mit zahlreichen Liegen aufgebaut. Ruhen Sie sich aus, wir werden Sie erneut untersuchen, nachdem wir uns um die Schwerverletzten gekümmert haben."

Patrick schlurfte über die Straße zu einer Art Bierzelt. Nach den Anstrengungen fühlte er sich völlig erschlagen. Weil ihm nichts Besseres einfiel, legte er sich ganz nach hinten in die Ecke auf eine der Krankenliegen und schlief ein.

*

Da schließt sich der Kreis, dachte Patrick, nachdem er realisiert hatte, wo er gerade aufgewacht war.

„Meine Sensoren erfassen kontrollierte Bewegungen. Beta-Tester 7 hat seinen Schlaf beendet."

„Allerdings. Und weißt du auch wo?"

„Nicht am Flughafen. Der Ortungsdienst gibt den Jürgensplatz 7 an."

„Allerdings. Mitten im Polizeipräsidium. Inhaftiert in der Zelle, in der ich schon einmal eingesperrt war."

„Es ist Montag, der 16. Oktober 2017. 21:22 Uhr."

Ein Blick nach rechts oben in die Ecke zeigte ihm, dass die Kamera nicht eingeschaltet war. Warum auch, offiziell befand sich niemand in der Zelle. Kein Mensch war so blöd, sich freiwillig hier hineinzubegeben. Daher stand die Zellentür einen Spalt offen. Angestrengt lauschte Patrick, doch er konnte nichts hören.

Das war seine Basiszeit. Sophie war jetzt vierzehn Jahre alt und er ein gesuchter Terrorist. Was für eine Geschichte! Dabei wollte er immer nur helfen. Sogar Susanna Monroe hatte er gerettet, obgleich sie alles andere als seine Freundin war. Er bekam einen Schreck. Nicht, dass er durch die Aktion Sophies Geburt verhindert hatte …

„Siggi, bitte prüfe, ob Sophie Monroe in Düsseldorf lebt."

„Darf ich hierfür den Server des Einwohnermeldeamts hacken?"

„Ich bitte darum."

Nach acht Sekunden meldete er: *„Sophie Monroe, geboren am 20. Mai 2003 in Düsseldorf wird aufgeführt."*

Patrick hätte Siggi umarmen können, wenn der sich nicht in dem kleinen, rechteckigen Kasten verstecken würde. Sophie lebte. Das bedeutete ihm sehr viel.

„Wo wir gerade dabei sind." Sein Bauch fing an zu grummeln. „Siggi, welche Informationen gibt es über den Anschlag von 2015?"

„Am 20.07.2015 wurde der Flughafen Düsseldorf von dreizehn Mitgliedern des sogenannten Islamischen Staates angegriffen. Es gab über 400 Tote, darunter 71 US-Amerikaner und 5 Beamte der Bundespolizei. Alle Attentäter, zehn Männer und drei Frauen, wurden von der Polizei erschossen. Der Anschlag gilt als das schlimmste Verbrechen in Deutschland nach dem Zweiten Weltkrieg."

Verdammt! Mehrfach hätte er es verhindern können. Dabei hatte er doch der Fischer alles in die Kladde geschrieben. Wie blöd musste man sein …

Schwermütig sagte Patrick: „All die Mühen umsonst." Er fühlte sich hundeelend.

„Und genau genommen hast du uns mit deinen abgespeicherten Informationen das Leben gerettet." Patrick nickte. Etwas knirschte in seinem Kopf. Er zog die Stirn in Falten. „Siggi – ich habe mich schon lächerlich genug gemacht, da kommt es nicht mehr drauf an. Daher eine Frage: Wo hast du die Informationen über den Anschlag von 2015 hergeholt?"

„Die Hauptquellen waren Wikipedia und die Rheinische Post."

„Ja, schon klar. Ich meinte eben gerade, als ich dich gefragt habe?"

„Aus Gründen der Performance und der Kosteneinsparung natürlich aus dem Cache."

„Du meinst deinem schnellen lokalen Speicher."

„Korrekt."

„Könntest du deinem Beta-Tester 7 einen Gefallen tun und erneut online gehen und aktuell nachforschen?"

„Selbstverständlich."

Patrick wartete. Er traute sich nicht, den hoffnungsvollen Gedanken zu Ende zu denken, weitere Enttäuschungen würde er heute nicht mehr verkraften.

„Siggi, bist du noch da?"

„Bitte einen Augenblick Geduld." Nach weiteren vier Sekunden meldete Siggi. *„Fertig. Ich habe alle Informationen zusammengesucht."*

„Aha!" Das Atmen und Schlucken fiel Patrick schwer. „Und?"

„Es gab keinen Anschlag auf den Düsseldorfer Flughafen. Weder in 2015 noch in den Jahren davor oder danach. Keine Einträge in 24 Tageszeitungen und 3 Enzyklopädien. Der Brand von 1996 ist die einzige Katastrophe."

„Jaaaa!" Ein Glücksgefühl durchströmte Patrick. „Ja! Wir haben es tatsächlich geschafft. Es hat was gebracht! Wir haben 403 Menschen gerettet."

So schön dies auch war, seine Heldentaten der Vergangenheit nutzten ihm in der Gegenwart nur wenig. Unbedingt musste er sein Leben in 2017 wieder in den Griff bekommen. Wieder normalisieren.

Im Grunde gab es nur eine Möglichkeit. „Siggi, ich werde jetzt rufen, bis sie kommen und sich wundern, wie ich hier reingekommen bin. Dann werde ich eine Aussage machen."

„Was willst du denn sagen?"

„Die Wahrheit. Die glaubt mir ohnehin niemand."

„Die ganze Wahrheit?"

„Fast ... ein paar Details lasse ich weg."

Band 2

Die Gegenwart ist

INSTABIL

nur ein Kartenhaus